U0535020

文学团体"谢拉皮翁兄弟"研究

A Study on the Literary Group Serapion Brothers

张 煦 著

中国社会科学出版社

图书在版编目(CIP)数据

文学团体"谢拉皮翁兄弟"研究/张煦著. —北京：中国社会科学出版社，2020.7
ISBN 978-7-5203-6617-5

Ⅰ.①文… Ⅱ.①张… Ⅲ.①俄罗斯文学—文学研究—20世纪 Ⅳ.①I512.065

中国版本图书馆 CIP 数据核字(2020)第 096897 号

出 版 人	赵剑英
责任编辑	慈明亮
责任校对	郝阳洋
责任印制	戴 宽

出　　版	中国社会科学出版社
社　　址	北京鼓楼西大街甲 158 号
邮　　编	100720
网　　址	http://www.csspw.cn
发 行 部	010-84083685
门 市 部	010-84029450
经　　销	新华书店及其他书店
印刷装订	北京君升印刷有限公司
版　　次	2020 年 7 月第 1 版
印　　次	2020 年 7 月第 1 次印刷
开　　本	710×1000　1/16
印　　张	23.75
字　　数	320 千字
定　　价	138.00 元

凡购买中国社会科学出版社图书，如有质量问题请与本社营销中心联系调换
电话：010-84083683
版权所有　侵权必究

出 版 说 明

为进一步加大对哲学社会科学领域青年人才扶持力度，促进优秀青年学者更快更好成长，国家社科基金设立博士论文出版项目，重点资助学术基础扎实、具有创新意识和发展潜力的青年学者。2019年经组织申报、专家评审、社会公示，评选出首批博士论文项目。按照"统一标识、统一封面、统一版式、统一标准"的总体要求，现予出版，以飨读者。

全国哲学社会科学工作办公室

2020年7月

序

朱宪生

文学史变化和发展的过程总是耐人寻味：一方面它是相对静态的，特别是对于经典作家而言。另一方面它又是动态的，在某种意义上说，这种动态甚至是绝对的。现当代学者总是会按照他们所处时代的审美意识对相关作家作品"重新"评价。正所谓"任何历史都是当代史"，文学史也不例外。说到"重新"评价，在19世纪俄罗斯文学中，首当其冲的是"纯艺术派"；而在20世纪中，20年代文学则格外引人瞩目。

20世纪20年代的苏俄文学作为一段被夹在白银时代文学与正统苏联文学之间的"过渡期"，在其尚未销声匿迹之时就已饱受质疑，就连那些继承了20年代遗产的文学后辈们也都只是默然前行，不问来路。但自20世纪90年代以来，随着俄罗斯政治体制的转换，原先的意识形态坐标为社会文化评价体系所取代，于是，在重建文学史的理念指导下，不少俄罗斯研究者突破了先前的禁区，他们不同于以往的发掘方式使得很多鲜为人知的细节逐渐浮出水面。在我国，对那段时期文学状况的重新诠释始于近十年，这其中的动因与俄国先锋派在欧美学界掀起的研究热潮密切相关：一批研究者正是从什克洛夫斯基及其与同时代作家的互动关系层面切入的，与此同时，一些先锋派的代表作家（如扎米亚京、巴别尔和哈尔姆斯）则因其作品的实验性特征而备受关注。这一视角的开启对于摆脱苏联陈旧观点的影响无疑意义重大，但随着发掘工作的不断深入，扩大研究对象的范围并修复其前后的文学传统之链成为了目前的迫切需求，张煦的这部专著正是在此方面所做的一种先行探索。作为一个文学流派，"谢拉皮翁兄弟"在20世纪20年代苏联文学中是一个引人注目的现象，在以往俄罗斯学术界研究不多，在国内除少数介绍文字外，基本上没有研究。本书以该流派的代表人物的创作特点为例，对该流派的美学原则、文学渊源和艺术风格及其影响进行了全方位和较为深入的论述，令人耳目一新。专著具有较高的理论意义，对我国俄苏文学的研究与教学也有重要的参考价值。

"体裁"是贯穿本书的一条线索。"体裁"这一术语较少出现在我国的俄罗斯文学研究中，尤其是随着近年来发生的语言学批评和文化批评转向，使得体裁学研究渐趋于边缘化。"文体"（стиль）和"体裁"（жанр）在俄国文艺学中是两个既密切关联又相互区别的概念。在18世纪进入尾声之前，文体与体裁的范畴大致是重合的，只是到了19世纪初期，文体的概念才从体裁当中剥离出来，并在日后获得了独立的发展。可能与这两个词的舶来性质有关，评论家和研究者对于它们的理解和界定总是见仁见智众说纷纭。在我看来，文学中"文体"的含义包括三个层次：第一层次是文学体裁，这与汉语中"文体"一词的含义大体相符；第二层次指语体，包含了修辞的意义；第三层次指风格，这是"文体"的最高和最后的范畴。我在这里综合了两种关于"文体"概念的界定，这两种界定都是受到俄罗斯学界普遍认可的：一种是季莫菲耶夫和阿勃拉莫维奇的看法，他们认为文体应该和创作方法及作者的个性相关；另外一种是波斯彼洛夫的意见，他提出文体和作者风格无关，而更多时候是一种确定下来的表达方式，这种表达方式属于某些具有共同创作理念的作家群。不论是哪一种看法，其最后的落脚点都在于一位或多位作家的创作理念和所选用的表达形式上，而如果要去分析这背后的原因，必定会循着两条路径往下走：一条是时代背景造成的文学体裁变迁，另一条是作者基于个人生活经历而发展出的观点和风格。

但往下走就面临着一个研究的困难：由于国内学界关注的焦点

长久以来都集中在俄罗斯 19 世纪的文学进程上,关于这一时期文学体裁演变的大致脉络可以说已经基本明确了。我曾在一部关于文体学研究的专著中,梳理了俄罗斯文学从普希金到列夫·托尔斯泰的发生过程,目的就是考察小说这种艺术形式是如何在特定的时代背景下发展成熟的。因此接下来的问题便挪至"作者基于个人生活经历而发展出的观点和风格"上,这一点就比较难以把握了。要说清楚这个问题,首先要建立生活经历与个性风格之间的联系,而这中间不可忽略的一个环节便是"作家创作心理"的形成问题。如果在该问题上逡巡过久,很容易就偏离了文学研究的初衷,而落入到心理学的领域中去了。

张煦的这部专著则巧妙避开了上述问题:它不以揭示"谢拉皮翁兄弟"小说创作的文体特征为最终目的,而是借"体裁"这条经脉去打通这个文学团体的成员对于俄罗斯经典散文传统的继承,加之本书重点讨论的 20 年代小说发展在以往研究中尚未有所揭示;如此一来,便不至于落入分析作家创作心理成因的窠臼里,创作的个性问题转化为继承的共性问题。本书的第一章提出了一种颇有意思的看法:"谢拉皮翁兄弟"与 20 年代的文学转型,并指出二者间是"部分与整体,小语境与大语境"的互动关系。作者首先将文学转型分解为文学体裁的转型和文学思潮的转型,进而通过这二者在文学团体构成和创作层面的反映来验证转型发生的确凿性。第二章从来自不同时期的三位导师(奥陀耶夫斯基、列米佐夫和扎米亚京)对现实材料的创造性重组入手,慢慢引出一个有关脱胎于幻想文学中的现实主义的概念,隐含其中的是该文学团体的传承理念。经过第三章对幻想题材和中小型体裁在广义上和狭义上(即在团体成员创作中的集中体现)的结合之探讨,作者便在第四章、第五章进入了对具体作品的剖析,且所有的描述都是围绕两个时代的主题——"继承与突破""对立与转化"——来展开的,20 年代苏联文学的全貌由此得以大致呈现。

张煦的研究,虽然只涉及了苏俄文学史上一个短暂的过渡时期,但在其所划定的范围内还是做了十分认真和细致的工作，提出了一些在以往研究中被忽略和避过的问题。值得一提的是，作者在讨论中运用的基本上是一手材料，这些材料本身对国内学术界就有较高的学术价值。她首先提出"谢拉皮翁兄弟"这一文学现象的发生绝非偶然，而可以视为一种固有的文化编码在20年代被唤醒的具体表现，它的一头连接着古罗斯带有宗教神秘主义的兄弟精神，另一头则指向俄罗斯文学史上第一个集合众力对抗官方审美的团体——"阿尔扎马斯"文学社团。这就将审视的焦点收回到了俄国文学进程的内部，视欧洲文学的影响为俄国文学自主选择的结果，从而透过接续而非断裂的角度展开发现和修复工作。这可以说是本书一个重要的创新点。其次是她将单个作品的形式与内容问题转化为某种时代的焦虑在不同容器中幅度各异的震荡，比如隆茨的《祖国》和左琴科的《蓝肚皮先生纳扎尔·伊里奇的故事》就不仅仅是一次心血来潮的文学实验，而体现了那个时代对于创作自由的倾轧以及由此而起的反弹，不断模糊的叙述者的面孔和愈加大胆的情节发展便是这种反弹的后果。总之，该书在我国探讨俄罗斯20年代文学进程方面填白补缺的作用是显而易见的。

张煦博士勤奋好学，中外文基本功扎实，理论修养强，作为俄罗斯文学研究的后起之秀，十分难能可贵。相信假以时日，她一定能够在自己的学术道路上"百尺竿头，更进一步"。

2020年4月28日于上海

摘　　要

本书以俄罗斯20世纪20年代文学进程中的两大趋势——体裁转型和思潮变更——为主线，选取散文作家卡维林在这一时期的文学实验作为重点研究对象，并将其放置于文学团体"谢拉皮翁兄弟"的创作整体中进行考察，在此基础上，运用社会历史批评、艺术本体批评和接受反应批评相结合的方法，从继承与创新的关系角度分析了包括卡维林在内的谢拉皮翁兄弟20年代的实验性创作，并对其中与主流文学问题相呼应的诗学特征予以了较为深入的阐释，旨在建立作家、团体与时代之间关系的嵌套式模型，从而为理解和复现相类似的文学现象提供一个可行性方案。

本书主体部分围绕"传承与革新"的主题，从传承的历史语境、传承的文学密码以及革新的理论准备、革新的艺术实践这几个方面入手，对文学团体"谢拉皮翁兄弟"20年代的文学探索做了较为完整而深入的分析，重点在于最大限度地揭示文学实验表象下盘根错节的源流关系以及由此产生的可能性后果。"谢拉皮翁兄弟"文学传承的历史语境是20世纪20年代的文学转型，这一时期的文学发展呈现出"过渡性"的特征，而这一特征以镜像的方式反映在该文学团体的组织结构和创作实践上，为成员们日后的文学探索奠定了基调。除了受到文学进程本身的影响，来自遥远和切近年代的和声也为他们的文学探索提供了有益的启示，这些文学前辈包括俄国浪漫主义中篇小说的始祖奥陀耶夫斯基，根植于俄国民间文学土壤的象征派作家列米佐夫以及站立在现实主义（大地）与象征主义（天空）之间的"异教者"扎米亚京。在历史语境和文学密码的双重作用下，"谢拉皮翁兄弟"在小说领域的探索呈现出明显的幻想性特征，希冀通过幻想故事的创作一方面使得自由创作的权利回到作者手中，另一方面达成在文学领域重建新秩序的目的。幻想题材与中小型叙事体裁在不同历史阶段的结合，以及俄罗斯本土科幻故事同传统民间故事之间的渊源关系，规定了这一幻想性特征的表现形式和变化趋势，在一定程度上可被视为文学革新的前奏。革新的理论准备与革新的艺术实践实际上是不可分割的两个部分，在以往的研究中这两个部分不是被刻意割裂开来，就是出现厚此薄彼的倾向。事实上，革新的基本问题并不在于理论准备或者创作实践是否充分，而在于它们之间的关系：理论对实践起到的是阻碍还是促进作用？实践究竟在何种程度上贯彻了理论？实践是否也具有理论化的反向过程？将这些问题放置于人物的框架内讨论是本论文的创新性尝试：在具有代表性的单个成员（卡维林）的文学实验中，理论与实践通常是一致的、不相矛盾的，革新的问题在此处突出表现为"如何在继承的过程中实现突破"，不论是奥陀耶夫斯基的人偶主题、炼金术主题，还是扎米亚京的"综合主义"理论都在卡维林处得到了重新诠释，《匪巢末日》这部具有里程碑意义的作品则体现了革新的最终意义——实践理论化的反向过程。与此相对应的，如果从整体上看待"谢拉皮翁兄弟"在 20 年代的文学探索，则会发现很多情况下理论与实践的不一致性，突出表现在装饰散文与情节小说、去自传化写作与作者身份的确立这两组常量的对立上，此时革新的问题隐含在"实践究竟在何种程度上贯彻了理论"这一问题中。

文学团体"谢拉皮翁兄弟"在 20 年代所进行的文学探索不仅对同时期的作家（如奥列申、列昂诺夫、布尔加科夫、巴甫连科等）产生了震荡作用，令他们或是靠拢，或是受其影响；也为之后的叙事体裁发展提供了可靠的蓝本，预示着下一个与抒情诗分庭抗礼的散文时代的到来。

关键词：传承；革新；谢拉皮翁兄弟；卡维林；体裁

Abstract

In this book, transformation of genres and alternation of literary trends are followed as the two major tendencies of Russian literary process in 1920s. Seeing Kaverin's literary experiment in this period as priority research object and an indivisible part of all the works of the literary group Serapion Brothers as a whole, the author combines social-historical criticism, artistic ontology criticism and acceptance-response criticism together so as to analyze the experimental creations of the Serapion Brothers, including Kaverin, in the 1920s from the perspective of the relationships between inheritance and innovation, which gives an in-depth explanation to the poetic characteristics that echo the mainstream literary problems. The ultimate goal is to establish a nested model of the relationship between writers, groups, and the times, so as to provide a feasible solution for understanding and reproducing similar literary phenomena.

The research is centered on the theme of "heritage and innovation", examining such aspects as historical context of inheritance, the literary code of inheritance, innovative theoretical preparation, and innovative artistic practice. A more complete and thorough analysis of literary exploration of the Serapion Brothers in the 1920s has been carried out, with the focus on the maximum revelation ofthe substantial relationship under the appearance of literary experiments and its possible consequences. The historical context of the literary inheritance of the Serapion Brothers was the literary transformation in the 1920s. The literary development during this period showed a "transitional" character, which was mirrored in the organizational structure and creative practice of the literary group and set the tone for its members' future literary exploration. Beside the influence of the literary process itself, the group members also received inspiration from their distant and recent literary predecessors. These literary predecessors, including Ottoevsky, the ancestor of Russian romantic novel, symbolist Lemitsov, rooted in Russian folk literature, and "pagan" Zamiyatin, standing between realism (the earth) and symbolism (the sky). Under the dual influences of historical context and literary code, the exploration of the Serapion Brothers in the field of fiction presented an obvious characteristic of fantasy. The members hoped, on one hand, to restore the author's right to free creation by weaving fantasy stories, and, on the other hand, to achieve the purpose of rebuilding a new order in Russian literature. The combination of fantasy themes and small narrative genres at different historical stages and the close relationship between Russian native science fictions and traditional folk tales defined the form and trend of this fantasy feature, which can be regarded to a certain extent as a prelude to literature innovation. The theoretical preparation and artistic practice of innovation are actually two inseparable parts. In the previous studies, these two parts were either intentionally separated or unequally treated. In fact, the basic problem of innovation is not whether the theoretical preparation or creative practice is sufficient, but what the relationship between the two is? Does theory hinder or promote practice? To what extent does practice implement theory? Is there a reverse process of extracting theory from practice? Discussing these issues within the framework of individual creation is another innovative attempt of this book. The problem of innovation is highlighted as "how to achieve a breakthrough in the process of inheritance" in the literary experiments of a single representative member. For example, in

Kaverin's works theory and practice are usually consistent and non-contradictory. That is to say, whether it is Ottoevsky's theme of puppetry or alchemy, or Zamiyatin's "syntheticism" theory, all has been re-interpreted by Kaverin. And the ultimate meaning of innovation—the reverse process from practice to theory—is reflected in his landmark work "The Last Day of the Bandit". On the country, looking at the literary exploration of the Serapion Brothers in the 1920s as a whole, one can find inconsistencies in their theory and practice in many cases, which are prominently displayed by the following two sets of constants, decorative prose versus plot novels, and de-autobiography versus the establishment of authorship. In these circumstances the question of innovation is embodied in the question "to what extent does practice reflect theory?"

The literary explorations undertaken by the literary community Serapion Brothers in the 1920s produced a shocking effect upon writers of the same period (such as Oleshin, Leonov, Bulgakov, Pavlianko, etc.). What is more, it provided a reliable blueprint for the further development of narrative genres, which heralded the arrival of the next era of prose rivaling lyric poetry.

Key words: inheritance; innovation; Serapion Brothers; Kaverin; genre

目　　录

绪　论 …………………………………………………………（1）

第一章　20 年代文学转型语境下的"谢拉皮翁兄弟" ………（21）
　　第一节　"谢拉皮翁兄弟"与 20 年代文学转型 ……………（22）
　　第二节　卡维林与"谢拉皮翁兄弟" ………………………（36）

第二章　来自前辈的启示：文学探索的源头 ………………（48）
　　第一节　奥陀耶夫斯基——相同境遇造就的导师…………（51）
　　第二节　从列米佐夫的"猿猴议会"到"谢拉皮翁
　　　　　　兄弟"神话 ……………………………………………（63）
　　第三节　扎米亚京的大衣之下 ………………………………（79）

第三章　"谢拉皮翁兄弟"的文学实验与科学幻想 …………（99）
　　第一节　幻想题材与中小型体裁的结合……………………（99）
　　第二节　"谢拉皮翁兄弟"作品的幻想性 …………………（117）
　　第三节　文明与野蛮："谢拉皮翁兄弟"创作中的
　　　　　　野兽主题 ……………………………………………（129）

第四章　继承与突破：卡维林的短篇小说实验 ……………（145）
　　第一节　折中还是创新：卡维林 20 年代文学
　　　　　　探索的性质 …………………………………………（146）

第二节　奥陀耶夫斯基的"人偶"主题在卡维林
　　　　　　创作中的延续 ………………………………（162）
　　第三节　炼金术与科学实验：试论卡维林作品中的
　　　　　　幻想与科学 ……………………………………（179）
　　第四节　卡维林文学作品中的跨界实验 ………………（195）
　　第五节　《匪巢末日》：平行线的最终交汇 ……………（209）

第五章　对立与转化："谢拉皮翁兄弟"其他成员的
**　　　　文学探索** ……………………………………（231）
　　第一节　装饰散文倾向与情节小说的建构 ……………（232）
　　第二节　去自传化写作与作者身份的确立 ……………（272）

结　语 ……………………………………………………（303）
附　录 ……………………………………………………（314）
参考文献 …………………………………………………（333）
索　引 ……………………………………………………（347）
后　记 ……………………………………………………（360）

Contents

Introduction ·· (1)

**Chapter 1 Serapion Brothers in the Contexts of Literary
Transformation in the 1920s** ······················· (21)
   Section 1 Serapion Brothers and the Literary Transformation
in the 1920s ··· (22)
   Section 2 Kaverin and Serapion Brothers ························· (36)

**Chapter 2 Inspiration from Literary Predecessors: The Source
of Literary Exploration** ······························ (48)
   Section 1 Ottoevsky: A Mentor from a Similar Context ········ (51)
   Section 2 From Lemizov's Great and Free Parliament of Apes to
Serapion Brothers ·· (63)
   Section 3 Under Zamiyakin's Overcoat ···························· (79)

**Chapter 3 The Literary Experiments and Scientific
Fantasy of Serapion Brothers** ······················ (99)
   Section 1 The Combination of Fantasy Themes and Small
Narrative Genres ·· (99)
   Section 2 Fantasy in the Works of Serapion Brothers ········ (117)

Section 3	Civilization and Barbarism: The Animal Theme in the Creations by Serapion Brothers	(129)

Chapter 4 Inheritance and Breakthrough: Kaverin's Short Story Experiments ………………………………… (145)

Section 1	Compromise or Innovation: The Nature of Kaverin's Literary Exploration in the 1920s	(146)
Section 2	Ottoevsky's Theme of Puppetry in Kaverin's Works	(162)
Section 3	Alchemy and Scientific Experiments: Discussion on Fantasy and Science in the Creations by Kaverin	(179)
Section 4	The Cross-boundary Attempt in the Works of Kaverin	(195)
Section 5	"The Last Day of the Bandit", where All the Parallel Lines Finally Converge	(209)

Chapter 5 Opposition and Transformation: Literary Exploration of the Other Serapion Brothers ………… (231)

Section 1	Decorative Prose versus Plot Novels	(232)
Section 2	De-autobiography versus the Establishment of Authorship	(272)

Conclusion ………………………………………………… (303)
Appendix ………………………………………………… (314)
References ……………………………………………… (333)
Index ……………………………………………………… (347)
Postscript ………………………………………………… (360)

绪　　论

　　当代俄罗斯文学正处于 20、21 世纪之交的转型时期，艺术作品的体裁①和风格的更新、形式与内容之间关系的调整以及作者、读者和作品三者之间力量对比的变化等，无一不显示了该时期的过渡性特征。与一个世纪之前的 20 年代文学一样，21 世纪初的俄罗斯文学也被"终结"和"起始"这两个强有力的词汇夹在了中间，不可避免地获得了世纪之交文学的共性特点："归纳总结，启示录的情绪，与经典传统的论争，对新型主人公的探讨，寻找与世纪精神相符合的文学语言。"② 因此，在当下的文学研究中重新翻开 20 世纪 20 年代的历史是具有现实意义的，这不仅能够提供一个更加现代和宏大的视野，而且使我们能够在解开历史密码的同时，尝试将后者运用于相似的当下语境中，从而为研究当代俄罗斯文学（尤其是中小型体裁）带来新的启示。俄罗斯当代小说家塔吉娅娜·托尔斯塔娅（Т. Н. Толстая）选择将自己的散文创作置于 20 年代的文学语境中看待："20 年代的散文给人的感觉是一间半空的房间。这是

---

　　① 从词源学的层面来看，"体裁"这个词源于拉丁文 genus，就是"类"的意思，但这与学术界的一般界定不同。所以现在"体裁"一词有两种不同的含义：一是人们常把文学上称为"类"的叫作体裁，如叙事类（体裁）、抒情类（体裁）、戏剧类（体裁）；二是用于表示各类文学中都存在的更局部的构成因素，如长篇史诗、长篇小说、短篇故事，或颂诗、哀歌，或悲剧、喜剧、滑稽剧等。本书主要是从第二种含义上来谈体裁的。

　　② Черняк М. А. *Актуальная словесность XXI века：Приглашение к диалогу.* учеб. Пособие. Москва：ФЛИНТА：Наука, 2015, с. 5.

一种全新类型的散文,风格、词汇、隐喻、句法、情节、布局全都变了,出现了上百种可能,却只有小部分能够真正实现。我特别钟情于这个时候的文学——一种刚刚开始萌芽的传统。就在这尚未竣工的诗学地基里,很有可能埋藏着宝藏。"① 作家卡维林及其所在的文学团体"谢拉皮翁兄弟"② 无疑是众多宝藏中最为闪亮的一个,通过这一案例的研究,有望回答如何正确地看待作家个体、其所处的文学团体以及当时整个文学大语境的关系问题,并对在此过程中涉及的其他重要相关问题,如文学转型与作家身份的确立,传统与创新的融合与界限,幻想题材的发展与演变等加以阐释和分析。

研究卡维林的著名学者诺维科娃(O. H. Новикова)在谈及该作家在俄罗斯文学史上的地位时,曾指出:"总体而言,卡维林在现代散文史中的位置是变动的,他一直随着文学本身的发展而不断前行和改变自身。"③ 如果从其独立的作品而非一段时期的创作来看(很长一段时间以来俄罗斯的评论家们正是这样做的),这种"游移"的特征就更加明显:作为《船长与大尉》(«Два капитана»)④的作者,卡维林在青少年文学中无可置疑占据了一席之地;《一本打开的书》(«Открытая книга»)、《双重画像》(«Двойной портрет»)和《两个小时的散步》(«Двухчасовая прогулка»)则令他跻身格拉宁(Д. Гранин)、格列柯娃(И. Грекова)、沙罗夫(А. Шаров)等之列,这些作家都是当时致力于描绘学者科研生活的大师;《明亮的窗户》

---

① Толстая Т. «Интервью». *Литературная газета*, 23 июля, 1986, с. 6.

② 本书中出现"谢拉皮翁兄弟"的地方,若是强调这一文学团体的名称或整体性,便加引号;若是意在指代团体中的所有成员,则不加引号。

③ Новикова О. Н. и Новиков Вл. И. В. *Каверин: Критический очерк*. Москва: Сов. писатель, 1986, с. 258.

④ 这部小说于 1959 年译成中文出版,在中国的青少年读者中受到了热烈而持久的欢迎。1982 年由人民文学出版社出版的《二十世纪外国文学丛书》中收录了于光翻译的这一小说新版本;2002 年外国文学出版社单独再版了于光翻译的《船长与大尉》上下册。

（«Освещенные окна»）不时被评论家拿来与莎吉娘（М. Шагинян）、卡塔耶夫（В. Катаев）和马尔特诺夫（Л. Мартынов）的回忆录相比较；而凭借中篇小说《七对不干净的人》（«Семь пар нечистых»），卡维林成为军事主题的代表作家。虽然文学史上仅凭一部作品便闻名世界的作家不在少数——一种情况是该作品在作家生前不被注意，却在其死后的几个世纪里逐渐被发掘价值（如斯特恩的《项狄传》）；另一种则是当时就顺应潮流，此后更是经久不衰（如米切尔的《飘》），但是卡维林绝不在此列。他既不遗世独立，也不从俗浮沉，而是在与文学进程总体趋势的搏斗与讲和中确立自身，在倾听自己内心的想法与汲取前辈作家的成功经验之间保持平衡，最终成为苏联文学史上为数不多的脱离了流派框限、具有复杂诗学特征的小说家之一。

然而，这样一位超越流派限制的作家，却自始至终都认为自己是"谢拉皮翁兄弟"中的一员：这一卡维林在刚刚涉足文坛时（1921年）就加入的集体，不仅在其20世纪20年代的作品中扮演了重要的角色（或以其他兄弟作为人物原型，或将整篇故事献给某一位兄弟——通常在题记中注明），更重要的是，这个仅仅存在了不到十年的文学团体[①]对年轻作家的创作观和人生观产生了巨大的影响，成为卡维林在未来创作道路上可以不断回溯的对象。正是在这一意义上，费定称："继隆茨之后（更准确地说，与他一道），卡维林肩负了在俄罗斯的土壤里唤醒谢拉皮翁兄弟的神话种子并修复其神话基因的神圣使命。"[②] "谢拉皮翁兄弟"成立于1921年2月，其前身是由高

[①] 有关"谢拉皮翁兄弟"究竟存在了多少年的问题至今仍然具有争议。可以认为是持续3年的积极会面（直至1924年隆茨去世为止），或者为期5年多少还算规律的聚会（以五周年纪念的隆重集会为终止标志），也可以认为存在了8年，一直到团员们1929年最后一次见面为止。本书倾向于"存在了8年"的观点。

[②] Коновалова Л. Ю. "Серапионовы братья: миф и мифологема". Коновалова Л. Ю. и Ткачева И. В. (Ред. и сост). *Серапионовы братья: философско-эстетические и культурно-исторические аспекты: К 90 – летию образования литературной группой: Материалы международной научной конференции.* Саратов: Изд-во «Орнон», 2011, с. 249.

尔基倡议于 1919 年建立的培养青年翻译人才的学习机构，前来听课的学员中很大一部分都成了后来的"谢拉皮翁兄弟"成员，包括尼基京、波隆斯卡娅、隆茨、斯洛尼姆斯基和左琴科等。卡维林同费定、伊万诺夫和吉洪诺夫是后来加入小组的①，他与其他"谢拉皮翁兄弟"成员的相识源于一篇参赛文章：在 1920 年"文学之家"为青年作家举办的比赛中，这位年轻作家以一篇名为《第十一条公理》（«Одиннадцатая аксиома»）的幻想故事参赛，从 318 名参赛者中脱颖而出，成为六位获奖者之一。这是卡维林第一次成功的尝试，不仅引起了文学前辈高尔基的注意，也成了他进入"谢拉皮翁兄弟"的个人名片——什克洛夫斯基正是借这篇作品向其他成员介绍了卡维林②。"对于卡维林来说，加入该文学团体具有十分重要的意义：这树立了他的自信心，为其在文学道路上进一步的探索和创新做了心理准备；同时培养了年轻作家对写作的兴趣以及探索一条同时代人未曾走过道路的决心。令他感知到文学的多面性和无限可能，使他明白，没有一个作家是文学宇宙的中心，而创作上的唯我独尊只能导致退步和停滞，如果想保持自身的独特性，最好不要故步自封，而是将自己的作品与其他优秀作品诚实地作比较。"③ 事实上，"谢拉皮翁兄弟"成员之间有关写作技法和诗学理念的论争从一开始就是他们特殊的交流方式，斯洛尼姆斯基曾在自我介绍中指出谢拉皮翁兄弟们之间最主要的联系纽带就是"集体聚会时，我们所朗诵的

---

① 其中卡维林和费定早于伊万诺夫和吉洪诺夫加入团体，据楚科夫斯基回忆，伊万诺夫是在团体成立之后才加入的（Чуковский Н. К. Литературные воспоминания. Москва: Советский писатель, 1989, С. 74 - 75.），吉洪诺夫的加入则不早于 1921 年 11 月（Там же. С. 86 - 87）。

② Каверин В. А. "Рассказы и повести; Скандалист, или Вечера на Васильевском острове: Роман." *Собрание сочинений. В 8 - ми т. Т. 1.* Москва: Худож. лит, 1980, с. 8.

③ Новикова О. Н. и Новиков Вл. И. В. *Каверин: Критический очерк.* Москва: Сов. писатель, 1986, с. 10.

各自创作的作品"①，卡维林在纪念小组八周年诞辰所写的文章中也回忆过那段"满心欢喜地互相朗读自己的作品，谈心里所想，不为自己，而只为文学争吵"②的时光。从宏观和概括的角度而言，这种"亲切氛围下的纯文学论争"正是"谢拉皮翁兄弟"区别于20年代其他众多文学团体的主要特征——与当时四下"充满恶意的阶级攻击"形成了鲜明的对比，曼德尔施塔姆有关文学史理想模式的构思在此实现了，后者是受其高中语文老师弗拉基米尔·瓦西利维奇·吉皮乌斯的启发产生的："……瓦西利维奇·吉皮乌斯与俄国作家建立了一种私人关系，充满了高尚的嫉妒和羡慕，随意的幽默和令人忧伤的不平——常见于家庭成员之间。"③

正是在以"炼金术士兄弟"（卡维林在团体中的别名）身份写作的八年里（1921—1929），年轻的作家创作出了一系列叙事体裁的作品，包括短篇小说［集结成册的有《大师与学徒》（«Мастера и подмастерья»）、《方块花色》（«Бубновая масть»）和《麻雀夜》（«Воробьиная ночь»）］，中篇小说［《大赌博》（«Большая игра»）、《匪巢末日》（«Конец хазы»）］等，并形成了相对稳定的创作风格和自我定位。这段早期的创作经历以1931年《一个人的底稿》（«Черновик человека»）的起笔告一段落，因为在此之前卡维林重新审视了已经成形的创作准则，并最终决定回到现实主义的传统中去。然而，早期创作的有益经验和风格特征已经渗透在作家的诗学世界观里，使得他在其后的创作过程中有意或无意地不断回溯这一源头，从而在间接意义上造就了卡维林作品的内部一致性。关于这

---

① Материалы журнала. «Литературные записки». No 3, 1 августа, 1922. Фрезинский Б. (глав. Ред.) *Судьбы Серапионов. Портреты и сюжеты.* Санкт-Петербург: Академический проект, 2003, с. 479.

② Вениамин Каверин. "Речь, не произнесенная на восьмой годовщине ордена Серапионовых братьев". Фрезинский Б. (глав. Ред.) *Судьбы Серапионов. Портреты и сюжеты.* Санкт-Петербург: Академический проект, 2003, с. 508.

③ ［美］克莱尔·卡瓦纳：《现代主义者对传统的创造》，林精华编译《西方视野中的白银时代》，东方出版社2001年版，第523页。

一点，作家本人也毫不避讳："就这样，我很多年都没有再写幻想作品，直到30年代末期才重拾旧业。然而，这一体裁对我的吸引从未消失过。……我时不时就回到故事创作上去，就在不久前，我才将它们凑成了一个整集子，叫作《守夜人，或一九几几年流传在涅穆亨城的七个引人入胜的故事》。"① 从第一部故事集问世开始，卡维林就受到了文学评论界的关注，评论家们一方面赞赏他无可置疑的文学天赋、独特的风格体裁，另一方面也对新生作家的叙述方式、情节导向和语言风格表示了怀疑和担心。由此可见，"谢拉皮翁兄弟"在作家起步的特定阶段滋养了他刚刚萌芽的某些诗学理念，并将其影响扩大到足以引起时代主流批评关注的地步。因此，将卡维林置于"谢拉皮翁兄弟"的创作语境中研究他在20世纪20年代的创作是可行的，也是必要的，这不仅有助于我们理解作家早期创作诗学的发生和形成，而且对于揭示文学团体在作家寻找自我定位、确立自身身份过程中所起到的作用也大有裨益。

文学团体"谢拉皮翁兄弟"在"解冻"和"停滞"时期（оттепельные и застойные годы）并未引起很大的关注，其中一个原因可能是参与者当中几乎没有被禁止的作家（除了在一段时间内被禁的左琴科以外），成员们都是当时受欢迎的苏联作家，尊重俄罗斯的经典文学传统，并在作品中试图将其与新的形式和题材相融合（"对文化发展中传承思想重要性的认识，不仅是将这些年轻作家团结在一起的一个最为基本的原则，也为他们齐心协力创造新时期的俄罗斯文学发挥了关键作用"②）。有评论者认为，该团体成员的早期创作具有很高的文学价值，然而，由于现在的出版作品多为作者为了适应当时严格的审查制度而做出妥协和修改的结果，其初期作品中的核心思想

---

① Каверин В. А. "Рассказы и повести; Скандалист, или Вечера на Васильевском острове: Роман". *Собрание сочинений. В 8 - ми т. Т. 1*. Москва: Худож. лит, 1980, с. 6.

② Черняк М. А. *Актуальная словесность XXI века: Приглашение к диалогу*. учеб. Пособие. Москва: ФЛИНТА: Наука, 2015, с. 178.

实际上是被部分隐藏了的。早期出版的文集或者期刊，普通读者已无法获取，所以谢拉皮翁兄弟们初期创作的散文鲜为人知，其作品的水平更是难以猜测。除了吉洪诺夫（Н. Тихонов）早期的一些优秀诗歌作品问世之外，其他成员早期鲜活的诗歌作品几乎都被埋没了。另一个不可忽视的原因在于，解冻时期恢复作家名誉、拓宽对20世纪20年代文学进程认知的浪潮没有覆盖到"谢拉皮翁兄弟"——事实上没有一个成员的声誉被恢复，他们早期的散文作品仍处于未发表的状态（左琴科的早期作品有选择性地出版了一部分）。"谢拉皮翁兄弟"引起关注是随着近几十年来对苏联文学看法的改变而出现的，即不再将其看作是一场文化浩劫，而看作是20世纪的一个社会文化现象；如此一来，"谢拉皮翁兄弟"得以发生、发展的文学史背景就有了一个较为公允的整体景观，以往遭到忽略的细节也一一浮出水面。

俄罗斯学界有关卡维林的评论和研究起始于20世纪20年代（几乎与他发表第一篇故事①同时），在经历了1930—1950年的停滞之后，一直持续至今。自1921年卡维林加入"谢拉皮翁兄弟"开始，围绕其作品而产生的争议就从未停息——主要集中在其不同寻常的诗学理念所体现出的西方文学传统上。爱伦堡在《新散文》（«Новая проза»）中不无嘲讽地指出，这一时期对卡维林乃至整个"谢拉皮翁兄弟"的评价多有主观夸张之嫌："总的来说，主要取决于评论家的党派属性和智力水平。"② 这一时期以"阶级宿命论"为评价标准的社会历史批评学派［其代表人物主要有别列维尔泽夫（В. Переверзев）、沃隆斯基（А. Воронский）、贝尔科夫斯基（Н. Берковский）、谢里万诺夫斯基（А. Селивановский）、列列维奇

---

① 这里指的是卡维林发表在1922年出版的《谢拉皮翁兄弟：合集Ⅰ》中的故事《莱比锡城18…年纪事》，而他1921年的参赛故事《第十一条公理》并未收录在此后出版的故事集中。

② Илья Эренбург. "Новая проза". Фрезинский Б. (глав. ред.) *Судьбы Серапионов. Портреты и сюжеты*. Санкт-Петербург: Академический проект, 2003, с. 526.

（Г. Лелевич）]要求作家的作品中必须表现出清晰的阶级属性和对社会政治理想蓝图的细致描绘。然而，在卡维林的作品中他们什么也没有发现。因此，这一派的评论家们多对卡维林的作品持反对意见，认为其创作不符合社会需要、缺乏文学价值。相对而言，俄国形式主义者（隆茨、什克洛夫斯基、特尼扬诺夫等）及其同道者（扎米亚京、爱伦堡）对卡维林作品的阐释和剖析是较为中肯的，相较于当时以阶级属性和阶级立场评价作品的社会历史学派，他们更注重从文学作品本身出发，探讨其结构和内容的相互关系以及内部运作机制，其中的一些论述对当代的研究者来说仍具有相当重要的意义。然而，形式主义者的不足之处在于：他们不仅将卡维林视为形式主义诗学理论的实践者，也将其看作是向西方文学（主要是冒险小说和纯情节小说）学习的举旗者。因此按照他们的观点，卡维林的幻想故事主要沿袭了德国浪漫主义作家霍夫曼的传统①，如果这还不足以说明问题，那么爱伦·坡、斯蒂文森的名字也可以作为补充被添加在霍夫曼之后。

从20世纪30年代到50年代，对于卡维林的研究进入了滞缓期，主要原因是行政指令对文学领域的干预妨害了文学批评和研究

---

① 隆茨早在卡维林的第一篇故事《第十一条公理》中就发现了其与霍夫曼的联系："《第十一条公理》很有可能与霍夫曼以及他在俄罗斯本土的模仿者之传统相关。"[цит. по: Фрезинский Б. (глав. Ред.) *Судьбы Серапионов. Портреты и сюжеты.* Санкт-Петербург: Академический проект, 2003, с. 166.]

扎米亚京在文章《谢拉皮翁兄弟》中写道："卡维林选择了一条不太好走的路线：向霍夫曼进发——虽然他目前还没能翻过这座大山，但翻过去也是指日可待。"（цит. по: Там же, с. 520.）

特尼扬诺夫对卡维林发表在谢拉皮翁兄弟第一部合集中的作品《莱比锡城18…年纪事》评价道："不得不承认，卡维林确实有些特立独行——他的同好们都不同程度地与俄罗斯传统靠近，而他则更多地继承了德国浪漫派霍夫曼和布伦坦诺的传统。"（цит. по: Там же, с. 526 – 527.）

什克洛夫斯基指出了除霍夫曼之外其他外国浪漫主义作家对卡维林的影响："卡维林——机械师——情节的构筑者。他是谢拉皮翁兄弟中最不感伤的一个。……团体的名称完全是偶然为之。谢拉皮翁兄弟对霍夫曼不感冒，甚至卡维林也只是对斯蒂文森、斯特恩和柯南·道尔有所偏好罢了。"（цит. по: Там же, с. 533 – 534.）

的发展。卡维林的创作被贴上了形式主义和颓废主义的标签，逐渐淡出了文学批评界的视野，即使在偶尔提及他的文学史料中，也不可避免地沾染了负面的色彩。

　　六七十年代对卡维林的评价也是毁誉参半。这一时期从社会学而非文学的角度出发研究艺术作品成了普遍趋势，甚至学院派的文学批评也未能幸免。由苏联科学院俄罗斯文学研究所（普希金之家）相继出版的两部著作《俄国苏联的故事体裁：体裁历史概述》（«Русский советский рассказ. Очерки истории жанра», 1965）和《俄国苏联长篇小说史》（«История русского советского романа», 1970）明显地体现了这一点：卡维林的长篇小说《争执者，或瓦西里岛之夜》（«Скандалист, или вечера на Васисьевском острове»）遭受了严厉的批评，作者认为他对西方文学传统的倾向、对现实主义创作原则的忽视、支持隆茨有关艺术去政治化的言论以及与"奥贝里乌"成员来往过密都是不可饶恕的错误。他的散文被认为是没有说服力的实验，充斥着人为的、做作的和死气沉沉的形象。与这一极端观点相对立的，是一种更加客观和公正的批评方式，斯科罗斯别洛娃（Е. Б. Скороспеловой）的著作《20年代上半期俄国苏联散文中的文体和思潮演变》（«Идейно-стилевые течения в русской советской прозе первой половины 20 – х годов», 1979）在此功不可没。作者在该书中以翔实、细致的分析揭示了卡维林在现代主义散文领域的探索，认为他的成功不仅体现在中小型体裁，也体现在大型叙事体裁上。有关卡维林早期创作零散而有趣的评价除见于鲍里索娃（В. Борисова）为卡维林选集所作的序《卡维林的早期创作》（«Раннее творчество Каверина»）之外，也出现在别拉娅的《苏联散文的文体发展规律》（«Закономерности стилевого развития советской прозы», 1977）当中。诺维科娃（О. Новикова）和诺维科夫（Вл. Новиков）在1986年出版的《卡维林：批评概要》（«В. Каверин: критический очерк»）是目前为止俄罗斯国内研究卡维林诗学特征最具权威性的著作。撰写该书的两位学者没有受到之前偏见的束缚，而是将分析的重点集中在卡维林的叙事风格上，并将其放置于作家的整个创作历程中考量。然而，其不足之处在于："批评概要"的体裁形式虽然比较灵活，却不免流于随意和零散，其中关于卡维林的一些诗学特征并未进行深入挖掘和总结。另外，一些欧美评论家（如派珀、威廉·埃杰顿、玛莎·魏策尔·希基等）有关谢拉皮翁兄弟的著作或文章中也部分涉及了卡维林的创作。虽然在他们的一些整体和个案研究中"谢拉皮翁兄弟"总是和形式主义捆绑在一起，且重点多在分析什克洛夫斯基的形式主义理论上［《形式主义与谢拉皮翁兄弟》（Formalism and Serapion Brothers）、《谢拉皮翁兄弟：苏维埃早期的一场论争》（The Serapion Brothers: An Early Soviet Controversy）、《什克洛夫斯基的动物园与俄罗斯的柏林》（Shklovsky's Zoo and Russian Berlin）］，但这种以流派分析为主线串联起整个文学团体创作的研究方法在当时也具有相当的价值。另有一些摆脱"主义"的束缚、从作品本身出发的研究甚至在一定程度上弥补了俄罗斯国内学界的不足，如洪戈尔·奥兰诺夫（Hongor Oulanoff）所著的《维尼阿明·卡维林的小说创作》（The Prose Fiction of Veniamin A. Kaverin）、《谢拉皮翁兄弟：理论与实践》（The Serapion Brothers: Theory and Practice），罗伯特·卢梭（Robert Russell）的论文《扎米亚京〈我们〉中的文学与革命》（Literature and Revolution in Zamyatin's We），瓦莲京娜·布鲁盖拉（Valentina G. Brougher）的论文《符谢沃洛德·伊万诺夫的讽刺小说 Y 和暗喻原型》（Vsevolod Ivanov's Satirical Novel Y and the Rooster Metaphor）等。

就目前所掌握的资料来看，以中文撰写的有关卡维林的专门研究文章仅有一篇，即郑海凌在1990年的《苏联文学》上发表的《卡维林及其小说创作》，文章在简要分析卡维林四部长篇小说的基础上尝试总结作家的创作风格，认为卡维林从总体上而言是一位现实主义作家。另一篇刊登在《俄罗斯文艺》上的《"谢拉皮翁兄弟"的文学继承性》，从该文学团体成员对待文化遗产的角度分析了其诗学特征的内在一致性，其中有一个章节涉及卡维林对霍夫曼传统的继承。事实上，国内学界对"谢拉皮翁兄弟"的研究尚处于起步阶段，目前没有一本相关的著作出版，有关该文学团体的综述和研究可参见文学史的部分章节以及针对个别成员的评论文章。1998年由上海译文出版社出版的《十月革命前后苏联文学流派》收录了隆茨的诗学宣言和其他成员的一些短篇评论文章，是十分珍贵的历史资料。早在20世纪80年代，苏联20年代的文学就引起了国内学者的关注：江文琦在《苏联二十年代文学中的流派斗争》中梳理了20年代出现的一批文学团体，其中包括"谢拉皮翁兄弟"，虽然观点在现今看来比较陈旧，但资料的翔实和论述的深刻仍值得今天的研究者借鉴。由陆嘉玉翻译的苏联评论家维·泽·罗戈宾的《苏联文学论争概述（一）》，按照十月革命后苏联文学运动的发展顺序，全面而扼要地叙述了文学评论领域中的斗争。陆嘉玉在《前言》中对该文做出了中肯的评价，认为虽然"有些观点我们不尽同意，但是它对于我们了解苏联文学运动……的发展过程"不无裨益。车成安在1996年发表的《论前苏联20年代文学中的"同路人"现象》部分涉及了"谢拉皮翁兄弟"，认为"'谢拉皮翁兄弟'及其他作家，最先拿出了达到艺术水准的优秀作品"。左琴科作为其成员之一最先引起国内研究者的兴趣。从80年代开始，《苏联文学》上相继刊登了一系列有关左琴科的文章，其中包括他的一些短篇小说和赏析文章。关于左琴科严肃的文学研究是从90年代后期开始的，继朱红素在《俄罗斯文艺》上发表了《左琴科幽默观初探》之后，围绕左琴科的幽默讽刺艺术出现了一系列的评论文章，直至近十几年来对于这个问题的探讨仍在继续。对扎米亚京的研究开始于90年代初期，顾亚玲最早在《外国文学研究》上发表了《扎米亚京和新现实主义及其艺术特征》，随后开启了关于长篇小说《我们》的全方位的研究探索，张冰、汪介之、吴泽林、周启超都对其中的反乌托邦性质做了颇有见地的分析。虽然对扎米亚京的研究开始较早，但研究对象的范围始终不见扩大，《我们》是众多研究者锁定的唯一目标，且研究的主题也局限在反乌托邦这一点上。近年来，对什克洛夫斯基的兴趣也是逐渐增长，但也都不是把他放在"谢拉皮翁兄弟"这个文学团体中考察的，而是着重强调他在结构主义理论方面做出的贡献——陌生化理论的运用。据目前所掌握的资料来看，有关其他成员的评论文章尚未出现，也许随着研究进一步推进会有所发现，但有很大可能不会形成一定规模。另外，由张建华、王宗琥主编的《20世纪俄罗斯文学》在《谢拉皮翁兄弟》一节中选取了该文学团体几个主要代表人物的作品进行了简要分析，具有一定的参考价值。总的来说，国内学界对于"谢拉皮翁兄弟"的研究还处于探索起步阶段，除了文本研究之外，翻译他们的作品也是一项亟待解决的工作。

本书主要有三个任务。首先，是将作家卡维林置于当时对其创作产生重大影响的文学团体"谢拉皮翁兄弟"中加以观察和讨论，摆脱以往某些不太恰当的分析模式，如仅以作家的一部或几部作品下定论，直接将作者划入某一流派势力范围或是以作家的生活、创作经历代替对其作品的考察等。

作家的生活和交际环境究竟是否可以作为破解其作品密码的研究材料？关于这一问题至今仍然没有定论。20世纪二三十年代对于如何认识普希金形象中生活层面（人）与创作层面（诗人）关系的探讨给了我们有益的启示：魏列萨耶夫认为必须将诗人的生活与创作分开来看待，诗人的作品不能当作研究诗人实际生活的史料来运用，反之亦然，这可以称为"纯理性主义"的研究方式；与之针锋相对的霍达谢维奇则提出，把诗人与人分离"导致了两个极端的流派：形式主义和实证主义"[①]，前者脱离生活，追求纯粹的艺术，后者则以生活奴役艺术，最终扼杀了艺术。霍达谢维奇主张将诗人与人看成是同一个人身上的两个方面，并在诗人的"生活"与"创作"之间建立一种和谐的联系，以两者的"不可混同"和"不可分开"为前提寻找动态的平衡。在研究卡维林的创作与团体互动、交流之间的关系时，我们将会借鉴霍达谢维奇的方法，在卡维林—"炼金术士兄弟"与卡维林—散

---

① ［美］伊琳娜·帕佩尔诺：《白银时代人的生活与普希金》，林精华编译《西方视野中的白银时代》，东方出版社2001年版，第420页。

文作家之间寻找某种可以产生化学反应的节点，旨在发掘作家的日常生活对其艺术创作在以往研究中被误解和忽视的非偶然性影响。

最大可能地模糊日常生活与艺术创作之间的界限并从前者中提取"永恒的神话题材"是列米佐夫所擅长的，也正是他被很多研究者证实是令谢拉皮翁兄弟受洗的"教父"①。苏联评论家何恩菲尔德（А. Г. Горнфельд）认为谢拉皮翁兄弟是作家中"新的文化类型"，然而还是无法逃脱列米佐夫"在形式上"的影响以及"模仿他"的命运②。然而，本书倾向于认为，与其说列米佐夫在散文的表现形式方面（如修辞、技法、风格等）影响了谢拉皮翁兄弟，不如说后者其实是他"神话思维"的受益者，并且这种看似具有模仿性质的接受不仅没有损害谢拉皮翁兄弟们的原创性，反而更加坚固了他们对"自由创作"和"个人风格"的信仰。事实上，"谢拉皮翁兄弟"本身就是列米佐夫所缔造的嵌套式神话：列米佐夫自1921年夏离开俄罗斯起，就参与到了"谢拉皮翁兄弟"的缔造活动当中（共同参与的还有高尔基），他在1915年因游戏而成立的秘密小组"伟大而自由的猿猴议会"成为培育"谢拉皮翁兄弟"的最佳温室——当时一大部分后来的"谢拉皮翁兄弟"成员都参与了其中，通过与成员们和导师（主要是扎米亚京）的通信最终赋予了年轻的文学团体以最初的雏形。卡维林作为"谢拉皮翁兄弟"的一员，无可避免地受到了列米佐夫"神话思维"的影响，其创作中隐藏作者身份的倾向和通过作品本身复活"骑士团"精神的尝试都是典型的体现，而他在后期与其他兄弟一起试图以反抗列米佐夫风格的方式建立"谢拉皮翁兄弟"独特的神话也恰恰从反面证明了所受影响之深。

---

① Пупликация Л. Ю. "Протокол заседания общества 'Серапионовы братья' от 6 января 1922 г". Муромский В. П. （Отв. Ред.）Ин-т рус. Лит.（Пушкин. Дом）. *Из истории литературных объединений Петрограда-Ленинграда 1920—1930 - х годов*: *Исследования и материалы*. Кн. 2 - Санкт-Петербург：Наука，2006，с. 8.

② Горнфельд А. Новое искусство и его идеология，*Литературные записки*，1922，No 2，с. 5.

如果说列米佐夫对日常生活之神秘本质的理解在宏观层面给予了谢拉皮翁兄弟启示，那么自诩为该团体"助产医生"的扎米亚京①则以讲座和通信的形式对"进入文学文本的日常生活"做了具体的界定。在进入对扎米亚京问题的探讨之前，我们首先需要明确的一点是："谢拉皮翁兄弟"的构成符合一般文学团体的构成规律，即并非完全的均质体。总有一部分核心成员不论在语体风格还是情节构筑方面都更靠近导师级的人物，后者如同星云系统中的恒星，以自身的引力将宇宙中具有相同特质的行星聚合在一起，因此，距离导师越近也就说明距离代表主流文学思潮的宇宙空间越远；另一部分成员则始终对导师的理论持怀疑态度，或许在某个时间段内恰巧运动到距离较近的点，但是在大部分时候都处于自身离焦点（恒星）较远的椭圆轨道上。在谢拉皮翁兄弟中，属于"近焦点"的成员有卡维林、隆茨和早期的尼基京、斯洛尼姆斯基，"远焦点"的成员是符谢沃罗德·伊万诺夫、费定和左琴科，对于后者的作品我们将不予着重分析，而主要选取其诗学理念中受到扎米亚京影响的部分加以探讨。就像恒星对不同体积和质量的行星所具有的引力不同一样，每个成员受到导师影响的方式和程度也不尽相同，为了避免研究过程中的混同和重复，本书拟采取"突出重点，各个击破"的方式，分别选取卡维林、斯洛尼姆斯基和尼基京的作品进行阐释，通过对几何学原理、重复与叠句以及拼接艺术在文本构建中具体运用的剖析，尝试勾勒行星之间、行星与恒星之间引力关系的大致轮廓。

谢拉皮翁兄弟中与卡维林关系最为密切的兄弟就是列夫·隆茨，后者在很大程度上引导了其他成员创作中的去自传化倾向和对确立

---

① "扎米亚京曾于1923年在巴黎的一次采访中强调，自己直接参与了谢拉皮翁兄弟的创造，并称自己为'兄弟们'的'助产医生'。" ［цит. по: Тимина С. И. и Грякалова Н. Ю. и Лекманов О. А. и др. *Русская литература XX века: учебник для высших учебных заведений Российской Федерации*. Тиминой С. И. (под ред.) Учебно-методический комплекс по курсу. «Русская литература XX – начало XXI в». Санкт-Петербург: филологический факультет СПбГУ, 2011, c. 173.］

自我风格的思考。可以说，隆茨与卡维林构成了团体中的一对双子星座：如果说隆茨是"谢拉皮翁兄弟"中锋芒毕露的领袖人物，那么卡维林则是当中厚积薄发的关键人物——前者极富战斗精神的《为什么我们是谢拉皮翁兄弟》成为所有成员一致对外亮出的集体名片，后者充满思辨哲理的《你好，兄弟，写作十分艰难》（«Здравствуй, брат, писать очень трудно»）则被成员们拿来作为互相之间的问候语；前者在戏剧和小说领域风格驳杂的先锋实验与后者始终秉承的"创作经典文学"理念也形成了有趣的对照。隆茨本人也在小说《祖国》（«Родина»）中以神话寓言的形式暗示了自己与卡维林的关系，后者是他的同貌人，是他努力想要成为却永远无法企及的真实幻象。日常生活与文学创作之间的关系问题在隆茨这里上升为关乎作家生死的关键问题，如何超越前辈的影响并确立自身的风格体系，是卡维林与隆茨亟待解决的问题。

其次，尝试证明20年代的文学进程与"谢拉皮翁兄弟"之间的特殊联系——如果说20年代的文学体裁转型是大语境，那么谢拉皮翁兄弟的创作集合就是一个与之互动并反映其细节的小语境，从两者不断变化、相互作用的关系出发进行的对比分析中我们将有机会发现：（1）20年代文学团体对于个人创作在某种意义上的启示和庇护作用；（2）团体成员的作品本身（而非宣言、自传和诗学理论）才是该文学团体抵御时代强风的有力武器。

我们倾向于认为，对谢拉皮翁兄弟的认识应当基于他们的"过渡性"（переходная характеристика）特征，这里有两层含义：首先是针对创作本身的。他们的作品兼有土生土长的俄罗斯经典文学传统和大胆乖张的现代主义文学元素，有时体现为传统民间口头语所包裹的具有荒诞内核的故事，有时则体现为拼贴画手法下的俄罗斯民俗故事，总之，二者相互交融，互为表里。其次是针对整个文学团体的性质来说的。谢拉皮翁兄弟是一个相对"松散"的文学组织，列夫·隆茨在《为什么我们是谢拉皮翁兄弟》这篇宣言中指出，团结他们的有两点——对艺术真实观的一致看法和兄弟般的情谊，这就暗示了其成员在政治立场（很多研究者并不承认他们有任何的政治立场）、风格流派、体裁形式以及审美观点上有很大的差异性，正是这种因差异产生的张力在某种程度上推动了整个文学团体的成长。实际上，这与20世纪20年代的文学大语境极为相似："20世纪20年代的俄罗斯文学具有某种'过渡性'（передность）的特征：由严格审查制度下整齐划一的苏联文学过渡到言论自由环境下产生的全新文学——读者与作者角色转换了，体裁和内容处于不断转型过程中，文学的向心性消失了。"① 正是在这种向心性逐渐消失、各种文学团体和文学流派开始活跃的分子式运动的时段，文学体裁和题材的界限得到了极大的拓展，各种演变也发生得最为剧烈。从这个意义上而言，"谢拉皮翁兄弟"正是20年代文学的缩影，在二者相互影响、相互作用的关系当中可以窥见那个特殊年代文学发展的一般轨迹。

20世纪20年代俄罗斯文学发展进程中最显著的特点就是文学转型，包括体裁的转型（жанровая трансформация）和文学潮流的转型（从现实主义转向现代主义）两个大的层面。

可以说，20年代是散文体裁占据主导地位的时代，散文体裁在与诗歌体裁互动的过程中确立自身是这一时段的主题，而叙事体裁内部中小型体裁对大型体裁的取代更是需要特别关注的重点。文学体裁的概念在亚里士多德的《诗学》中就已出现，书中指出文学体裁是一个稳定的系统，作家的任务只是让自己的作品完全符合该系统的限定。在此后的两千多年，整个体裁系统和个别体裁样式的变形（有时甚至是非常剧烈的）不是被体裁学家们忽略，就是被视为破坏系统的异类存在。直到18世纪末期，这种传统的体裁分类形式才受到重创：文学内部进程的发展和各种社会文化现象的交织作用使得传统的体裁系统没法准确地描绘不断变化的文学现实。从19世纪初到20世纪初，文学体裁经历了一个由界限逐渐模糊的融合阶段

---

① Черняк М. А. *Актуальная словесность XXI века：Приглашение к диалогу.* учеб. Пособие. Москва：ФЛИНТА：Наука, 2015，с. 85.

到再度产生出新的清晰类型的分化阶段（后者主要是在 20 世纪大众文学的作用下产生的，侦探小说、科幻故事和女性小说都是这一时期的新产物），而本书所要讨论的谢拉皮翁兄弟创作正处于这一分化阶段的萌芽期。这一时期体裁发展最主要的特点是作者意图和个人偏好（与文学大众的偏好相调和的结果）对体裁系统的扩充——虽然文学进程从来不会被某个杰出作家的特殊贡献所左右，但个人风格和总体进程之间的动态平衡对于研究某一特定时期的体裁变化来说显然十分重要。首先需要明确的两点是：其一，体裁不应被理解为某种抽象的、先验的、静态的理论概念，体裁首先是审美意识随历史推进的产物，是文学演变的产物；其二，体裁并非存在于抽象的体裁模型中，而应存在于"作品中活生生的生活里"（巴赫金语），或者说，存在于各种具有个人风格的体裁形式的集合中。因此，必须在研究中注重作品本身的特质而非团体或个人的诗学宣言；关注作品或创作合集为体裁系统带来的新变化，而不是它是否符合体裁系统的一般标准。

严格来说，现实主义向现代主义的转型并不是从 20 世纪 20 年代开始的，19 世纪中后期的文学巨匠陀思妥耶夫斯基"对人类灵魂的拷问，对人类变态心理的分析和描绘，使他的作品具有非常浓郁的现代性意义"[①]，他的小说对俄罗斯乃至世界范围内现代主义小说的发展都具有极其深远的影响。然而，从 20 世纪第一个十年末期开始，伴随着俄国形式主义的萌芽，现代主义小说的发展趋势发生了转向：由原先的注重心理分析，吸纳其他人文学科（如哲学、心理学、伦理学、宗教学等）的最新成果，转向了强调文学作品的独特性，并出现了一种综合文学内部各因素的倾向，包括散文的诗歌化，散文的视觉化，新闻、电报、书信、报告等公文语体的拼接运用，等等。从这个意义上而言，文学潮流的转型与文学体裁的转型是有

---

① 刘象愚等主编：《从现代主义到后现代主义》，高等教育出版社 2002 年版，第 197 页。

交叠部分的,并且这一现象与谢拉皮翁兄弟文学实验所表现出的幻想倾向脱不开干系。在这一过程中,同时发生变化的是个人与历史时空的关系,传统现实主义中个人被动地承受来自历史时空的压力并试图在其行为和心理上将这种压力反映出来,而现代主义则试图证明个人可以脱离现实历史时间的束缚,其"生活的每一个瞬间被视为一个综合性创造行动"[①],并且这一行动背后所潜藏的神话本质将会与久远的过去或未来发生呼应。正是在这样一种文学大语境下,扎米亚京提出了"综合主义"的概念,在很大程度上引导了谢拉皮翁兄弟文学实验的方向:卡维林的《第十一条公理》、斯洛尼姆斯基的《野蛮人》和尼基京的《黛西》是其中的代表性作品——这些作品的共同特征除了实践"艺术综合"的理念之外,也表现出将重心从人物移至事件乃至创作本身的倾向。

最后一个任务是前两个的延伸和拓展:考察卡维林是如何在与团体其他成员互动的过程中逐渐获得属于自己的声音,并由此成为20年代俄罗斯文学进程中具有"开拓"和"传承"双重意义的经典小说家的。

文学传承中影响机制的研究在具备不言而喻的重要性的同时,总是伴随着复杂性和模糊性。其中一方面的原因在于研究对象和研究方法选择的不同(任何一个成功文本的诞生都是在糅合几种传统的基础上的创新,困难在于如何用现有的研究方法分离出粗细不同的影响线路);另一方面则是由于被影响对象对分析结果的抗拒——通常作为影响之受惠者(同时也是受害者)的年轻作者会竭力否认作品中的前辈痕迹(越是在时间轴上与他靠近的前辈作家,遭到的反抗就越强烈),以此维护自身创作的独特性。一般而言,只有那些自信已经掌握了足够的写作技巧和风格特征,完全有能力走出前辈的巨大身影的成熟作家——当然,不排除其声称的结果具有混淆视

---

① [俄]鲍里斯·盖斯帕洛夫:《"黄金时代"及其在俄国现代主义文化神话中的角色》,林精华编译《西方视野中的白银时代》,东方出版社2001年版,第372页。

听的性质①——才会毫不胆怯地承认自己曾经受过某位前辈的庇护。到了20世纪20年代,不断涌现的文学团体为了凸显自身而做出的完善创作纲领、丰富创作理论的努力,在某种程度上缓解了上述第一层面的困难,然而与之相反,第二层面的困难不减反增。首先,由于出版物在普通读者中日益扩大的影响,作者更容易在作品之外发表自己的看法,甚至作为旁观者对自己的作品做出评价,这无疑给文学研究者造成了不小的压力——特别是在作者意见与评论家意见相左的情况下;其次,这一时期产生的文学现象和文学作品尚显年轻,还未经过时间的筛选沉淀,有时就连他们的庇护者也还处于向经典塔楼攀登的阶段,因此不论是受影响者本人还是评论家都很难就这一问题给出确凿定论。

鉴于上述原因,本书在该问题上的研究重点将会落在卡维林的"开拓"性意义上,他对俄罗斯传统文化遗产的继承则作为散文创新的必要基础来阐述。在俄罗斯20年代文学的背景下探讨这一问题具有十分特殊的意义,原因在于那个年代对"继承"与"创新"的看法与现今截然不同,作家的创作是否具有创新性大多与他的政治立场和阶级属性相关,这就造成了对卡维林以及其他谢拉皮翁兄弟的长期不公平对待——既是由于他们的"同路人"身份,也与他们不以政治倾向评价作品优劣的诗学宣言有关。卡维林的文学实验究竟具有什么样的性质,是折中还是创新?这种创新(如果证据确凿)仅仅表现在某一时期的作品中,还是作为一种精神贯穿作者的创作生涯?这些问题都是我们需要在该主题下探讨的。另外,在这一主线下也会涉及与"导师"扎米亚京和"兄弟"隆茨的关系,前者指引了卡维林文学实验的方向和目的,后者则是其文学实验的同盟,在与卡维林文学文本的互动中共同进步。中篇小说《匪巢末日》在卡维林20年代的创作中占据十分重要且特殊的位置,因为这部作品

---

① 纳博科夫就曾多次公开表示过从少年时期就对陀思妥耶夫斯基无甚好感,也尽力避免受其作品的影响,然而事实上,他与陀氏作品的相似性已被大量研究所证明了。

不仅最大限度体现了"过渡性"的特征（从刻意强调情节的叙事转向情节线索自然汇集，从小型叙事结构转向中型，从装饰性的散文风格转向简洁平实的普希金传统），并且展示了文学实验在借鉴传统的基础上所能达到的高度。

本书的研究材料来源于有关谢拉皮翁兄弟创作生活各个方面的研究文集、文章、论文，团体成员写下的评论、信件和自传，以及体裁学相关的专著和研究成果。论文研究的主导原则有以下两点：一是在纵向上的历史成因研究（историко-генетический），即从艺术作品的产生、发展、影响等方面考察它在整个文学艺术史当中的地位（具体到本书语境中指的是谢拉皮翁兄弟作品中体现出来的传承与创新、保守与开放的各个方面）；二是在横向上的历史对比研究（сравнительно-исторический），具体指的是将谢拉皮翁兄弟构成的文学小语境与20年代体裁转型的文学大语境相对比，寻找二者间相互呼应的规律。

第 一 章

20年代文学转型语境下的"谢拉皮翁兄弟"

文学团体"谢拉皮翁兄弟"活跃的20世纪20年代是苏联历史上极其复杂、充满斗争和矛盾的时代。刚刚结束的国内战争令整个国家疲惫不堪,为了恢复国民经济、缓和国内矛盾,新生的苏维埃政权于1921年开始实施新经济政策。这一政策不仅对经济建设有所促进,在文化发展方面也起到了不小的作用,"使文艺生活变得日趋活跃,其特点是团体林立,流派纷呈,各种口号与宣言层出不穷"①。比较有影响力的文学团体有:无产阶级文化协会、锻冶场、谢拉皮翁兄弟、左翼艺术阵线、构成主义文学中心、山隘、拉普等。在这些大多以政治倾向为依托建立美学纲领并互相倾轧的文学团体当中,"谢拉皮翁兄弟"算得上是一个"异类":一方面是因为该团体中各个成员的政治倾向性不尽相同;另一方面则体现在他们没有一个统一的美学纲领上。

除此以外,"谢拉皮翁兄弟"的特殊性还体现在其与20年代文学进程的互动关系上——从某种程度上而言,这两者之间是部分与整体、小语境与大语境的关系。20世纪20年代俄罗斯文学进程最明显的辨识标志就是文学转型,包括体裁的转型和文学潮流的转

---

① 吴元迈:《苏联文学思潮》,浙江文艺出版社1985年版,第24页。

型两个大的层面。事实上，不论是哪个层面上的转型都涉及新旧交替或是对立转化的问题，企图绕过文学史上已经稳定存在的体裁类型或是文学思潮而直接进入对新现象的探讨是徒劳无益的。因此，在文学转型的大前提下考察"谢拉皮翁兄弟"的组织结构和创作类型实际上暗示了文化传承的客观性及其对该文学团体的重要意义。

卡维林是"谢拉皮翁兄弟"中的关键人物之一，通过还原他与其他兄弟之间在文学创作和日常生活方面的交流，我们有望获得一个由团体内部向外开设的视角，进而更加准确地回答应当如何看待作家个体、其所处文学团体以及当时整个文学大语境的关系问题，并对此过程中将会涉及的其他相关问题，如文学转型与作家身份的确立、传统与创新的融合与界限、幻想题材的发展与演变等有所准备。

第一节 "谢拉皮翁兄弟"与 20 年代文学转型

"谢拉皮翁兄弟"（Серапионовы братья）于 1921 年成立于俄罗斯圣彼得堡，是一个脱胎于"同路人"（попутчик）的文学团体。它的萌芽在 1919 年高尔基创办翻译工作室（Студия переводчиков）时就已经产生，但与其他"同路人"组成的团体（如新农民诗人、意象派等）一样，受到未来派和无产阶级文化协会的打压，无法发出自己的声音。战时共产主义时期（1918—1920）以布尔什维克对未来派和无产阶级文化协会的否决而告终，"同路人"在接下来不长的一段时间里获得了为自身争取公正和地位的机会，而这之中最突出的一支就是"谢拉皮翁兄弟"。同路人的身份决定了该文学团体成员不是从拥护革命的多数派角度看待新社会的方方面面，而是从少数派的视角出发，发现并提出那些在多数派看来并不存在的问题，试图摇醒那大踏步迈向"光明未来"的人形怪物，后者由千千万万个被革命激情所淹没的民众堆叠而成。由此，20年代的俄罗斯散文和诗歌创作中才产生了个人与集体的关系问题（проблема личности и массы）："出现一批新的作品，内容在反映个体从一个时代进入另一个时代的过程中所经历的痛苦——不仅仅是生活方式、周遭环境的改变，更涉及信仰和世界观的颠覆。"① 可以说，"谢拉皮翁兄弟"的"同路人"身份在很大程度上影响了他们在20世纪20年代俄罗斯文学地图上的位置：虽然团体成员曾一再宣称他们对政治倾向性漠不关心，但是参与革命和多次战争的共同经历决定了他们不是从文学走向革命，而是从革命进入文学。极有可能正是这一不同寻常的途径激发了他们中的大部分试图摆脱革命对文学过度渗透的决心，即要求艺术的去功利化——不论是团体领袖人物隆茨所发表的宣言《为什么我们是谢拉皮翁兄弟》，还是成员们的文学实验（如卡维林的仿木偶剧故事、隆茨的圣经题材故事和普遍出现的动物主题）都体现了这一点；与此同时，曾经接受并投身革命的经历使得谢拉皮翁兄弟们从未真正地远离革命，远离社会生活的主要事件，他们显然已经越过了之前象征派对待革命形而上的态度，而进入了一个更加客观冷静（甚至带有自然主义倾向）的阶段。托洛茨基曾断言"如果谢拉皮翁兄弟彻底与革命撇清关系，那么他们顶多只能算作在革命前就过气的二三流作家群"②，现在看来，他的假设事实上不大可能成立。

需要指出的是，"同路人"的概念也是托洛茨基首先提出的。在《文学与革命》一书中，他将"同路人"作家定义为在革命中形成的并且以不同的方式接受革命，却"没有从整体上把握革命，对革命的共产主义目标也感到陌生"的知识分子，认为他们是处于资产

---

① 郑体武主编：《俄罗斯文学史》（下册），上海外语教育出版社2008年版，第134页。

② Троцкий Л. Д. *Литература и революция*. Москва: Издательство политической литературы, 1991, с. 82.

阶级作家和无产阶级作家之间的一个作家阶层①。如今，人们不再以阶级属性和政治立场划分作家群体，更不会因此对作家的创作妄下断言，当时被定义为"非无产阶级"的作家群体以其作品的客观性、丰富性和深刻性重新进入了批评界的视野。托洛茨基的观点被证明虽有其片面性，却也在一定程度上保护了同路人作家，使后者不至于被当作反革命作家而一棒打死。

在"同路人"这一概念的阶级属性逐渐消退之后，其外延性的比喻意义便凸显了出来："同路人"首先指涉那些对结果的确定性持保留态度并在不断观察、调整中向前运动的群体，简而言之，辨识他们的标志是"开放性"（открытость）和"运动性"（динамичность）。这两点特征对于"同路人"作家来说缺一不可：没有"开放性"就意味着警觉大脑和敏锐观察力的缺席，最终导致盲目跟从或是做出错误判断的可怕后果；缺乏"运动性"则抹去了"同路人"与资产阶级和无产阶级作家之间的界限——后两者并非真正意义上的运动，因为其目标是既定不变的——事实上，确实有一批同路人作家在行进的过程中放弃了"开放性"而选择了"确定性"，如高尔基、阿·托尔斯泰、康斯坦丁·费定以及吉洪诺夫等都在后来加入了苏联作家协会，成为社会主义现实主义的开辟者和领路人。无论是选择"确定性"还是"运动性"都没有理由遭到批判和否定，因为这两个作家群都为苏联文学做出了不可替代的贡献；只是就文学进程发展的内部规律而言，同路人所具有的两个特征恰好与20世纪20年代文学发展的潮流相吻合——各种文学流派、团体在论争中成长（开放性），文学体裁之间的渗透和转型十分明显（运动性）。上述两点特征与时代的契合尤为明显地体现在"谢拉皮翁兄弟"这一文学团体的构成形式和组织性质上——不仅每个成员具有自身独特的判断力以及自由的选择权，甚至整个团体都呈现出一种类似海绵的弹性状

---

① 参见车成安《论前苏联20年代文学中的"同路人"现象》，《吉林大学社会科学学报》1996年第4期。

态，准确而及时地捕捉周遭大环境的变化并对其做出反应。这里的"反应"主要包括两个方面：首先是创作层面的。20 年代诗歌与散文、现实主义与现代主义、浪漫主义幻想与日常写实手法之间的博弈一刻不停地体现在谢拉皮翁兄弟的作品中，我们很难界定这一时期团体成员的流派所属，有的评论家将原因归结于成员本身过于年轻，还未定性①，然而本书倾向于认为，正是时代与个性的相互作用产生了这一特殊现象。其次是结构层面的。"这个团体一时大于自身，一时又小于自身。既定的'核心成员'经常绕过主要人物，比如波兹涅尔，或者恰恰相反，将那些本不是领军人物的作家包括进来。这证明了'谢拉皮翁兄弟'作为文学小组是一个开放性的组织，具有未定型的边界。"② 很明显，组员的进出并不是依照某一领袖人物的意见或是集体章程的规定，而是组员根据自身创作的发展方向以及诗学观的逐渐成熟不断调整的结果，这在 20 年代文学团体的组织形式中是十分少见的。

由此可见，革命和战争唤醒了一批同路人作家，而后者与其他作家一同在接下来的十年中创造了 20 年代俄罗斯本土文学生活的特殊氛围，"谢拉皮翁兄弟"既是其中的创造者之一，又是无可取代的时代"呈现者"（从创作和结构两个层面呈现）。然而，"谢拉皮翁兄弟"在 20 年代俄罗斯文学进程中的特殊位置不仅在于呈现时代氛围，更重要的是体现某一时段文学进程内部的规律和特征，正是在这个意义上，"谢拉皮翁兄弟"与那些同样经历过战争和革命洗礼的、试图通过自己的作品传递时代精神的千千万万个兄弟区分开来。

---

① "现在探究谢拉皮翁兄弟的'评价标准'还为时过早，因为他们尚且年轻，还未定性。" цит. по: М. О. "Племя младое（О «Серапионовых братьях»）". *Современные записки*. Кн. XII. Культура и жизнь, 1922, с. 338.

② Факина（Саратов）Т. П. "«Серапионовы братья»: с прописной или строчной буквы?" Коновалова Л. Ю. и Ткачева И. В.（Ред и состав）*Серапионовы братья: философско-эстетические и культурно-исторические аспекты. К 90 - летию образования литературной группы: Материалы междун. научн. конф. Госуд. Музей К. А. Федина*. Саратов: Изд-во «Орион», 2011, с. 251 – 259.

"20世纪20年代的俄罗斯文学具有某种'过渡性'(передность)的特征:由严格审查制度下整齐划一的苏联文学过渡到言论自由环境下产生的全新文学——读者与作者角色转换了,体裁和内容处于不断转型过程中,文学的向心性消失了。"① 关于20世纪20年代俄罗斯文学进程所具有的"过渡性特征",国内和国外学界已经都有了基本的共识,一般认为这种过渡性是两种趋势碰撞和融合的结果:一是各种审美倾向和创作趣味从被革命所炸裂的文化断层内部萌发出来,其生长趋势体现了广延性、复杂性和多样性的特点;二是当时的文化政策对文艺创作的干预,它要求所有文学作品在统一的意识形态下发出单一的和声②。首先需要明确的是,不论是十月革命还是当时的文化政策,都只是在初始阶段独立于文学发展进程,而在之后与其他各种因素的长期相互作用中内化为文学发展自身的动力和趋势。事实上,这里涉及意识形态和文学发展的复杂关系,虽然在某些极端情况下,意识形态看似完全掌控了那一时期的文学进程步伐(例如从30年代到50年代的苏联文学),然而我们仍旧不能简单地断言前者一定具有优势地位,这至少有以下两点原因:首先,文学的进程可以从两个对称的方面来理解——没有时间限定的一般诗学范畴("这些范畴按照文本层次被称作样式、语域、文体,乃至形式、风格等")以及处于时间轴上的广义文学史概念("比如:思潮、流派、运动或另一词义上的'风格'"③),如果说第二个层面容易与所处时代的意识形态或其他社会历史因素发生关联,那么第一个层面则更多地被放置于作者的个性范围内加以讨论,包含更多的自发性和多样性特征;其次,体裁研究是文学进程研究中的一个重

---

① Черняк М. А. *Актуальная словесность XXI века:Приглашение к диалогу.* учеб. Пособие. Москва:ФЛИНТА:Наука,2015,c. 85.

② [俄]符·维·阿格诺索夫主编:《20世纪俄罗斯文学》,凌建侯等译,中国人民大学出版社2001年版,第138页。

③ [法]托多罗夫:《巴赫金、对话理论及其他》,蒋子华、张萍译,百花文艺出版社2001年版,第30页。

要组成部分，而体裁本身也是一个人为参与建立的系统，或者说是一种制度，"与其他任何制度一样，体裁也展现其所属社会的构成特征"①。一个社会总是选择尽可能符合其意识形态的行为并使之系统化，而被选定的体裁系统在一方面反映其所处的意识形态环境，另一方面在个别作者不断"违背规则"的大胆尝试中拓展其边界和范围。由此可知，那些试图通过分析社会历史因素来掌握文学发展进程趋势的批评方法并不可靠，同样不可取的是悲观地将社会历史因素与文学的相互作用视为一团无规律可循的乱麻，认为批评家可以随意解释造成某种文学现象的历史原因②。总而言之，社会历史因素和意识形态选择对文学发展进程都具有重要的影响而非决定性作用，尤其是当占据支配地位的意识形态以一种缓慢而不确定的方式试图牵引文学发展方向时（就像布尔什维克在 1918—1925 年所做的③），双方在此过程中所受到的反作用力往往会激发十分有趣的现象，这使得该时段的文学发展较之自由度高的时期更为丰富、深刻和复杂——从十月革命到 20 年代末的俄罗斯文学发展正是这样一种发展

---

① ［法］托多罗夫：《巴赫金、对话理论及其他》，蒋子华、张萍译，百花文艺出版社 2001 年版，第 29 页。

② "……生活的所有领域与文学之间的相互作用毫无疑问是存在的：没有一个生活或思想领域可以密不透风。然而这种复杂的相互作用很难阐述清楚。如果文学的状况不是现在这样，而是具有消极和幻想的特征——批评家照样会信心十足地谈论革命的影响，只是会特别强调对于生活的厌倦，以及在文学中寻找与现实对抗之物。他们会说，革命确实过于耀眼，以至于扼杀了情节小说和犯罪故事，文学因此理所当然地走入梦幻。不论是哪种情形批评家们看起来都言之凿凿。然而这仅仅是'看起来'。"［цит. по: Цетлин М. О. "Племя младое（О «Серапионовых братьях»）". Современные записки. Кн. XII. Культура и жизнь，1922，с. 337］

③ "布尔什维克政府的所有这些活动都是料想得到的，但是更为困难而有争议的则是在文学艺术领域采取积极的政策的问题。什么样的艺术，特别是什么样的散文与诗歌适合于新文化？在新经济政策有利的条件下，随着文学生活的恢复，不免涌现出一批使人困惑的文学流派。党应该支持哪个派别，又应该解散哪个派别呢？这是自从 1918 年以来一直在争论的问题，但是只有到了 1925 年，在因意见分歧而几年犹豫不决后，党才采取了坚定的立场。"（转引自［美］马克·斯洛宁《苏维埃俄罗斯文学》，浦立民、刘峰译，上海译文出版社 1983 年版，第 46 页）

状况的典型。

  这一时期的过渡性特征首先体现在体裁的转型（жанровая трансформация）上。这一转型不仅发生在诗歌与散文体裁之间，也发生在散文体裁内部：前者包括诗歌体裁的逐渐失势及其对散文体裁的影响和渗透，后者则表现为"大型史诗体裁为中小型体裁（故事、短篇小说、速写、寓言）所替代""中篇小说在中型体裁中占据了主要位置，将长篇小说推至第三梯队"①。这两种趋势无一例外地体现在"谢拉皮翁兄弟"的自身构成和创作实践上——如果说20年代的文学体裁转型是大语境，那么谢拉皮翁兄弟们的创作集合就是一个与之互动并反映其细节的小语境。

  "'谢拉皮翁兄弟'首先是一个学派，一所学校，而他们的合集就是这所学校可供展示的成果"，这种类型的"学派"或者说文学小组在俄罗斯文学中所起的作用是非常重要且卓有成效的，白银时代的象征主义小组、阿克梅派车间、未来主义团体以及意象派和新农民诗人都在现代派诗歌的崛起过程中扮演了重要的角色："它（指文学小组——引者注）的正面意义在于，使得文学进程更快地获得稳定的形式（有时也赋予其深度），文学问题更加凸显出来，文学论争更加激烈，文学生活也由此变得愈加丰富多彩。"② 除了为文学发展注入动力和血液之外，文学团体和小组的创作和构成情况也在很大程度上反映了该时期占据支配地位的体裁系统——在诗歌处于文学舞台中心位置时，散文家的小组总是被笼罩在不引人注目的阴影之下；而在散文大行其道的时代，诗歌小组为了吸引目光则难免以乖张出格的风格示人。然而不论是哪一种情况，小组成员身份的纯

---

  ① Бройтман С. Н. и Магомедова Д. М. и Приходько И. С. и Тамарченко Н. Д. (отв. Ред.) "Жанр и жанровая система в русской литературе конца XIX – начала XX века". *Поэтика русской литературы конца XIX – начала XX века. Динамика жанра. Общие проблемы. Проза.* Москва：ИМЛИ РАН，2009，c. 12.

  ② Цетлин М. О. "Племя младое（О «Серапионовых братьях»）". *Современные записки.* Кн. XII. Культура и жизнь，1922，c. 329 – 338.

粹性（诗歌小组都由诗人组成，反之亦然）都是该文学小组在某一特定时期立足的重要保障（尤其是在小组性质与主流文学体裁相悖的情况下），几乎没有一个文学小组像"谢拉皮翁兄弟"这样，不仅同时吸收了散文家和诗人，还从人数和作品比例上反映了当时散文与诗歌的转化、对比状况——"俄国的谢拉皮翁们，大多是散文作家。在创始成员中只有吉洪诺夫和波隆斯卡娅（该团体中唯一的女成员）两人是诗人。"① 对事件叙述的热情超越了抒发个人情感的需要，因此哪怕是以诗歌创作为主，吉洪诺夫与波隆斯卡娅也只是将其视为合适的表达形式，正如特尼扬诺夫指出的："最近一段时间对'谢拉皮翁兄弟'这个规模不大的文学社团的关注是非常有必要的：这是一个散文作家小组。（他们之中也有诗人，然而诗人也是以散文为导向的②，例如尼古拉·吉洪诺夫的诗集《勋章》。）……如果是五年以前，这个由年轻散文作家组成的团体可能完全不会引起关注，而三年以前则略显古怪。"这显然是因为诗歌在与其他体裁的相互作用中逐渐淡化了自身的抒情性特质（抒情诗是整个白银时代的主流体裁③），"诗歌浪潮的消退是从其以散文为导向开始的；象征主义的抒情歌谣曲声渐弱，出现了机械的模仿（伊戈尔·谢维里亚宁），阿赫玛托娃的讲述式诗歌（亲密交谈的句法），马雅可夫斯基的演讲式诗歌"。在这之后，"散文应当代替诗歌坐上不久前由后者独占的位置"④。

---

① ［美］马克·斯洛宁：《苏维埃俄罗斯文学》，浦立民、刘峰译，上海译文出版社 1983 年版，第 101 页。

② 波隆斯卡娅曾在诗集序言中指出："我认识了自己的国家，描绘那些给我带来强烈感受的新鲜事物。如果这些无法在散文里获得完全的表达，那我就写诗。"［цит. по: Бихтер А.（Ред.）. *Елизавета Григорьевна Полонская, Избранное*. Ленинград.：Издательство «Художественная литература», 1965, c. 11.］

③ Бройтман С. Н. и Магомедова Д. М. и Приходько И. С. и Тамарченко Н. Д.（отв. Ред.）"Жанр и жанровая система в русской литературе конца XIX – начала XX века". *Поэтика русской литературы конца XIX – начала XX века. Динамика жанра. Общие проблемы. Проза*. Москва：ИМЛИ РАН, 2009, c. 12.

④ Тынянов Ю. Н. *Поэтика. История литературы. Кино*. Москва, 1977, c. 132 – 135, http：//philologos. narod. ru/tynyanov/pilk/ist10. htm.

然而，必须指出的是，特尼扬诺夫并无意强调诗歌与散文体裁之间类似权力交替的绝对转换关系，他认为恰恰是优势体裁对于相对弱势体裁的强力渗透导致了自身的虚弱，与此同时，弱势体裁在反渗透或者说有选择地吸收过程中确立自身，然而这种"渗透—反渗透"的循环是无可息止的，由此产生了两种主要体裁的交替。关于这一点，他不仅在评论"谢拉皮翁兄弟"的文章中有所提及，"与诗歌的交流一方面充实了散文，另一方面也使其分解；并且这种交流过程会一直持续到散文和诗歌体裁各自出现清晰边界的那一刻"①。他在之后的《关于文学进程》（«О литературной эволюции»，1927）一文中也做了详细的展开，艾亨鲍姆对其中的主要思想做了简要的概括："从文体学的角度看，散文应该意识到自身与诗歌的互动关系（'散文与诗歌的共有功能'），并且，如有可能，应该吸收并强化诗歌言语的某些特点。特尼扬诺夫对散文提出的这些要求——不是针对'战胜'（这种胜利只是一种惯性定律）了诗歌的散文，而是针对那些克服了惯性并推出新的结构性原则的散文来说的。"② 因此，"散文面临的困难挑战在于，"特尼扬诺夫写道，"运用那些在与诗歌交流过程中产生的具有混合性特征的散文语汇，并重新赋予后者独属于散文的特性，使之与诗歌区别开来。此处首要的任务是——创作以情节为导向的散文。"③ 特尼扬诺夫的直系学生卡维林④进一步在文学创作实践的层面上发展了这一观点，他认为从构成散文语言的角度来看："同诗歌一样，散文也是奇迹，这一奇迹

---

① Тынянов Ю. Н. *Поэтика. История литературы. Кино.* Москва，1977，с. 132 - 135，http：//philologos. narod. ru/tynyanov/pilk/ist10. htm.

② Эйхенбаум Б. *О прозе：Сборник статей.* Линград：Изд. «Художественная литература»，1969，с. 395.

③ Тынянов Ю. Н. *Поэтика. История литературы. Кино.* Москва，1977，с. 132 - 135，http：//philologos. narod. ru/tynyanov/pilk/ist10. htm.

④ "家里等待我的是第二所大学——尤里·特尼扬诺夫。"（Цит. по：Каверин В. А. *Собрание сочинений. В 8 - ми т. Т. 7. Освещенные окна：Трилогия.* Москва：Худож. лит，1980，с. 388. ）

同样与日常生活语言相对立。另外，散文的创作也并不比诗歌简单"，散文不仅区别于诗歌作品，也区别于流行小说，"20年代创作理念中'散文'一词的崇高语义在70年代重又回归到我们的文化和语言中来"；关于吸收诗歌语言某些优势特点来构建散文自身的问题，卡维林认为"散文的形态必须通过另一种艺术语言来构建——诗歌的语言"①。这里的"诗歌的语言"毫无疑问指向散文化了的诗歌语言，卡维林用其作品中极具特点的长句向读者展示了散文语言在节奏、韵律和意象上所能企及的高度。

有观点认为，诗歌源头对于叙事散文文本的压倒性影响突出表现在"装饰散文"（орнаментальная проза）这一变体上，因为此种类型散文"像诗歌一样"，不仅"注重磨炼技艺，以突显声响、韵律和意象效果"，而且如扎米亚京所言具有节奏性和音乐感，"建立在句法结构的艺术规则之上，建立在重复手段以及排比句型之上"②。那么，散文对诗歌语言的吸收是否应该以"装饰散文"的创作为范例？毕竟在20年代的文坛上，"为装饰主义代言的是一批风头正劲的作家（如列米佐夫、安德烈·别雷、扎米亚京等——引者注），他们将年轻一辈牢牢地掌控在自身影响之下"③。尽管包括卡维林在内的多位"谢拉皮翁兄弟"成员都在早期创作阶段受到了该趋势的影响④，然而这种情况在谢拉皮翁兄弟内部并未被当作自

---

① Новикова О. Н. и Новиков Вл. И. В. *Каверин: Критический очерк.* Москва: Сов. писатель, 1986, с. 86.

② Gary L. Browning, "《Russian Ornamental Prose》. *The Slavic and East European Journal*", Vol. 23, No. 3 (Autumn, 1979), p. 348.

③ Каверин В. А. "Рассказы и повести; Скандалист, или Вечера на Васильевском острове: Роман." *Собрание сочинений. В 8 - ми т. Т. 1.* Москва: Худож. лит, 1980, с. 9.

④ "可以大胆地说，装饰主义对于符谢沃罗德·伊万诺夫、尼基京的早期创作有显著的影响。其余的'兄弟们'则绕过这一趋势，以俄罗斯经典现实主义文学宽广——从列斯科夫到契诃夫——的传统为立足点。至于我本人，在一开始的十六篇故事（尚停留在手稿阶段）里可以发现模仿蒲宁和别雷，霍夫曼和爱伦·坡的痕迹。"（цит. по: Там же, с. 10.）

然规律接受下来,而是引起过激烈的争论:隆茨从装饰性风格的结构性缺陷出发,认为该风格将自身某一个次要功能发展得过于肥大,最终必然导致它被其他风格所替代[小组成员中的批评家格鲁兹德夫(И. Груздев)也持类似观点];卡维林同隆茨一样强烈反对装饰性风格对散文创作的入侵,他指出"这些年来,正是这种从象征主义者那里继承来的所谓'装饰风格'极大阻碍了文学的前进",并攻击装饰主义者对方言的过分依赖是"关于黑面包别名的空洞修辞和从达里词典中偷来的、粗制滥造的手工词汇"①。与其说隆茨和卡维林反对装饰性风格的语言特征,不如说他们实际担心的是"按照诗章的规律来组织小说文本"②的装饰散文赋予词语和形象过度的象征性含义,从而损害了情节——原本散文创作中重要的叙述组织方法——的发展,最终远离了"散文"一词的初始意义。

事实上,诗歌思维对于散文创作的渗透发生在每一个诗歌体裁占据主导地位的时期,早在19世纪20年代,一大批俄罗斯作家都对当时"散文以牺牲内容和逻辑为代价的过度诗化"③表示强烈不满,一个世纪之后,历史在"谢拉皮翁兄弟"这里重演了。与一个世纪前的状况相比,在谢拉皮翁兄弟们所处的20年代能够观察到原初意义上的散文不仅受到来自诗歌的袭击,也受到来自其他叙事体裁的强力倾轧——风俗小说、心理分析小说和故事体小说被认为是其中最强大的一股力量。沃尔夫·施密特曾在论述从普希金发源的俄国散文传统时指出了"散文"一词的三个语义层面:"首先,去诗歌化,独特的叙事方式和结构框架替代原先的诗歌思维;其次,

---

① D. G. B. Piper, "Formalism and the Serapion Brothers", *The Slavonic and East European Review*, Vol. 47, No. 108 (Jan., 1969), p. 90.

② [俄]符·维·阿格诺索夫主编:《20世纪俄罗斯文学》,凌建侯等译,中国人民大学出版社2001年版,第160页。

③ Вольф Шмид. *Проза как поэзия: Пушкин, Достоевский, Чехов, авангард.* Санкт-Петербург: ИНАПРЕСС, 1998, c. 12.

以平实朴素的语言描绘日常生活;最后,简洁的叙事。"① 如果说诗歌的反作用体现在第一层面,那么阻碍第二和第三层面发展的无疑是在19世纪中后期长居宝座而在20世纪初期呈下滑态势的现实主义小说——后者中某一构成因素的过度发展损害了叙事的简洁性和观察的合理性。"托尔斯泰式的风格和质地,"什克洛夫斯基写道,"已经耗尽了自身并且因滥用而变得陈腐平庸。"② 现实主义的典型特征,诸如情节的线性发展、事件的时间顺序、细致入微的心理和外貌刻画、无所不知却又永远缺席的作者、宏大的自然景物描写、带有作者声音的倾向性等,都被贴上了刻板、停滞的标签。正是在这个意义上,扎米亚京将装饰性风格与平庸的现实主义大致等同起来,认为装饰散文作家其实试图"通过民俗传说复活那种逼真的描绘和印象派的手法"——谢拉皮翁兄弟中的符谢沃罗德·伊万诺夫、费定、尼基京和左琴科显露出了这一倾向③,然而这种做法是徒劳并且可笑的,因为对逼真描绘和华丽辞藻的崇拜已经走到了尽头:"如今钟摆已然朝着相反方向,朝着有关布局和结构、更加宏大的形式问题摆动。"④ 与此同时,他将卡维林、隆茨和斯洛尼姆斯基与其他谢拉皮翁兄弟们区分开来,认为"他们在远离民俗式的传统俄罗斯散文这条道路上较其他人走得更远"⑤。与导师们不同,隆茨和卡维林从未将列夫·托尔斯泰或陀思妥耶夫斯基划入风俗作家之列:隆茨批评俄国的现实主义者故步自封,一味地在琐碎的生活化描写中越陷越深,"在西方现实主义者和心理主义者直到今天都忠实于艺术地构建情节,列夫·托尔斯泰和陀思妥耶夫斯基也是如此,我们却把他们赶出了俄

---

① Вольф Шмид. *Проза как поэзия: Пушкин, Достоевский, Чехов, авангард.* Санкт-Петербург: ИНАПРЕСС, 1998, c. 15.

② D. G. B. Piper, "Formalism and the Serapion Brothers", *The Slavonic and East European Review*, Vol. 47, No. 108 (Jan., 1969), p. 88.

③ Замятин Е. И. *Новая русская проза. Избранное.* Москва: ОГИ, 2009, c. 106.

④ Там же, c. 117.

⑤ Там же, c. 108.

国文学"①；卡维林则无法忍受"那些认为只需要直截了当地反映周遭事件的人"，称他们为"自然主义者""风俗作家"②。虽然某些观点在今天看来过于绝对，没有足够的论据支撑，但是我们应当将它们置于20年代的文学大语境下看待，当时几乎在所有的艺术领域都掀起了一股"反现实主义"的潮流，"革命前由立体派、未来派和抽象派画家，立体未来派诗人以及梅耶霍德、泰罗夫成立的先锋派剧院发起的左翼艺术运动"③ 证明了这一点。这便是20年代文学转型的另一个趋势——现实主义与现代主义思潮之间的碰撞和融合，明显地表现在文学作品中荒诞、幻想、夸张手法的广泛运用上。

相对于19世纪的传统现实主义，进入20世纪的现实主义已经发生了不可逆转的变化："20世纪，现实主义艺术真真切切地被历史进程推动着——不以其阶级出身或属性为转移——寻找一种能够将生活和时代综合描绘的途径，或者说如何认识并揭示所处时代的历史内涵。"④ 从19世纪最后三十年直到第一次世界大战开始之前，俄罗斯社会主义现实主义潮流中占据主导地位的是被称为"透过日常生活看历史"（история через быт）的现实主义，辨识它的标志是一种特殊地看待历史的方式：既有别于消极停滞的观点，也有别于乐观运动的观点，而是介于两者之间——以怀疑的态度和目光审视即将到来的历史变革。这种现实主义其具体的实践方式是努力寻找潜伏在日常生活之下，不受时间渗透的永恒价值，代表作家有蒲宁、

---

① Лев Лунц. "На запад!". *Серапионовы братья. Антология: Манифесты, декларации, статьи, избранная проза, воспоминания.* Прокопова Т. Ф. (Сост., вступ. Ст., примеч.) Москва: Школа-пресс, 1998, с. 42.

② Каверин В. А. "Рассказы и повести; Скандалист, или Вечера на Васильевском острове: Роман." *Собрание сочинений. В 8 - ми т. Т. 1.* Москва: Худож. лит, 1980, с. 10.

③ D. G. B. Piper, "Formalism and the Serapion Brothers", *The Slavonic and East European Review*, Vol. 47, No. 108 (Jan., 1969), p. 79.

④ Борис Сучков. *Исторические судьбы реализма: Размышления о творческом методе.* Москва: Советский писатель, 1967, с. 239.

库普林、高尔基、契诃夫等。扎米亚京在《现代俄国文学》一文中点出了其中两个金光灿灿的名字——契诃夫和蒲宁,二者不仅能够熟稔运用手中"朝向尘世的镜子"以映照"最为正确、最为鲜明的世界碎片",并且选取的角度最具典型性和艺术感;尤其是契诃夫,"在他的作品中对于日常生活和尘世的精细描绘达到了巅峰",而他更为卓越的贡献在于将尘世的日常生活发展到极致后转向了它的反面——"象征"和"精神"①。

正是从契诃夫开始,出现了另外一种被冠之以"透过日常生活看存在"(бытие через быт)的现实主义,它与之前所说的趋向永恒价值的现实主义相互交织、并置存在,如同两条时而并行、时而相交的铁轨,一直延伸至今。稍晚出现的这种现实主义具有"综合性"的特点,主要体现在两个层面:一是日常生活与社会历史观的综合,以前者为主,后者为辅;二是各种艺术门类的综合——此处显现出了现实主义(不论是有意还是无意的)正逐渐触碰并融入现代主义的发展进程中。这种具有综合性质的现实主义虽然未能达到传统现实主义作家在19世纪中后期创造的高峰,却也见证了一批杰出作家(如皮利尼亚克、安德烈耶夫、奥列申、扎米亚京、卡维林、隆茨等)的涌现,并成为从20世纪初到十月革命前期——不论从内涵层面,还是风格层面而言——最为重要的艺术审美追求之一。也是在《现代俄国文学》这篇文章里,扎米亚京称这种新出现的现实主义为"新现实主义"(неореализм),并指出了其区别于传统现实主义的特点:"现实主义者描绘通常所见的、表面的现实;新现实主义者则更多地描绘另外一种真正的现实,后者隐藏在生活的表层之下,如同人类的真皮组织不能被肉眼所看到一样。"② 即是说,扎米亚京"关心的不是反映的客观性,而是要创造性地变革现实,为的

---

① Замятин Е. И. *Современная русская проза: вступительная статья. Избранное.* Москва: ОГИ, 2009, c. 156 – 157.

② Там же, c. 162 – 163.

是通过可见的现象揭示最主要的东西，直抵事物的本质"①。

扎米亚京本人的创作实践了他的理论，在《龙》《马迈》《洞穴》和《大洪水》中他将一个隐喻扩展成了整个隐喻系统，所有出场的人物都牢牢镶嵌在这个系统当中，他以此向读者证明"物体的真正含义，不是其具体意义，而是其中暗含的隐喻实质"②。

第二节　卡维林与"谢拉皮翁兄弟"

"谢拉皮翁兄弟"是 20 世纪 20 年代众多以政治倾向和阶级属性为导向的文学团体中唯一一个被"兄弟之爱"团结起来的小组，因此，想要在 20 年代的文学版图上还原"谢拉皮翁兄弟"的活动轨迹而不涉及关于成员之间创作个性和特点的影响研究是不可能的事。然而，即使是在阶级斗争的硝烟早已散去的今天，学界（不论是俄罗斯还是我国学界）给予谢拉皮翁兄弟们的关注总是"厚此薄彼"——当时对于革命持肯定态度（或是具有革命浪漫主义激情）的几名成员一直位于聚光灯之下。根据米哈伊尔·斯洛尼姆斯基的回忆，出席 1921 年第一次小组会议的未来组员有："左琴科、隆茨、尼基京、费定、格鲁兹德夫、维克多·什克洛夫斯基、卡维林、我本人及诗人波兹涅尔和波隆斯卡娅。"③ 后来加入的是符谢沃罗德·伊万诺夫和诗人尼古拉·吉洪诺夫。正是这后来加入的两人因其 30 年代的革命题材的作品获得了苏联评论界的青睐，他们的作品往往被当作独立的个体对待，而不是被视为"谢拉皮翁兄弟"创作整体的一部分。

---

① 转引自张建华等《20 世纪俄罗斯文学：思潮与流派（理论篇）》，外语教学与研究出版社 2012 年版，第 132 页。
② ［俄］符·维·阿格诺索夫主编：《20 世纪俄罗斯文学》，凌建侯等译，中国人民大学出版社 2001 年版，第 275 页。
③ Слонимский М. Л. Завтра: Проза, воспоминания. Ленинград: Советский писатель, Ленинградское отделение. 1987, c. 373.

进入20世纪90年代，关于"谢拉皮翁兄弟"成员之间的相互关系及其对创作产生何种影响的问题引起了人们的注意，随着两次以"文学团体'谢拉皮翁兄弟'：起源，探索，传承，国际语境"（Литературная группа "Серапионовы братья"：Истоки，поиски，традиции，международный контекст）为主题的国际研讨会的召开（圣彼得堡，1995年，1997年），团体中部分成员（如费定、左琴科、隆茨）所扮演的角色被逐一揭示①，以往不为人知的细节也渐渐浮出水面。然而，作为该文学团体建立初期的参与者和见证人，并在"隆茨去世之后肩负起在俄罗斯语境下复活谢拉皮翁兄弟神话"（费定语）的关键人物维尼阿明·卡维林却始终没有受到应有的关注。在本小节中，我们将考察1921—1927年卡维林与其他谢拉皮翁兄弟们的互动关系——相互之间的积极影响以及集体出席的活动，正是在这段时期，在成员间的相互吸引和相互排斥、激烈的文学论争当中年轻的作者确立了自身独一无二的个性和风格。我们尝试构建两种观察的视角：一方面透过文学团体和所处时代观察卡维林；另一方面从卡维林的视角对20年代的谢拉皮翁兄弟们作出评价。

在1921年7月"艺术之家"面向青年作家举办的写作大赛中，卡维林创作的故事《第十一条公理》在上百篇参赛作品里脱颖而出，被认为充满了"奇特的想象"。这篇作品成了卡维林加入"谢拉皮翁兄弟"的名片："什克洛夫斯基是向'谢拉皮翁兄弟'引荐我的人，他在介绍我时以故事的题目《第十一条公理》代替了我的名字，

---

① 相关的文章有：Сломовая Н. А. ""Ощутить мужество писать то, что хочешь и любишь". К истории публикации книги К. Федина "Горький среди нас"», Муромский В. П. «Творческие взаимосвязи "Серапионовы братьев" (М. Зощенко и И. Груздев)», Слонимский С. М. «О Мизаиле Слонимском», Гуськов Н. А. «Почему К. А. Федин вступил в орден "Серапионовых братьев"?», Быстрова О. В. « "О серапионах Вы написали печальную правду"：из переписки М. Горького и И. Груздева» и т. п. .

而这篇寄给高尔基的故事显然已经在未来的谢拉皮翁兄弟们当中传开了。"① 在那个时候，谢拉皮翁兄弟们虽然有各自的文学趣味，却并未形成成熟的写作风格，他们之间不论在创作还是个性方面都是不分高下的，此时距离卡维林在1924年完成的那次"强健有力、合乎规律的飞跃"②（指《匪巢末日》的发表）还很遥远。正如费定所言："也许有人会问：谢拉皮翁兄弟中谁是'主要的'？回答是谁也不是。"③

卡维林在"谢拉皮翁兄弟"中首次亮相时的样貌不仅出现在多年后出版的回忆录中，也出现在同时期谢拉皮翁兄弟们所创作的散文中。楚科夫斯基记忆中年轻时代的卡维林"个子不高，有着浓密的黑发和敦实的身材，两只手从袖管中抻出来。他经常以一双大眼睛打量所有人，显露出一种不无傲慢的神情"④。这一双黑色而傲慢的眼睛后来被隆茨赋予了其笔下的人物本雅明——"镜子中有着刚毅面容的伟岸青年，宽阔的额头上燃烧着愤怒的黑发，两道平和的剑眉下一双深邃而空灵的眼睛透露出野性的光芒。"卡维林深知自己的这一缺点，他后来在"谢拉皮翁兄弟"的八周年纪念会上进行了自我批评："你，炼金术士兄弟，错在缺乏耐心，傲慢以及不听劝告。"⑤ 什克洛夫斯基同样注意到了这个年轻男孩的强健——表现在

---

① Каверин В. А. "Рассказы и повести; Скандалист, или Вечера на Васильевском острове: Роман." *Собрание сочинений. В 8 – ми т. Т. 1.* Москва: Худож. лит, 1980, с. 8.

② Новикова О. Н. и Новиков Вл. И. В. *Каверин: Критический очерк.* Москва: Сов. писатель, 1986, с. 35.

③ 张捷编选：《十月革命前后苏联文学流派》（下编），上海译文出版社1998年版，第349页。

④ Чуковский Н. *Литературные воспоминания.* Москва: Советский писатель, 1989, с. 80.

⑤ Вениамин Каверин. "Речь, не произнесенная на восьмой годовщине ордена Серапионовых братьев". Фрезинский Б. (глав. Ред.) *Судьбы Серапионов. Портреты и сюжеты.* Санкт-Петербург: Академический проект, 2003, с. 508.

身体和精神双重层面："吉利别尔-卡维林①，一个甚至不到20岁的小男孩，虽然经常和特尼扬诺夫一起饿着肚子坐在家里，却有着宽阔的肩膀和红红的脸蛋。当时就靠嚼那些以备不时之需的干草根为生。是个坚韧的小伙子。"② 卡维林对自己的评价是："我有一个火一样多情的外表，它使我显得与众不同。不过脸上胡子过多，对我的尊荣有某些损害。"③ 在卡维林之后创作的一系列作品中，"有着火红色大胡子的男人"总是代替作者参与情节的发展，暗中观察着故事中的其他人物，如《第五个漫游者》中操纵人偶的小丑，《大圆桶》里的红胡子男人——"不会写自传"的作者将自我介绍延迟到了后来的散文创作中。

卡维林性格中独立、倔强、坚韧、明确的一面此时就已初露端倪，这主要体现在他对文学现象的独特见解以及对自身文学道路的选择上。施瓦尔茨曾从卡维林的个性出发，对他的文学创作作出评价："维尼阿明·卡维林，这群年轻人里最小的一个——只比隆茨稍大一点，似乎是格鲁兹德夫的完全对立面。他总是目标清晰，乐观积极。事实上，这些特质也正是来源于内心深处对自身才华的信任，对自身重要性的认同以及强烈的幸福感……他的认知并非来自所经历的事件，他的本质丝毫没有因此而改变；在他身上生活也并未留下任何痕迹。所有谢拉皮翁兄弟当中他最有资格被称为文学家，甚至比费定还有资格……他是由文学批评进入文学的，因此，读过的东西于他而言才能成为材料，仅仅看到过是无济于事的。所有的谢拉皮翁兄弟都喜欢谈论陌生化、文本框架、情节缀连，却只有卡维

---

① 卡维林这个姓是作家的笔名，他的真实姓氏为吉利别尔（Зильбер）。笔名是从1922年开始使用的，维尼阿明·吉利别尔在当年9月24日写给高尔基的信中告知后者，他今后将用这个笔名发表作品。

② Шкловский В. *Сентиментальное путешествие*. Москва：Новости，1990，с. 267 - 268.

③ 张捷编选：《十月革命前后苏联文学流派》（下编），上海译文出版社1998年版，第338页。

林一人将这些视为自然而然的存在,并从真正意义上接受它们。"①什克洛夫斯基虽然不无得意地将卡维林视为门徒("他是在我的影响下开始写作的"),却也同时对他的独立探索精神表示了赞赏:"非常独立的作家,致力于情节方面的探索……卡维林——机械师——情节的建筑师。他是所有谢拉皮翁兄弟里面最不感性的一个。"② 由此可见,日常生活事件对于卡维林的触动并没有停留在浅表的情感层面,或者说,只有那些经过他思考之网的过滤、进入构建其内部认知体系之过程的事件本质才能对他产生影响,这是他能够坚持己见、不随波逐流的根本原因。

"要听,但不要听从"(Слушайте, но не слушайтесь),这句高尔基在谈及文学批评时告诫费定的话,正是在卡维林而不是别的谢拉皮翁兄弟身上自然而然地体现出来:这一方面表现在卡维林对待文学前辈的态度上,另一方面则由他对其他谢拉皮翁兄弟作品的看法反映出来。

从卡维林出版第一部小说集开始,他的名字就被与霍夫曼联系在一起,熟悉他的特尼扬诺夫评价道:"不得不指出,卡维林有些特立独行,在他的同伴都或多或少地与俄国文学传统相关联的情况下,他却更多地从霍夫曼和布伦坦诺代表的德国浪漫主义散文中汲取营养。"③ 高尔基也发现了他与霍夫曼作品的关系,"他是一个幻想家,霍夫曼的崇拜者,具有非常敏锐的想象力"④,加之作家本人并不避讳对这位德国幻想作家的欣赏和喜爱("俄国作家中我最喜欢霍夫曼和斯蒂文森"⑤),于是他"翻越霍夫曼这座大山"(扎米亚京语)的时间就

---

① Шварц Е. *Живу беспокойно. Из дневников.* Ленинград: Советский писатель, 1990, с. 290.
② Шкловский В. *Сентиментальное путешествие.* Москва: Новости, 1990, с. 267 – 268.
③ Тынянов Ю. Н. *Поэтика. История литературы. Кино.* Москва, 1977, с. 136.
④ 张捷编选:《十月革命前后苏联文学流派》(下编),上海译文出版社1998年版,第360页。
⑤ 同上书,第338页。

被大大延长了——他在 20 年代创作的几乎每一篇作品都会被拿来与霍夫曼作比较。对此卡维林并未深感不安，反而欣然接受其他谢拉皮翁兄弟的邀约，不无戏谑地以"霍夫曼人"（говманианец）的身份在 1922 年这位作家一百周年诞辰的纪念会上发表讲话①。与之相比，同被称为"霍夫曼派"的隆茨②则急于与前辈撇清关系，并不认可评论家在其创作中寻找霍夫曼的影子：他在有名的宣言式文章《为什么我们是谢拉皮翁兄弟》中确凿声明："我们不是一个派别，不是一种潮流，也不是霍夫曼的训练班。"③ 类似的情况出现在关于另一位时间较为切近的文学前辈——扎米亚京的看法上，较之前后态度对比明显的尼基京，卡维林显得更为客观而冷静。在费定看来，扎米亚京"完全属于那类本能上要栽培后继者，关心后辈、学生的成长，并建立流派的艺术家"④，这与他所认同的"从不规定要写什么，怎么写"⑤ 一类的导师（费定认为理想的代表人物是高尔基）相去甚远。未来的"谢拉皮翁兄弟"成员尼基京在 1920 年 9 月 30 日给扎米亚京的去信中写道："……已经等不及想去听您的讲座了。

---

① "谢拉皮翁兄弟们授予我这次讲话的权利是显而易见的。虽然我并没有感到自己与霍夫曼之间存在任何依附关系，然而还是被认为——或许也不是没有根据的——是霍夫曼人。"［цит. по.: Каверин В. А. "Здравствуй, брат. Писать очень трудно…" *Серапионовы братья. Антология: Манифесты, декларации, статьи, избранная проза, воспоминания.* Прокопова Т. Ф.（Сост., вступ. Ст., примеч.）Москва: Школа-пресс, 1998, с. 79.］

② 扎米亚京在《俄罗斯新散文》这篇文章中称卡维林、隆茨和斯洛尼姆斯基"他们三人以建筑艺术、情节构筑和幻想手法替代了风景画，他们与霍夫曼的血缘关系不止从身份证上可以看得出来。"（цит. по: Замятин Е. И. *Новая русская проза. Избранное.* Москва: ОГИ, 2009, с. 10.）

③ Лев Лунц, "Почему мы Серапионовы братья?" *Серапионовы братья. Антология: Манифесты, декларации, статьи, избранная проза, воспоминания.* Прокопова Т. Ф.（Сост., вступ. Ст., примеч.）Москва: Школа-пресс, 1998, с. 34.

④ Константин Федин "Слушайте, но не слушайтесь" *Серапионовы братья. Антология: Манифесты, декларации, статьи, избранная проза, воспоминания.* Прокопова Т. Ф.（Сост., вступ. Ст., примеч.）Москва: Школа-пресс, 1998, с. 64.

⑤ Там же, с. 58.

我感到这些讲座带来的益处是巨大的,我不知该怎么感谢您。您使我这个盲人重见了光明,这是真的!"① 这位扎米亚京的崇拜者在后期因无法摆脱导师的阴影而心生怨恨,称扎米亚京以县城生活为题材的小说作品为"阿拉特里小市民的故事",《岛民》是"搭建在多愁善感结构上的意象主义",小说《我们》则是"出自土里土气人之手的讽刺小品",并强调"我永远不会写出这样的东西"②。相对而言,卡维林对扎米亚京的态度始终如一,与其说他将扎米亚京视为前辈和导师,不如说他更乐意将这位年长几岁的作家看作文学创作领域的战友和同僚:在 1923 年 10 月 20 日写给高尔基的回信中,他对扎米亚京的努力表示赞许:"扎米亚京也关注着这一现象(指前文所说的新的文学形式——引者注),他心怀愿景且满腔激情,正一点点地脱离列米佐夫的束缚。"③ 也因为自己的作品受到扎米亚京的称赞而感到兴奋:"今天扎米亚京夸了我写的这篇故事(文中写的是《埃德温·伍德》,后改名为《大赌博》),我感觉自己像骑上了飞马……"④ 除此以外,卡维林甚少在书信或回忆录中提及扎米亚京(虽然后者不止一次在文章中将卡维林、隆茨、尼基京拉入麾下,认为他们三个是目前走在"真正道路"⑤ 上的谢拉皮翁兄弟),仅仅在《收场白》(«Эпилог»)中十分简短地评价过扎米亚京的《我们》:"……他(扎米亚京)写下了小说《我们》,这部作品以令人难以置信的洞察力预言了专制政府的基本特征。看来这是第一部被

---

① Замятнин Е. И. Я боюсь: Литературная критика. Публицистика. Воспоминания. Москва: Наследие, 1999, с. 303.

② Воронский А. К. «Из переписки с советскими писателями…». *Литературное наследство*, 1983, № 93, с. 547.

③ Лемминта Е. (вступ. ст., сост., коммент., аннот. указ.). *«Серапионовы братья» в зеркалах переписки*. Москва: Аграф, 2004, с. 227.

④ Там же, с. 239.

⑤ 张捷编选:《十月革命前后苏联文学流派》(下编),上海译文出版社 1998 年版,第 365 页。

刚刚建立起的审查机关所禁止的小说。"①

在评价其他谢拉皮翁兄弟的作品时，卡维林也极少受外界主流评论或者团体内部兄弟情感的影响，他总是尽量客观地从一个文学创作者的角度出发，严厉但友好地看待同伴的不足和成绩。作为团体中"嘻嘻哈哈的左派"成员之一，卡维林与代表"严肃右派"的费定在文学创作的方法论层面是有分歧的，但这并不妨碍前者对后者的欣赏——不论是才华还是人品：1923 年 12 月 14 日卡维林在给隆茨的去信中对谢拉皮翁兄弟的近期活动做了一个年度总结（Серапионовская хроника），在谈及费定时他说："科斯佳（Костя，费定的爱称）还是老样子——聪明、坚强、明确而高洁。我深深地爱他。他的小说写得非常成功——虽然还未出版。他朗诵得如此生动，以至于在场的夫人们都因为其有力的嗓音而颤抖。"② 在 1924 年 1 月 14 日写给隆茨的信中卡维林澄清了关于他与费定关系不和的谣言："你从我的信中哪儿读到我对科斯佳心怀怨恨了？"他写道："我爱科斯佳，并且尊敬、信任他，就像我对你的感情一样。"③

除此之外，卡维林对左琴科和尼基京两位"兄弟"的看法体现出了他不盲从主流的独立思考。左琴科的作品一直备受争议，扎米亚京认为左琴科长久地停留在翻新民间语言这一站上是很危险的④；特尼扬诺夫的评价较为中立，却也暗示了左琴科善用的"故事体似乎没有什么前途"⑤；什克洛夫斯基则在《关于左琴科与大文学》（《О Зощенко и большой литературе》）中剖析了左琴科故事的"两

---

① Каверин В. *Эпилог*. Москва：Эксмо，1989，с. 46.
② Лемминта Е.（вступ. ст.，сост.，коммент.，аннот. указ.）. *«Серапионовы братья» в зеркалах переписки*. Москва：Аграф，2004，с. 223.
③ Там же，с. 237.
④ 张捷编选：《十月革命前后苏联文学流派》（下编），上海译文出版社 1998 年版，第 366 页.
⑤ Юрий Тынянов. "Серапионовы братья". Альманах I" Фрезинский Б.（глав. Ред.）*Судьбы Серапионов. Портреты и сюжеты*. Санкт-Петербург：Академический проект，2003，с. 524.

层意思",并对他的语言结构颇为欣赏①。前辈和同僚的看法丝毫没有妨碍卡维林对左琴科的细致观察,在同高尔基及隆茨的通信中,他不止一次地肯定了左琴科的写作成果,指出他并未停滞不前,而是一直处于"顽强寻找新出路"②的状态。多年之后,卡维林写下了《M. 左琴科》一文,收录于他的回想集《书桌》（«Письменный стол»）,文中作者坦言他与左琴科"在性格和趣味方面并不相同",这些不同之处虽然对他们之间产生"火花"没有什么帮助,但却并不妨碍卡维林客观公允地评价左琴科的创作,并指出后者在俄罗斯文学中"独一无二"的地位③。如果说在左琴科的问题上卡维林始终站在欣赏与维护的一方,那么对待尼基京,卡维林则呈现出截然相反的态度。尼基京自进入"谢拉皮翁兄弟"之初就有了确定的地位,他于 1920 年秋在团体中亮相时朗读的作品《木桩》（«Кол»）以及后来发表的中篇小说《催吐堡垒》（«Рвотный форт», 1922）见证了这一点,文学前辈对这位新人也是多有褒扬:高尔基肯定了他与符谢沃罗德·伊万诺夫"在当前俄国文学中的确定地位",称"他们被成绩给吓坏了"④;扎米亚京和莎吉娘都认为《木桩》是他所写的最好作品,而扎米亚京对他的肯定更多聚焦在故事《黛西》（«Дэзи»）所体现出的实验性"展示"（показ）效果上,这在某种程度上应和了扎米亚京早先提出的"文学综合理论"。尽管如此,卡维林却一针见血地指出了尼基京在面对成功时的不成熟:"关于尼基京我没什么好说的。他堕落了,像傻瓜一样把自己当作筹码压在虚名和应酬上,然而到目前为止并没有任何买家——他写得越来越差

---

① 张捷编选:《十月革命前后苏联文学流派》（下编）,上海译文出版社 1998 年版,第 378 页。

② Лемминта Е. (вступ. ст., сост., коммент., аннот. указ.). «Серапионовы братья» в зеркалах переписки. Москва: Аграф, 2004, с. 223.

③ Каверин В. А. Письменный стол: Воспоминания и размышления. Москва: Советский писатель, 1985, с. 16 – 24.

④ 张捷编选:《十月革命前后苏联文学流派》（下编）,上海译文出版社 1998 年版,第 361 页。

了。他那些英国主题的故事显得黔驴技穷。其他伙伴对他的态度也都冷冷的，充满了鄙夷。他很少参加我们的聚会，最近一次在谢拉皮翁兄弟的亲密会谈中我们提及他就像提及一个非常非常陌生的人。"① 而就在此前的两个月，卡维林仍对"被成功极度损害的"尼基京表示了期待，他写道："他（尼基京——引者注）打算写阿尔泰系列的中篇小说（与预期的相反，并不是英国系列），如果不失手的话，小说应该会进行得很顺利。"②

卡维林在"谢拉皮翁兄弟"中的同龄人、志同道合者也是该文学团体的核心人物——列夫·隆茨。在其他成员投身火热的革命战争时，卡维林和隆茨因为年龄太小③的原因没能走上前线；除此之外，他们两人曾在同一所大学（圣彼得堡大学）学习过，卡维林在东方语系，隆茨则毕业于历史学系。相似的生活和学习经历让他们对文学的看法也颇有共鸣，卡维林和隆茨虽然是"谢拉皮翁兄弟"中仅有的两名未直接参与革命的成员，但是他们的创作从未远离真实："隆茨没有试图像其他谢拉皮翁兄弟们一样在作品中反映自己的生活经历（众所周知，他的经历的确乏善可陈），然而在他的文学创作体系中，脱离现实生活的问题是不可能的。"④ 与此同时，"卡维林创作经历的本事（фабула）简单得出奇，用两个字就可以基本概括：工作。……而卡维林在艺术道路上探索的情节（сюжет）却必须细细道来。"⑤ 隆茨虽然毕业于历史系，但他却同语言专业的卡维林一样有着极高的语言天赋，这位"天才的学生精通五门语言，对

---

① Лемминта Е. (вступ. ст., сост., коммент., аннот. указ.). *Серапионовы братья» в зеркалах переписки.* Москва: Аграф, 2004, с. 223.

② Там же, с. 177.

③ 在加入团体时，年龄最大的是费定——二十九岁；年龄最小的是卡维林、隆茨——十九岁，他俩之间仅仅相差几个月。

④ Фрезинский Б. (глав. Ред.) *Судьбы Серапионов. Портреты и сюжеты.* Санкт-Петербург: Академический проект, 2003, с. 32–33.

⑤ Новикова О. Н. и Новиков Вл. И. В. *Каверин: Критический очерк.* Москва: Сов. писатель, 1986, с. 5.

法国、西班牙、德国文学驾轻就熟"①。正是这种对文学出自本能的热爱和对创作孜孜以求的精神在两位年轻人之间催生了牢不可破的友谊:"我与隆茨之间友谊的推动力是纯粹的、无条件的坦诚,之所以说是推动力,因为这是一种不断发展的友谊。我们都认为情节是经过几个世纪的历练而保留下来的唯一一种能够将散文从装饰主义的'泥沼'中拯救出来的机制。"② 这份真挚的友谊同所有谢拉皮翁兄弟们之间的感情一样是在关于文学问题的论争中发展起来的——尽管卡维林赞同隆茨向西方学习情节小说的理念,却也对两人在"审美趣味"方面的分歧直言不讳:"我们的趣味不大相同。他为了运用'光秃秃的行动'可以不顾一切,我却不以为然。……于我而言,惊天逆转、出其不意、激烈冲突,所有这些情节小说中惯用手段的重要性并不在于其自身。"③ 不应让小说的手段变成小说本身——是卡维林自始至终秉持的理念。

　　这份友谊不仅被兄弟间的温情,也被一种惺惺相惜的灵魂感包裹着,正如里克尔写给茨维塔耶娃的诗句:"我们注定要彼此结合,仿佛两个层面,两个温情毗连的岩层,同一巢穴的两半……"④ 在隆茨的眼中,同样拥有犹太血统的卡维林是另一个自己,他在献给卡维林的故事《祖国》中描绘了一个剑眉星目、眼神坚定的维尼亚,具有先知的洞见和智慧,与镜中那个矮小丑陋、目光闪烁的廖瓦(隆茨的爱称)形成鲜明的对照。而在卡维林看来,隆茨才是那个拥有耀眼光环的天才人物,他纯粹因为体会到"文学存在本身这一事

---

① Вениамин Каверин. "Здравствуй, брат. Писать очень трудно…" *Серапионовы братья. Антология: Манифесты, декларации, статьи, избранная проза, воспоминания.* Прокопова Т. Ф. (Сост., вступ. Ст., примеч.) Москва: Школа-пресс, 1998, с. 75.

② Вениамин Каверин. "Здравствуй, брат. Писать очень трудно…" *Серапионовы братья. Антология: Манифесты, декларации, статьи, избранная проза, воспоминания.* Прокопова Т. Ф. (Сост., вступ. Ст., примеч.) Москва: Школа-пресс, 1998, с. 76.

③ Там же, с. 76 – 77.

④ [俄]帕斯捷尔纳克、[俄]茨维塔耶娃、[德]里克尔:《抒情诗的呼吸——一九二六年书信》,刘文飞译,上海译文出版社2011年版,第306页。

实而欣欣不已",即使在重病中也"充满了洞见,先知的预言"①。隆茨病倒对卡维林的打击很大,在1923年11月12日写给高尔基的信中卡维林写道:"或许您已经得知关于列夫·隆茨的事情了。他是我最好的朋友,没有他在我时常苦闷,创作艰难。"② 卡维林于1923年12月14日写给隆茨的信中对情节小说的光明前景作出了预测:"关于未来你是怎么想的?我们的时代就要到来了,廖夫什卡(隆茨的爱称)。目前文学界正处于动荡不安、一片混乱的状态,浮在最上面的你猜是什么?是冒险小说、故事、短篇小说——鬼知道是些什么,不过它们都趋向于行动,趋向于场景的置换以及对情节的强烈兴趣。目前这一趋势或许来自电影,但我相信这绝非一时的热度。最可贵的是,冒险小说是自下而上出现的,直接取材于市井街巷。"③

---

① Вениамин Каверин. "Здравствуй, брат. Писать очень трудно…" *Серапионовы братья. Антология: Манифесты, декларации, статьи, избранная проза, воспоминания.* Прокопова Т. Ф. (Сост., вступ. Ст., примеч.) Москва: Школа-пресс, 1998, с. 76, 77.

② Лемминта Е. (вступ. ст., сост., коммент., аннот. указ.). *«Серапионовы братья» в зеркалах переписки.* Москва: Аграф, 2004, с. 207.

③ Там же, с. 224.

第 二 章

来自前辈的启示：
文学探索的源头

　　文学史上有这样一些诗人或者作家，他们拒不承认受到经典作品的影响，试图以此保持自身的独创性和独特性，其中不乏非常有名的作家，比如卡维林、隆茨十分喜爱的斯蒂文森。在给诗人理查德·埃伯哈特的信中，斯蒂文森写道：

　　　　……就我本人而言，我从来没有感到曾经受到过任何人的影响；何况我总是有意识地不去阅读被人们拱若泰斗者如艾略特和庞德的作品——目的就是不想从他们的作品里吸收任何东西，哪怕是无意中的吸收。可是，总是有那么一些批评家，闲了没事干就千方百计地把读到的作品进行解剖分析，一定要找到其中对他人作品的呼应、摹仿和受他人影响的地方。似乎世界上就找不到一个独立存在的人，似乎每一个人都是别的许多人的化合物。①

　　然而事实上，以否认传统的方式确立自身是大可不必的，在如今看来也是不具备可能性的：一方面，来自前辈的影响与作家自身

---

① ［美］哈罗德·布鲁姆：《影响的焦虑》，徐文博译，生活·读书·新知三联书店1992年版，第5页。

的独创性并非呈反比函数的关系，正如布鲁姆在《影响的焦虑》中所指出的，"诗的影响往往使诗人更加富有独创精神——虽然这并不等于使诗人更加杰出"①；另一方面，随着越来越多的作家作品进入经典的行列，除非完全避开阅读文学作品（哪怕是报纸杂志这些大众文学也会产生影响），否则"完全不受传统影响"的宣称就是一句无伤大雅的玩笑。

俄罗斯浪漫主义小说的奠基人之一别斯图热夫-马尔林斯基在谈及他与美国浪漫主义小说传统的关系时，在承认影响的普遍性的同时，否认了诗的影响阻碍作家发挥创造力的观点，他说："我模仿了华盛顿·欧文的形式而非实质，欧文自己也在物的拟人化方面学习了蒲柏，蒲柏学习了波德莱尔，莎士比亚则以伊索为师。人们生而有之的并非创造，而只是回忆；并非模仿而仅仅是重复……从任何一个作者身上我都能举出超过一百个从他人那里借鉴的例子，别人在我这儿也是同样；但这并不妨碍他们成为具有原创性的作家，因为他们与前辈看待事物的方式是不同的。"② 这几乎与隆茨所持的"只有经历艰苦的模仿与探索之路才能走向创新"之观点完全契合。

对于年轻的谢拉皮翁兄弟们来说，最难能可贵的是他们在成立之初就大声地宣读过导师的名单："谢拉皮翁兄弟是 20 世纪 20 年代唯一一个从建立之初就将创造性地继承经典文学遗产作为重要任务之一的文学创作团体。"③ 评论中称："兄弟会的联合并不是为了形成某个特定的文学潮流或者流派，而是为了将发展到目前为止的潮流、对形式——可以向全新的读者传达和反映当代生活的所有特

---

① ［美］哈罗德·布鲁姆：《影响的焦虑》，徐文博译，生活·读书·新知三联书店 1992 年版，第 5 页。

② Бестужев-Марлинский А. А. *Сочинения в двух томах*, т. 2. Москва: Художественная литература, 1981, с. 306.

③ Тимина С. И. и Грякалова Н. Ю. и Лекманов О. А. и др. *Русская литература XX века: учебник для высших учебных заведений Российской Федерации*. Тиминой С. И. (под ред.) Учебно-методический комплекс по курсу «Русская литература XX – начало XXI в.». Санкт-Петербург: филологический факультет СПбГУ, 2011, с. 156.

征——的探索整合起来,这才是谢拉皮翁兄弟大部分作品的主要议题。"接下来,评论人强调,正是这一共同努力的方向才使得这个文学团体中集结了如此之多禀赋各异的作家。该评论的作者尝试划分谢拉皮翁兄弟的"创作血统":"……一批作家进入了我们的视野,看起来,他们中一部分的根基要追溯到屠格涅夫、列夫·托尔斯泰,部分的契诃夫和高尔基(康斯坦丁·费定、米哈伊尔·斯洛尼姆斯基、符谢沃罗德·伊万诺夫);另一方面,还有一部分作家的作品非常清晰地指明了与列米佐夫和扎米亚京的血缘关系(尼古拉·尼基京、列夫·隆茨、米哈伊尔·左琴科——最后一位因为与列斯科夫相像而稍显不同),最后是西方浪漫主义文学的追随者(维尼阿明·吉利别尔)。"

由此看来,早在谢拉皮翁兄弟形成初期就确定了纲领性的任务(同时代作家也迅速发现了这一点):向当代读者展现"当代生活的所有特征",也就是说,呈现当代生活的所有矛盾性、复杂性和戏剧性。达成这一目标的必由之路是审视、研究"发展到目前为止的所有文学潮流"并从中提取出有益的材料。在明确了自身创作立场的基础上,谢拉皮翁兄弟对现今的一个重要问题做出了回答:如何对待过往的文化遗产。他们没有跟在未来主义者后面将传统抛下"当代生活之游轮",他们反对虚无主义,后者在号称"钢铁夜莺"的无产阶级文化协会成员吉利洛夫(В. Кириллов)的诗中暴露无遗:

> 震荡人心的激情令我们心醉神迷
> 冲我们叫喊吧:"是你们谋杀了美!"
> 为了我们的明天——拉斐尔必须烧毁
> 博物馆要摧毁,艺术的花朵须被踩跺。
> ——《我们》,1917

第一节　奥陀耶夫斯基——相同境遇造就的导师

在"谢拉皮翁兄弟"出现的整整一个世纪之前（19世纪20年代末），俄国文学经历了一次相似意义上的改革——浪漫主义中篇小说兴盛起来，一度成为俄罗斯散文中的主要体裁，也正是在这一时期"俄国文学完成了从古典主义和感伤主义向浪漫主义的过渡"①。弗·费·奥陀耶夫斯基是这次文学转型中的领军人物，他在完全理解并吸收异国文学（主要是德国、英国和法国）创作法则的基础上，融合了俄罗斯本国文学的特征和精髓，创造出一种不同于之前的"真正的中篇小说"（别林斯基语），被认为与别斯图热夫-马尔林斯基、波戈津、波列沃依、巴甫洛夫、果戈理一同铺设了"俄国中篇小说史的全部历程"②。可以说，奥陀耶夫斯基在登上文学舞台时所遭遇的境况与谢拉皮翁兄弟们在20世纪20年代十分相似：旧的观念和权威受到挑战，但新的概念和体系尚未完全形成，作家们在模仿外国的成熟体系和创造属于本国的真正文学之间摇摆。如何在模仿、移植外国文学的基础上延续并发展俄国的传统，如何突破旧的体裁、流派限制创造新的形式和内容，如何看待艺术与生活、文学与科学之间的关系并在创作中确立作者的身份等问题，都是奥陀耶夫斯基与谢拉皮翁兄弟们需要面临的，而前者对此的回答给予了后者重要的启示——不论是理论还是实践层面。正是在这个意义上，我们有理由认为奥陀耶夫斯基是"谢拉皮翁兄弟"在家族谱系图上的遥远前辈，并且他们之间的关系不是通过直接交流形成的（如列米佐

---

①　任子峰：《俄国小说史》，北京大学出版社2010年版，第45页。
②　[俄] 别林斯基：《别林斯基选集》第1卷，满涛译，上海文艺出版社1963年版，第163页。

夫和扎米亚京),而是在后辈的阅读经验中逐渐积累而成的,换而言之,谢拉皮翁兄弟通过选择性阅读确立了奥陀耶夫斯基的导师地位。

别林斯基在评价奥陀耶夫斯基时,将他列入现代俄国作家中最值得尊敬的人物名单,并进一步指出"他的名字比他的作品更为有名"①。这一现象可以在该作家横空出世、一以贯之的艺术思维与其大量未完成作品的鲜明对照中获得解释:除了第一部故事集《五颜六色的故事》(«Пестрые сказки»)和最后一部收笔之作《俄罗斯之夜》(«Русские ночи»)是相对完整的作品,其他的几部大型作品如《疯人院》(«Дом сумасшедших»),以及后来的《在我椅子周围的旅行》(«Путешествие вокруг моих кресел»)、《家庭纪事》(«Домашние заметки»)、《棺材匠笔记》(«Записки гробовщика»)、《日常生活》(«Житейский быт»)和《4338 年。圣彼得堡书札》(«4338 год. Петербургские письма.»)都没有通常意义上的结尾;然而所有这些未完成的作品并非呈现出一种胚胎发育不良的孱弱状态,而是从头至尾都贯穿着一股足以淹没日常琐事的巨大激情,可见作者不是因为才思枯竭而搁笔,只是由于突然发现了另一种更能表达其思想的形式而义无反顾地投入后者——在他看来,作品仅仅是承载思想的容器,一旦思想有满溢的倾向,更换容器是必然的选择。这一思想在《俄罗斯之夜》与《4338 年。圣彼得堡书札》中以两种截然不同的形式呈现出来:在《俄罗斯之夜》中奥陀耶夫斯基借浮士德之口预言了未来欧洲的灭亡和俄罗斯的崛起,而《4338 年。圣彼得堡书札》则以一种更加隐晦的方式暗示了构建一个开明贵族帝国(以彼得大帝统治下的俄国为原型)的必要性。

从表面上看,这两部小说所探讨的核心问题正是 19 世纪初西欧派与斯拉夫派在文学上的论争,奥陀耶夫斯基令他笔下的浮士德一次又一次毫无悬念地在辩论中获胜,似乎是要在斯拉夫派中谋得一

---

① [俄] 别林斯基:《别林斯基选集》第 5 卷,辛未艾译,上海译文出版社 2005 年版,第 456 页。

席之地，甚至别林斯基都称浮士德的结论"同所谓的'斯拉夫派'如出一辙"①。然而细细追究，事实却并非如此。首先，斯拉夫派完全否认彼得大帝的改革，认为其"破坏了古老俄罗斯生活的自然进程"，而由改革因袭来的外国文明"不但跟俄罗斯民族灵魂格格不入，而且它本身就站在错误的路上，并且濒临崩溃了"，因此"必须回到彼得大帝以前……真正人民的特性的这个根源"②。这一观点我们无法在奥陀耶夫斯基的作品中找到佐证，不论在《俄罗斯之夜》还是《4338 年。圣彼得堡书札》中，作者对彼得大帝的改革都持赞同态度。《俄罗斯之夜》里彼得大帝被称为"伟大的自然科学家""伟大的自然和人类学家"，他以超越常人的智慧发现了俄罗斯民族特有的气质——"在与邪恶势力斗争的上百年里巩固起来的对爱和统一性的感受，令几个世纪的受难经历神圣化的虔诚和信仰"③，并通过将西方世界的文明和科技成果引入俄罗斯，复活了这一特质。《4338 年。圣彼得堡书札》在这一论点的基础上继续深入，进一步点明彼得大帝"成功的诀窍在于：维护已经创立的国家体制的同时不切断与民族起源之根的联系，坚定地将沙皇的改革事业进行下去，以植入的外来文明完善'俄罗斯机体'"④。其次，斯拉夫派的主要代表人物虽然因袭了德国浪漫主义中符合"人民性"学说的部分⑤，赞同后者"用非理性和无意识去代替理

---

① ［俄］别林斯基：《别林斯基选集》第 5 卷，辛未艾译，上海译文出版社 2005 年版，第 488 页。

② ［苏］高尔基：《俄国文学史》，缪朗山译，中国人民大学出版社 2007 年版，第 136 页。

③ Одоевский В. Ф. *Русские ночи*. Москва：Наука, 1975, http：//az. lib. ru/o/odoewskij_ w_ f/text_ 0020. shtml.

④ Маркович В. *Русская фантастическая проза эпохи романтизма*（1820—1840 гг.）：*Сб. произведений*. Ленинград：Изд-во Ленинград. ун-та, 1991, http：//www. fandom. ru/about_ fan/rusromantizm_ 1. htm.

⑤ ［苏］高尔基：《俄国文学史》，缪朗山译，中国人民大学出版社 2007 年版，第 135 页。

性,用信仰去代替科学,用迷信去代替知识"① 的尝试,却在文学实践当中摒弃包括德国浪漫主义在内的一切西方思潮的影响,极力反对俄罗斯语言的任何改革——希什科夫就认为"卡拉姆津的语言改革实际上是将法国的革命性的语言和精神引入俄国,是对俄罗斯教会的蔑视和威胁"②。奥陀耶夫斯基虽深受德国古典哲学的影响,认为哲学与艺术是体与用、本质与表象的关系,却无法像典型的德国浪漫主义者一样视自我为"整个自然的唯一法则"并由此将享乐主义、神秘主义和颓废主义奉为圭臬,他始终相信天文学必将取代占星术,现代化学必将代替炼金术,且科学发展的目的远非自我满足,而是为广大人民服务。除此以外,他也积极吸收西方文学的成熟果实,以求在创作的语言技巧和形式内容层面不断精进,正如达科·苏恩文在评价他的科幻小说《4338年。圣彼得堡书札》时所指出的:"出现在这篇书信体故事里的启蒙主义传统的影响——明显地表现在内容上对新知识的信赖,也表现在创作的形式上——来自孟德斯鸠的《波斯人信札》(*Persian Letters*),其中也有梅西耶(Mercier)的《2440年》的影响。作为霍夫曼、普希金和谢林的追随者,奥陀耶夫斯基继承了这种传统,并用浪漫主义的推论方法对它进行了充实。"③

由此可见,奥陀耶夫斯基在对待"俄罗斯与西方"这一问题的态度上有同斯拉夫派相似的地方,如将俄罗斯与西方及其逐渐腐朽的文化相对立,对于俄罗斯式生活和思考的坚定信仰以及关于俄罗斯所肩负的神圣拯救使命的想法等。然而,这些相似之处仅仅是表面现象,作家本人不论是在文学创作的理论还是实践方面都没有排斥过西方的成功经验,甚至在语言、内容和形式等领域的创新

---

① 李思孝:《从古典主义到现代主义:欧洲近代文艺思潮论》,首都师范大学出版社1997年版,第149页。
② 任子峰:《俄国小说史》,北京大学出版社2010年版,第44页。
③ [加]达科·苏恩文:《科幻小说变形记:科幻小说的诗学和文学类型史》,丁素萍等译,安徽文艺出版社2011年版,第273—274页。

程度远远高于某些流于宣言的西欧派支持者。在 1845 年 8 月 20 日写给霍米亚科夫（А. С. Хомяков）的信中，奥陀耶夫斯基写道："我的命运还真是奇特，对于你们而言我是激进的西欧主义者，而在圣彼得堡，我是臭名昭著的旧教派信徒、神秘主义者，我为此而感到兴奋，因为这显示了我独自一人走在通往真理的窄道上。"① 正如作家自己所言，他行走在一条既不同于西欧派，也不同于斯拉夫派的道路上，而他与斯拉夫主义者唯一接近的点是历史观中的浪漫主义倾向。因此，在该问题上，奥陀耶夫斯基的回答所具有的启示性意义是：排除所谓的流派纷争和非文学因素的干扰，在学习西方成功创作经验时守住自己文学革新的初衷，并且这一初衷要始终在作品，而不是宣言中体现出来。一个世纪之后，随着斯宾格勒"西方没落"（закат Европы）理论之提出以及存在主义思潮在俄国文学界的广泛传播，新一轮关于"俄罗斯与西方"问题的思考开始了，"谢拉皮翁兄弟"正是在这样的大背景下接过了奥陀耶夫斯基的笔记，并对其中的有益条目进行了实践和修订。

卡维林在加入团体之初就发现一场激烈的争论正在"谢拉皮翁兄弟"内部进行着，两方的主要代表人物分别是"费定和令'小资产阶级女性'激动不已的年轻人——列夫·隆茨"，并且他很快就意识到，"这一争论不同于发生在莫斯科青年诗人之间的那种充满偶然性的、每月变换主题的辩论"②，而是具有与一个世纪前西欧派和斯拉夫派论争的类似属性，关系到俄国文学未来发展的趋势问题。隆茨的观点是："俄国的散文已经停止'运动'……它成了思想、纲领的单纯反映，成了政论的镜子，作为艺术已经

---

① Маймин Е. А. "Владимир Одоевский и его роман 'Русские ночи'" Серия "Литературные памятники" В. Ф. Одоевский "Русские ночи". Москва：Наука，1975，http：//az. lib. ru/o/odoewskij_ w_ f/text_ 0180. shtml.

② Каверин В. А. "Здравствуй, брат. Писать очень трудно…" *Серапионовы братья. Антология：Манифесты, декларации, статьи, избранная проза, воспоминания.* Прокопова Т. Ф. （Сост.，вступ. Ст.，примеч.）. Москва：Школа-Пресс，1998，с. 74.

不再存在",只有从西方引进情节的传统才能拯救它,"促使它采取果断行动的力量",另外一定不要害怕模仿,把俄国文学同西方的近邻隔开是不明智的,因为隔开意味着重复,"而伟大的东西只要一重复,也就不再成为伟大的了",因此必须要"面向西方"①。而他的对手费定则认为重要的不是学习哪一种传统,而是"首先应当深刻理解我们想说的是什么",因为文学材料说到底是"一种感情的东西",其"本身会确定它需要什么力量才会活动起来"②。卡维林从一个文学批评者的角度指出,费定所提出的"首先是什么,即内容,其次才是如何,即形式"正是为当时的形式主义者所诟病的观点,但前者却有"转守为攻"③的能力。事实上,隆茨并不能完全代表形式主义的观点,费定也绝对不是完全否定"面向西方"的做法,——他们在各自的文学实践中不乏"借鉴"对方的情况,如隆茨在行动中展现出的人物心理,费定某些别出心裁的小说结尾。也即是说,争论的双方既没有趋同,也没有异化,而是汲取了对各自有益的因素,形成新的个体继续向前发展。此处"有益"的标准,既如隆茨所说是要求"作品应该是有机的、真实的,应有其本身特殊的生命",也如费定所言是"创造革命和战争时代的新文学"④。可以说,继奥陀耶夫斯基之后,不论是隆茨、费定,还是其他谢拉皮翁兄弟,都跋涉在各自"追求真理的窄道"上,只不过他们的动力不再来源于浪漫主义的自我神话倾向(奥陀耶夫斯基将自己想象成一个孤独的跋涉者,以此接近浪漫主义文学史上的原型人物——俄耳甫斯、但丁、

---

① 张捷编选:《十月革命前后苏联文学流派》(下编),上海译文出版社1998年版,第350页。

② 同上书,第351页。

③ Каверин В. А. "Здравствуй, брат. Писать очень трудно…" *Серапионовы братья. Антология: Манифесты, декларации, статьи, избранная проза, воспоминания.* Прокопова Т. Ф. (Сост., вступ. Ст., примеч.). Москва: Школа-Пресс, 1998, с. 74.

④ 张捷编选:《十月革命前后苏联文学流派》(下编),上海译文出版社1998年版,第351页。

普希金等）①，而由一种"血脉相连"（隆茨语）的兄弟感情衍生出来——原型的象征意义内化为一种普遍的理念体现在每个成员的创作中。

事实上，由霍夫曼塑造出来的谢拉皮翁隐士就是一位远离世人、独自行走在真理窄道上的艺术家。隆茨在著名的《为什么我们是谢拉皮翁兄弟》一文中勾勒出了这位"离经叛道"者的形象："他隐居林中，在那里给自己盖了一间茅舍，远远离开了感到惊讶的人们。但是他并不孤独。昨天阿里奥斯托来拜访他，今天则和但丁谈话。这位精神不正常的诗人嘲笑那些想要使他相信他是某伯爵的聪明人，就这样一直活到老耄之年。他相信自己的幻觉……不，我说的不对，对他来说，这不是幻觉，而是真实。"② 接下来他进一步指出"谢拉皮翁兄弟"正是"跟谢拉皮翁隐士在一起"，此处"在一起"的含义包括以下几点：首先，每一个谢拉皮翁兄弟不论是在政治生活中还是文学创作中，都有自己独特的立场和观点，就像谢拉皮翁隐士居住在自己亲手搭建的房子里一样；其次，每一个成员都相信作品有自身特殊的生命，即文学的幻想是特殊的真实，正如同谢拉皮翁隐士和书中的人物促膝谈心一样；最后，文学的自在性而非功利性是谢拉皮翁兄弟们聚在一起的原因，不以文学为加官晋爵之敲门砖的谢拉皮翁隐士也是如此。由此可见，捍卫作家的个性和艺术的真实是"谢拉皮翁兄弟"创作的初衷，尽管他们的审美取向和革新方式在1921—1929年这近十年间发生过一些转向和位移，尽管这一初衷所体现的创作观在相当长的一段时间内同时受到形式主义者的追

---

① "对于浪漫主义意识来说，琴声和诗句能够感动猛兽和顽石的诗神俄耳甫斯、但丁、预言者或使徒，这些人都打算深入沙漠，作为罗曼蒂克的'流浪者/旅行者/朝圣者'原型他们拥有了巨大的象征意义。在象征主义时代，这些人的形象，和其他重要形象（包括阿波罗和狄俄尼索斯等）一样，作为创造性的弥赛亚主义象征符号，他们曾经再次扮演一个富有刺激性的重要角色。"（林精华编译：《西方视野中的白银时代》，东方出版社2001年版，第373页。）

② 张捷编选：《十月革命前后苏联文学流派》（下编），上海译文出版社1998年版，第341—342页。

捧和庸俗马克思主义者的批判，谢拉皮翁兄弟们仍然坚持用他们的作品说话，坚持走在一条属于自己的真理窄道上。

关于文学幻想与真实的关系问题，奥陀耶夫斯基在19世纪三四十年代的幻想小说创作中已有涉及，他的《气仙女》《火怪》和《敞景画》展现了现实与幻想的杂糅，试图从精神病病理学的角度解释魔法、错觉和幻象，正是这种对现实世界指向性的缺失导致别林斯基对其极低的评价："所有这一切都是我们所不能理解的；凡是我们并不理解的东西，我们也就无从去赞美了……"① 在奥陀耶夫斯基看来，文学幻想是一种特殊的真实，然而此处的"特殊"并不是谢拉皮翁兄弟们所认同的"像生活本身一样真实"（隆茨语），而是指一种具有生理基础的真实——存在于人类理智所不可及领域内的图景。在与伯爵夫人罗斯托普钦娜（графина Е. П. Ростопчина）的书信往来中作家详细谈到了发生在他身上的一件怪事儿，并由此引出了鬼魂、迷信、魔法、喀巴拉教派、炼金术以及其他一些神秘的科学，奥陀耶夫斯基在最后做出总结："对于人类而言，未知只是尚未被研究透彻的领域。"② "我想解释所有这些可怕的现象，将它们归拢在自然的普遍规则之下，从而帮助消解由迷信产生的恐惧。"③ 奥陀耶夫斯基认为，人类心理方面的奥秘随着自然科学和其他精确科学的发展将会被逐渐揭开，这些科学中最有效的当属心理学和生理学。这种对心理学和生理学的兴趣后来在陀思妥耶夫斯基处发展成为一种带有强烈生理学色彩的精神分析，文学幻想与真实通过疾病的暗门联通起来，正如《罪与罚》中斯维德里盖洛夫所言："我同意，幽灵只出现在病人眼前；但是，这只能证明，幽灵只出现在病人那里，却证明不了幽灵不存在。……因此，有机体内正常的尘

---

① ［俄］别林斯基：《别林斯基选集》第5卷，辛未艾译，上海译文出版社2005年版，第485页。

② Турьян М. А. *Русский «фантастический реализм». Статьи разных лет.* Санкт-петербург：ООО «Издательство "Росток"», 2013, с. 13.

③ Одоевский В. Ф. *Сочинения, т.* 3. Санкт-петербург：Иванов, 1844, с. 3.

世秩序稍微一病、稍微受到破坏，则另外一种世界的面目就要开始显现出来，而且，病得越厉害，则与另外一种世界的接触也就越多。"① 我们很难判断究竟是不是因为作家本人在疾病（陀思妥耶夫斯基本人患有癫痫症）中产生的幻象而引导他创造出稀奇古怪的形象，这似乎与弗洛伊德所提出的"作家白日梦"理论②只有一步之遥。可以肯定的是，正是因为奥陀耶夫斯基首次③有意识地将文学幻想与人类灵魂的深处连接起来，才使得文学幻想直接越过"反映现实"而获得同现实并行存在的可能性。

在奥陀耶夫斯基那里，文学幻想没有发展到病态的程度，而是通常借助孩童的思维渗入真实当中，却又在其思维向成人转变时消失殆尽。"孩子们很少犯错，他们的思维和心灵还没有被污染"④，奥陀耶夫斯基在《病理学札记》（«Психологическая заметка»）中写道，同样的思想复现于他之后的作品《俄罗斯之夜》。孩童在奥陀耶夫斯基的象征体系中代表着最初的完满、未被玷污的文明以及最高的善，其作品中一系列的孩童主人公都证实了这一点：《敞景画》（«Косморама»）中的索菲亚，《奥尔拉赫女农》（«Орлахская крестьянка»）中的艾亨、格隆巴赫，以及《火怪》（«Саламандра»）中

---

① ［俄］梅列日科夫斯基：《托尔斯泰与陀思妥耶夫斯基 卷一：生平与创作》，杨德友译，华夏出版社2009年版，第244页。

② "在弗洛伊德与文化研究学者的眼中，'欲望'总和'欲求且不可得'的心灵经验密切相关，并特别强调人们如何在记忆和日常生活的欲求中，以幻想作为一种媒介和过渡，将心中的欲求和冲动，以及当冲动无法实现时所压抑下来的欲力，以一种虚幻的视觉和意象在脑海中再现。"（廖炳惠编著：《关键词200：文学与批评研究的通用词汇编》，江苏教育出版社2006年版，第100页。）

③ "虽然19世纪30年代幻想小说的最高水准由果戈理代表，但是果戈理的小说最清楚不过地证明了：幻想在这段时期里与其说是对精神生活中不同寻常事件的心理分析和研究，不如说是构成综合性艺术的一种因素。"（цит. по. Степанов Н. Л. Романтический мир Гоголя. К истории русского романтизма. Москва: Наука, 1973, с. 188 – 218.）

④ Одоевский В. Ф. "Психологические заметки". В кн.: Одоевский В. Ф. Русские ночи. (Серия «Литературные памятники»). Ленинград: Наука, 1975, с. 210.

的艾丽莎等。

如果说上述作品中孩童主人公只是贯穿全文的线索，引领读者在无意识中跨越幻想与真实的界限，那么短篇小说《伊戈莎》（«Игоша»）则是以孩童思维本身为主题展开的，当中孩童意识所代表的幻想世界与成人意识所指向的真实世界产生了激烈的碰撞。伊戈莎是俄罗斯民间故事中的人物，他是个"怪胎，没有手，没有脚，出生和死去时都没受过洗；他顶着伊戈莎的名号，一会儿住这家，一会儿住那家，到处调皮捣蛋，就像基基莫拉或是家神"……①故事的主人公"我"自从听了奶娘说的有关"伊戈莎"的说辞之后，就再也没法将这个无手无脚的小人儿从脑袋里赶走了。在年幼主人公的想象世界里，"伊戈莎"已经成为真实存在的玩伴，不时参与他的游戏和恶作剧。在此之后，三个马车夫的到来以及他们为了解释在桌上多摆一副碗筷而讲述的"伊戈莎"的故事都在无形中加深了"我"的印象，令"我"坚定不移地相信是父亲将"伊戈莎"领到了家里，是"伊戈莎"打碎了新玩具——因为"我"清清楚楚地看见这个滑稽的小人走进屋里，来到桌前并抽走了堆满玩具的桌布，也是"伊戈莎"（而不是"我"这个捣蛋鬼）摔碎了奶娘的茶壶、茶杯和眼镜。"我"并不明白：马车夫的生活环境创造了一种特殊的语境，在这个语境中"伊戈莎"是自然存在的，但是主人公生活在另一个圈子里，这个圈子内的人都受过教育，不相信"伊戈莎"之类的怪力乱神。因此，"我"三番五次地将过错推诿到"伊戈莎"身上，在父亲看来只是调皮鬼为了要礼物而想出来的花招罢了。此时"伊戈莎"的形象开始了分叉：对于孩童"我"来说，他仍然是真实存在的玩伴，而在父亲的认知里他已经成为孩童式幻想游戏的象征——随着时间的推移，这一象征变得愈加邪恶，成了无理取闹的对等物。借助"伊戈莎"这一角色，我们看到了两种互不相容的世界观，分别建立

---

① Даль В. О поверьях, суевериях и предрассудках русского народа. Изд. 2 - е. Санкт-петербугр: Аргументы недели, 1880, c. 54.

在不同的思维方式和认知水平上,而处在这两种世界观层面上的人又都认为自己看到的是真实存在的事物。由此可见,奥陀耶夫斯基"首次在《伊戈莎》中关注了两种世界的存在——孩童的世界和成年人的世界,揭示了二者形成、运作的机制并解释了二者并置存在的可能性"①。在为《儿童故事》(«Детские сказы»)所写的序言中作家指出,在孩童的脑袋瓜里总是盘踞着"一些他从来搞不明白的模模糊糊的幻想,就像那些在梦境中完全控制我们的幻想一样"②。别林斯基对该作品的评价如今看来未尝不是一种褒扬,他说:"……在这些特写中还有一个短篇作品《伊戈莎》,其中,从第一个词到最后一个词都是不容易明白的,因此,它完全配得上由幻想所产生的这个名称。"③

孩童思维的特殊性也引起了谢拉皮翁兄弟的重视:隆茨曾在文章《向西方!》(«На запад!»)中区分了当时俄国存在的两种对立的小说类型,即成年人读者群所代表的"严肃文学"(或称经典文学、传统文学)与儿童读者群所代表的"消遣文学"(或称探险文学、低级趣味文学)。他指出在儿童长大之后他们就"不再适合读儿童读物了,等待他们的是最最枯燥,却又最最严肃的格列普·乌斯宾斯基(Глеб Успенский)",然而"这些被我们认为是低级趣味的胡说八道和儿童消遣读物的东西,在西方被尊为经典"④。在《孩童的笑》(«Детский смех»)一文中隆茨将孩童与成人认知方式的对立移植到了戏剧理论中,他指出成人并不是在喜剧效果而是在"全人类、

---

① Турьян М. А. *Русский «фантастический реализм». Статьи разных лет.* Санкт-петербург: ООО «Издательство "Росток"», 2013, с. 25.

② *Русский архив*, 1874. Кн. 2. Вып. 7 – 12. Москва: Тип. В. Готье, 1874, с. 50.

③ [俄]别林斯基:《别林斯基选集》第5卷,辛未艾译,上海译文出版社2005年版,第486页。

④ Лев Лунц. "На запад". *Серапионовы братья. Антология: Манифесты, декларации, статьи, избранная проза, воспоминания.* Прокопова Т. Ф. (Сост., вступ. Ст., примеч.) Москва: Школа-пресс, 1998, с. 45.

全世界普适意义上的观点、性格和道德"标准之上领略喜剧的魅力，与之相反，孩童自然而然就可以读懂喜剧。隆茨赞成孩童式的阅读方法是因为喜剧"真正的精髓"正是在"那些大笑中，在俏皮话和双关语中，在那些喜剧场景和滑稽效果中"①，因此他提倡"全力投入与厚重文学教科书的战斗，只要一想到它们，那些被迫吃透其中深奥学说的人们就会熄灭心中的孩童式狂喜。我们要是能永远像孩子一样欢笑该有多好"！② 不论是孩童式的消遣读物对经典文学的颠覆，还是孩童式认知模式在理解喜剧方面的天然优势，隆茨想要说明的其实是孩童思维代表的混沌无序与成人思维代表的因果逻辑顺序之间的对立，这从某种程度上而言也体现了现代主义与现实主义核心特征之间的对立③。

卡维林接续隆茨对霍夫曼的评价（"这位写了与实际生活不相似的虚无缥缈的东西的作家可与列夫·托尔斯泰和巴尔扎克媲美"④），并就这位"儿童文学作家"给予他的重要启示做了梳理。他首先分析了儿童的心理特点，进而揭示了霍夫曼易被儿童读者群接受的原因："儿童天然具备一种理解周围环境中瞬间变化的能力，而这正是霍夫曼创作的特点。……在他的幻想图景中我们能够找到现实，而在现实里边还能找到想象的游戏。"正是这种模拟孩童式思维之混沌特征的写作技法令卡维林深受启发，换而言之，这是一种"在瞬间将现实变成诗意梦幻，而梦境变成平淡无奇的现实生活"的"混合能力"（способность смещения）。紧接着，卡维林以其童年亲身经历再现了奥陀耶夫斯基笔下"我"看见伊戈莎时的情景："在我还

---

① Лев Лунц. "Детский смех". *Обезьяны идут!* Санкт-петербург: ООО "ИНАПРЕСС", 2003, с. 314.

② Там же, с. 16.

③ "现代主义文学否定了现实主义美学中严格的因果决定论，又否认了现实主义认定的社会或历史环境对人的必然决定论。"（[俄] 符·维·阿格诺索夫主编：《20世纪俄罗斯文学》，凌建侯等译，中国人民大学出版社2001年版，第152页。）

④ 张捷编选：《十月革命前后苏联文学流派》（下编），上海译文出版社1998年版，第342页。

是个孩子的时候，一次毫不费力地认出马戏团里的魔术师就是别列格林努斯·吉斯先生。他穿着长筒袜，身着一袭华丽的绿色西服。他抛起手杖，后者在空中变成一条蛇，而一只跳蚤国王正从他一绺棕红色的头发上掉下来，稳稳落在他四四方方、涂脂抹粉的额头上，跳蚤细小的触手中握着权杖，头上还戴着一顶钻石的王冠。"（值得一提的是，有着棕红色头发的魔术师形象不止一次地出现在卡维林的幻想故事中，通常表现为作者的幽灵替身，如《第五个漫游者》中操纵人偶的小丑，《大圆桶》里的红胡子男人；仅仅是在《大赌博》当中卡维林复现了童年时的梦魇——不知名的魔术师在半路拦住了伍德先生，并以法术替换了他的真实文件。）在孩童的世界里，幻想和现实可以随时切换，而在他们长大成人后，所受的教育和环境的影响令他们逐渐丧失了这一能力。奥陀耶夫斯基提出了这个问题，谢拉皮翁兄弟在一个世纪之后做出了回答：作者与他事先认定的读者有必要唤醒被包裹在世俗想法内部的孩童灵魂，后者是理解所有幻想文学类型乃至原初之诗的前提。正如赫伊津哈所言："如果严肃的陈述可以定义为清醒生活中产生的陈述，那么诗就永远不会提升到严肃性的层面。它逍遥在严肃性之上的更为原始和本初的层面，那里孩童、动物、野蛮人和先知归属于梦幻、陶醉、狂喜、欢笑的领地。为了理解诗，我们必须要能够葆有儿童的灵魂，就像披上一件魔法衣，也要能放弃成人的智慧而保留儿童的智慧。"[①]

第二节 从列米佐夫的"猿猴议会"到"谢拉皮翁兄弟"神话

采特林曾在关于"谢拉皮翁兄弟"的评论文章中指出，"谢拉皮

[①] ［荷兰］约翰·赫伊津哈：《游戏的人》，多人译，中国美术学院出版社1996年版，第131页。

翁兄弟不是艺术领域的革命者，因为他们并未打算破坏什么。……他们想要的不是小说艺术的革命，而是温和的改革"，并且这一点既是他们的长处（那个时代里很容易找到持相同观点的志同道合者），也是他们的弱点——"他们不是唯一的'谢拉皮翁兄弟'，也不会在文学史上仅仅与他们在团体中的名号绑定在一起——哪怕该团体可以逃脱被遗忘的命运。"① 在接近一个世纪之后的今天看来，"谢拉皮翁兄弟"这一名号不仅没有被历史遗忘，反而成了一个具有神话意义的符号，后者的雏形可以在普希金的"阿尔扎马斯社团"中找到，并经过列米佐夫的"伟大而自由的猿猴议会"发展成为不可复制的"谢拉皮翁兄弟"团体。本节尝试通过对比研究证明，列米佐夫对于"谢拉皮翁兄弟"成员们的影响仅有小部分表现在文学技巧方面，而更多的则体现在他的"神话思维"对于后者的渗透上。

必须指出的是，这里牵涉到一个核心问题："如何看待日常生活与文学艺术的边界"。这也是20世纪20年代文学家面临的普遍问题，列米佐夫采取了模糊二者边界并以文学艺术覆盖日常生活的方式（符合象征主义者的诗学世界观），谢拉皮翁兄弟们虽然借鉴了列米佐夫的想法，却在实践方式上大不相同，这一不同至少体现在两个层面：首先是文学团体形成的机制不同，列米佐夫的"猿猴议会"诞生于作者本人创作的文本之中，里面的成员也分别从作品中获得了名号，可以说是艺术规定生活的典型范例，"谢拉皮翁兄弟"则是先于艺术创作本身出现的②，而关于它的神话是在团体成员之后的创作中逐渐形成的；其次体现在对待"作为文学材料的日常生活"之态度上，列米佐夫对日常生活的变形和加工仍是以作家本人的经历为中心的，文本中象征化了的时间和空间无法令困在历史洪流中的

---

① Цетлин М. О. "Племя младое（О «Серапионовых братьях»）". *Современные записки*. Кн. XII. Культура и жизнь, 1922, с. 335.

② "谢拉皮翁兄弟"虽然出自霍夫曼的同名小说，却并不具有霍夫曼笔下人物的个性和名号，"不是霍夫曼的训练班"（隆茨语），也即是说，原型神话并没有对日常生活产生任何影响。

"我"真正获得自由，与之相反，在谢拉皮翁兄弟们（尤其是卡维林和隆茨）的作品中已经无法窥见作者的真实面貌，原因是作者通常不与琐碎的日常生活相关联，而是更多地与经典作品、报刊文摘等出版物以及各种文学集会发生关系，文学创作生活已经在现实日常生活之外形成了另一种真实。

一 神圣的命名与神话的发端

事实上，列米佐夫的"猿猴议会"并非该类型文学组织中的最早先例——普希金及其同窗好友在19世纪初（1815）组建的"阿尔扎马斯社团"（Арзамасское общество безвестных людей/Арзамас）已经初具这种"由已存在的朋友情谊发展而来的新型文学联合团体"（维亚泽姆斯基语）之雏形，并且组织名称和组员绰号所体现出的游戏性质也进一步证明了其原型身份。虽然费定（"谢拉皮翁兄弟"成员之一）在对其所在的组织名称进行阐释时竭力撇清与阿尔扎马斯社团的关系，称"谢拉皮翁兄弟在20年代初期发表了宣言，完全无意模仿著名的'无名人士的阿尔扎马斯社团'"①，然而不可否认的是，阿尔扎马斯社团的构成模式不论是对"猿猴议会"还是后来的"谢拉皮翁兄弟"都具有极其重要的先驱意义。

既然如此，为何不以完全意义上的原型阿尔扎马斯社团作为比较研究的对象呢？主要原因集中在以下两点：首先，从个人影响力的作用方式而言，列米佐夫由于是谢拉皮翁兄弟们"年长一些的同时代人"，相较于普希金而言具有更多直接影响的机会（多数通过书信、会面及授课等交往形式实现），事实上也的确如此——列米佐夫曾声称正是在"忆起自己如此喜爱的霍夫曼之后"才为该后辈文学团体"洗礼命名"②；其次，从文学团体的构成和运作方式来看，与

---

① Федин К. "Михаил Зощенко". *Воспоминая Михаила Зощенко*. Ленинград: Художественная литература, 1990, с. 103.

② Резникова Н. "Огненная память". *Воспоминания о Алексее Ремизове*. Berkeley: Berkeley Slavic Specialties, 1980, с. 84–85.

谢拉皮翁兄弟同处一个文学大环境的列米佐夫式游戏王国最有可能具有相似的结构和特征，从而比久远时间轴上的阿尔扎马斯社团更能反映出这一时代文学团体所面临的普遍问题和矛盾（既有内在的，也有外在的）。必须指出的是，列米佐夫的猿猴议会成功地将游戏性质与严肃创作合而为一，弥补了之前阿尔扎马斯社团无法顺利过渡到严肃正式文学团体的遗憾①，并创造了有关时间和人的神话。对于列米佐夫来说，情节、人物和创造文本的作者是这个完整神话系统的核心部分，其意义不仅仅在于不断激发新的艺术文本，更在于通过现实与文本的交织作用创造"另一种绝对的现实"②。可以说，"谢拉皮翁兄弟"团体关于霍夫曼同名小说的游戏③在很大程度上仿效了列米佐夫，尝试在严肃与游戏、现实与文本之间找到完美的平衡，从而创造出全新的"彼得堡神话"。

无论是哪个版本的神话，都是从命名的过程（包括为团体本身和各个成员命名两个部分）中衍生和发展起来的——正是此过程中组织的形式和内容、实际存在和象征意义、历史功能和神话内涵不断碰撞交织，最终熔为一种特殊的合金。在此，我们有理由回想俄罗斯宗教哲学历史上的首次命名——《创世记》中亚当在上帝的授意下为万物命名④。

---

① 茹科夫斯基的评价是中肯的，他说："'阿尔扎马斯'建立在滑稽玩笑的基础上，因此当它走向严肃化时，无可避免地死亡了。"（цит. по：Наталья Ромодина «Литературное общество Арзамас», http：//www. proza. ru/2014/05/28/721）

② 详见 Обатнина Е. "В поисках «абсолютной реальности»". *Ремизов А. М. Весеннее порошье*. Обатниной Е. Р.（Сост., предисл. и коммент.）Москва.：Слово/SLOVO, 2008。

③ "谢拉皮翁兄弟"团体成员斯洛尼姆斯基曾写道："……这一名称（指谢拉皮翁兄弟——作者注）的表面含义甚是清晰：在霍夫曼那里这是六个为了倾听和争论而时不时聚在一起的讲故事者。内在含义或许最主要体现在浪漫主义的友谊这一思想中。"（цит. по：Слонимский М. «Восемь лет "Серапионовых братьев"». *Жизнь искусства*, 1929, № 11, c. 5.）

④ "耶和华神用土所造成的野地各样走兽，和空中各样飞鸟，都带到那人面前看他叫什么，那人怎样叫各样的活物，那就是他的名字，那人便给一切牲畜和空中飞鸟、野地走兽都起了名。"（《创世记》第 2 章第 19—20 节）

本雅明曾指出，亚当命名诸生物之举，彰显了名相的基本符号结构，因为"神给每一动物一种符号，他们走到人面前，人就根据该符号替他们命名"①。简而言之，亚当为万物命名的行为实际上是一种运用语言将字形符号与实际形象连接起来的成功尝试，并且最初的名称指向与其对应的唯一形象。名称与其相对应形象之间的关系通过语言——后者极其重要的表现形式是文学文本——在创世纪之后重新建立起来，正如弗洛连斯基所指出的："然而，这些形象就其本质而言，正是被裹住的名称。整部作品就是所有这些被包裹住的精神核心之完全展开，而该作品本身也成为相关名称所存在的磁力场空间。"② 也即是说，在文学作品的构建过程中，亚当的角色是缺失的，因为以造物主身份出现的文本作者直接通过风格化的语言将形象内部的精神实质揭示出来，形象与名称的联结不需要符号作为中间桥梁——虽然从一开始作者就已对形象的符号化表现了然于胸；然而，在列米佐夫与"谢拉皮翁兄弟"的案例中，作者却体现为造物主和亚当的结合体，原因在于形象与名称的对应关系并未随着作品的完结而终止，而是在现实生活中找到了极其相似的映射，并且这一映射的产生正是作为亚当的作者进行命名的结果。这似乎说明名称的存在先于形象（虚构或现实的）并在后者消失后仍然发挥作用，直至找到与之精神实质相匹配的下一个宿主（曼德尔施塔姆《词的意义》）——相关的神话及其体系正是在这一循环往复中形成的。作为谢拉皮翁兄弟中的一员，费定清楚地意识到了这一点："……谢拉皮翁兄弟超越我们而存在。这个名称本身具有自己的生命，它将无视我们的意愿——对于我们中的有些人来说，甚至违反了其意愿——而将我们聚集在一起，就好比是颓废主义和象征主义的名称

---

① 转引自陈鹏翔、张静二合编《从影响研究到中国文学：施友忠教授九十寿庆论文集》，书林出版有限公司1992年版，第141页。
② Флоренский П. *Имена*. Москва：ЭКСМО-Пресс；Харьков：Фолио，1998, с. 463.

曾经所做的那样。"① 从这个意义上而言，每个名称与形象的结合体都是一个时空中的特定结点，在它之前的所有相似结点构成了过往的神话体系，而它本身也将融入这个体系当中，成为其后一个结点视角下的神话。

十分有趣的是，据现有的研究资料显示，"猿猴议会"和"谢拉皮翁兄弟"的命名神话似乎都起源于日常生活中的偶然事件：前者是列米佐夫为了打发侄女儿的无聊时光，为她制作了一个独一无二的"猿猴勋章"（обезьяний знак）②；后者是因为在第一次小组会议时，大家看到在斯洛尼姆斯基房间的书桌上恰好躺着一本霍夫曼的小说③。那么，我们是否可以大胆地推测：如果列米佐夫的突发奇想不是和猿猴而是与其他什么猛兽有关，或者斯洛尼姆斯基的书桌上并非霍夫曼

---

① Федин К. А. "Письмо М. Горькому от 16 июля 1924 г". *Горький и советские писатели: Неизданная переписка*/ АН СССР. Ин-т мировой лит. им. А. М. Горького. Зильберштейн И. С. и Тагер Е. Б. （Ред.）Москва：Изд-во АН СССР，1963，с. 473.

② 列米佐夫在《库克哈，洛扎诺夫的信》中透露了猿猴议会的命名过程："早在1908年我创作《有关加略王子犹大的悲剧》时就产生了猿猴议会的想法：悲剧中的猿猴国王阿瑟卡授予人们猿猴标志。然而有关猿猴标志想法的灵感是从游戏中获得的。每个秋天我们去圣彼得堡的时候都会顺路在莫斯科歇上几天。这个时候要想在莫斯科遇上几个同行并不容易，大多数人都去马拉霍夫卡游玩去了。我只好和小侄女儿利亚莉亚什卡（叶连娜·谢尔盖耶夫娜·列米佐娃）一起玩儿。必须得想出点什么新奇的点子来。她缠着我要我给她做一个其他人都没有的东西。于是，我就给她做了这么一个猿猴标志，让她'偷偷戴上'。这个标志她当然是弄丢了，到下一个秋天不得不再重做一个。为了表示对此标志的珍视，我们把它挂在了墙上显眼的位置——没人能猜到它到底是什么意思：就这么莫名其妙地挂着，利亚莉亚什卡也对此缄口不言。"（цит. по：Ремизов А. М. *Собрание сочинений. Том 7. Условные сокращения.* Москва：Русская книга，2000—2003，с. 59.）

③ 关于这段历史的最新版本斯洛尼姆斯基记录如下："怎么也想不起来，到底是谁第一个提议'谢拉皮翁兄弟'这个名字的。比较合理的推论是日耳曼学家隆茨，但实在记不清是不是这么回事儿。只记得在我书桌上躺着一本不知谁拿来的封皮破损的浅绿色书——由革命前出版社'外国文学学刊'出版的霍夫曼小说《谢拉皮翁兄弟》。有人（完全不记得是谁）拿起这本书叫了起来：'这不是！谢拉皮翁兄弟！他们不也聚在一起读各自的故事么！'"［цит. по：Фрезинский Б. （глав. Ред.）*Судьбы Серапионов. Портреты и сюжеты.* Санкт-Петербург：Академический проект，2003，с. 16.］

的小说，则"猿猴议会"和"谢拉皮翁兄弟"就没有理由存在于文学史上呢？弗洛连斯基对此的回答是否定的，他认为："所有的文学名称，不论是出于随机或者偶然，还是来自主观臆想和艺术形象的符号化形态，都渗透了尚未明晰的艺术创造。"① 事实也的确如此。列米佐夫有关猿猴议会的想法在他1908年完成作品《有关加略王子犹大的悲剧》时就已浮出水面，因为在这部剧中他塑造了一个不同寻常的角色——猿猴国王阿西卡一世（Асыка Первый）。后来戏剧的情节和内容逐渐隐匿，剩下的只是有关猿猴议会的构想和充溢其中的象征性图标。此后的七年中（从1908年到1915年）列米佐夫不断以哲学和审美经验充实和扩展这一想法，终于在1915年的夏天完成了猿猴议会的内部构造蓝图：包括办公厅、七位猿猴国王以及猿猴国国歌②。

至于"谢拉皮翁兄弟"，则该团体命名的偶然性受当时政治气氛的影响而被特意强调了（参见1946年之后的相关记载）：1946年，"谢拉皮翁兄弟"团体被当局贴上了政治敌人的标签，因此不论是突出命名的偶然性，还是保持命名者身份的神秘性都是出于一种善意的保护③。实际上，"谢拉皮翁兄弟"这一团体的命名也经历了一个颇具争议的阶段，据什克洛夫斯基回忆，关于团体名称的最初版本是"涅瓦大街"，主要基于以下两点：首先，这一时期年轻作家作品中体现出的"彼得堡神话"主题（几乎所有"谢拉皮翁兄弟"的成员都在或多或少的程度上受到了果戈理的影响）；其次，作为谢拉皮翁兄弟们定期聚会的地点，斯洛尼姆斯基的房间已然成为团体的象征，而该房间的唯一一扇窗户正是通往涅瓦大街的。由此可见，看似偶然的命名事件其实是一系列必然因素连续作用的结果，并且这

---

① Флоренский П. Имена. Москва：ЭКСМО-Пресс；Харьков：Фолио，1998，с. 463.

② Ремизов А. М. Собрание сочинений. Том 7. Условные сокращения. Москва：Русская книга，2000—2003，с. 60.

③ Фрезинский Б. （глав. Ред.） Судьбы Серапионов. Портреты и сюжеты. Санкт-Петербург：Академический проект，2003，с. 16.

些必然因素大多出于对文学团体性质和特点的考量（猿猴议会的荒诞戏剧性和谢拉皮翁兄弟们对幻想小说的偏好）而非对主流的社会政治思想的盲目迎合①；另外，表面看来日常琐事对文学进程的决定性作用，在本质上表现为文学文本中的久远原型对日常生活的强力渗透，"艺术构想与现实生活之间的界限模糊了"。

二 边界的模糊与神话的性质

有观点认为，猿猴议会的诞生与列米佐夫在第一次俄国革命（1905—1907）中所受的创伤有关："作家巧妙构筑了一个虚幻的游戏乌托邦世界并沉醉其中，通过这种方式表达对真理和质朴，对人与人之间自然平等关系的向往。"② 然而，这一观点在现今看来是有失偏颇的：首先，一次政治事件并不足以解释根植于久远时代的文学动机；其次，猿猴议会并不仅仅是一个虚构的游戏世界，它在某种程度上是对当时社会的戏仿和重构。

列米佐夫早在还是个孩童的时候，就感到与古罗斯的庄严崇高有一种天然的亲近，后来他在自传性作品中以戏谑的口吻表达出来："我一直有国王的派头。我在莫斯科度过了童年，那时候我就慷慨地赐福予人——只要有人相求，我就用幸运的左手去拍他的手；再就是做游戏，在'哥萨克—强盗'游戏中我发放纸质的勋章和奖章……然后，我就开始颁发猿猴议会的钦赐特权诏书，而在沃洛格达我写了悼词。"③ 由此可以看出，建立猿猴议会的动机与成人的智性"乌托邦"世界并无多大关联，而是完全生发于个人情感、童年体验以及一

---

① 20世纪20年代的文学团体很多是为了迎合当时苏维埃政权对文学控制的要求而产生的，因此其名称也包含了明显的政治倾向性，如 РАПП、ВАПП、ЛЕФ、Пролеткульт т. п。

② Гречишкин С. С. Царь Асыка в «Обезьяньей Великой и Вольной палате» Ремизова//Studia Slavica Hung. XXVI, 1980. No 1 – 2, c.

③ Ремизов А. М. Собрание сочинений. Т. 8. *Подстриженными глазами. Иверень.* Москва: Русская книга, 2000, c. 485.

种对游戏的本能向往，这些情感及体验的交织在圣彼得堡文学精英不拘一格的小组聚会中找到了释放的最佳形式。最直接的影响很可能来自那个时代流行在圣彼得堡知识分子群体中一种组建非官方秘密小组的倾向［如"金羊毛勇士"（Аргонавты）、"全世界天才儿童骑士团"（Орден всемирного ребячества）、"孤独者联盟"（Содружество одиноких）等］，这些小组的名称无一例外都具有强烈的游戏色彩，极端的个人体验和童年的创伤经验将组员聚合在一起，最终形成了一种与共济会①性质相类似的组织——智性需要是第二位的，处于第一位的永远是无限的信任、友谊和个性发展的自由。

有关童年恶作剧行为中包含的严肃戏剧性，叶弗列依诺夫（Н. Евреинов）在其著作《戏剧性的恶魔》（«Демон театральности»）的第一章中做了甚为详尽的阐释，他"以具体事例证明，本就没有什么孩童的恶劣行径，有的只是孩童乐于游戏的天性，以及没有被成人社会所破坏的戏剧本能"②。通过揭示孩童无功利心的纯粹创造性以及游戏与艺术之间的关联，叶弗列依诺夫在本书中提出了19、20世纪之交的著名口号"生活戏剧化"（театрализация жизни），考虑到本书出版的年代（同样是1908年，列米佐夫宣称猿猴议会想法萌芽的那一年），这一概念很可能启发了列米佐夫，促使他将童年的游戏付诸实践。由此可见，虽然列米佐夫的猿猴议会以及相关主题的作品"模糊了梦境与现实、孩童与成人思维的界限"③，并在一个不大合时宜的年代里（第一次俄国革命、国内战争）构筑起了一个看似世

---

① 共济会，又称"美生会"，字面之意为"自由石匠"（Freemasonry），全称为"Free and Accepted Masons"，出现在18世纪的英国，是一种带宗教色彩的兄弟会组织。

② Максимов В. "Философия театра Николая Евреинова". *Евреинов Н. Н. Демон театральности*. Зубкова А. Ю. и Максимова В. И. （Сост. , общ. Ред. И комм. ） Санкт-петербург: Летний сад, 2002, http: //teatr-lib. ru/Library/Evreinov/Demon/#_ Toc125710720.

③ Козьменко М. В. "Бытие и время Алексея Ремизова". *Ремизов А. М. Повести и рассказы*. Чулков С. и Жильцова Н. （Редакторы） . Москва: Художественная литература, 1990, с. 6.

外桃源的乌托邦世界,但作家的本意并非如此——动荡的政治环境不是激发他创作的源头,也不是他刻意逃避的对象,只是恰好将他裹挟其中而已。正如作家自己坦言的:"我所写的主题总与当下热点相悖:圣诞节的时候我写复活节,复活节的时候又飘起了新年的雪花。革命年代倒开始念起旧(古罗斯的莫斯科时代)来。"① 这种不由自主与时代背道而驰的特征在扎米亚京身上也表现得十分明显,只不过列米佐夫的创作主题总是恰好与时代精神相悖,而扎米亚京则是有意识地与已成为腐朽陈规的时代主流保持距离;不论如何,相似的结果凸显了这两位作家在文学史上特立独行的标志性形象——"怪人"(юродный)和"异教徒"(еретик),在他们身后站起来的是同样无视党派之争的谢拉皮翁兄弟。

对"谢拉皮翁兄弟"团体成员缺乏革命热情、政治倾向和时代精神的诟病由来已久:在该团体的领袖人物隆茨发表文章《为什么我们是谢拉皮翁兄弟》之后,瓦列利安·波利安斯基(Валериан Полянский)② 马上对此发起了攻击,声称:"如果列夫·隆茨是代表所有谢拉皮翁兄弟说出真心话的,那么有理由推断,该团体的意识形态是无比混乱的,是某种属于小资产阶级层面的不可思议的大杂烩。"③ 而在左琴科近乎挑衅地表明自己"明确的政治立场"就是"没有看不惯任何一方"④ 时,就连一向以扶持爱护该团体为主要宗

---

① Кодрянская Н. *Алексей Ремизов*. Париж: Издательство в книге не указано, 1959, с. 127.
② 列别杰夫-波利安斯基·帕维尔·伊凡诺维奇(笔名:瓦列利安·波利安斯基,1881/1882—1948)文艺学家,评论家;杂志《无产阶级文化》(1918—1921)、《创作》(1922)等的主编,无产阶级文化协会主席(1918—1920),领导书籍出版总局(1921—1930)。
③ Полянский В. «Серапионовы братья». *Московский понедельник*, 1922, 28, августа. № 11, с. 3.
④ Михаил Зощенко. "О себе, об идеологии и еще кое о чем". Фрезинский Б. (глав. Ред.) *Судьбы Серапионов. Портреты и сюжеты*. Санкт-Петербург: Академический проект, 2003, с. 487.

旨的爱伦堡也忍不住规劝他关心时政的重要性，"对于作家来说，当代报刊无异于老师，其重要性可以与列斯科夫等同"①。关于列米佐夫对左琴科早期创作的影响已是不争的事实，而前者对党派斗争的鄙夷与规避似乎也被后者完全地继承了：列米佐夫在《被风卷起的罗斯》（«Взвихренная Русь»）中就曾戏谑道："这些派别都是一副穷凶极恶的模样：每个都宣称真理在自己一方，其他派别除了一派胡言什么都没有。所以，有多少个派别，就有多少个真理；有多少真理，就有多少谎言。"②

诚然，没有统一的政治立场和意识形态倾向性无疑是"谢拉皮翁兄弟"团体的一大特点，但是如果说"因为各自不同的政治立场和无党派意识，谢拉皮翁兄弟们聚集在一起"就未免太过狭隘了，同列米佐夫案例中的情况一样，此处与政治相关的环境和动机并不起决定性的作用；这一点在当时的文学界很难被认识到，因为凭借作家的政治立场划分其属性是革命年代的主流意识。那么，将谢拉皮翁兄弟们聚集在一起并以文学团体的身份出版文集的决定性因素究竟是什么呢？是否如同隆茨所宣称的"我们——不是流派，不是潮流，不是霍夫曼工作室的翻版……我们不是某个俱乐部的票友，不是同事，不是同志，而是兄弟！（'兄弟'是大写——引者注）"此处"兄弟"的具体内涵又是什么，没有自然的血缘关系是否削弱了其可信度？解答这一系列问题的关键在于理清那个年代"生活与艺术的关系"，所以我们有必要再次回到列米佐夫与谢拉皮翁兄弟对"生活戏剧化"的实践问题上去。

三 虚构的作者与神话的成型

事实上，日常生活与戏剧舞台的相互渗透、普通事件与文学事

---

① Илья Эренбург Новая проза. //Б. Фрезинский Судьбы Серапионов. Портреты и сюжеты-СПб.：Академический проект，2003：538.

② Ремизов А. М. "Взвихрённая Русь. Дневник 1917—1921 гг." *А. М. Ремизов. Собрание сочинений в десяти томах. Т.* 5. Москва：Русская книга，2000—2003，с. 92.

实的频繁转换是 20 世纪初俄罗斯文学发展的一个突出特征，正如艾亨鲍姆所指出的，这一时期"每个作家都在为自己而写作，文学小组——如果它们存在的话——都具有某种'超越文学'的特点，或者可以称为日常生活文学化的特点，正是这一特点将其组员聚合起来"①。而在这一现象的背后，隐藏着一个更加深刻的原因，即"有关'如何写作'的问题，已经被'如何成为一个作家'的问题所替换——或者说至少是被遮蔽了"②。换而言之，作家的个性和风格特征已经突破了其文学作品的范围，试图从各个方面向读者和世界进行辐射。如果说在此之前对作家生平、作品背景的调查和研究还属于某个特定流派（如社会历史学派）的研究方法，那么从 20 世纪二三十年代开始，这种方法则逐渐普遍起来，成为文本研究中一个必不可少的组成环节。这主要是因为作家对日常生活及事件的态度发生了改变：既不将其视为文学世界的绝对对立物，在创作中竭力避免引起读者对日常生活的联想（如同浪漫主义者所做的那样），也未赋予其完全延展的权利，以至于日常生活的琐碎细节湮没了文学性（像某些极端的现实主义者所倡导的），而是将那些浸透了个体经验和情感的日常生活事件视为基本的文学材料，通过混合、变形和重组（就像科学家在实验室里借助烧瓶和试管所完成的一样）创造出一个全新的"仿真"世界，并希望读者透过这个合金的小宇宙看到作者本人——不仅仅是写作风格层面的，更是价值观意义上的，即独特的个人意识与整个宇宙进程之间的微妙联系。

在这种带有自传性质的虚构作品中（普鲁斯特的《追忆似水年华》是此类作品的典范），作者的形象往往至少在三个平行时空展开：真实生活层面、文学现实层面以及久远的神话原型层面，最后一个层面是前两个层面在历史进程中相互交织而缓慢形成的。现代读者早已不奢望在文学作品中寻找蛛丝马迹来还原作者本人的真实

---

① Эйхенбаум Б. М. *О литературе*. Москва：Сов. Писатель，1987，с. 430.
② Там же, с. 430.

生活状况，然而他们对于文学现实层面作者形象的想象却从未停止，"如果说作家的自传对于阐释其文学作品没有任何效力"，楚达科娃写道，"那么反过来，文学作品恰恰对自传具有这种效力"①。

列米佐夫创作的一大主题就是记忆，不仅包括出生之后对世间万物的感受和印象，而且一直可以回溯到出生之前的久远世纪，在那里他以还"未被幻想武装起来的肉眼"看到透明世界中"被称为故事的东西"②。可以说，列米佐夫的所有作品组成了一幅巨大的印象派自画像，而画中人的面孔会随着观察角度的不同发生奇妙的变化，正如研究者奥尔佳·拉叶夫斯卡娅-休斯（Ольга Раевская-Хьюз）所言："列米佐夫创作的最根本的神话，是关于他自己的神话——关于叙述者和作者阿列克谢·列米佐夫的神话。"③ 故事《池塘》（«Пруд»）就是这样一个"具有自传特征，却并非自传"的作品，其中作者邀请读者一起将加热变轻的生活碎片（"工厂的厂房，在那里我度过了整个童年；街道、街心花园——我还是个路上的野小子；莫斯科郊外的修道院，每年夏天我们一大群人都要去那儿'朝圣'"④）拼接成一个新的现实，后者永久地鲜活在读者的想象之中。如果说列米佐夫是通过将作者面孔不断扩大、淡化、变形的方式隐藏其真实身份，谢拉皮翁兄弟（尤其是卡维林与隆茨）则是用在文学作品中有意削减个人经历的同时增强文本寓言性的方法为作者戴上面具。两者的共同目的都在于创造神话——前者是有关作者本人的神话，后者是关于创造力的神话。

最大可能地模糊日常生活与艺术创作之间的界限并从前者中提

---

① Чудакова М. «Дело поэта». *Вопросы литературы*, 1973, № 10, с. 69.
② Ремизов А. М. Зга. Волшебные рассказы. Царевна Мымра. *А. М. Ремизов. Собрание сочинений в десяти томах*. Москва: Русская книга, 2000—2003, с. 298.
③ Алексей Ремизов. *Исследования и материалы*. Санкт-петербург: Дмитрий Буланин, 1994, с. 9.
④ Ремизов А. М. *Избранное*. Москва: Художественная литература, 1978, с. 589.

取"永恒的神话题材"是列米佐夫所擅长的,也正是因此他被很多研究者证实是为谢拉皮翁兄弟受洗的"教父"①。苏联评论家何恩菲尔德(А. Г. Горнфельд)认为谢拉皮翁兄弟是作家中"新的文化类型",然而还是无法逃脱列米佐夫"在形式上"的影响以及"模仿他"的命运②。然而,本书倾向于认为,与其说列米佐夫在小说的表现形式方面(如修辞、技法、风格等)影响了谢拉皮翁兄弟,不如说后者其实是他"神话思维"的受益者,并且这种看似具有模仿性质的接受不仅没有损害谢拉皮翁兄弟们的原创性,反而更加坚固了他们对"自由创作"和"个人风格"的信仰。卡维林作为谢拉皮翁兄弟的一员,无可避免地受到了列米佐夫"神话思维"的影响,其创作中隐藏作者身份的倾向和通过作品本身复活"骑士团"精神的尝试都是典型的表现,而他在后期与其他兄弟一起试图以反抗列米佐夫风格的方式建立谢拉皮翁兄弟独特的神话,也恰恰从反面证明了所受其影响之深。

卡维林的短篇小说《第五个漫游者》就是以"创造力"为核心议题的实验性作品。首先,这一创造力是整篇故事发生的原动力,因为故事中所有的人物不是被大师创造出来的,就是自身也具备发明制造的本事。比如,沙尔拉丹原本可以继承家族中单传男子的所有魔法,但由于接触了女子(奇怪的是,女子本身便象征着强大的繁衍能力,而人类的繁衍也是一种创造),魔法就消失了,他于是踏上了寻求魔法复活之路;学者冈斯乌尔斯特想象并创造出了烧瓶里的小矮人,他为了找到使矮人苏醒的合适灵魂而四处漫游;玻璃匠的儿子(同时也是浮士德博士的助手)由于是透明玻璃材质的,所以没有形体和重量,为此他甚是困扰;浮士德博士耗尽毕生精力配

---

① Пупликация Л. Ю. "Протокол заседания общества 'Серапионовы братья' от 6 января 1922 г". Муромский В. П. (Отв. Ред.) Ин-т рус. Лит. (Пушкин. Дом). *Из истории литературных объединений Петрограда-Ленинграда 1920—1930 - х годов: Исследования и материалы. Кн. 2* - Санкт-Петербург: Наука, 2006, с. 8.

② Горнфельд А. «Новое искусство и его идеология». *Литературные записки*, 1922, № 2, с. 5.

制"哲学之石",却对此举的目的缄口不言。卡维林将读者推进了一个巨大的手工作坊,在那里,创造力不是"神的形象在人灵魂中的显现"(象征主义者所笃信的),而是生命诞生和死亡的决定性力量,想要掌握它必须经过漫长而艰苦的找寻,当然结果谁也无法保证;同时,丢失/获取创造力是生死攸关的事情,它决定了每个人物的行为和情节的发展。其次,这一创造力由于其矛盾和不可得的特征,赋予了该文本心理哲学层面上的寓言意义。沙尔拉丹想要获得的魔法是注定失传的,繁衍的创造力和改变世界的创造力永远无法在他身上结合起来;学者冈斯乌尔斯特盗取的市长灵魂不适合小矮人,而他的同貌人浮士德博士断言复活小矮人是完全不可能的("徒劳。小矮人还是我年轻时候想出来的,但无法令他复活"),说明不能创造出完整作品的创造力等于没有;玻璃工匠的儿子是创造力过剩的产物(他的父亲只想要一个与自己手工艺品相似的儿子),而其自身没有创造的能力,因此他想要变成普通人的愿望也是无法实现的;浮士德博士企图用纯粹的技术手段令哲学之石失而复得,结果他的旅程比任何一个漫游者都要短——缺乏想象力的创造力是不存在的。最后,作者在故事的题记中所标注的"献给谢拉皮翁兄弟"表明了这一作品的寓言性质——虽然不是每一位"兄弟"在文本中都有对应的人物,但却可以明显地看出卡维林对团体中一些潜藏问题的担忧(如过于依赖成熟写作技巧而害怕创新,理论建设与写作实践脱离等);并且"第五个漫游者"的面具之下正是卡维林本人,他眼中的自己永远走在探寻的道路上。

在献给隆茨的《匪巢末日》里,卡维林将两种"反叛"并置起来:一种是真实犯罪意义上的,一种是文学隐喻意义上的;一种是对法律的无视,一种是对传统的创新;一种属于面临覆灭的强盗匪巢,一种属于永不消失的兄弟团体。这种在文学作品中复活团体精神并赋予其神话特征的尝试在长篇小说《争执者,或瓦西里岛上的夜晚》中达到了高潮:作者不仅引用了大量与其同时代诗人和作家的作品(其中包括别雷、左琴科、勃洛克、特尼扬诺夫、帕斯捷尔纳克等），而且更加清晰地勾勒了站在故事角色背后的真实人物（聂克雷洛夫—什克洛夫斯基，德拉果曼诺夫—波利万诺夫，丘芬—费定，诺金—卡维林），其中某些情节的设置在传记文学层面上暗示了当时的真实事件，具有代表性的是卡维林因什克洛夫斯基出版《第三工厂》（«Третья фабрика»）而拒绝视后者为精神导师。然而，如果认为卡维林的一系列寓言性作品意在将生活与创作重叠起来，从而使得读者能够从文本的真实推测生活的真实，那就完全曲解了作者的本意。隆茨在《为什么我们是谢拉皮翁兄弟》中就已经提出了文学作品与生活真实之间的关系问题，他坚决捍卫"文学作品应该具有原创性、真实性，具有自己特殊的生命"，这种特殊性表现在"不是生活的复制品，而是与生活的真实并行存在"；而文学作品中的人物也"有自己特殊的，且同样真实的生命"①。持相同意见的谢拉皮翁兄弟还有尼基京（认为文学不是反映现实的媒介，"其本身就是事实"）、格鲁兹德夫（艺术不反映生活，而是折射生活；艺术不是一面镜子，而是一个三棱镜）和卡维林（如果一个作家的形式创新与俄罗斯的文学现实相符，那么完全有理由忽视当下发生的事件），后者在1923年写给高尔基的信中解释了这种日常生活进入文学领域时所必须具备的"延迟性"特征："我认为，那些已经成为过去的日常生活事件——而不是那些集结成块的当下事件——更容易进入文学。"②

由此可见，谢拉皮翁兄弟对待生活和创造的态度与之前的象征主义者是截然相反的，后者"复活了浪漫主义的'生活创造'——'有意识地建造有艺术形式的生活和有美学情节组织的生活'之原则"③，这一原则深刻地影响了20世纪前30年的文化生活，即以文学中构建文本的方式组织生活并经由对文本中诗人形象的期待"创

---

① Лев Лунц. "Почему мы Серапионовы братья". Литературные записки, 1922, № 3, c. 30 – 31.

② Лемминта Е. (вступ. ст., сост., коммент., аннот. указ.). «Серапионовы братья» в зеркалах переписки. Москва: Аграф, 2004, c. 227.

③ 林精华编译：《西方视野中的白银时代》，东方出版社2001年版，第408页。

造"出生活中的诗人形象。然而，在谢拉皮翁兄弟们看来，完整的作者形象既不可能在日常生活中找到——如实证主义者所认为的那样，也不可能在对文本的想象中获得（象征主义者的信仰），而是在生活与创造相互渗透的空间中、在自传主人公与现实的人之间"某种有机的化学作用"（霍达谢维奇语）中显现；或者说，作者的形象是否真实完整并不重要，重要的是在这一过程中读者想象的参与对于自传作品中作者形象的再创造，这一再造的形象越是与其作品风格相符就越是真实。这或许就是谢拉皮翁兄弟在应邀写作"自我介绍"时选择乖张出位风格的原因——很多时候事实都被夸大和虚拟了，这种"艺术的加工"很可能是当时成员们有意为之的：斯洛尼姆斯基甚至从最终版本的自我介绍中删去了一句近乎狂妄的宣称"究竟谁是导师？并不清楚"[①]。然而，在近一个世纪之后我们看到，"谢拉皮翁兄弟"的神话不是通过在口头上罢黜其文学前辈的途径而形成的，恰恰相反，它采取了继承原先神话的形式却替换其内容的方式。关于这一方式的研究可以为我们进一步探明20世纪20年代众多文学团体的构成关系和运作形式提供思路。

第三节 扎米亚京的大衣之下

在影响研究中，被影响的对象一般不会和施加影响者发生大量直接的联系，在这种情况下，需要通过分析被影响对象所表现出的特征来确定影响的发出者，简而言之，这就构成了一个研究问题；然而，如果被影响的对象是在施加影响者的直接培育下形成并发展起自我风格的，那么研究问题就从"确立影响发出者"变成了"这

---

① «Серапионовы Братья» в собраниях Пушкинского Дома: *Материалы. Исследования. Публикации.* Санкт-петербург: Издательство «Дмитрий Буланин», 1998, с. 175.

一影响表现在何种层面？"或者更进一步"该影响在被接受的过程中是否发生了某种程度的变异？"后一种情况在文学发展史上较为少见，正是由于当中影响的无可争议性，其引起的关注度和研究兴趣也相应较低，尤其是在对被影响者的研究深度远不及施加影响者的情况下更是如此。扎米亚京和谢拉皮翁兄弟的关系恰恰属于这后一种情况中的极端例子。首先，扎米亚京对于谢拉皮翁兄弟在创作风格形成过程中的重要影响早已被认定是不容置疑的事实，这主要就是因为该团体的成员几乎全部是扎米亚京的"学生"（扎米亚京曾为他们做过有关散文写作技巧的系列讲座①），扎米亚京本人1932年在巴黎接受采访时也强调了在"谢拉皮翁兄弟"团体诞生过程中的直接参与，并称自己是兄弟会成员们的"文学助产医生"②；其次，从"谢拉皮翁兄弟"成立的1921年直到21世纪初，文学评论界对扎米亚京的兴趣始终高过他的学生们（虽然前者经过了从"封冻"到"解冻"的过程③，而后者哪怕在意识形态侵袭最严重的时期都

---

① "扎米亚京曾在'艺术之家'文学工作室举行过名为'文学散文的写作技巧'（«Техника художественной прозы»）的讲座（см. тексты лекций: Замятин Е. И. Собрания. В 4 т. Т. 4. Мюнхен, 1988, с. 366 – 399, 581 – 599），并教过有关诗艺的实用课程。（см.: Лунц Л. «Литературная студия Дома Искусств». Дом Искусств, 1921, № 1, с. 70 – 71.）"（цит. по: «Серапионовы Братья» в собраниях Пушкинского Дома: Материалы. Исследования. Публикации. Санкт-петербург: Издательство «Дмитрий Буланин», 1998, с. 18.）

② Цит. по: Тимина С. И. и Грякалова Н. Ю. и Лекманов О. А. и др. Русская литература XX века: учебник для высших учебных заведений Российской Федерации. Тиминой С. И. (под ред.) Учебно-методический комплекс по курсу «Русская литература XX – начало XXI в.». Санкт-Петербург: филологический факультет СПбГУ, 2011, с. 173.

③ 这期间扎米亚京经历了一个由"封冻"到"解冻"的过程："自从扎米亚京完成反乌托邦作品《我们》之后直到20世纪80年代，他的名字和创作就被人为地排除在我国的文化空间之外，这使得对该作家文学遗产的思考晚了半个世纪之久。"［цит. по: Богдановой О. В. и Любимовой М. Ю. (Сост.). Замятин Е. И.: pro et contra, антология. Санкт-петербург: НП «МОПО "Апостольский город-Невская перспектива"», 2014, с. 7.］

没有离开过研究者的视线①）——关于扎米亚京的研究著作和文章，不论从数量上还是深度上都超越了谢拉皮翁兄弟。在这种影响者和被影响者之间力量对比不均衡的情况下，大部分时候有关二者间的影响问题的探讨实际上是在反复强调"导师"创作的某些特点，而忽略了对"学生"创新点的发掘。

十分巧合的是，同样的情况也出现在扎米亚京和他的精神导师果戈理的早期关系上：自从扎米亚京发表了为其带来极高声誉的小说《外省小城》（«Уездное»）之后，他与果戈理在运用怪诞手法、故事体和民间口语等方面的相似性就成为评论界的热门话题，甚至在圣彼得堡文学圈中被冠以"新生的果戈理"②之称；加之扎米亚京本人不止一次提到过从童年时代起就对果戈理怀有特殊的情感③，这无异于鼓励评论家们争先恐后地一头扎入果戈理的文本中，竭力寻找年轻作家从中取走的拼图碎片。毫无疑问，从文学传承和风格沿袭角度研究某位作家的创作是非常必要的，但如果

---

① 这一文学团体在"解冻"和"停滞"时期（оттепельные и застойные годы）并未引起很大的关注，其中一个原因可能是在参与者当中几乎没有被禁止的作家（除了在一段时间内被禁的左琴科以外），成员们都是当时受欢迎的苏联作家，尊重俄罗斯的经典文学传统，并在作品中试图将其与新的形式和题材相融合（"对文化发展中传承思想的重要性认识，不仅是将这些年轻作家团结在一起的一个最为基本的原则，也为他们齐心合力创造新时期的俄罗斯文学发挥了关键作用"）。（цит. по: Черняк М. А. *Актуальная словесность XXI века: Приглашение к диалогу: учеб. пособие.* Москва: ФЛИНТА: Наука, 2015, с. 178.）

② "那天晚上除了扎米亚京，没有一个参与者——甚至勃洛克——能获此殊荣。楚科夫斯基从大厅这头奔到那头，对每一个人都说一遍：'什么？怎么样？新生的果戈理。难道不是么？'诗人尼古拉·奥楚普是这么描写扎米亚京在革命后圣彼得堡的亮相的。"[цит. по: Михайлов О. Н. (Ред.). *Евгений Замятин. Избранное.* Москва: Правда, 1989, с. 138.]

③ 扎米亚京在自传中写道："在钢琴下长大：妈妈是个出色的音乐家。从四岁我开始读果戈理。"对于扎米亚京来说，果戈理是与陀思妥耶夫斯基及屠格涅夫完全不同的存在。果戈理就好比是扎米亚京魔咒的来源，左右了后者一生的命运。（цит. по: *Литературная матрица. Учебник, написанный писателями: Сборник. В 2 т.* Т. 2. Санкт-петербург: Лимбус Пресс, ООО «Издательство К. Тублина», 2010, с. 473.）

对源头的追溯过于执着，超过了对现有文本的发掘兴趣，影响研究的意义就会大打折扣——新兴作家永远处于经典作家的阴影之下，他的位置在文学进程中也是浮游不定的。在扎米亚京的问题上，这种研究方式的危险倾向很快被发现了：1917 年学者巴利卡（Д. А. Балика）大胆提出，对扎米亚京的研究必须回到其创作本身，从客观的角度而不是透过某种作家传统（果戈理、陀思妥耶夫斯基等）的棱镜进行观察，"不要看作家是怎么模仿的，而要明白他是如何做到的"①。这一看法在矫正当时不恰当的研究趋向时无疑具有合理性，但是现在看来未免有些矫枉过正：脱离文学传统，仅以文本自身为边界的文学研究是完全理想化的状态——就好比从自己身上抽血再输回血管中，看似完成了探讨过程却无甚裨益。基于此，我们不妨将巴利卡的结论稍作修改，重要的是"不仅看到作家是怎么模仿的，更要明白他除此之外还做到了些什么"。换而言之，对一种文学现象重要性的判定不仅仅要看它在多大程度上与文学进程中的过往事件有亲密的血缘关系（很多时候评论家们正是根据二者关系的亲疏来估量前者的潜在价值），更要看这一现象本身为文学传统带来了什么新变化，它是如何促成这些新变化的。在研究扎米亚京与谢拉皮翁兄弟的传承问题上，我们将会秉承这一原则。

一　来自未来的人

扎米亚京在本质上是面向未来的，这是他与果戈理在根本上的区别，也是他与谢拉皮翁兄弟最大的不同之处。什克洛夫斯基敏锐地发现了这一点："那段时间饥荒连年，我们只能分到比手掌还稍小一些的面包片，还有少量的苹果泥。因为那年苹果算是丰收的。……扎米亚京陪我们一起度过了这段艰难时期，所有这些他都经历过，他

---

① Балика Д. В. *лаборатории поэта*：（Ф. Сологуб, А. Белый, Е. Замятин）. Белебей: Н. Я. Фридева, 1917, с. 16.

想的是未来。"① 必须指出的是，这种"面向未来"的特质与未来主义有实质性的差别：前者的根基扎在此时此地，并从"过去"的文学传统汲取养分，只是将目光投向具有诱惑力的远方；后者则从诞生之初就有意切断与经典传统的一切联系，称自己为"未来的人"（будетлян）、"时代唯一的代言者"（лицо нашего времени）②，因此未来主义者从不会被"未来"诱惑——他们就生于未来，未来对他们来说才是真实的现在。正是这一差别决定了扎米亚京无法像未来主义者一样狂喜地迎接机器与人、人工与自然的融合——更准确地说，是前者吞并了后者，事实上，扎米亚京世界中的人是自然而完整的，不是未来主义者眼中由碎片聚集而成的具有"结构性特征"③ 的整体。如果说未来主义者的未来性既表现在时间轴又表现在空间轴上，那么扎米亚京的未来性则只表现在时间轴上，因此他反对象征主义寻找彼岸世界的倾向，却赞同其"在未来投射幻想的能力和追求精神升华的不懈努力"④。这种杂糅着理想主义、人文主义和启蒙精神的对未来的热望几乎每时每刻都在催促他做出选择——

---

① *Литературная митрица. Учебник, написанный писателями: Сборник. В 2 т.* Т. 2. Санкт-петербург: Лимбус Пресс, ООО «Издательство К. Тублина», 2010, с. 485.

② "只有我们是时代的面孔。时代的号角在语言艺术领域召唤我们。"［цит. по: "Пощечина общественному вкусу: В защиту Свободного Искусства: Стихи. Проза. Статьи." *Поэзия русского футуризма* («*Новая библиотека поэта*»). Альфонсов В. Н. (сост., вступ. ст.). Санкт-петербург: Академический проект, 1999, с. 617.］

③ "未来主义者对待词语的一致态度掩盖了他们作品在主题和对象选择方面的不同。如果这涉及自然，涉及宇宙的整体，那么它也会以一种特殊的截面表现出来：词汇、语言赋予了这种自然'结构性'和人工自然的特点，就好像它是重新由语言本身创造出来一样。"［Тимина С. И. и Грякалова Н. Ю. и Лекманов О. А. и др. *Русская литература XX века: учебник для высших учебных заведений Российской Федерации.* Тиминой С. И. (под ред.) Учебно-методический комплекс по курсу «Русская литература XX – начало XXI в.». Санкт-Петербург: филологический факультет СПбГУ, 2011, с. 100 – 101.］

④ *Замятин Е. И.: pro et contra, антология.* Богдановой О. В. и Любимовой М. Ю. (Сост.). Санкт-петербург: НП «МОПО "Апостолоьский город-Невская перспектива"», 2014, с. 757.

是紧随现实状况的发展，一步步实现先前的目标；还是抛弃已经显露出瑕疵的现实，寻找更加诱人的可能性。扎米亚京每一次都毫不犹豫地选择了后者，这使得他的行动从表面看来充满了矛盾性和不可预测性。最为极端的例子是：他在1917年革命爆发前的学生时代，作为布尔什维克党所在的社会民主党派成员，曾投身近乎狂热的政治活动——"那个时候作为一名布尔什维克，意味着要走一条阻力最大的道路"；而在布尔什维克党通过革命取得政权之后，他却于1924年出版的自传介绍中坦言："那时候（学生时代）我曾是个布尔什维克，但现在不是了。"另外一个典型的例子是革命后初期阶段他在圣彼得堡充满热情和朝气的文学活动与这一时期其作品中所体现出的病态、恐惧、消沉情绪所产生的鲜明对比。"谢拉皮翁兄弟"的诞生正与他这一时期的文学活动紧密相关：作为20世纪20年代最有影响的几位作家之一，扎米亚京先是与高尔基一同在"世界文学"出版社工作，随后在从后者分化出的"艺术之家"工作室翻译、讲学（有关散文的写作技巧方面），成为"谢拉皮翁兄弟"文学团体的创始者和精神领袖，"在很多方面决定了成员创作的特点和倾向"[①]。与之形成鲜明对比的是，扎米亚京这一时期的创作（《龙》《洞穴》《马迈》《X》《最要紧的故事》等）完全没有显露丝毫的革命激情，而是被一种深深的恐惧和忧虑所笼罩，这种骇人的气氛似乎来自某个消失的古老文明所留下的庞大废墟——扎米亚京以他特有的未来式眼光看到它掠过欢呼雀跃的人们头顶，飘向永恒的虚空。他总是少数派中最显眼的那一个：在众人因为看不到希望而沮丧之时，他跳上高台挥舞胜利的红旗；而当众人醉心于胜利的果实时，他却悄悄收拾行囊赶往另一个希望刚刚产生的地方。人们永远只来得及看到他的背影——这或许是扎米亚京被称为"异教徒"的原因。作

---

① «Серапионовы Братья» в собраниях Пушкинского Дома: *Материалы. Исследования. Публикации.* Санкт-петербург: Издательство «Дмитрий Буланин», 1998, с. 18.

家本人颇以这一称谓为荣,他在1924年发表的《关于文学、革命、熵及其他》一文中将阿瓦库姆视为前辈:"那么,旧礼仪派教徒阿瓦库姆呢? 阿瓦库姆不也是异教徒么?"① 在此之前他早已大胆地断言:"真正的文学只会出自疯子、隐士、异教徒、梦想家、起义者和怀疑论者之手,而不会被小心谨慎、好心好意的政府部门生产出来。"②

扎米亚京的这种"异教"精神以及捍卫作家创作自由的战士姿态在很大程度上影响了谢拉皮翁兄弟,后者的纲领性原则中最引人注目的两点就是反对以实用主义的观点看待艺术创作和不以政治倾向性评价作者的优劣③。然而,扎米亚京作品中由未来和现在的激烈冲撞而产生的具有极大破坏力的恐惧感在谢拉皮翁兄弟的作品中几乎没有存在的迹象:未来、过去,甚至另一个世界在谢拉皮翁兄弟看来仅仅是观察现在的不同角度,他们虽没有未来主义者对"结构性"的狂热,却是"建构性方法"的积极实践者,在这一方法的指导下,培养"一种对待现实性的准确而可靠的态度"(Верная «настроенность» по отношению к современности)④ 是十分必要的。

---

① Замятин Е. И. *Избранное. Евгений Замятин*. Москва: ОГИ, 2009, с. 120.

② Gleb Struve, "Soviet Russian Literature", *The Slavonic and East European Review*, 1938, Vol. 16, No. 48, p. 702.

③ "我们坚信,文学幻想是最特殊的现实,并且我们不需要实用主义。我们不是为了宣传而写作。艺术是现实的,就像生活是现实的一样。也像生活本身一样,艺术没有目标和意义:它存在,仅仅因为没法不存在。"[цит. по: Лев Лунц. "Почему мы Серапионовы Братья". «*Серапионовы братья*» *в собраниях Пушкинского Дома: Материалы. Исследования. Публикации*. Гольдич Е. А. (Редактор издательства). Санкт-петербург: Издательство «Дмитрий Буланин», 1998, с. 37.]

"写作政论体裁的文章对于作为艺术家的作家而言,实际上并无害处。糟糕的是,他在自己的文学创作中成为一个政论家。"[цит. по: Лев Лунц. "Об идеологии и публицистике". «*Серапионовы братья*» *в собраниях Пушкинского Дома: Материалы. Исследования. Публикации*. Гольдич Е. А. (Редактор издательства). Санкт-петербург: Издательство «Дмитрий Буланин», 1998, с. 42.]

④ "建构性的方法不是体现在谢拉皮翁兄弟的宣言中,而是体现在他们的作品中:(1)准确的布局;(2)清晰;(3)情节性;(4)对材料的感知;(5)不同材料的聚合;(6)对待现实性准确而可靠的态度"。[цит. по: Илья Эренбург. "Новая проза". Фрезинский Б. (глав. Ред.) *Судьбы Серапионов. Портреты и сюжеты*. Санкт-Петербург: Академический проект, 2003, с. 537 – 538.]

简而言之,谢拉皮翁兄弟的目光坚定地落于"现在",他们从本质上而言更接近于现实主义者。从表面上看,这种影响在传播过程中的分裂(同一作家的创作态度和诗学原则并非同时被继承)很是令人费解,但在扎米亚京和谢拉皮翁兄弟的案例中却并不显得怪异,因为正是直接意义上的师徒关系造成了这一结果——谢拉皮翁兄弟创作风格和原则的形成①很大程度上得益于扎米亚京的讲座和评论文章而不是他的文学散文创作,并且其散文带给他们的启发在技术层面上的意义远远超过了思想层面。

虽然扎米亚京在"艺术之家"主持的研讨会是在拓展学员们外国文学素养的指导思想下开展的②,但是讲座者并没有拘泥于外国文学,而是同时强调了俄罗斯文学中他所欣赏的创新者并细致分析了他们作品的独特之处:"在艺术之家扎米亚京发表了关于威尔斯(Уэллс,Герберт Джордж)的讲座;为学员们主持了以散文写作技巧为主题的文学研讨会,会上他特别强调了那些他一直认为属于新现实主义之列的作家及其创作的重要意义,其中包括别雷、索洛古勃、列米佐夫、诺维科夫、谢尔盖夫-淩斯基、普里什文、阿·托尔斯泰、什梅廖夫和特列涅夫;大方地与年轻的同僚们分享自己的写作心得,并将他们领入自己的创作实验室;触及了一系列重要的文学理论问题——情节、故事叙述、文学语言、韵律以及散文修辞等。在世界观和文学创作层面,扎米亚京在极大程度上影响了谢拉皮翁兄弟的自我定位。"③

---

① 众所周知,谢拉皮翁兄弟的创作风格和诗学原则没有统一的特征,这里所指的也是从个体意义而非集合意义上的风格和原则。

② 列夫·隆茨在未签名的札记《文学工作室艺术之家》中写道:"工作室前四个月的成效十分显著,只是我觉得,年轻人的兴趣几乎都集中在个人创作,而不是翻译工作上。"正因为如此,讲座的主题被拓展了。〔цит. по:Фрезинский Б. (глав. Ред.) *Судьбы Серапионов. Портреты и сюжеты.* Санкт-Петербург:Академический проект,2003,с. 9. 〕

③ Давыдова Т. Т. "Е. Замятин и «Серапионовы братья»:из истории литературной учебы 1920 – х гг." *Е. И. Замятин*:pro et contra,*антология*. Богдановой О. В. и Любимовой М. Ю(Сост.). Санкт-петербург:НП «МОПО "Апостольский город-Невская перспектива"», 2014,с. 145 – 146.

这一影响首先通过讲座的内容呈现出来：在分析散文的结构及其写作技巧时，扎米亚京更多地采用了科学研究的方法——此时的作家更像一名造船工程师（他早年的职业），文本分析的各种方法以及文学创作的技巧手段正是其造船的原料："在讲座中扎米亚京对'代数的和谐'深信不疑，他亲身参与并实践过这一文学技艺领域。他像'工程师'一样阐释艺术创作的规律——将文学散文按照其内部的独立结构——打散，涉及除情节、细节、语言理论以外的更加复杂和独特的语汇艺术。当然，更多的是建立在自身经验基础上的阐释。"① 我们甚至有理由相信，扎米亚京在文学讲座中借鉴了早年教授造船工程学的经验："这位谢拉皮翁兄弟的导师冷酷而准确，视线清晰而有穿透性，可以看透一切！……手指干枯有力，突出的指关节上覆满了淡黄色的绒毛。……轮船制造者！……他在艺术之家文学工作室的学员们没有一个知道这位名叫叶甫盖尼·伊凡诺维奇（扎米亚京的姓和父称——引者注）的人还教授技术和数学课程。"② 其次，扎米亚京在主持讲座和研讨会时的态度和方式从另一个侧面塑造了自身"坚定领导者"的形象，这在某种程度上令人联想到古米廖夫——十分巧合的是，他们二者不仅是同龄人，更分别被认为是俄罗斯文学发展新阶段的年轻一代诗人和散文家的导师（什克洛夫斯基是评论家的导师）③。评论家奥楚普明确地指出了这一相似之处："在他们二人所呈现出的面貌和他们对待文学的态度上有一些共通之处。古米廖夫具有罕见的

---

① Сергей Федякин. "Литературное строительство Евгения Замятина." *Замятин Е. И. Избранное.* Москва：ОГИ，2009，с. 13.

② Милашевский В. «Нелли»：Роман из современной жизни. *Волга.* Саратов，1991，№ 12，с. 108.

③ "在20世纪的第一个十年，文学学习问题在相对狭小的圈子'诗人车间'中更加鲜明地凸显出来，现在它已成为新时代最为迫在眉睫的任务之一。在俄罗斯文学即将进入苏联时期的前夕，正是尼古拉·古米廖夫、维克多·什克洛夫斯基、叶甫盖尼·扎米亚京开始哺育未来的诗人、评论家和散文家。"（цит. по：Сергей Федякин. "Литературное строительство Евгения Замятина." *Замятин Е. И. Избранное.* Москва：ОГИ，2009，с. 12.）

自律性、专注的意志和忍耐力，而这些特质在扎米亚京身上都能找到。他们都对'代数之和谐'坚信不疑，并且都清楚地知道，要想获得大师的技艺，只有通过坚持不懈的努力。"作者回忆起他当年参加扎米亚京讲座时的情形，十分惊奇地发现："相较于楚科夫斯基、什克洛夫斯基和其他一些风趣幽默的讲课人，参加扎米亚京讲座的人数明显不多。扎米亚京对语言是否机智幽默、陈述是否妙趣横生不太关心，他只想达到一个目的：使自己的学员们在最大限度上受益。他的很多建议都具有争议性，然而同时也被颇有成效地实践了。完全可以说，所有的谢拉皮翁兄弟成员都是扎米亚京的学生。"① 正是这种同时体现在讲座形式和内容层面的客观、清晰、坚定和准确的特征，使得扎米亚京成了那段困难时期最坚实的砥柱，他的学员们很快感受到了这一点，谢拉皮翁兄弟更是将他视为自律和忍耐精神的化身，坚信他可以带领他们走出一片全新的天地。

关于扎米亚京对谢拉皮翁兄弟的影响，沃隆斯基写道："他们从扎米亚京那儿继承了对词语的崇拜，对技巧和形式的痴迷；按照扎米亚京的说法，事物不是写出来的，而是自发形成的。正是拜扎米亚京所赐，他们才将风格化、实验精神发展到了极致，也正是因为扎米亚京，他们才被故事体吸引，致力于发展弹性化的形象和半意象化主义。在扎米亚京的影响下，他们对革命的看法逐渐变得自觉和外显。"② 不难发现，沃隆斯基对于扎米亚京在散文技巧上的影响叙述十分清晰而肯定，而对其在革命观点和看法上的影响则显得隐晦而有所保留。事实上也正是这样：如果说扎米亚京对谢拉皮翁兄弟在政治观点和倾向上有影响的话，那么这种影响多体现在"激发、鼓励"而非"引导、树立"的层面。与扎米亚京带有浪漫主义想象的异教反抗精神不同，"谢拉皮翁兄弟"成员具有现实主义者的冷

---

① Оцуп Н. *Океан времени*: Стихотворения. Дневник в стихах. Статьи и воспоминания. Санкт-петербург: Дюссельдорф, 1993, с. 543.

② Воронский А. «Литературные силуэты: Евг. Замятин». *Красная новь*, 1922, № 6, с. 321–322.

静、审慎和坚定——他们既不随波逐流，也不盲目起义；既不是当时政权的御用喉舌，也不是虚无主义者和反政府主义者，更不是狡猾的折中主义者。谢拉皮翁兄弟似乎从诞生之日起就具有成熟的、不可动摇的政治观和创作观，这令当时评论界的"主流趋向"十分恼火。正如隆茨在《为什么我们是谢拉皮翁兄弟》一文中所指出的："我们在革命的年代，在强大的政治压力下聚集到一起。'不和我们站在一起，就是反对我们！'——周围的人们喊道，'你们到底和谁站在一起，谢拉皮翁兄弟？是联共还是反共？是赞成革命还是反对革命？'"接下来，作者对"我们到底和谁站在一起，谢拉皮翁兄弟？"做出了回答，他说："我们与谢拉皮翁修士①在一起。我们坚信，文学幻想是最特殊的现实，并且我们不需要实用主义。我们不是为了宣传而写作。艺术是现实的，就像生活是现实的一样。也像生活本身一样，艺术没有目标和意义：它存在，仅仅因为没法不存在。"② 左琴科同样表明了在这一问题上的立场："总的来说，当个作家很不容易。问题在于——意识形态。如今的作家都被要求具备政治立场。沃隆斯基（一个好人）写道：作家必须清晰地划分自身的政治立场。……请您告诉我，我要怎么才能有'清晰的立场'，如果没有一个党派能够吸引我加入？"③ 斯洛尼姆斯基则将这种无党派性与本能联系起来："最害怕的莫过于丧失独立性，比如哪一天突然宣布：'谢拉皮翁兄弟隶属于教育人民委员部'或者其他的什么

---

① 出自德国浪漫主义作家霍夫曼的小说《谢拉皮翁兄弟》。在《修士谢拉皮翁》(Der Einsiedler Serapion) 一章当中塑造了伯爵 P 这一人物，他自认为是隐居的谢拉皮翁，而他隐居的那片离 B 城不远的森林实际上是底比斯沙漠。他过着与世无争的平和生活，无论别人怎么诱惑都不愿回到原来的生活。

② Лев Лунц. "Почему мы Серапионовы Братья". «Серапионовы Братья» в собраниях Пушкинского Дома: *Материалы. Исследования. Публикации.* Санкт-петербург: Издательство «Дмитрий Буланин», 1998, с. 37.

③ Михаил Зощенко. "О себе, об идеологии и еще кое о чем." «Серапионовы Братья» в собраниях Пушкинского Дома: *Материалы. Исследования. Публикации.* Санкт-петербург: Издательство «Дмитрий Буланин», 1998, с. 28.

组织。"①

我们必须明白，这种对党派和流派之争缺乏兴趣的态度，并不是因为他们惧怕外界冲击而将自身禁锢在一个被粉色云雾笼罩的小岛上，也不是因为政治素养的限制令他们无法做出自认为正确的选择，恰恰相反，"谢拉皮翁兄弟"成员大多对现实具有清醒的认识，他们可以说是经过生活残酷试炼的作家，正如费定所说的："换作其他时候，很可能我们干过的职业、经历的生活遭遇在七八个年轻人身上都没法体会完。"② 他们中的一大部分都是从战场上走下来的作家——经历过第一次世界大战和国内革命战争：米哈伊尔·左琴科曾任掷弹连连长，五次因战斗表现突出被授予勋章；康斯坦丁·费定曾在第七战斗师待过两年，后来成了《战斗真理》报的记者，曾以战俘身份在德国度过了五年时间；在符谢沃罗德·伊万诺夫生活的西伯利亚刚刚平息农民游击战的烈焰，他就被高尔基召唤到了彼得格勒（1920 年）③；曾是骠骑兵的尼古拉·吉洪诺夫卖掉了所有的骑兵军装备，以赚得的利润出版了两本后来令他家喻户晓的诗集——《寇群》和《家酿啤酒》；米哈伊尔·斯洛尼姆斯基十七岁就离家去了前线，之后他在自传中记下了当年的经历，"在纳雷夫河边负了伤：装备爆炸把我掀翻在地。肋骨和腿都断了"；白衣天使伊丽莎白·波隆斯卡娅的双手救治了上百名伤兵；1922 年，尼古拉·尼基京晚于其他所有成员脱下军服，按照他的话来说，那个时候才真正"结束了国内革命战争的所有战线"。只有两名成员——隆茨和卡维林——没有直接参与战争，但他们与其他同龄人一起度过了那

---

① Михаил Зощенко. "О себе, об идеологии и еще кое о чем. " «Серапионовы Братья» в собраниях Пушкинского Дома: *Материалы. Исследования. Публикации*. Санкт-петербург: Издательство «Дмитрий Буланин», 1998, с. 20.

② Константин Федин. "Слушайте, но не слушайтесь". «Серапионовы Братья» в собраниях Пушкинского Дома: *Материалы. Исследования. Публикации*. Санкт-петербург: Издательство «Дмитрий Буланин», 1998, с. 61.

③ 现在称圣彼得堡。1914 年前称圣彼得堡，1914—1924 年称彼得格勒，1924—1991 年称列宁格勒，1991 年复称圣彼得堡。

段艰难时光，并承受了来自战争的所有压力。如果单就人生履历而言，谢拉皮翁兄弟并无值得诟病的地方，正如采特林所言："他们是革命和战争后的第一代才华横溢的青年人，在自己的作品和自我介绍中呈现自身。"①

二 变形的日常生活

然而，令当时具有极左倾向的批评家们所不解的是，这些在他们看来"极好的文学素材"却没有在谢拉皮翁兄弟的第一部合集中出现一星半点：七篇作品都在不同程度上运用了幻想题材，但没有一篇是遵循"塑造典型环境中典型人物"的原则而写成的。年轻的作家们大胆运用诸如时空错乱（左琴科《维克多利亚·卡兹米洛夫娜》，隆茨《荒漠中》）、动物视角（符谢沃罗德·伊万诺夫《蓝色小兽》，尼基京·斯洛尼姆斯基《黛西》，康斯坦丁·费定《狗魂》）、章节错置（卡维林《莱比锡城18…年纪事》）构造了一个个荒诞不经的世界，在这些世界中人物的性格具有隐喻性，似乎是世界规则的一部分。托洛茨基将这部集子看成是一种试图脱离革命题材的暂时性尝试（"谢拉皮翁兄弟时常脱离革命题材，脱离当代生活，甚至脱离人本身，而去写一些德累斯顿的大学生、圣经中的犹太人、老虎或是狼狗。所有这些作品到目前为止给人的印象是探寻、草稿和准备工作"），不论成功与否，这些年轻人都会回到革命题材，因为"虽然关于革命仍有争议，但这是事实，是日常生活"②。高尔基与托洛茨基的观点略有不同，他一方面指出"这是一本非常有趣的合集"，因为年轻作家们的观察视角很有特点："乍一看，这是一本具有反革命性质的合集。然而这很好，非常的好。十分有力而正

---

① Цетлин М. О. "Племя младое (О «Серапионовых братьях»)". *Современные записки*. Кн. XII. Культура и жизнь, 1922, с. 330.

② Лев Троцкий. "Серапионовы братья. Всеволод Иванов. Ник. Никитин." Фрезинский Б. (глав. Ред.) *Судьбы Серапионов. Портреты и сюжеты*. Санкт-Петербург: Академический проект, 2003, с. 545.

确。这里面有一种颤动的、充满活力的,几乎可以从身体器官上感受到的历史。"另一方面则对作品中"人物成为事实的牺牲品"感到不解,认为"每一篇故事中人物都没有得到应有的关注"①。托洛茨基很明显是将是否选择革命题材与作家对革命的态度关联了起来,在他看来割裂与革命的联系,沉浸在封闭的小世界中无疑是另一种背叛;与托洛茨基相比,高尔基在文学层面上的敏锐度更高,后者在非革命题材中仍旧捕捉到了历史的脉动,只不过他的评价标准还是传统的现实主义长篇小说。

事实上,所谓"尝试脱离革命题材"或者"突破传统现实主义小说的框架"只是表象,问题的实质在于谢拉皮翁兄弟对"作为文学材料的日常生活"(быт как литературный материал)有着不同于以往的看法,而这在很大程度上也是受到扎米亚京启发。早在1918年9月于列别姜人民大学(Лебедянский народный университет)的讲座中,扎米亚京就指出传统的现实主义作家运用日常生活作为文学材料的方法已经不合时宜了,一种新现实主义正在横空出世,后者将结合传统现实主义与象征主义的长处,虽然"回归对生活、肉身和日常的描写,却是将相同的材料——也即日常生活——主要用来描绘象征主义者所见的那一种生活",从而开辟一种以讽刺为核心教义的"反宗教的潮流"(течение антирелигиозное)②。正是受了扎米亚京的启发,隆茨在文章《向西方!》里拓展了"日常生活"的概念,将其抽离出文学文本范畴而与艺术本身相对峙:他高声宣布"艺术改变世界,而不是复制世界"③,并指出只有经过加工和变

---

① Чуковский К. *Дневник 1901—1929*. Москва:Советский писатель,1991,с. 174.

② Замятин Е. И. "Современная русская проза:Вступительная статья". *Замятин Е. И. Изобранное*. Москва:ОГИ,2009,с. 169.

③ Лев Лунц. "На запад!" *Серапионовы братья. Антология:Манифесты, декларации, статьи, избранная проза, воспоминания*. Прокопова Т. Ф. (Сост., вступ. Ст., примеч.) Москва:Школа-пресс,1998,с. 48.

形的日常生活才能进入文学作品。尼基京继隆茨之后将日常生活与文学艺术的对立推向了最大化，他指出如果不加修饰的日常生活成为艺术作品的焦点，那么"艺术的存在就没有意义了，因为这样的艺术不再具有吸引力，留给我们的只有一件事——无聊致死"①。在1922年为谢拉皮翁兄弟的第一部合集所做的评论（«Серапионовы братья»）中，扎米亚京再一次动用了他如但丁般的可以穿透未来的视线（曼德尔施塔姆语）："在不久的将来，文学会与描写手法——不论是值得尊重的现实主义描写，还是现代主义描写——渐行渐远，并逐渐由日常生活——不论是陈旧的，还是新式的、革命式的生活——转向诗意的哲学。"②

　　隆茨率先在戏剧创作中实践了他所提出的理念，对历史事件的重新拼接在他的作品《贝特兰·德·波恩》（«Бертран де Борн»）中达到了令人惊愕的程度：妹妹变成了妻子，删去了两个"并不需要"的兄弟，老国王在得知儿子身亡之后当场驾崩——真实情况是他在此之后又活了六年时间，更有甚者，他将整个历史进程推迟了近一百年。为此他写道："历史只是材料，我可以将其捏成各种形状。日常生活、历史、尘世的真理，所有这一切都服从悲剧情节的安排。"③ 这一时期卡维林的创作也表现出了对历史最大限度的改造：幻想与现实、悲剧与喜剧、荒诞与讽刺的交织；主人公的行为和心理在古怪荒诞的情境下展开，呈现出概念化和未发育完全的性格特征；与此同时，叙述者似乎脱离了作者的预设轨道，时不时地打断阅读的进程，令读者置身于不可靠的现实当中，试图以此厘清凭借现有知识所不能解释的世界和人之间的复杂关系。隐藏在这一

---

　　① Никитин Н. Н. "Вредные мысли". *Писатель об искусстве и о себе*: сборник статей № 1. Москва-Ленинград: Круг, 1924, с. 118.

　　② Замятин Е. И. "Современная русская проза: Вступительная статья". *Замятин Е. И. Избранное*. Москва: ОГИ, 2009, с. 91 – 92.

　　③ Лунц Л. "Обезьяны идут!". *Собрание произведений*. Санкт-петербург: Инапресс, 2003, с. 491.

系列诗学特征背后的是作者的核心意图：作品与真实生活和意识形态并没有直接的关联，在作者的个人经历中试图发掘解读其作品的秘密途径是徒劳的；文学内部的发展首先取决于写作手法的自主完善以及情节化的程度。这位年轻的作家在1923年与高尔基的通信中预言"日常生活这根现代文学的稻草"很快就要折损，并且在他看来，"只有那些已经成为历史的日常生活，而非堆积成坨的现代日常生活，才有资格进入文学作品。……记录眼下是编年史作者而不是艺术家的职责"①。虽然不能排除此处卡维林有刻意突显"情节理论"与"日常生活"对立情势的意图，但是明显可以看出他对"作为文学材料的日常生活"要求甚严，并且终其一生，他都不能赞同纯粹的风俗画作家或者自然主义者，尤其害怕"沦为一个写没有情节、无聊透顶作品的作家"②。

　　隆茨和卡维林对情节的重视反过来启发了扎米亚京，后者不仅在文学创作中"一点一点地远离列米佐夫派（日常生活描写的代表作家——引者注）"③，更将其上升到了诗学层面——他在文章《俄罗斯新散文》中总结道："钟摆已然摆向了另一个方向——朝向更加宏大的目标，即情节和结构的构筑。"④ 值得一提的是，这可以算得上是谢拉皮翁兄弟案例中一个影响自下而上传播的典型，即学生站在导师的肩膀上看到了更加诱人的风景，类似的情况还有左琴科对扎米亚京以及隆茨对什克洛夫斯基的影响，这也正是本章开头所提到的影响研究中最具价值的部分。紧接着，扎米亚京再一次接住了

---

① Лемминта Е. (вступ. ст., сост., коммент., аннот. указ.). *«Серапионовы братья» в зеркалах переписки.* Москва: Аграф, 2004, с. 226 – 227.

② Каверин В. А. "Рассказы и повести; Скандалист, или Вечера на Васильевском острове: Роман." *Собрание сочинений. В 8 – ми т. Т. 1.* Москва: Худож. лит, 1980, с. 16.

③ Лемм инта Е. (вступ. ст., сост., коммент., аннот. указ.). *«Серапионовы братья» в зеркалах переписки.* Москва: Аграф, 2004, с. 227

④ Замятин Е. И. *Избранные произведения: В 2 т. Т. 2.* Москва: Советская Россия, 1990, с. 365.

学生递过来的接力棒，将他们在情节方面的实验定义为"幻想与现实的综合体"，并进一步指出"在新式散文中，能够进入文学作品的日常生活或以合成的意象，或以某种哲学合题的背景出现"①。简而言之，在未来的散文中实现一种幻想与现实、现实主义与象征主义的综合，并以引人入胜的情节替代腐朽的日常生活是扎米亚京"综合主义"（синтетизм）的要义。扎米亚京宣称之所以提出这一理论，其原因不仅仅在于日常生活本身充斥了种种幻想因子，更是由于 20 世纪的人们处于一种新的哲学观照中："在爱因斯坦引发几何—哲学上的震动之后，过去的空间与时间彻底消失了。透过叔本华、康德、爱因斯坦、象征主义，我们得知，世界、物自体、现实根本不是人所见到的那个样子。"② 从扎米亚京的个人角度而言，这是他所感受到的那个时代对人与世界传统关系的强力冲击，失去效用的环境决定论和逻辑因果论为事物之间新型关系——中心缺席的自由混合拼接——提供了生长的土壤；然而，如果以文学进程为大背景来观察，有关"艺术综合"（художественный синтез）的概念早在 19 世纪末 20 世纪初就已经被广泛接受了，扎米亚京所提出的"综合主义"实际上是其中的一个分支，在这里文学发展的总趋势推动了个人的突破性创新。

19、20 世纪之交的艺术综合以文学领域为界限可以大致分出两种趋向：（1）文学与其他种类艺术的综合（音乐、绘画、建筑等）；（2）文学内部（主要是体裁方面）的综合③。第一种趋势是广泛意义上的综合，主要体现在象征主义和未来主义的创作中，别雷的"交响乐"，杜勃罗留波夫诗画一体的作品，勃洛克、勃留索夫、伊

---

① Замятин Е. И. *Избранные произведения*: В 2 т. Т. 2. Москва: Советская Россия, 1990, с. 365.

② ［俄］符·维·阿格诺索夫主编：《20 世纪俄罗斯文学》，凌建侯等译，中国人民大学出版社 2001 年版，第 152 页。

③ Колобова О. Л. «Концепция художественного синтеза в русской литературе рубежа XIX – XX вв.». *Вестник ВЭГУ*, 2013, № 2 (64), с. 115.

万诺夫、索洛古勃的诗歌和散文创作以及马雅可夫斯基、谢维里亚宁、赫列勃尼科夫在词汇方面的大胆创新都是这一类型的鲜明代表。第二种趋势体现了各种文学体裁之间的综合,世纪之交最具典型意义的是散文的诗歌化,这一倾向可以在蒲宁、扎伊采夫、列米佐夫、库普林等作家的作品中发现。如果以这一分类标准来看,扎米亚京的"综合主义"并不完全属于这两种趋势中的任何一种,而是结合了两者的特质——在实现方法上部分体现了第二种趋势(如在散文中加入科学语言、公文甚至电报语体,插入诗歌、信笺等),而其核心理念则借鉴了象征主义对综合的理解。

符・谢・索洛维约夫(В. С. Соловьев)是最先提出艺术综合在未来文化生活中重要性的几位理论家之一。在他看来,艺术综合应当不仅仅包括创作领域,还应涵盖生活诸领域、哲学以及科学认知等,并且他在文章中强调,综合的目的在于"实现圆满的、完整的真理",而这正是"未来世纪的最高智性目标",在综合的基础之上他看到了"信仰、想象和创作的三位一体"[1]。在索洛维约夫之后,另一位重要的象征主义理论家维亚切斯拉夫・伊万诺夫(Вяч. Иванов)则进一步指出了艺术综合的世界观意义,他写道"我们最为需要的综合"不是浪漫主义者的综合,而是"新型的、宗教的、仪式的"综合,于他而言,综合的两个特质(无所不包的和形而上学的)缺一不可,并且在接下来的整个白银时代这一点都不会改变[2]。接下来上场的别雷则从各艺术门类在碰撞交融时发生何种变形的角度强调了音乐在象征系统里的中心地位,在文章《象征主义》中他写道:"各艺术门类互相交融,然而这种综合的倾向并不表现在消除原先隔离两种艺术手段的界限上,而表现在从中托举出某一种

---

[1] Минералова И. Г. *Русская литература серебряного века Поэтика символизма*: учеб. пособие для студентов вузов, обучающихся по специальности 032900 - рус. яз. и лит.. Москва: Флинта: Наука, 1999, с. 26.

[2] Там же, с. 27.

占据中心位置的艺术门类。这样一来，就出现了音乐的优势地位。"① 扎米亚京显然抽离了象征主义理论家赋予艺术综合的宗教内涵，而将保留下来的哲学审美核心与一种渗透未来的科学精神融为一体，这一诗学理念集中地体现在他发表于1922年的《论综合主义》中。在该文中，他一方面指出了科学发展为现代日常生活所带来的幻想性质："今天，启示录可以在每天的报纸上读到；明天，我们就可以从容不迫地买到去火星的卧铺票。爱因斯坦将时间和空间从锚上卸下，从今天这样一种现实中生长起来的艺术，难道不应当具有梦幻的性质么？"② 点明了未来艺术的发展方向："新时代的艺术应该是从日常走向存在，从物理走向哲学，从分析走向综合，从具体走向抽象，从文艺美学走向艺术哲学。"③ 另一方面设置了"综合主义"的振幅——现实主义所代表的"正题"与象征主义所代表的"反题"之对立统一，世界的碎片就镶嵌在这一"合题"的时空构架中，其放射出的光芒最终合成一束④。有关"碎片"的比喻也出现在同一时期什克洛夫斯基的文章中，当中他写道"生活就像分属不同体系的裂片，联结它们的不是我们的身体，而是我们的衣服"⑤，也即是说，生活的断裂性只能通过荒诞的、不合逻辑的、疯狂的艺术手段才能表现出来。扎米亚京对未来生活具有矛盾特性（断裂性与连接性）的认知在深层次上反映了他对象征主义持有的矛盾态度，一方面对后者所追求的虚无缥缈的彼岸世界不以为然，另一方面却又相当赞赏象征主义者在未来投射

---

① Белый А. Символизм. Москва: Мусагет, 1910, с. 449.
② Замятин Е. И. *О синтетизме. Избранное.* Москва: ОГИ, 2009, с. 99.
③ 张建华等：《20世纪俄罗斯文学：思潮与流派（理论篇）》，外语教学与研究出版社2012年版，第141页。
④ Замятин Е. И. *О синтетизме. Избранное.* Москва: ОГИ, 2009, с. 100.
⑤ 张建华等：《20世纪俄罗斯文学：思潮与流派（理论篇）》，外语教学与研究出版社2012年版，第132页。

幻想的创意，以及他们对提升精神层面的追求①。

在与日常生活的关系上，象征主义者仍然保持了浪漫主义者的避世态度，"罗曼蒂克地逃离每一天日常生活的'粗俗现象'"或者"献身于创造崇高的精神价值"②，而扎米亚京所代表的新现实主义者却要深入日常生活的残酷内核，大声地奔走呼号，直至将行尸走肉般的人们从精神之熵的魔咒中唤醒。正是在这个意义上，扎米亚京认为"象征主义者有勇气离开现实，而新现实主义者却有勇气回到现实生活"，这句话的隐含意义是：新现实主义作家也必须经历"离开现实"这一阶段，然而这绝不是永久的逃避，而是为了更深刻地揭示现实生活的本质。

---

① Богдановой О. В. и Любимовой М. Ю. （Сост.）. *Замятин Е. И.*: *pro et contra*, *антология*. Санкт-петербург: НП «МОПО "Апостольский город-Невская перспектива"», 2014, с. 757.

② ［俄］鲍里斯·盖斯帕洛夫：《"黄金时代"及其在俄国现代主义文化神话中的角色》，林精华编译《西方视野中的白银时代》，东方出版社2001年版，第372页。

第 三 章

"谢拉皮翁兄弟"的文学实验与科学幻想

整个19世纪后半叶和20世纪初叶,幻想题材作品都被现实主义文学的阴影所遮蔽,一直居于从属的地位。没有一部真正意义上的幻想作品——幻想因素常常被运用在讽刺文章中。直到20世纪20年代初,这一情形才发生了彻底的改变:伴随着一股科幻小说创作和译介的热潮,幻想题材作品一跃成为读者争相阅读的对象,阅读需求带来了作家群的扩大——出现了像"谢拉皮翁兄弟"这样以幻想题材为主的作家群。科幻作品以情节和事件为主要线索的创作原则对原先以人物为中心的长篇叙事小说产生了巨大的冲击,这一新题材要求与更能代表时代精神的体裁以及更能体现俄罗斯本土特征的背景相结合,从而在根本上修复前一阶段由革命所带来的创伤并重建文学新秩序。"俄罗斯在最近几年刚刚成为现代欧洲国家中最具幻想性的国家之一,必定会在幻想文学中体现这一历史时期。"扎米亚京如是说。

第一节 幻想题材与中小型体裁的结合

严格说来,幻想作品(фантастика)与中小型体裁(среднний

и малый жанры）之间并没有必然的联系：二者分别属于题材（стиль）和体裁（жанр）的范畴，通常被要求置于不同的参照体系中进行研究。然而，在特定的时空内，题材和体裁范畴会发生一定程度的互渗，甚至部分融合，从而为各自的演变发展补充新的元素。典型的例子是19世纪中后期，俄罗斯长篇小说发展到巅峰时期时与现实主义的互相影响："现实主义拓展了体裁的篇幅（长篇小说篇幅的扩展与现实主义文学的发展有密不可分的联系），而体裁，也即史诗性长篇小说，则为现实主义作为一种文学创作方法提供了最宽广的展示舞台。"[①] 如果撇开"19世纪中后期"这个时间段，不仅现实主义和长篇小说的内涵无法确定，就连"史诗性长篇小说"也无从谈起，有关它们之间互渗关系的讨论显然也失去了意义。从这个意义上而言，"特定的时空"实际上指的是各种社会历史因素共同作用下所形成的具有阶段性意义的文学发展进程，它使得研究对象的内涵和外延在暂时性的静止过程中得到确认。因此，在讨论幻想作品与中小型体裁之间的相互作用时，必须要找到与之对应的时间段——在本书中被认为是20世纪的前三十年（1900—1930）。

　　这一时间段的确立是以观察并筛选大量文学现象为依据的，其中的两点对于我们来说具有异常重要的意义：首先，在文学发展进程中，只有那些发展到成熟阶段的、处于相对静止状态的体裁和题材才能互相影响，具体到本书语境，即表示在这三十年中，中小型体裁和幻想题材分别在各自的领域中发展到了巅峰状态。中小型体裁是相对于大型体裁（большой жанр）来说的，后者主要包括史诗（эпопея）和长篇小说（роман）。自俄罗斯文学进入"白银时代"开始，大型体裁就逐渐失去了在19世纪（尤其是中后期）的绝对主导地位，这一现象在20世纪初的前十年间（1900—1910）显得尤为

[①] Теория литературы. *Том III. Роды и жанры（основные проблемы в историческом освещении）*. Москва: ИМЛИ РАН, 2003, с. 335.

突出。"大型叙事作品为中小型体裁所替代——故事、短篇小说、速写、寓言；诗歌体裁中占优势地位的是抒情诗歌。中型体裁里的中篇小说具有重要的意义，它将长篇小说推至第三梯队。"① 这一局面直到20世纪30年代初社会主义现实主义文学的迅速崛起才被打破："从30年代中期开始，写作故事等小型体裁对于苏联作家们来说成了'磨炼技艺'的手段。""这一时期备受尊崇的体裁是史诗性长篇小说。《静静的顿河》毫无疑问是其中的代表。"② 与之相对应的，幻想题材也在稍晚时期显示出了自身的重要性："浪漫主义时代过去之后的20世纪二三十年代，幻想题材首次在俄罗斯文学中占据了显要的位置。"而在"19世纪后半叶和20世纪初期该题材仅仅扮演着从属者的角色"③。其次，由两种不同因素互相影响、融合而产生的承载物（包括作品、作者和读者）在高水平层面上的大量出现。这一时期不仅涌现出一大批醉心于浪漫主义幻想题材的年轻作家（如"莫斯科巴尔纳斯"和"谢拉皮翁兄弟"的成员），就连早先（1917年革命之前）被民族风俗，尤其是为"逝去的风俗"所吸引的知名作家如今也转向了幻想题材的创作（如阿·托尔斯泰、扎米亚京、明茨洛夫）。幻想题材作品在延续19世纪本国传统的基础上，演化出了新的类型——除了之前的"纯幻想作品"（чистая фантазия），又出现了哲理幻想（философская фантастика）、社会批评幻想（социально-критическая фантастика）和科幻（научная фантастика）。其中，科幻作为新兴的类型（关于科幻究竟是体裁类型还是一种题

---

① Бройтман С. Н. и Магомедова Д. М. и Приходько И. С. и Тамарченко Н. Д. (отв. Ред.) "Жанр и жанровая система в русской литературе конца XIX – начала XX века". *Поэтика русской литературы конца XIX – начала XX века. Динамика жанра. Общие проблемы. Проза*. Москва: ИМЛИ РАН, 2009, с. 12.

② *Литература 20 – 90 – х годов XX века. основные закономерности и тенденции*, http://www.bestreferat.ru/referat-340670.html.

③ Николаев Д. Д. *Русская проза 1920—1930 – х годов: авантюрная, фантастическая и историческая проза*. Ин-т мировой лит. Им. А. М. Горького РАН. Москва: Наука, 2006, с. 226.

材至今仍有争议）多见于长篇叙事体裁，比较成功的作品有亚历山大·别利亚耶夫的《两栖人》《太空大战》和《多乌艾利教授的头颅》，阿·托尔斯泰的《工程师加林的双曲面》《阿爱丽达》和弗拉基米尔·奥博鲁切夫的《桑尼科夫的新大陆》等；而幻想题材与中小型体裁的结合则衍生出了包括科幻在内（如布尔加科夫的《致命的蛋》《狗心》）的多种类型及其混合子类型，俄罗斯本土化的讽刺性效果是它们的显著特征，这在拉夫连涅夫（Б. А. Лавренев）、西什科（А. В. Шишко）和左祖利亚（Е. Д. Зозуля）的作品中尤为引人注目。综上所述，20世纪的前三十年间幻想题材和中小型体裁进入各自相对稳定发展阶段，具有相互影响渗透的可能性，并且这种可能性正逐渐向现实性转化。

  幻想题材与中小型叙事体裁成规模的结合在19世纪20年代已有先例。20年代晚期（有趣的是，俄罗斯文学中的现实主义也正是在这一时期确立），俄罗斯本土文学掀起了一股"幻想热潮"——在短短的三十年间，涌现出了数量众多、类型丰富的幻想题材作品和一大批富有浪漫主义激情的幻想文学作家。"人们将单独的幻想故事编纂成集，或是遵循其内部固有的情节结构特点，或是以主题之间的相互呼应程度为依据，或是将体裁方面的相似点作为标准，进一步将书中的这些故事合并成组。由此出现了安·伯格列尔斯基的《同貌人，或我在乌克兰度过的夜晚》（1825），果戈理的《狄康卡近乡夜话》（1831—1832），奥陀耶夫斯基的《五颜六色的故事》（1833），扎戈斯金的《霍标尔之夜》（1834）等。"① 如果注意到19世纪前三十年实际上是诗歌和戏剧体裁占优势的时代，就会发现一个有趣的事实——幻想题材从一开始就绕过了优势体裁，而与当时尚在确立之中的叙事体裁（尤其是中小型叙事体裁，如故事和短篇

---

① Маркович В. ДЫХАНИЕ ФАНТАЗИИ. *Русская фантастическая проза эпохи романтизма*（1820—1840 гг.）: *Сб. произведений.* Ленинград: Изд-во Ленинград. ун-та, 1991, с. 5.

小说，也包括壮士歌）建立了天然的联系。这一现象似乎与上文提出的"在文学发展进程中，只有那些发展到成熟阶段的、处于相对静止状态的体裁和题材才能互相影响"的假设不甚相符，按照该假设，幻想题材应当与诗歌或者戏剧发生相互渗透的关系，而不是与尚未成熟的散文体裁。

事实上，这条假设也确实不适用于描述19世纪20至50年代在文学进程中所发生的变化，因为幻想题材和中小型体裁在该阶段的发展都具有萌芽性的特点，这导致了它们之间的关系不是动态平衡中的互相影响渗透，而是发展迅速的一方对相对缓慢一方的吸收和采纳——准确地说，散文体裁将幻想题材作为一种写作方法纳入了自身。首先，此时的幻想题材位于初始的萌芽阶段，这主要体现在其来源的一致性和变体的单调性上。来源的一致性表现在，几乎所有的幻想故事题材都取自俄罗斯民间文学，故事中人物的象征意义一目了然，主人公在故事开头的惨淡遭遇总会在结尾处得到补偿，具有明显的道德训诫和理想主义倾向。典型的例子是茹科夫斯基的壮士歌《斯维特兰娜》（«Светлана»）："最终，茹科夫斯基通过壮士歌的诗学手段，将浸染了启蒙主义的读者意识与民间文学的构建理念、与劳动人民淳朴世界观之间的距离大大缩短了。"① 变体的单调性指的是，幻想题材本身的表现方式相对单一，令普通读者脱离日常现实的有效途径通常是唤起他们对一种神秘氛围的兴趣（包括对预言之梦、幻象、幽灵、催眠术、有关黑魔法和白魔法，以及巫术等神秘事件的兴趣），随后通过不断加强叙述者"可靠性"（достоверность рассказчика/повествователя）的方式使得人们对此坚信不疑。这些手段主要包括第一人称叙事（повествование от первого лица）、模糊叙事（сумеречная/

---

① Маркович В. ДЫХАНИЕ ФАНТАЗИИ. Русская фантастическая проза эпохи романтизма (1820—1840 гг.): Сб. произведений. Ленинград: Изд-во Ленинград. ун-та, 1991, с. 5.

завуалированная приема)①、多人辩论场景（дискуссионный способ）、作者抒情插笔（авторское лирическое отступление）等。由幻想题材在其萌芽阶段的两点表现我们可以看出它所属的世界观是民间文学的，它要求将叙述和观察的视角安放在普通民众的日常现实生活之中，从中发掘奇特的偶然性事件，并通过口口相传的形式为其营造神秘的超自然氛围，以达到令读者领悟另外一种孩童式真实的目的。这与当时占优势地位的文学体裁——诗歌和戏剧——所遵从的古典主义原则格格不入：已经发展到成熟阶段的古典主义崇尚抽象的理性思维，认为不应按照个人的特征塑造具体形象，而将后者视为是某种社会精神的化身。因此，这一时期幻想题材与诗歌、戏剧体裁结合的可能性微乎其微。其次，从19世纪20年代后期开始，叙事体裁进入了不断扩展并确立自身边界的状态，竭力避免被仍然占据优势地位的抒情体裁所同化。"从19世纪20年代开始，在俄罗斯作家群体中产生了对散文的诗化这一现象的不满，反对者认为这是以牺牲散文本身的充实性和逻辑性为代价的。"② 普希金也是散文简洁优美特性的坚决捍卫者，他甚至认为"散文是最能呼应时代需求的一种体裁"，因为他说理性"为启蒙的时代提供了思维的食粮"③。

---

① "幻想题材的改进体现在：除了那种直接在情节中展现不可思议力量（魔鬼、巫婆，还有与他们订立邪恶契约的人们）的叙述方式，另外一种被称为隐约或者模糊叙述的幻想故事也开始活跃起来。奇闻逸事由于其呈现的方式而获得了双重阐释的可能性——一方面，它可以被视为是超现实力量的运作；另一方面，也可以将它看作是一系列真实状况中偶然发生的奇特事件。正因为如此，运用模糊叙事的幻想故事发展了一系列巧妙的综合手段，丰富了营造幻想气氛的旁支技巧，其中包括命运印证预言的形式，设立传闻和假设的形式，创造神秘传说的形式，并且在后者中传说不是由作者本人，而是由书中人物之口说出，作者并不为其所说话的可靠性'作担保'。"［цит. по：Манн Ю. В. *Проза и драматургия второй половины 20 - х и 30 - х годов*：（*Русская литература XIX в.*）. История всемирной литературы：В 8 томах. Т. 6. АН СССР；Ин-т мировой лит. им. А. М. Горького. Москва：Наука, 1989, с. 353.］

② Шмид. В. *Проза как поэзия. Пушкин, Достоевский, Чехов, авангард.* Санкт-петербург：ИНАПРЕСС, 1998, с. 13.

③ Там же.

由此可见，这一时期，开拓边界的先驱者们都将注意力集中在"散文"（проза）创作上——首先必须保证作品的叙事特征，确定它是散文体裁而非其他体裁，至于是长篇小说还是短篇小说，壮士歌还是故事寓言，并不是作家们首要关注的。如果从与抒情、戏剧体裁相区别的角度出发来定义散文体裁［别林斯基曾将短篇小说和长篇小说与古典主义的"英雄长诗"（героичечкие поэмы）和颂歌（оды）对立起来看待］，那么"散文"一词具有以下三个方面的含义：其一，对内容的重视，以真实可靠的叙述代替诗意的想象；其二，日常生活化，去诗意化，体现在被描述对象和描述方式两个层面；其三，语言的简洁优美，具有逻辑性。除了第三点取决于作者本身的写作风格和水平之外，其余两点都与同时期幻想题材的特点不谋而合：对于幻想题材来说，令读者信任叙述者及其讲述是十分重要的，为了达成这一点，所有的想象都必须符合同一种运作规律——这种规律或许不同于现实世界，但也绝不是仅仅建立在作者的主观诗意化想象上；由于幻想题材的来源是民间文学，这就决定了它的人物和选材都以普通民众的日常生活为主，而符合人物身份的话语自然是富有民间特色的口语（当然会经过作者一定程度的艺术加工），这与散文的第二个特点完全贴合。整个时代的浪漫主义气息也为幻想题材和叙事体裁的结合提供了契机："由民间故事和传说组成的、洋溢着浪漫主义精神的世界从一开始就是孕育文学中浪漫主义潮流的土壤，后者首先要求表达的是'民族精神'。"① 由此可以得出结论：在浪漫主义文学潮流的影响下，19 世纪二三十年代的俄罗斯作家们将幻想题材作为一种巩固散文体裁的有效方法引入小说的创作，几乎完整地保留了民间文学中朴素的道德伦理观和宇宙观。

值得注意的是，这一时期纯粹的幻想题材及其表现方法主要体

---

① Троицкий В. Ю. ""Сказочные"，"ужасные" и "фантастические" рассказы，романы，повести." *История романтизма в русской литературе*: *Романтизм в русской литературе 20 - 30 - х годов XIX в.* (1825—1840). Шаталов С. Е. (ответ. Ред.) Москва: Наука，1979，с. 142.

现在中小型叙事体裁（短篇小说、故事）中，这两者结合的产物完全可以被称为具有俄罗斯民族特色的"幻想故事"（此时还谈不上"幻想小说"，因为大部分的短篇小说都是由幻想故事集结成册的）；长篇小说（尤其是历史题材长篇小说）则在不同程度上运用了幻想故事的元素和写作方法，主要体现在对历史背景细节上的补充和对主人公奇特历险的想象上，因此，与其说长篇历史小说具有幻想故事的特点，不如称其为浪漫主义历史人物小说。不论是故事还是长篇小说，将幻想成分纳入自身的散文体裁都呈现出了某种一致性，"故事的简洁性、紧凑的情节和对事件天真无邪的叙述方式"①，这些特征指向后来形式主义者提出的"情节理论"（теория «сюжетности»）。事实上，幻想题材与散文体裁在19世纪30年代的结合所带来的变化与其说是体裁内部的，不如说是文学潮流层面的——促成了浪漫主义向现实主义的过渡。本书倾向于认为，这一现象的原因在于幻想题材中日常生活根基在叙事型体裁中的过度发展。日常生活中的奇异事件起初只起到连接两个世界并引导主人公进入彼岸世界（потусторонний мир）的作用，随后天赋异禀的主人公就要靠自身的努力通过一系列试炼，直到最终与抽象层面上的整个人类和宇宙相连接、融合；然而，随着读者对事件可信度要求的不断加强，作者在设立各种肩负"见证"任务的角色同时，也在不断地细化对主人公所处环境和背景的描述，这样才能保证人物在激烈的情节转换时不至于被架空。这种对细节的补充和想象需要大量真实的材料作为支撑，尤其是在历史长篇小说中——它不断地侵蚀浪漫主义情节的边界，最终成了列夫·托尔斯泰所说的"真实性"（документальность）。如此一来，原本作为渲染"人的激情"和"异域风情"的手段而设置的事实、事件以及现象成为描述的对

---

① Троицкий В. Ю. ""Сказочные"，«ужасные» и «фантастические» рассказы，романы，повести." *История романтизма в русской литературе：Романтизм в русской литературе 20 - 30 - х годов XIX в.*（1825—1840）. Шаталов С. Е.（отв. Ред.）Москва：Наука，1979，с. 142.

象，随之改变的是看待世界的视角——情节推进的动力不再是试图理解周遭世界的人，而是不断被人纳入自身知识范畴的世界。这一时期，果戈理、奥陀耶夫斯基、伯格列尔斯基以及波列沃依等一系列作家在自身的浪漫主义作品中竭力追随这种变化，体现出了探索周围世界奥秘并掌握其原理的倾向。正是这一倾向促成了之后以人和世界的相互作用关系为主要关注对象的现实主义文学的诞生和发展。总体来说，散文体裁在19世纪二三十年代"向充满原始自然力的劳动人民生活、向民间文学、向民族历史的拓展不仅为自身获取了新的素材，更重要的是，随着浪漫主义作家基本写作观点的改变，有关时间、运动、生活以及理想的概念都发生了不同程度的重组，人和周遭事物的全新关系被发掘出来"①。这一切都为现实主义文学的萌芽埋下了伏笔。在此后的文学进程中，以人与周遭世界相互关系为核心主题的现实主义文学借助长篇小说体裁发展至成熟阶段，出现了一批享誉世界的经典现实主义作品；而幻想故事和幻想题材的短篇小说则作为浪漫主义时代的"遗物"进入了相对停滞的发展阶段，其主要的活跃范围缩小至面向青少年和儿童的幻想故事作品和科幻译文作品。

经过了接近一个世纪，当幻想题材再次与中小型叙事体裁相遇并发生令人惊讶的"化学反应"时，情况已经完全不同了——二者都已经度过了特尼扬诺夫所说的"帝国主义扩张"② 阶段，进入相

---

① Манн Ю. В. *Проза и драматургия второй половины 20 – х и 30 – х годов*: *Русская литература XIX в.* История всемирной литературы: В 8 томах. Т. 6. АН СССР；Ин-т мировой лит. им. А. М. Горького. Москва：Наука，1989，с. 171.

② "当体裁在某一阶段确立自身时，它会从中心移至边缘，代替它位置的是从文学大类中毫不起眼的、微不足道的角落里浮游出来的新现象（这就是'小型体裁成为经典'的过程，什克洛夫斯基对此有详尽论述）。"（цит. по：Тынянов Ю. Н. *Литературная эволюция*. Москва：Аграф，2002，с. 171. ）

"这种作用在某一领域的建构性原则（конструктивный принцип）具有扩张特征，总是试图伸向更宽广的作用领域［这可以称为建构性原则的'帝国主义扩张'（империализм）特性。]"（цит. по：Тынянов Ю. Н. *Литературная эволюция*. Москва：Аграф，2002，с. 184. ）

对平稳发展的成熟期，这就要求我们以同样更新了的观点来看待这二者间的关系。

20世纪20年代初期，科幻故事和小说的出现为幻想题材作品重新注入了生机，使得后者在俄罗斯迅速蔓延开来，于短短的十几年时间内扭转了其一直以来的从属地位，一跃成为普通读者和文学研究人员争先阅读和讨论的对象，并且这一趋势持续到了今天。对于传统的幻想题材来说，科学幻想作品的出现带来了双重意义上的冲击，分别体现在选材内容和体裁分类两个主要方面：在内容方面，科幻作品摆脱了以往浪漫主义幻想小说的常见元素，如"前所未见、荒谬至极的鬼怪、巫婆、神龙或是其他什么魔王索伦和戒灵"，而将故事的发生地点移至"金属钛、等离子和其他一些实验室环境中"①；在体裁方面，科幻题材的异军突起不仅使得将其作为一种独立体裁（отдельный жанр）进行讨论成为可能，并且该题材与其他幻想题材子类型的结合产生了一系列新的变体——"如何定义幻想作品并对其进行分类"的问题引起了文学研究者们的普遍关注。

科幻题材的出现与19世纪的科技革命有着不可分割的联系，最初创作科幻作品就是为了从文学的角度展现科学和技术目前所取得的成就，以及在其庇佑下人类的光明前景和未来。这种对"未来之城美好蓝图"的想象不仅在早期科幻故事中埋下了乌托邦因子，也暗示了科幻题材中两个世界之间关系的重新确立。以往幻想题材作品中真实世界与幻想世界的联系分为两种：一种是时间上前后相继的关系，即幻想世界是真实世界的过去或者未来（一般而言是前者），主人公的经历是不可逆的；另一种是空间上平行共存的关系，在这种情况下，异质时空的时间尺度总是与现实世界不一致，且主人公总是会回到现实世界，使得两个世界的时间最终合二为一。科幻题材出现之后，在上述两种关系的基础上发展出了第三种情况——

---

① Вячеслав Рыбаков. "Из истории советской научной фантастики". *Литературная матрица*: *Советская Атлантида*. Санкт-петербург：Лимбус-Пресс，2013，с. 477.

时间上平行共存的关系，即两个世界虽然有共同的时间尺度，却在空间的占有上产生矛盾和冲突，主人公通过游历、征战、探险等活动不断扩大其原先所在世界（有时是人类存在的当下时空，有时是异质的幻想世界）的范围，因此他的经历常表现为闭合的圆圈①（如威尔斯的《世界之战》）。不难发现，在以往浪漫主义幻想故事中，异质世界的边界是稳定并趋向于缩小的：主人公一旦越过某个边界就进入了异质世界，然而，当他回到现实世界之后再想循原路返回时就常常以失败告终——异质世界如同黑洞一般吞噬了自身；而在 20 世纪初的科幻小说中，异质世界的边界逐渐失去了稳定性，并且具有无限扩张的趋势——在上述"时间层面平行共存的关系"中表现得尤为明显：卡维林的科幻故事《大圆桶》（«Бочка»）就是一个日常世界在人类好奇心的驱动下逐渐显露出异质世界可怖面目的不可逆过程。作为故事推动力的"人类好奇心"已经不再包括对幽灵鬼怪的崇敬和畏惧，而仿佛是被现代科技武装起来的巨大车轮，一往无前地向未知的诱人领域碾轧，并且这种运动趋势已经超出了人类自身的预期和控制。总的来说，科幻题材中人类的好奇心比重与异质世界的扩张速度呈正比，情节发展的重心不在于主人公如何在两个世界之间完成不可思议的转换②，而在于如何令读者将看似荒

---

① "连接现实世界和幻想世界的基本方法有两种。第一种是将这两个世界视为'平行的'存在，这里的平行可以是时间上的，也可以是空间上的。那些存在于平行时间中的世界，我们可以在童话故事、传奇小说、哥特小说、神秘散文中遇到。而那些存在于平行空间中的世界，我们可以在旅行小说——以此类推——入侵小说（H. G. 威尔斯《星球大战》）中见到。另一种连接的方式是因果承接，在这种情况下，幻想世界不是作为过去的世界，就是作为未来的世界出现。"［цит. по: Николаев Д. Д. *Русская проза* 1920—1930 - *х годов*: *авантюрная*, *фантастическая и историческая проза*. Михайлов О. Н. （отв. ред.）. Ин-т мировой лит. им. А. М. Горького РАН. Москва: Наука, 2006, с. 238.］

② "总的来说，在科幻题材中没有世界的两重性：所有的一切——包括最不可思议的事物——都同处一个世界，没有任何东西是异质的；事实上，有关欧洲新科学的普遍化定义恰恰体现在这种对异质事物的排斥原则中。"（цит. по: Зенкин С. *Работы о теории*: *Статьи*. Москва: Новое литературное обозрение, 2012, с. 283.）

谬的新环境信以为真,并在此基础上心安理得地接受科技生活的洗礼。

随着两个世界之间力量对比的变化,奇迹发生的方式和人物角色的重要性也都发生了相应的改变,从而最终扭转了浪漫主义幻想故事在对未知世界的摸索过程中不断削弱自身力量的局面。在此之前的幻想和神秘故事中,奇迹的发生主要依赖于幻想事件的"双重意义"或者"连带作用",不论是哪一种,读者的接受力和想象力都要在其中扮演重要角色。关于幻想事件的"双重意义",符·谢·索洛维约夫在为阿·托尔斯泰的《吸血鬼》(«Упырь»,1899)写的序言中指出:"单独的、零散的幻想事件是不存在的,只存在真实的事件,然而有时会有一些别的,比日常事务还要清晰可信、实实在在的联系以及这些现象的意义浮现出来。……只有凭借某个现象与其他事件的复杂关联,才能推测出它们在单独和零散状态下没有的隐秘意义。"① 虽然索洛维约夫尝试将事物的两重确定性(двойная детерминированность фактов)并置,但他的落脚点始终停留在事件的神秘意义(мистический смысл)而非现实意义(реальный смысл)上,也正因为如此,这一概念后来发展为象征主义(或者新浪漫主义)的"两重世界"(принцип «двоемирия»)学说。受到索洛维约夫有关幻想手法是一整套多义密码的启发,法国作家萨特进一步提出了幻想事件具有的"连带作用",他认为"企图通过描绘某种不寻常事件而达到幻想效果是徒劳无益的。某种奇怪的事件,哪怕在这世上仅此一回,但是因为这个世界是遵循特定规则的,所以这一事件本身必定也镶嵌在无所不包的秩序之中"。由此萨特总结道:"幻想效果不可能被约束在一个特定的空间里,——要不然就完全不存在,要不然就包容整个世界。"② 萨特与索洛维约夫的契合点在于"单独零散幻想事件的不可存在性",然而论据却不尽相

---

① Соловьев В. С. *Философия искусства и литературная критика*. Москва: Искусство,1991,с. 611.

② Jean-Paul Sartre, *Critiques Litteraires(Situations I)*, Paris: Gallimard,1975, p. 150.

同——以六翼天使带来金羽衣为例：索洛维约夫会认为这样的故事属于天方夜谭，真正的幻想隐藏在最普通的日常事务里，比如裁缝做出的布衣具有神奇的功能；萨特则不会认为有何不妥，如果天使可以带来金羽衣，那么金羽衣很有可能变成一只飞鸟——奇迹总是不断扩散自身的影响，直至涵盖周边世界。在第一种情况下，需要读者具备为象征符号解码的娴熟技巧，以及在跟随情节发展的同时回味作者语言风格的冷静头脑；第二种情况则稍微减轻了读者的负担，为了让后者相信荒诞不经的事件，作者通常会令主人公周遭的世界沿着一个不可思议的轨道运转，随之而出现的一系列怪事总会在某个时刻将读者拉入恐怖的黑洞中。而在科幻题材中，奇迹发生的方式从根本上发生了改变：与之前将奇迹事件硬生生地塞给读者的做法不同，科幻作者担负起了精细加工、缓慢渗透的过程——读者只需要具备基本的好奇心就可以领会作品的精髓。正如扎米亚京在评论威尔斯的作品时所指出的："威尔斯带领读者进入奇迹故事氛围的手段十分狡猾：他小心翼翼、不紧不慢地循着逻辑推理的阶梯将您一步步领上来，您完全不会发现自己在移动。您就这么毫不怀疑地沿阶而上，越登越高……猛然回头望向下面时，才惊呼起来，那时已经晚了：现在，您对那些在故事开头看起来荒谬而不可信的事物早已深信不疑了。"① 在拉着读者的手将其领至塔顶的同时，科幻作家们也达成了自身的目标，即打破受众已经僵化的幻想模式，让他们或多或少地萌发对科技的热情，从而摆脱现实世界的阴霾，为迎接工业革命带来的挑战做好准备。对于俄罗斯文学来说，这段时间是20世纪20年代末和整个30年代，那时候大多数俄罗斯民众仍然倾向于相信神秘力量造就的奇迹，并未留意现代科技已经将他们的物质生活完全掌控，正一点点向精神生活蔓延。以往幻想题材中占主导地位的各色人物（奇迹发生的见证者）被大大小小的科学

---

① Евгений Замятин. *Герберт Уэллс.* Санкт-петербург：Эпоха，1922，www.ufacom.ru/ ~ karaby.

实验或者成体系的理论知识代替了，"情节和人物不是最终目标，只是作为一种将零散知识串联起来的工具而存在，旨在揭示这些知识对于日常生活的益处、实用性和有效性。在这种情况下情节的引人入胜显得尤为重要——情节必须能激发起人们对于这些零散知识的兴趣，保证他们没受过训练、未能适应艰苦阅读的大脑能够轻松地掌握这些知识，并且能够从日常生活的烦恼中脱身出来，哪怕一小会儿"。①

科幻小说发展过程中的两个显著趋势——空间和时间对人物约束力的逐渐减弱与情节和知识体系取代了人物性格塑造——从本质上说是对现实主义（包括20世纪20年代革新了的现实主义）的巨大冲击：首先，现实主义作品中人物与其所处环境的关系被打破了，他不必被动地卷入历史洪流并作出选择②，而是可以乘坐时间机器逃离所处时代，或是他本来就生活在未来某个想象的国度中，如此一来，原本历史时间为人物命运带来毁灭性打击的可能性消减了，人物自身命运的悲剧性转移到了别处；其次，由于情节发展的动力由主人公的心理变化或个性成长变为知识系统的不断完善，作者对人物性格塑造的策略改变了——如果说传统心理分析小说中对人物性格的塑造是不断做加法③，那么科幻小说作者则将主人公的性格蒸馏

---

① Вячеслав Рыбаков. "Из истории советской научной фантастики". *Литературная матрица*: *Советская Атлантида*. Санкт-петербург: Лимбус-Пресс, 2013, с. 480.

② "20世纪形成的传统现实主义，遇到了种种危机现象。但在这里危机却起到了积极作用，现实主义审美观从危机中以崭新的面貌复出。20世纪的现实主义，改变了传统的阐释个性的体系。对形成个性的环境，如今有了最大限度的理解；现在作为典型环境出现的，是历史、广阔的历史进程。人（和主人公）现在是直接面对历史本身。……在20世纪，个人存在的权利受到了怀疑。这时人常常违背自己的意志而被拖进历史事件的漩涡中。似乎是历史本身制造了消极影响文学主人公的各种典型环境。"（［俄］符·维·阿格诺索夫主编：《20世纪俄罗斯文学》，凌建侯等译，中国人民大学出版社2001年版，第145页。）

③ "对主人公'非黑即白'的分类有助于将善恶作为绝对划分界限的研究，与此同时，日常的心理分析散文则视这些标准具有互相渗透的特征。以上两种都是重要手段。"（цит. по: Новикова О. Н. и Новиков Вл. И. В. *Каверин*: *Критический очерк*. Москва: Сов. писатель, 1986, с. 152.）

分解开来，不断做减法，直到善与恶的界限分明①或是某一特征放大到令人发指的程度（如隆茨的《第三十七条公文》中的公务员"我"因为一心想干出一番事业为后人景仰，最终将自己变成了一张公文纸）。不难发现，无论上述哪一种趋势都与俄罗斯长篇叙事体裁以塑造正面主人公形象为中心的传统相悖；因此，从理论上而言，科幻题材在俄罗斯应该很难与长篇叙事体裁发生关系。然而，在20世纪20年代初期，当科幻题材作为翻译文本大量出现在俄罗斯图书市场上时，这一冲突表现得并不明显，其中的原因至少有以下两点：第一，欧美文学的长篇叙事体裁多以情节构建为中心，主人公无论是在浪漫主义作品还是现实主义作品中都极少扮演作者的代言人角色；第二，在这些所谓的科幻题材译本中，有相当一部分是俄罗斯作家仿写的作品〔如1926年扎亚茨基（С. Заяцкий）以笔名皮耶罗·鸠米耶里（Пьер Дюмьель）发表的长篇小说《从溜溜岛上来的美人》（«Красавица с острова Люлю»），以及1927年两位俄罗斯小说家以杜撰出来的法国作家雷纳·卡杜（Ренэ Каду）为笔名发表的小说《水下的亚特兰蒂斯》（«Атлантида под водой»）等〕，小说从人物到环境都具有浓郁的异国特征，其目的就在于令读者失去分辨"真伪译本"的能力②。在翻译的热潮逐渐消退，俄罗斯作家们开始尝试将民族元素融入科幻题材作品时，问题出现了：

---

① 通常科幻作者在此采用两种做法：一是令主人公的性格双重化，但是不同于之前"一个肉体同时被善恶两种灵魂占据"的情况，现在善与恶从不同时出现，它们分别占据自己的领地，如斯蒂文森的《化身博士》；二是淡化主人公形象，以人物群体来表现善恶，如卡维林的作品中通常将人物分为对立的两大阵营"科学家—伪科学家""创造者—模仿者（伪造者）"等。

② 艾亨鲍姆对此曾戏谑地评价道："现在俄罗斯的作家如果想图书大卖，就得给自己想个外国笔名或者干脆称自己的小说是'翻译作品'。于是甚至出现只要换一下题目，就有三家出版社争相出版的状况。……符谢沃罗德·伊万诺夫最好换成儒勒·雅内宁，或者直接变成夏多布里昂·德·维尼，米哈伊尔·左琴科换成让-波尔·茨朔科什么的。按照发音或是意义改名字都行。这么说，格林倒是挺走运的，到现在别人也没搞清楚他到底是外国人还是本国人。"（цит. по：Эйхенбаум Б. *О литературе*. Москва：Советский писатель，1987，c. 87.）

不是冠有俄罗斯姓名的主人公在时空错乱、宇宙航行中丢失了可靠叙述者的身份，就是外籍出身的博士和学者在冗长的心理分析或者缺乏情节的词语沼泽里迷失了方向。在高尔基的委婉建议下（"我觉得，您对遥远的地域和国度的关注已经够多了，是时候将注意力转移到俄罗斯现当代的幻想事件上了"），卡维林曾不无抱怨地指出这其中的难处："从'遥远的国度'到当代俄罗斯的转向并不简单。刻意幻想出来的新玩意儿必须换成真家伙，再说了，哪个初出茅庐的作家敢闯进俄罗斯传统幻想故事金光闪闪的宝殿里，跟名垂千古的果戈理叫板呢？"①

事实上，俄国本土的科幻长篇小说是有其根基的：早在19世纪40年代，弗拉基米尔·奥陀耶夫斯基未完成的手稿《4338年。圣彼得堡书札》（«4338 год. Петербургские письма»）就曾在民间广泛流传，并引起轰动，然而这部作品直到苏联时代才得以出版，正是"这部小说的写作使俄罗斯的科幻小说传统达到了19世纪的世界水平"②。这部小说据称是在一位催眠大师的助力下完成的，自此，以"梦幻"的形式体现对未来世界的设想成为了之后一系列俄罗斯科幻长篇小说（大部分实际上是带有大量科幻元素的现实主义长篇小说）的惯用方法，具有代表意义的是车尔尼雪夫斯基在《怎么办》中对薇拉第四个梦境的描写以及陀思妥耶夫斯基的一部奇特作品《一个荒唐人的梦》。不难看出，俄国的科幻长篇小说自其诞生之日起，就呈现出一种不同于西方科幻小说的混合型特征：东正教的末世论思想、对社会制度的乌托邦式幻想以及对浪漫主义自然人性逐渐消弭的悲哀融合在一起，消遣娱乐的惊险情节让位于强烈的社会讽喻效果或是伦理道德批判。这一特征与俄罗斯文学中对人和人性的关注

---

① Каверин В. А. "Рассказы и повести; Скандалист, или Вечера на Васильевском острове: Роман." *Собрание сочинений. В 8 – ми т. Т. 1.* Москва: Худож. лит, 1980, с. 6.

② ［加］达科·苏恩文：《科幻小说变形记：科幻小说的诗学和文学类型史》，丁素萍等译，安徽文艺出版社2011年版，第273页。

是分不开的，它预示了"二战"后苏联科学幻想小说的两种发展趋势：一是比以往任何时候更注重人学，即"虽然在开展幻想方面更加海阔天空，但是越来越着重写人"①，叶夫列莫夫的《仙女座星云》就是其中的典型代表②；二是科学幻想"作为一种文学手法而进入现实主义的文学作品之中"③，如拉格宁、叶夫图申科、艾特玛托夫等所创作长篇小说中涉及科学的情节。19世纪俄国现实主义作家们对于遥远乌托邦的静态观望在20世纪20年代被一种渴望行动的星际探险激情所打破：一方面，"新经济政策"带来了私人出版的黄金时代，大量的欧美通俗科幻译本涌入了俄罗斯市场；另一方面，十月革命后建立起的苏维埃政权对于工业化和科技化的重视为科幻创作提供了新的素材和动力。新出现的科幻类作品在篇幅上都比较短小，有时甚至不能称为科幻小说，而更适合归入科学幻想小册子或者星际探险故事之列，也正是这样的小册子和系列故事开启了真正的苏联科幻小说时代：齐奥尔科夫斯基的两本科学小册子《在月球上》和《天空与大地的白日梦》具有里程碑的意义；勃留索夫创作的一系列关于星际旅行的故事（如《远方》《七代人的世界》）则展现了与革命风暴完美结合的宇宙式激情。

科幻题材与短小体裁的结合，与其说是在西方科幻读物冲击下不得已而为之的防御性后果，不如说是该题材所固有的某些特质与以人物性格发展为中心展开情节的大型叙事体裁之间产生矛盾的必然结果，而后者在19、20世纪之交的日渐式微则凸显了这一结合的合理性。长篇小说的危机从19世纪的最后十年已经显现出来了，列

---

① 许贤绪：《当代苏联小说史》，上海外语教育出版社1991年版，第396页。
② "我必须说，在这部长篇小说中，我首次把主要注意力集中到了人身上，集中到了自己主人公的性格上。在早期的短篇小说中我注重的只是作为小说基础的科学假设本身和惊险的情节。中心放在自然界中不平凡的东西上，人本身在我看来则是十分平凡的……"（转引自许贤绪《当代苏联小说史》，上海外语教育出版社1991年版，第399页。）
③ 许贤绪：《当代苏联小说史》，上海外语教育出版社1991年版，第396页。

夫·托尔斯泰在 1893 年 6 月的《日记》中写道："长篇小说这种形式远非永恒的，它已经走到了尽头。昧着良心编一些瞎话，写一些从来没有发生过的事情。如果想要说什么，就直接说。"① 十六年后，作家似乎预见到了未来替代长篇小说的表达形式："必须致力于不受任何形式束缚的写作：不是文章、专题，也不是文艺评论，而是将强烈感受到的东西尽可能地表达出来，倾泻出来。"② 另外一位俄国长篇小说的巨匠陀思妥耶夫斯基此时也"坚决地宣告了贵族家族长篇小说的终结，坚信在属于'偶然家庭'的过渡时期，'未来的艺术家能够找到绝佳的形式，甚至能表现往昔的混乱与动荡'"③。波洛茨卡娅（Э. А. Полоцкая）指出该作家的长篇小说《卡拉马佐夫兄弟》中实际上已经孕育了短篇小说的萌芽：首先，该作品的故事时间仅有十二天，与以往绵延数十年的传统叙事文学有所差别；其次，某些章节结尾的封闭性和重复性为短篇小说的结构提供了启示；最后，通过人物和情境的鲜明对比预设了一套浓缩内容的方法，犹如短篇小说中的"呼应"功能④。陀思妥耶夫斯基显然已经感受到了时代这台巨型机器启动时发出的轰鸣，他关于未来水晶宫的矛盾想法在《一个荒唐人的梦》中由静态转化为动态——一个精神错乱者梦见自己已经死去，并被穿越空间运往另外一个与地球相似的星球上。瞬息万变、生机勃勃的时代要求更加浓缩和简练的文学形式，且该文学形式的建立不应以损害原先的文学内涵为代价。

契诃夫首先为动荡的俄罗斯文学找到了适合的文学形式——中、短篇小说，马雅可夫斯基紧随其后提供了俄国本土科幻与短小体裁

---

① Толстой Л. Н. Собр. Соч.：В 20 т.．Т. 19. Дневники. 1874—1894 гг. Москва：Художественная литература，1965，с. 487.

② Толстой Л. Н. Собр. Соч.：В 20 т. Т. 19. Дневники. 1895—1910 гг. Москва：Художественная литература，1965，с. 316.

③ 俄罗斯科学院高尔基世界文学研究所编写：《俄罗斯白银时代文学史》（全四册），谷羽、王亚民等译，敦煌文艺出版社 2006 年版，第 319 页。

④ 同上。

结合的范例，正是这两人为即将陷入拙劣模仿泥沼中的俄国科幻小说打了一剂强心针。确切来说，契诃夫将"日常生活"最大限度地绷紧，以至于可以看到其中细小而透明的纤维，而马雅可夫斯基则继续加力直至其出现破洞，随后将它扔进"昨天"的废纸篓里。马雅可夫斯基认为，在契诃夫的小说中已经能够听到"未来的呼唤"——"节约"①。

第二节 "谢拉皮翁兄弟"作品的幻想性

谢拉皮翁兄弟们 20 年代的创作带有明显的幻想性质。不论是他们于 1921 年出版的合集（«Серапионовы братья: альманах I»），还是原先那部因出版计划受挫而数次流产，直至近年才与读者见面的故事集（«Серапионовы братья, 1921: Альманах», 2013），抑或团体中的大部分作家在 1921—1929 年以个人名义发表的作品，都渗透着幻想和怪诞的美学思想，并且呈现出一种不同于以往的动态特征——一系列偶然事件错综复杂地交织在一起，形成类似急速变幻场景和颜色的魔术幻灯效果。C. S. 路易斯在《文艺评论的实验》（*An Experiment in Criticism*）中曾经将作为文学和心理学术语的"幻想"（fantasy）区分开来，并认为前者"是指任何关乎不可能之事及超自然之事的叙事作品"②；此处我们虽然无意走进他在弗洛伊德精神分析语境下构筑的白日梦式幻想，却可以借鉴他的分类式探讨方法——在艺术手法和文艺心理两个层面上分析本小节中将要涉及的"幻想性"，旨在揭示谢拉皮翁兄弟幻想故事的创作动机及其所反映出的一般规律。

---

① Маяковский В. В. Полн. собр. соч.: в 13 т. Т. 1. Москва: Гос. изд-во худож. лит, 1955, с. 294.
② ［英］C. S. 路易斯:《文艺评论的实验》，邓军海译注，华东师范大学出版社 2015 年版，第 100—101 页。

马克·斯洛宁认为"谢拉皮翁兄弟"的主要贡献是"风格上的创新、幻想和以一种独特的,并经常是怪诞的方式来表现革命中的事件",并且指出"这个团体的大部分成员都在复杂的情节、故事结构,以及新颖的结局上面做实验(他们发现特别喜爱欧·亨利那种最后的曲折笔法)",比如费定、尼基京和卡维林①。此处马克·斯洛宁敏锐地捕捉到了一个有趣的现象(或者说表征),但却限于体裁(原著为文学断代史)或其他种种原因并未深入展开:如果我们说某个作家善用幻想或怪诞手法,这是完全合乎情理的,因为与其创作的风格和个性相关;然而一旦将这一特征扩散至整个文学团体,"作家的个性和创作风格"问题就上升到了整个团体的诗学特征和创作准则层面,也即是说,一般而言,只有在某种创作手法被绝大部分团体成员认同并内化为创作准则的情况下,才可以被认为具有普适性特征。正是在这个意义上,我们说"谢拉皮翁兄弟"的案例具有特殊性:没有任何一篇宣言式的作品明确指出"幻想风格和怪诞手法"将要成为其共同的诗学原则,而该团体诞生的初衷也并不能追溯到成员们对幻想题材的一致兴趣。于是,问题出现了:为何审美趣味各异的谢拉皮翁兄弟们不约而同地选择在创作中注入幻想性元素?这一趋势究竟源自外部文学大语境的影响还是该团体作为一个有机组织自身发展的需要?最后,这种借鉴了外国成功经验的实验性尝试是否衍生出了(不论是有意还是无意)新的元素?

如果以"幻想"一词本身所具有的双重含义为基点进行延展,我们便有望获得上述问题的答案。

C. S. 路易斯认为白日梦患者"会假想出一整个世界,里面有各式各样的人,自己则在此世界之外,一旦抵达这一步,幻梦之外的东西开始活动:就开始了建构(construction)、创造(invention),一

---

① [美]马克·斯洛宁:《现代俄罗斯文学史》,汤新楣译,人民文学出版社2001年版,第103页。

言以蔽之,'虚构'(fiction)"①。可见幻想的第一个含义与创造力和想象力相关,从广义上而言,几乎等同于"创作想象"或是"文学虚构",被认为是文学创作过程中不可缺少的环节——即使是在社会主义现实主义大行其道的年代。高尔基就曾指出:"如果没有'虚构',艺术性是不可能有的,不存在的。"费定也坦言:"在六十个印张里面,我估计'虚构'和'事实'的比例是九十八比二。"② 不可否认的是,"想象力"和"创造力"的主题在谢拉皮翁兄弟(尤其是卡维林)的作品中占据了重要的地位,有时甚至代替人物成为故事的主角(关于这一点将在本书第四章中有详细的阐述)。然而,在这一意义层面上探讨谢拉皮翁兄弟创作中的幻想性因素并无多大裨益,因为这显然冲淡了其作品的特殊性,并使其与一般意义上的文学创作混同起来。除此以外,还存在对幻想第一层含义的狭义上理解,即一种猜测性的认知,通常体现在科幻作品当中,如凡尔纳虚构出来的未来科技成果,扎米亚京、奥威尔对乌托邦世界的构想都属此列。在前一小节中我们较为仔细地探讨了科幻小说的出现对于幻想题材创作所带来的巨大冲击,简单说来就是奇迹发生的方式彻底改变了——不可思议的魔法瞬间被高科技世界里符合逻辑的一连串事件所取代,随之改变的是人物在小说中的地位(由主要变为次要)及其性格发展的完善程度。在此前分析的基础上,我们尝试对幻想作品中人与奇异力量(包括魔法和科技)的关系做进一步的阐释,旨在澄清幻想题材在20世纪初期的特殊吸引力。

由于前一小节重点在于剖析科幻小说中的时空变化与体裁演进之间的联系,因此仅仅从时间的迅疾或缓慢方面区别了以往幻想故事和科幻作品中奇迹发生的过程。事实上,科幻小说与其他幻想题材作品(包括神话、民间故事、奇幻等)的另外一个显著的差别是:

---

① [英] C. S. 路易斯:《文艺评论的实验》,邓军海译注,华东师范大学出版社 2015年版,第106—107页。

② [苏] 米·赫拉普钦科:《作家的创作个性和文学的发展》,上海人民出版社 1977年版,第96页。

人物（通常是主人公）与奇异力量之间相互作用的关系。首先，科幻小说中的奇异力量（大多数情况下为科技本身）是一个亟待认知的客体，它与主人公之间是吞噬与被吞噬的关系——人类与科技之间和谐共存的关系在科幻小说中一般是不存在的（除却少部分的具有讽喻性质的乌托邦小说），因为这就相当于抹杀了"异化"的主题。而在其他幻想题材作品中，奇异力量表现为一个不可被认知的主体，其存在本身就是推进整个故事的动力，它与主人公之间是协助或阻碍的关系，并在任务结束之后消失或者回归其原先存在的世界。这也即是说，科幻作品中的奇异力量是不断被认知并逐渐被内化的，正是在这一相互作用的过程中人物与其所处世界的关系发生了不可逆的改变——当奇异力量最终全部内化为人类自体机制的时候，异质世界便压倒了现实世界；与此相比，其他幻想作品中的奇异力量始终徘徊在人的自体存在之外，它们只需要被运用，而不需要被认知，即使是在主人公将其运用得最为熟稔的情况下也很难对两个世界之间的关系产生任何影响——现实世界和异质世界在各自独立完整的状态下并行存在，而人在二者之间的空间转换是可逆的、不具有破坏性的。

　　以上述特点为标准，我们可以将科幻故事和其他幻想类故事细分为四种：即典型科幻故事，典型幻想故事，以及具备科幻故事外壳的幻想故事和具备幻想故事外壳的科幻故事。第一、二类无须赘言，指的是从奇异力量的表现形式到人与该力量的相互关系都符合同一标准；后两类故事稍显复杂，在进入对它们进一步的剖析之前，我们首先需要了解此处"外壳"与"内核"的含义。由上文的分析可知，需要被不断认知和内化的奇异力量决定了科幻故事实际上具有"认知性"的内核，换而言之，人在科幻故事（反乌托邦故事是例外）中具有主动性，他的实验和创造行为突破了个人的生活领域，为全人类或全世界带来重大的影响；与之相对应的，科幻故事的外壳也就指的是对科技成果和未来世界的描述。培根的游记小说《新大西岛》（1627）便属此列，当中作者设计了一个以"学者共和国"

形式出现的乌托邦,那里"人们探索合成材料、肥料甚至是推进燃料,致力于食品研究、高温研究和流体研究,并试图进行海水淡化"①。旨在表达对两种追求——求知欲和对力量的追求("知识就是力量")——合二为一的渴望。其他幻想类故事则具有"非认知性"内核,人在情节的发展当中是被奇异力量所推动的,他所带来的改变或是仅限于个人,或是虽涉及整个世界却可撤销;此处与"非认知性"内核相对应的是有关超乎寻常之事的外壳,如驴子突然开口说话,普通的地毯有了飞行的功能等。

在谢拉皮翁兄弟的创作中,典型的科幻故事与典型的幻想类故事都比较罕见,大多数时候我们会发现内核与外壳错位的这两种故事类型,确切来说,就是叙述超乎寻常之事的幻想故事具有"认知性"的内核,以及大量篇幅涉及科技成果和未来世界图景的科幻故事具有"非认知性"的内核——属前者之列的有卡维林的《大圆桶》《细木匠》《第五个漫游者》,符谢沃罗德·伊万诺夫的《蓝色小兽》,而隆茨的《第三十七条公文》以及扎米亚京的《龙》《洞穴》则是将背景放置于未来的神话寓言故事。除去构造不同,这两类变体故事的显著差别还体现在:第一类故事围绕"真理的探索"而展开,不论是在久远的古代还是在想象的未来,唯一不变的是主人公追求真理的决心——即便死亡也无法阻拦他的脚步,如《细木匠》中的木头人谢尔盖走遍世界寻找创造力的奥秘却终究未能逃避受潮死亡的自然规律,《大圆桶》里的数学家为了验证自己对世界模型的猜想不惜献出生命……正是这种永恒探索的精神不断推动人类社会的进步。第二类故事实际上是具有科幻外壳的社会讽喻故事,作者所关心的并非科技发展及其所带来的灾难性后果,而是无论在多么发达的物质条件下也无法撼动的畸形上层建筑,扎米亚京在《龙》和《洞穴》里所触及的"在非常条件下人性是否会被兽性吞没"问题便是

---

① [德]奥特弗里德·赫费:《世界哲学简史》,张严、唐玉屏译,社会科学文献出版社2001年版,第103页。

其中典型的代表,这一传统后为布尔加科夫沿袭。至此,我们似乎可以回到篇首所提出的第一个问题上:谢拉皮翁兄弟们为何不约而同地选择了幻想故事体裁?答案是在这两类幻想故事的创作过程中,作者的权力经由不同的途径被大大提升了[此处将典型的科幻故事和幻想故事排除在外,是因为:(1)在成员们的创作中并不多见;(2)这两类故事仍受体裁的限制,作者的创造力未能完全展开],这为打破原先的束缚、构建全新的体系埋下了伏笔。

包裹于奇幻故事、民间故事或是神话外壳中的科幻故事实际上突破了典型幻想故事的伦理道德框架,以无边的创造力、对知识的渴望和对真理的追求取代之前"正定胜邪、善必治恶"的道德评价体系,从而在本体论的层面上提升了创造和探索的价值,并最终加固了作者的想象力特权。由于受到东正教意识形态的影响,苏联时期(乃至整个俄国的浪漫主义时代)的文学作品都具有鲜明的善恶体系,其中呈现的"世界就像是一个巨型搏击场,在上面完全的善和完全的恶进行着永不妥协的斗争"[①]。在很多带有"左倾"倾向的苏联作家作品中,虽然斗争双方的具体面貌发生了改变,但是其宗教实质却始终如一:"公平公正的党稳坐上帝的位置,不合理的资本主义则扮演恶魔的角色,如此一来,天堂自然是不断发展壮大的社会主义前景,虽然不是完美无缺,倒也十分公平,每个人都为他人多过为自己着想;相应的,地狱就是行将覆灭的资本主义,那里一切为利益驱动,笼罩着兽性的贪欲、令人发指的不公正以及残酷的生存竞争。"[②] 这一时期的幻想故事(尤其是冒险小说、侦探小说)也未能逃脱此种模式的制约,如果说"革命之前故事的主人公仍代表俄国沙皇的价值观或以西方殖民地居民的身份陈述事件,那么现在越来越多的'社会主义平克顿'开始与小资产阶级反派作斗争并

[①] Вячеслав Рыбаков. "Из истории советской научной фантастики". *Литературная матрица*: *Советская Атлантида*. Санкт-петербург: Лимбус-Пресс, 2013, с. 471.

[②] Там же.

致力于揭露资本主义帝国的罪行"①。表面看来，上述幻想故事赋予了作者很大程度上的创作自由——可以随意设置故事发生的背景及情节发展的方式，然而正如隆茨所指出的，"我们获准写一些故事、长篇小说或还不赖的戏剧，随便用老式还是新式的风格，但却必须描述日常生活，必须不能脱离当代的主题"。所谓"当代的主题"无非是指"以积极的方式表现革命和建设的主题"，这就决定了作家的创作在本质上毫无自由可言，而当时持庸俗马克思主义观点的评论家们恰恰要求"作家应当心甘情愿地接受这种限制，以至于从中体会到自由"②。

谢拉皮翁兄弟们反其道而行之，为了获得真正意义上的创作自由，他们选择先接受形式上的限制——沿用民间故事体裁，这是"他们发现、学习并尝试脱离"③的对象，也是他们拿来抵御"日常生活"和"当代主题"的有力武器——如曼德尔施塔姆所言，"'日常生活'是情节的消亡，民间故事则是情节的诞生"④。首先，较之令人炫目的高科技成果和专业术语，俄国民众显然更容易接受早已熟识的民间故事——不论是人物、修辞，还是时空、情节都能够唤起他们儿时的回忆，进而帮助他们更加迅速地进入作者所预设的场景。其次，民间故事虽然已经具备了情节因素（有些情节的发展甚至与后来的历险小说十分相似），却仍然与真正意义上的情节小说相距甚远，其根本原因是民间故事的结构比较简单，体现在：（1）通常只有一条叙事主线，主人公的历险"服从于某种十分

---

① Matthias Schwartz, "The Debates about the Genre of Science Fiction from NEP to High Stalinism", *Slavic Review*, 2013, Vol. 72, No. 2, p. 230.

② William Edgerton, "The Serapion Brothers: An Early Soviet Controversy", *American Slavic and East European Review*, 1949, Vol. 8, No. 1, p. 60.

③ Цетлин М. О. "Племя младое (О «Серапионовых братьях»)". *Современные записки*. Кн. XII. Культура и жизнь, 1922, с. 335.

④ [俄] 奥西普·曼德尔施塔姆：《曼德尔施塔姆随笔选》，黄灿然等译，花城出版社2010年版，第88页。

严格的规律性"①；（2）叙事方式遵循线性模式，没有"闪回"和"闪进"②。上述两点是谢拉皮翁兄弟对民间故事进行加工和改造的有利条件，而西方早先的成功经验（如《奥德赛》《维加鲁阿》《堂吉诃德》等）也为他们提供了值得借鉴的材料。这种加工和改造主要体现两个层面：一是植入一条或多条叙事线索，如卡维林的《第五个漫游者》——寻找宝物的主人公由一个变为五个，再如他的《大圆桶》，其中寻宝主题与认知主题交织在一起；二是改变叙事方式，令故事的"本事"（фабула）向"情节"（сюжет）转变，这其中典型的例子是隆茨的《祖国》，作者在圣经文本的基础上利用空间和时间的错位、并置营造出了一种史诗性的奇幻效果。

然而，这种经过改造的民间故事仍与西方传统中的短篇小说（новелла）不尽相同，虽然二者同属短小体裁，但民间故事的情节明显具有固定的套路，并通过构建仪式模式来实现——如往生仪式、婚礼和成人仪式等③。这种固定的套路在卡维林的故事中体现得尤其明显，例如决斗、寻宝、探险、炼金等，但与传统民间故事不同的是，卡维林有意将上述单一模式叠加起来，形成一个具有双重或多重内核的综合体；或者是设法令原先能够支撑起整篇故事的一种模式降级为一个组成元素，并将其融合在现代小说的结构中（第四章中将要详细分析的《匪巢末日》就是典型案例）。

---

① "但与这些文人创作的或半民间创作的小说不同，真正的民间故事没有这样的多样性。历险可以非常多样，但它们永远如出一辙，它们要服从于某种十分严格的规律性。"（[俄]弗·雅·普罗普：《神奇故事的历史根源》，贾放译，中华书局2006年版，第43页。）

② "故事可以平淡无奇，但对闪回和闪进的运用使它显得魔幻般不真实。"（[意]安贝托·艾柯：《悠游小说林》，俞冰夏译，生活·读书·新知三联书店2005年版，第35页。）

③ 详情参见普罗普所著《神奇故事的历史根源》第一章中的6（故事与仪式）、7（故事与仪式之间的直接对应）、8（故事对仪式的重解）、9（仪式的反用）小节。（[俄]弗·雅·普罗普：《神奇故事的历史根源》，贾放译，中华书局2006年版，第9—12页。）

卡维林的上述做法实际上破坏了民间故事的既定套路，令读者无法预测情节的发展和故事的结局，从这个角度而言，作家似乎找到了一种学习西方短篇小说结尾的特殊方式。结合了民间故事和短篇小说的特点，谢拉皮翁兄弟的幻想故事呈现出一种介于民间故事和现代小说之间的状态，如果忽略篇幅的限制，仅从情节建构来考察，那么他们的作品更接近于早期由传奇发展而来的长篇小说：如卡维林的《细木匠》属于漫游小说的大类，该类型"在欧洲小说中具有古老渊源，在古罗马文学中已出现阿普列乌斯著名的《金驴记》"[1]；《第五个漫游者》既具有漫游小说的特征，又具有考验小说的特征，后者"是欧洲文学中最流行的一个体裁变种，同漫游小说一样具有古老的渊源"[2]。符谢沃罗德·伊万诺夫的《蓝色小兽》正是属于考验小说的类型，主人公为了获得猎人的资格三番五次地进入森林与猛兽搏斗，并且在此过程中展现出相对复杂的心理活动。如同长篇小说里的主人公一样，上述幻想故事的主要人物也都在各自空间的不断位移中经历无法预测的命运，后者显然已经失去了其在民间故事里所呈现出的确定性——主人公通常在经历了一系列磨难之后获得渴望之物，因为原先促使主人公整装上路的动力由具体的宝物变成了抽象的认知，并且这种认知不是针对某一领域的，而是本体论意义上的认知。在这种状态下，木头人谢尔盖与前四个漫游者的不成功的探寻获得了多重象征含义：对真理的追寻是否能够改变现实环境？人类是否能够通过认识世界从而认识自身？认知的极限在何处以及是否有可能超越它？从这个意义上而言，谢拉皮翁兄弟此类幻想故事实际上具有现代主义的内核，因为"现代主义的主旨是认识论的。即现代主义文学作品打算提出下列问题：从作品中获得什么？如何获知？谁知道它？他们如何知道它？其确切程度如何？认识是如何从一个人传到另一个人的？可信性如何？认识

---

[1] 彭克巽主编：《苏联文艺学学派》，北京大学出版社1999年版，第192页。
[2] 同上书，第193页。

从一个人传给另一个人时,认识的对象是如何改变的?什么是认识的极限?等等这类问题"①。

如果说上述类型的幻想故事通过将目光投向永恒主题而巩固了作者权力,那么以社会讽喻为内核的科幻故事则利用场景置换和时空倒错,将说真话的权力重新交还至作者手中,而经常伴随出现的隐喻体系也为这一权力加上了密码——使其不至于在未问世时就夭折在严格的审查制度之下。

在前一小节中我们已经谈及了俄国科幻小说不同于西方的特点:对神秘乌托邦的幻想与强烈的社会讽喻结合在一起,后者很有可能来源于俄罗斯民间故事中对公平正义的渴望②。进入20世纪20年代,随着革命的激情和冒险的热望逐渐消退,以及愈加严格的来自新生政权对文学创作(尤其是幻想文学)的操控,这种对于公平正义的渴求变得比以往任何时候都更加强烈:这一方面体现在对当下现实生活的某些极端方面的忧虑不安中,另一方面则表现为对政权干预创作自由的反抗——不论是广泛意义上的审查制度,还是细节层面的写作规定。有趣的是,对创作个性和自由的捍卫并非来自抵制集体新秩序的本能,而恰恰相反,正是俄国民众中对建立组织的狂热引起了知识分子的警惕和怀疑,这种狂热始于对革命的浪漫主义憧憬:"关于革命的传统浪漫主义观念与自由而有力的个性理想紧紧相连。如果说伟大的法国革命在被理想冲昏头脑的'俄罗斯男孩们'看来是在个性解放的名义下完成的,那么布尔什维克革命的激情,按照费多托夫准确的定义,并非自由,而是'组织'。根据他的描述,在'新的社会主义制度'中仍然保留了浪漫主义的'诱人香

---

① 柳鸣九主编:《二十世纪现实主义》,中国社会科学出版社1992年版,第66页。

② "此处,科幻小说的传统被广义上理解为所有认知的奇观文学,即在社会和技术领域的一种'可能性陌生感',这在俄罗斯已经久负盛名。其优势在于将西欧乌托邦主义中的理性和讽刺成分与本族人民对富足和正义的渴望融合在一起。"(D. Suvin, "The Utopian Tradition of Russian Science Fiction", *The Modern Language Review*, 1971, Vol. 66, No. 1, p. 139.)

气'，然而这香气无法抵御同个人自由相违背的、要求建立'新秩序'的理想。"①

马雅可夫斯基在他的诗作和戏剧作品中曾将革命的激情与公社天堂的幻想糅合在一起，试图在时间轴上最大限度地绵延乌托邦的愿景。他在《革命（纪事诗）》当中描述了一次宇宙规模的革命："公民们！/这是工人洪流的第一天。/我们去/拯救陷入迷途的宇宙！/……/天体运行，/万国生存，/都仰赖我们的意志。/……/社会主义这伟大的异端邪说/已变成空前未有的真实图景！"②（智量译）在马雅可夫斯基的理解中，"革命既是政治性的也是宇宙性的，是回归人类与一个不再是异己力量的宇宙之间所建立起来的血肉联系——这个回归是不可逆转的，又是末世论的；是暴烈的，又是充满神秘气息的；是注重现实的，又是充满温情的"③。在对革命后建立乌托邦的憧憬达到最大阈值时，怀疑、失望和痛苦也就不可避免地接踵而至，早在革命的风暴尚未完全平息的时候，诗人在《败类》中就已注意到即将探头的庸俗市侩主义："庸俗生活的乱丝纠缠着革命。庸俗生活比弗兰格尔还要危险。"④（余振译）隐藏在庸俗日常生活背后的是更为可怖的小资产阶级享乐主义和溜须拍马的官僚主义，《开会迷》《官老爷》《官僚制造厂》《拍马家》等一系列讽刺诗歌以及戏剧《臭虫》《澡堂》无一不是对这种腐化堕落现象的深刻揭露。在《澡堂》这部讽刺性剧作中，一架时间机器在"前进吧，时间！"（«Вперед время!»）的雄壮口号声中应运而生，它满载富有创造力的人民大众飞向未来，而将脑满肠肥的官员们撇在身后。

---

① Мусатов В. В. *История русской литературы первой половины XX века (советской период). Учебное пособие.* Москва: Высшая школа, Изд. центр Академия, 2001, с. 30.

② ［俄］马雅可夫斯基：《马雅可夫斯基选集》第 1 卷，人民文学出版社 1984 年版，第 33、38、40 页。

③ ［加］达科·苏恩文：《科幻小说变形记：科幻小说的诗学和文学类型史》，丁素萍等译，安徽文艺出版社 2011 年版，第 95 页。

④ ［俄］马雅可夫斯基：《马雅可夫斯基选集》第 1 卷，人民文学出版社 1984 年版，第 111 页。

然而，就连诗人本人也不得不承认，这一未来"是人为构想的空间，那里没有活人——也没有生活的一席之地"①。由此可见，马雅可夫斯基的乌托邦幻想由最初血肉丰满的"公社天堂"退缩至空无一人的苍白未来，关于人类在战胜时间之后是否就永远隔离了官僚主义的传染病之问题，作者没有正面回答——扎米亚京式的怀疑主义在此显然已经初露端倪。

扎米亚京将马雅可夫斯基称为"一座明亮的灯塔"，虽然他对乌托邦的想象与后者并无多少相似之处：如果说马雅可夫斯基自始至终对稳定自足的"公社天堂"情有独钟，那么在扎米亚京看来，关于新乌托邦的想象并不受任何先验性规则的束缚——这在本质上是一个同宇宙具有相似属性，并且每时每刻都在"反熵变"的新世界。马雅可夫斯基急于将这个想象之地安置在充满诱惑的未来，扎米亚京却始终对这个世外桃源的存在充满了警惕——他想要确认人类是否有能力在这个"狂热的"乌托邦里将必然产生的异化（无论是精神还是肉体层面）维持在最低限度。在其长篇小说《我们》当中，扎米亚京通过无限放大这一异化倾向表达了对该问题的深刻思考，不难看出这部充满了科技语和未来景象的小说实际上具有一个普遍哲学问题的内核："反对世界上任何强制的、集中统一的和纯理性的东西，反对任何专制主义和极权主义，主张离经叛道、不断变化、无限革命。"② 另外，与马雅可夫斯基笔下抽象苍白的未来世界不同，扎米亚京运用前者所钟爱的隐喻和夸张表现手法，创造了一个个形态各异、自成体系的未来世界。米尔斯基曾经指出马雅可夫斯基非常善用一种被后人称为"隐喻的现实化"的手法，比如"引入一个俗套的隐喻来指他燃烧着爱的心，他便会通过一整幅现实主义画面的演绎来强化这一比喻，写到火灾，写到许多全副武装的消防

---

① ［俄］符·维·阿格诺索夫主编：《20世纪俄罗斯文学》，凌建侯、黄玫译，中国人民大学出版社2003年版，第194页。

② 张建华等：《20世纪俄罗斯文学：思潮与流派（理论篇）》，外语教学与研究出版社2012年版，第145页。

队员充斥于那颗燃烧的心"①。扎米亚京沿袭了这一表现手法,并将原先辅助隐喻的画面扩展成一整个隐喻系统,例如在《洞穴》中引入与住宅相对应的原始洞穴意象,随后围绕这一意象生成一系列现实物件的幻象:石器时代的出土文物——房间里的家具什物;野兽的嚎叫——风声;冰川世纪——彼得堡的冬季;诺亚方舟——杂乱的房间;洞穴之神——铁炉……而在《我们》当中,作者又围绕数学公式建立起一套系统:人的脸可以是"一个奇特的线条结构","两条在太阳穴上高高挑起的黛眉,构成一个嘲讽的尖三角"②;而脑子"是台被调校得十分精确的、纤尘不染的闪亮的机器"③,思想则是"消过毒的、蒸馏得干干净净的",清晰得能"铮铮发响"。在《我们》这部具有颠覆性意义的小说于1920年遭禁之后,扎米亚京的后继者们不得不采取更加隐蔽的手段来表达对现实问题的影射——隆茨和卡维林不约而同地选择了回归俄罗斯现实主义的散文传统。

第三节 文明与野蛮:"谢拉皮翁兄弟"创作中的野兽主题

正如玛丽·雪莱于1818年在《弗兰肯斯坦》这部小说中以科学实验的名义造出一个"类人"的生物,"谢拉皮翁兄弟"在他们的文学实验室里也对一系列的动物形象(很大可能是不约而同地)进行了改造,形成了一套引人注目的"野兽主题"(звериная тема)。在这个主题下,既包括1922年出版的合集(《谢拉皮翁兄弟:集刊Ⅰ》)中的几个短篇,如符谢沃罗德·伊万诺夫的《蓝色小兽》(«Синий зверюшка»)、尼基京的《黛西》(«Дэзи»)、费定的《狗魂》

---

① [俄]德·斯·米尔斯基:《俄国文学史》(下卷),刘文飞译,人民出版社2013年版,第280页。
② [俄]扎米亚京:《我们》,顾亚玲等译,作家出版社1998年版,第52页。
③ 同上书,第33—34页。

（«Песьи души»），也涵盖了在此前后团体成员发表于各类文学期刊上的零散文章，如尼基京登在《俄罗斯》（«Россия»）杂志上的《母狗》（«Пес»）、左琴科发表在《圈内》（«Круг»）杂志第一本集刊上的《母山羊》（«Коза»），以及第三本集刊上隆茨的《猿猴来了！》（«Обезьяны идут!»）。甚至在这一文学团体的概念逐渐淡化时，该主题仍不时浮现于原"谢拉皮翁兄弟"成员的作品当中，符谢沃罗德·伊万诺夫和什克洛夫斯基所著的《芥子气》（«Иприт»）对君士坦丁堡狗群的构想，左琴科的《日出之前》（«Перед восходом солнца»）中著名的"野兽""疯狗"（«звери»，«бешеная собака»）等章节及其他。野兽主题首先引起了特尼扬诺夫的关注，他在与该集刊同名的评论文章《谢拉皮翁兄弟：集刊Ⅰ》（«Серапионовы братья». Альманах I）当中写道："'谢拉皮翁兄弟'的'野兽'故事意义重大：作为作者的'我'，故事体——担负起了扭曲远景的职责，把大的缩小，小的放大（关于这一点'兄弟'中的理论家格鲁兹德夫在论及文学中的面具的相关文章中有所提及）。'野兽'故事（在这些故事里世界通过野兽的棱镜展现出来）将普通的一整个事物分解成一堆复杂的符号（从这个意义上而言，这与解谜很相似——我们根据几条给定的特征来猜某个东西）。并且在很多时候，这些故事还有另外一种任务——通过将人的感情移植到野兽身上来拉近二者的距离；但在此过程中也不可避免地经由野兽之眼时不时窥探人类生活的片段。"[①]

从特尼扬诺夫的评价中，我们可以概括出"谢拉皮翁兄弟"野兽主题的两点特征：一是人向兽的靠近，即通过野兽之眼重新审视这个世界；二是兽对人的模仿，主要是探讨兽在获得人的情感体验之后是如何看待其自身生活的世界的。可以说，特尼扬诺夫给我们提供了一个观察和研究该主题的重要线索：写兽的最终目的是写人，

---

① Тынянов Ю. Н. ""Серапионовы братья". Альманах I." *Поэтика. История литературы. Кино.* Москва：Наука，1977，с. 132 – 135.

写由人所构成的整个社会。然而，除了导引的功能之外，特尼扬诺夫的线索并不能给予我们更多的细节和论证，有很多问题仍然值得进一步考察，例如：此处的"世界"存在于怎样的意义层面上？它的二重性究竟是指向原始的大自然与从中业已分离出来的人类社会，还是现实的此岸与梦幻的彼岸？这一区分直接关系到如何划分野兽主题故事的体裁问题——是幻想类的寓言、训诫故事，还是带有生态文学意味的科普类小说，又或是批判现实主义的讽刺类变体？通过对体裁的辨识则可管窥这一时代的主要矛盾：20世纪20年代的人们被道德的焦虑感所折磨，是因为揭开自然面纱所必将承受的诅咒而惴惴不安，还是迫于严苛的审查制度以另一种形式表达对现实状况的不满？正如特尼扬诺夫所暗示的："野兽主题"这一面具下所掩藏的，是人类社会的秘密。

人对动物的态度是随着时代的变迁不断发生变化的，这种变化首先在图像艺术中体现出来，而文字艺术作为较晚近的表现形式，其所反映的人与兽之间的关系在时间轴上并不能同实际的演化过程完全吻合，这既与文字的非直观性和难以驾驭的特征有关，也与其多义性和含混性脱不开干系。早在三万五千年以前，当最初的狩猎者在岩洞上画出第一个动物形象时，人类的文明就迈入了一个崭新的阶段——被自我意识之光所照耀的阶段。这是因为人类通过"使动物成为一种观照对象从而把自己从动物界中分离了出来"，并且此处的动物形象并不具备任何神性或魔力，"它们永远只是狩猎的对象"[①]。也就是说，在有关动物的艺术诞生之初，人类是将动物视为同一空间中比自己弱势的类别来对待的。这一早已形成的观念通过19世纪末兴起的自然主义文学得到了明晰的体现，推动了以"狩猎"为主题的文学发展：代表性的作品有阿克萨科夫的《钓鱼札记》（«Записки об уженье рыбы»）、《奥伦堡省的狩猎笔记》（«Записки ружейного охотника Оренбургской губернии»）、《关于

---

① 朱狄：《艺术的起源》，中国社会科学出版社1982年版，第60页。

各类狩猎的故事及回忆》（«Рассказы и воспоминания охотника о разных охотах»）；列夫·托尔斯泰的故事《我第一次是怎么杀死一只兔子的》（«Как я в первый раз убил зайца»）、《甘心愿意，强于受迫》（«Охота пуще неволи»）以及《战争与和平》《安娜·卡列尼娜》当中的众多狩猎场景。在这个主题当中，既不存在人向兽的靠近，也不存在兽向人的靠近，兽与人的世界相互独立地存在于自然界当中，除了弱肉强食没有别的交流方式。

谢拉皮翁兄弟创作中绝大多数兽的形象都不属于上述类别，只有符谢沃罗德·伊万诺夫的《蓝色小兽》是个例外。因为本书的最后一章中有对这篇故事的详细分析，在此便不赘述故事的情节，仅提出几个有意思的点：首先，这篇故事当中并没有所谓的"人类文明世界"，虽然两位主人公有明确的住地（"涅拉朔夫村"），但对这个村子作者并未花费笔墨，倒是散发着史前气息的大自然占据了大部分的描写篇幅，不论是藏匿着"从小鸟到猛犸象"的森林，"苔草中一人高的土墩子"，还是踩上去仿佛在脚下"哭泣"的潮湿土地，都是生活在钢筋水泥世界里的现代人所不熟悉的。其次，"狩猎主题"是理解这篇作品的一个关键点，不论是人与人、人与兽，还是精神与物质、灵魂与肉体之间的关系都是充满对抗和竞争的：一心想要进城的耶利马与希望他来家做工的康德拉提·尼基佛洛维奇形成对抗，耶利马与途中遇到的猛兽形成对抗，也与具有"失而复得"神奇功能的蓝色小兽形成对抗，除此以外，表面上追求精神目标的耶利马与目光短浅、得过且过的康德拉提·尼基佛洛维奇也形成了对抗。在这种狩猎的关系中，最终的获胜者是空缺的，或者说没有所谓的赢家，因为即使狩猎者捕获了猎物，并将其置于死地，如果没有观众的话，他也不会体验到任何胜利的快感，就像耶利马在猎杀狗熊以后所想的，"除了村子里，还有哪儿能卖掉熊皮，哪儿能夸耀一下呢？"①

---

① *Серапионовы братья: Альманах первый.* Санкт-петербург： «АЛКОНОСТ» ПЕТЕРБУРГ，1922，с.37.

在狩猎行为从谋生的必需逐渐演变成消遣和展示力量的手段时，人类就已经失去了"自然之子"的身份，他不会将狩猎对象看作是自然的神圣馈赠——后者在赚取艳羡的目光后将毫无用处，他真正要猎取的并非猎物，而是众人的崇拜。同样的模式也可见于耶利马（可视为现代人的典型）对理想境界的追求：在前基督教时期，人们对高尚德行的向往是建立在富足的生活和美好的肉体基础上的，灵魂的进阶是肉体生长的一种本能需求，但在基督教诞生之后，肉体遭到了贬黜和否定，精神则脱离肉体获得了至高无上的地位。当耶利马对精神的追求以轻视肉体为代价时，他实际上也将自己作为客体对立起来，成了一个永不可达成目标的游魂。正如查拉图斯特拉所言："从前灵魂对肉体投以轻蔑的目光：这种轻蔑在当时是最崇高的思想——灵魂要肉体消瘦、丑陋、饿死。这样灵魂就以为可以摆脱肉体和大地。哦，这种灵魂本身却是更加消瘦、丑陋而且饿得要死：作残酷行为乃是这种灵魂的快乐。"[①]

在这之后，原始人渐渐意识到了时间的流逝和死亡的必然，如何生存下去甚至死而复生成为他们最为关心的头等大事。动物在这一阶段的重要性被大大提升了，因为一个"史前人，例如只有一点点农业知识的游牧民，他每天的食物完全要依靠狩猎，如果他没有捉到雄鹿、野猪或熊，他就没有东西可吃，当他挨饿，而妻儿也同样挨饿之时，他的整个的生存哲学，整个的宗教，就会围绕着这些野兽旋转，这些动物不是吃他就是被他吃，因此，这些动物就在他的生活中起着举足轻重的作用"[②]。这一时期的人们将野兽的种种特征予以神化，例如狗熊的力量、公牛的勇气、驯鹿的耐性，便产生了黑格尔所说的动物崇拜艺术，即人类视动物为同一空间中比自己强势的类别来对待，认为动物具有超自然的力量。以上所提及的

[①] ［德］弗里德里希·尼采：《查拉图斯特拉如是说》，钱春绮译，上海文化出版社2020年版，第28页。
[②] 同上书，第137页。

"强势"和"弱势"仅指力量对比，不牵涉等级的高下，在这两个阶段里，人类并没有将自己高踞于万物之上，恰恰相反，氏族社会的人们很自然地认为动物才是他们神圣的起源。因此，在最为接近史前阶段的古埃及和古希腊神话故事当中，神、人、兽之间才能发生极其自然的转换甚至结合：古埃及主管人间性爱的猫脸人身女神贝斯特，狗头人身的亡灵之神阿努比斯，以及我们所熟知的斯芬克斯——分为人面狮身（Androsphinx）、羊头狮身（Criosphinx）和鹰头狮身（Hierocosphinx）三种怪物。相较于古埃及的神话体系，古希腊的神话强调了神、人、兽三者之间的变形过程，并赋予其戏剧性，比如少女纤细姣美的秀发和四肢会在瞬间变成柔软的藤蔓枝条，神祇能幻化成公牛和天鹅与凡人生子等，有时候甚至"难以断定，在人身上，到底在什么地方人性和神性的因素终结，什么地方野兽性的、动物性的，甚至植物性的因素开始"①。

而到了基督教盛行的中世纪，神、人、兽之间的关系就变得剑拔弩张起来，兽的形象一方面因其对善恶本能的感知而同人产生了隔阂，如引诱夏娃吃下分辨善恶果实的蛇，因看到天使所以绕路而行却被巴兰痛打的驴等，这类兽与民间故事中代表某种纯粹德行的动物十分相像；另一方面，兽的合成形象被赋予了撒旦的邪恶特质，同上帝和神圣之物相对立，《旧约·但以理书》中从海里爬出来的四大兽（第一兽像狮，有鹰的翅膀；第二兽如熊；第三兽像豹，有鸟的四个翅膀；第四兽有铁牙，头上长了十个角）以及《新约·启示录》中同样从海里爬出的长有十角七头的兽。这些渎神的敌基督对人类世界的侵犯大多发生在陀思妥耶夫斯基所构筑的残酷世界里：似乎"被巨大毒蜘蛛咬过的"淫荡分子德米特里，恶魔般的斯麦尔加科夫，以及《白痴》当中少年伊波利特在梦中看到的那只怪异的虫子（"它是属于蝎子一类，却又不是蝎子，要丑陋些，可怕得多，

---

① ［俄］梅列日科夫斯基：《托尔斯泰与陀思妥耶夫斯基 卷一：生平与创作》，杨德友译，华夏出版社 2009 年版，第 208 页。

而且，偏偏是在自然没有这种动物的地方，它故意出现在我面前")。这一时期，虽然兽还是被视为具有超自然能力的造物，但它与神之间的距离却渐行渐远，也与人类世界格格不入。

在上述两个发展阶段当中，人对兽的态度有明显的共同点：即兽都是被视为超自然的存在，人类不需要也不能够理解兽的意图，后者对人类世界的入侵可能是权力证明的方式，也可能是一种隐喻。

左琴科的《日出之前》就写到了这种作为超自然存在的兽。在《老虎来了》这一章中，他描绘了一个老虎闯入房间的骇人的梦：

> 老虎走进我的房间，甩着尾巴，注视着我的一举一动。
> 我感觉到了老虎炽热的气息，看到了它们像两捧火一般灼灼放光的眼睛和吓人的血盆大口。
> 这些个老虎并不是每回都走进我的房间，有时就守在门口。这时便会响起令人魂飞魄散的虎啸。虎啸震得我的房间都抖动了。杯盘发出嗡嗡的响声，家具纷纷倒下，窗帘和挂在墙上的图画摇来晃去。
> 不过这些个老虎并不来伤我。它们在我屋里或者门外站了一会儿之后，便走掉了，虎爪橐橐有声地敲响着地板。①

从这个梦所引发的恐惧感出发，左琴科进行了一系列追根溯源的探索，他由老虎对猎物的掠夺和袭击联想到了"从黑乎乎的墙壁中戳出的一双巨手"（52），这来自他婴儿时期的记忆。紧接着，他又搜索那段久远的记忆，发现"巨手"的形成可能有两个来源：一是他"在两岁那年动过的一次外科手术"（55），那双手很可能是外科大夫的手；二是他还在吃母乳时，"没料到突然一声巨雷"②

---

① ［乌克兰］米哈伊尔·左琴科：《日出之前》（下），戴骢译，新星出版社2012年版，第51页。本节所引此书其他引文时不再标注信息，而是随文标出页码。
② 在俄语中，雷击与打击都是удар这个词，所以作者会产生这种联想。

(58),母亲受惊晕了过去,而他则掉下来扭伤了手。他进而分析道:"我夜间常常听到虎啸。这虎啸像是远方滚滚的雷声。也许这滚滚的雷声是当年的暴雨、雷鸣和雷击的余音。也许这些声音在婴儿的意识中以一种奇异的方式同母亲的乳房联系在一起,并给予后者以新的、非比寻常的属性。"(58—59)随着情节的推进,我们得知:左琴科之所以执着于挖掘梦中老虎的来源,是因为他想要用科学的方式治愈自己的神经官能症。他认为这种病的发端是由于在意识的门槛之外存在着一个低级的、动物的世界,"婴儿时所取得的最初印象以巨大的力量进入这个世界,并滞留其间",而后天所获得的知识不仅没能修正这些错误的印象,"相反加深了错误,赋予它们以逻辑性,将'病原体'升华为象征"(76)。从左琴科的叙述中,我们可以观察到一个试图将形象(образ)与意义(смысл)解绑的过程:老虎≠巨手≠巨雷≠恐惧,或者说,这是一个尝试令孩童的无意识领域从厚重的文明外壳中剥离出来的过程;而文明及其附属物知识在此则充当了一把双刃剑——既是造成神经官能症加重的罪魁祸首,又是破除这一病症的唯一希望["逻辑之光能把低级的力量逐走或者击退"(75)]。

  左琴科对神经官能症的探讨在某种程度上回应了白银时代之后人们对于过度发展的词汇象征意义的反思,展现了一种个人经验在无意识当中折射集体经验的过程。象征主义者精心编织了一个巨大的符号之网——每一个词都对应着其中的好几个结点,这张巨网曾令他们看待未来的目光充满天真与柔情,他们进而试图在它的保护下安然度过动荡的革命年代,但这一尝试却以失败告终。经历了这一炼金术盛行的年代,词语不再以其本真的面貌出现,而被锻造成各种法器的形状,这可能意味着原先微小的含义被突兀地夸大,而核心意义则被无限削弱,甚至废除。继象征派之后,阿克梅派已经意识到了象征主义者赋予词汇的"可怕的联系"[1],这种联系的破坏性影响已

---

[1] 这也是左琴科所著的《日出之前》里一个章节的名称。

经通过个别知识分子的病态心理（如左琴科的神经官能症）反映出来了，极有可能在今后造成整个俄国民众的精神病症。因此，他们想要让语词回归它的肉身状态，它已经被普叙赫①的翅膀拖曳着飞了太久，以至于忘记了大地的原初力量，正如戈罗杰茨基（С. Гродецкий）所言："在阿克梅诗人那里，玫瑰不再因为同神秘之爱的虚构联系或者别的什么而美好，它美好，只是因为自身的花瓣、香气和色泽。"阿克梅派的反抗标志着一个全新认识阶段的开启，他们化繁为简、返璞归真的做法毫无疑问地融入了这一时期对文学语词的大规模改造中。

进入20年代，人们开始重新审视那些习以为常的语词，像第一次接触那样小心翼翼地建立形象同语词之间的崭新联系，这也是为什么这一时期会出现大规模实验小说的原因——不论是出于好奇心，还是出于责任感，文字工作者们总是尝试将语词的可能性推至极限。德拉卡密列茨卡亚认为："这项语言领域的工作的首要任务，就在于跨越作品中不同语言类群和等级的藩篱，从而重新建立一个多层次的语言整体（语汇的合金），这当中包括融合、并置作者的语言和主人公的语言，文学的语言和生活的、民众的语言，当代的语言和古代的语言，抽象的语言和具象的语言……"② 表面看来，这似乎是两百多年以前卡拉姆津所发起的语言改革的一次当代回响，但从实质上来讲，这两次文学现象不论在目的还是影响层面都大相径庭：卡拉姆津的目的是"让俄国文学语言与斯拉夫语和拉丁语等旧的教会语言拉开距离，变得更近似法语，一种有教养社会使用的、能够

---

① 在罗马人的想象中，人死去的时候，灵魂是要从唇间飞走的，正是化作蝴蝶的样子，这飞去的蝴蝶，名字叫作普叙赫，乃是小爱神厄洛斯，也就是罗马人的小丘比特的妻子。她的名字 Psyche 也被用来作为各种涉及精神、心灵、心理等词的前缀。

② Драгомирецкая Н. В. "Проза 1920—1930 годов: от эксперимента к классике. слово как предмет и герой." *Теоретико-литературные итоги XX века.* Борев Ю. Б. （гл. Ред.），Гей Н. К.，Овчаренко О. А.，Сковозников В. Д. и др.（Редкол.）Москва: Наука, 2003, c. 223.

表达世俗知识的新语言"①。此次改革的结果是以外来语挤走了教会斯拉夫语,而丰富的民间口头语仍未企及俄国文学语言的门槛,文化阶层和广大民众之间的鸿沟反而加深了。再将时钟拨回20世纪20年代,这一时期所谓的语言改革是在创作实践中形成的一种自觉意识,是千千万万个像左琴科一样的平民知识分子不甘陷于困顿,尝试用逻辑和语言的手术刀切除病灶的结果。如果说两百年前的那次改革是精英阶层自上而下的有目的行事,那么20年代初在语言领域掀起的浪潮则可视为平民知识分子的大规模自发行为,参与其中的不仅包括"谢拉皮翁兄弟",还包括了曾活跃在之前(列夫·托尔斯泰、马雅可夫斯基)或即将活跃在之后时代(马雷什金、绥拉菲莫维奇、巴别尔、卡塔耶夫)的其他作家,其最终导向一种界限的消失和全然的融合——"生活的方方面面都联结起来,无所谓'高级'和'低级'、'我'和'非我',也无所谓人类的和自然的,生物的和非生物的,肉身的和金属的、石头的、木材的,等等。一个统一的、同质的,同时又具有积极自主意识的面貌逐渐形成了。"②

左琴科通过逻辑推导将兽之形象与原始恐惧分离开来的尝试给我们提供了一种极具诱惑的可能性:在这种文学的"合金语言"熏陶下诞生的新一代人将不再受到神经官能症的困扰,因为他们已经能够坦然接受自己兽性和非人的一面,不需要用所谓纯洁、高雅的词汇筑成堡垒,从而令自我与危险的世界隔开——词汇都是具有双重或者多重含义的,很多时候你所看到的外在光滑的堡垒,内壁却是尖刺密布(就像左琴科案例中的"雷击"和"打击"一样),这反而使得危险有了入侵的性质,对巨兽闯入房间的恐怖感便由此而

---

① [俄]德·斯·米尔斯基:《俄国文学史》(上卷),刘文飞译,人民出版社2013年版,第81页。

② Драгомирецкая Н. В. "Проза 1920—1930 годов: от эксперимента к классике. слово как предмет и герой." *Теоретико-литературные итоги XX века.* Борев Ю. Б. (гл. Ред.), Гей Н. К., Овчаренко О. А., Сковозников В. Д. и др. (Редкол.) Москва: Наука, 2003, с. 223.

生。接纳自我，承认对抗力量的并存，是以左琴科为代表的 20 年代之子们所需首要克服的。

兽从魔坛上跌落并被赋予人的思想是在浪漫主义时期。因为在这段时期，一个非常重要的趋势是"人类中心论：最大的奥秘不是自然，而是人本身"①。这一趋势从文艺复兴时期开始萌芽，到了 18 世纪末、19 世纪初期达到了全盛。这一时期，人们充满激情地将自己的声音和形象投射到万事万物上，由感伤主义消极的敏感体察、心灵震颤转向积极地施加影响、全情投入。因为在浪漫主义者的理念当中，自我并不像以往所认为的那样是"由一长串心灵的图画和观念构成的"，而是建立在"一种联想的基础上，而联想又必须不断地同睡眠、梦幻、想象、错觉和疯狂这些敌人作斗争"②。这就是为什么安·伯格列尔斯基笔下卖罂粟糖饼的老太婆转眼就成了巫婆，而她的黑猫则能变成美貌男子诱惑女孩；这也是为什么果戈理眼中死人的脸能同伸过来的鹅脸混淆。③ 同质的转换也发生在霍夫曼的小说当中，在他的《金瓶》这篇故事里，德雷斯特顿一个又老又丑的卖苹果的女人同时也是一家大户人家门上的铜门环，她可以随时变幻形体和面貌；而在《扎伯尔甘扎新近的奇遇》里，狗似乎知道自己是扎伯尔甘扎的分身，他看到后者被巫婆虐待时就好像感到自己被虐待一样……凡此种种，所有这些奇异的变形无不源于浪漫主义者对无限自我的认同：不论是现实经历的事件，还是虚构出来的事件，都会被一视同仁地纳入到自我的感受之链当中，如果想象力足以囊括整个宇宙，那么整个宇宙都将成为自我的组成部分。可想而

---

① Никанорова Т. М. и Симонова Наталья Борисовна. *Изображение животного мира в романе Э. Т. А. Гофмана "Житейские воззрения кота Мурра"：литературоведческий и методический аспекты*，http：//elib. kspu. ru/document/46514.

② ［丹麦］勃兰兑斯：《十九世纪文学主流：德国的浪漫派》，刘半九译，人民文学出版社 2018 年版，第 155—156 页。

③ "伊凡·伊凡诺维奇忽然大叫一声，吓得发呆了：他仿佛看见一个死人；可是他很快就清醒过来，认出这是一只鹅，把颈子向他伸过来"（［俄］果戈理：《外国中短篇小说藏本：果戈理》，满涛译，人民文学出版社 2013 年版，第 272 页。）

知，人也将一部分的感受移植到了动物身上，从而令大量的"拟人化"（антропоморфизм）动物涌现出来——动物与人的接近程度在这一时期是空前绝后的。这里的"接近"指的并非外观形态上的混同，而是内在思想的逐渐趋同，甚至可以观察到兽对人的超越，在后一种情况当中大多伴随着讽喻性的效果。在浪漫主义者眼中，兽不再是行为不可预知的超自然力量，而是变成了他的一个分身，可以通过一种更加沉重或者轻盈的肉身去体验周遭的世界。

浪漫主义的态度在尼基京的《黛西》和费定的《狗魂》中得到充分彰显。这两篇故事的共同点是：通过具有人类思维的动物之眼看世界——《黛西》里是多愁善感的老虎，《狗魂》里则是年老色衰的母狗。除此以外，这两篇故事都实现了在人和兽的视角之间自由切换的目标，人之视角的冷酷和兽之视角的温情形成了鲜明的对照，而人与兽的身份也在不知不觉中对调过来。在尼基京的笔下，"黛西"（Дэзи）是一只身陷囹圄却向往自由的老虎，它在逃离动物园以后既遇到了好心人，也遇到了只为利益驱动的黑心人，因此它对人类的感情是复杂的、困惑的，这一点在它的梦中以隐喻的方式体现了出来：

> 一个巨大的人影向她走来，浑身长满猴毛。从他那令人惊奇的双眼里慢慢地倾泻出，燃烧起一道宽阔的光束。那人歌唱他是太阳的兄弟，飞鸟、猛兽和树木的父亲。猴子们在一边做着鬼脸。他用爪子抓起一只猴子，将它的脑袋撞击在石头上，发出一声脆响。血滴在石头上。大地想要睡着，可是石头顽固地发出滴滴答答的声音。石头变红了，那人因为生气和委屈哭了起来。①

---

① *Серапионовы братья: Альманах первый.* Санкт-петербург: «АЛКОНОСТ» ПЕТЕРБУРГ, 1922, с. 75.

透过一只老虎的双眼，我们又回到了那个古老的神—人—兽一体的时代。在它看来，这首先是一个身形巨大的"人"，却具有兽的特征（"浑身长满猴毛"），同时他身上也流淌着潘神的血统——自然界万物之父。然而，与古老的"三位一体"之神不同的是，梦中的这位神祇没有完全接纳他身上野蛮的部分，他厌恶自己身上滑稽可笑的兽形特征，所以他见不得跟自己同形的猴子，要将它们在石头上摔死。但他没有想到，在摔死猴子的同时，那一部分兽的特征便由外貌转移到了内心，成为他永远无法摆脱的烙印。这时候，他身上人的部分又被唤醒了，没有像古埃及、古希腊的半兽神那样在鲜血和祭祀中获得快感，反而"因为生气和委屈哭了起来"。正如查拉图斯特拉所言，"对于人来说猴子是什么？一种大笑或者是一种痛苦的羞辱"。之所以感到"羞辱"，是因为自己以前曾经也是猴子，而现在或许他身上还多少有些猴性。此处的"猴子"可以视为"长满猴毛"之人神的镜中影像，在经历了漫长的文明开化过程之后，人神却还是能在镜中看到令自己耻辱的原初形象，如同勃洛克从初冬的浓雾中辨认出的那位似曾相识的"老迈青年"（"或许，这便是／我在如镜的平面上所看到的自己？"《双重人格》[①]），又或是令叶赛宁激愤不已的那位知晓他生平最不耻之事件的黑影人，他在"气急败坏，怒不可遏"中"挥起手杖，径直对准他的鼻梁……"结果只见他"独自一人……还有那面打碎的镜子……"[②] 此处已经出现了对分裂自我的不信任，浪漫主义者从分身中没有得到预期的满足，反而被经验的自我所恫吓，开始怀疑起自身的存在——不知道谁更具有权威性，是分裂出无数自我的"我"，还是那个即将超越"我"的分身？在《黛西》当中，那只叫"黛西"的老虎会做梦，会恐

---

① Александр Блок. Сергей Есенин. Владимир Маяковский…. *ИзбранноеАвтор*: Блок А., Есенин С., Маяковский В. Москва: Детская литература Серия: Библиотека мировой литературы для детей, 1979, с. 236.

② ［俄］谢·亚·叶赛宁：《叶赛宁诗选》，郑体武译，上海译文出版社2018年版，第291—297页。

惧，会期盼，会渴望自由，而它的主人们却像僵尸一般地活着，每天遵守刻板的日程表，早已丧失了做梦的功能，只关心食物……这样的对比也在警醒我们：人与兽的世界已经在发生颠倒，人们发现自己在兽上的分身并没有将其控制，反而吞噬了人自身，于是浪漫主义的那种融合一切的世界开始崩溃了。值得一提的是，《黛西》里老虎的梦境与左琴科梦中的老虎形成了一种奇妙的呼应：前者是老虎梦见了可怕的人，而后者则是人梦见了可怕的老虎，实际上，真正可怕的是这个用文明包裹起野蛮面孔的世界。

同样涉及"猴子"（обезьяна）这一意象的是隆茨的《猿猴来了!》（«Обезьяны идут!»），以及左琴科的故事《猴子奇遇记》（«Приключения обезьяны»）。但这两篇故事已经脱离了浪漫主义的范畴，可以算作是带有批判现实主义性质的作品了。这首先是因为人将自己的思想从猴子身上撤离了，他将兽交还给了属于兽的世界：隆茨一次也没有描写过所谓"猿猴"入侵者的心理活动，而左琴科对猴子的打算也多半是猜测（"它跑的时候也许是在想，'哎，不行'，它想，'如果这儿老扔炸弹，那我可不干'"①）；其次，作品中少了奇幻和做梦的元素，多了针对时事的影射和批判，兽不再仅仅被视为人的另一种投射，而作为具有象征意义的符号完成讽刺性的功能。

在《猿猴来了!》当中，猿猴是"另一种野蛮"的代表，正如科洛索娃在《重估谢拉皮翁兄弟之隆茨的文学遗产》（«Вновь открытое наследие Серапионова брата Льва Лунца»）一文中所言："极有可能的是，在历史的交叉路口两种猿猴相遇了：丢失猿人面孔的尼安德特人和获得古猿面孔的现代人。"② 前者是戴着文明面具的未开化者，后者则是行事野蛮的文明人，很难说究竟哪一种带来的后果更

---

① ［俄］米·左琴科：《猴子奇遇记》，田大畏译，《世界文学》1995 年第 6 期。

② Колосова Н. А. *Загадка-ответ. О литературе и культуре 1920—1940 годов.* Киев: Издательский дом Дмитрия Бураго УДК, 2009, с. 263.

具灾难性。一群不满意政府的人们聚集在一栋房子里，忽然传来"敌人逼近"的警告声，混乱中一些人认为来者是善意的，是会给他们面包和自由的，另一些人则坚持这些即将来临的野兽只会将他们带入另一个万劫不复的地狱，名为"人"的角色就是其中的一个代表：

> ……它们不是人，它们是野兽，它们是猿猴。就算我们是强盗吧，但我们是人，而它们是毛茸茸的野兽。我们等待着它们的救援，但它们是来杀死我们的，是来凌辱我们的，是来折磨我们的。您，披着臭鼬毛皮的夫人，当您被毛茸茸的猿猴的大手推搡到地上，当肥厚的野兽的嘴唇刺入您鲜嫩的双颊时，您还能咒骂谁呢？您，带着孩子的夫人，当野兽的尖爪抠出孩子的双目塞到您的嘴里，要您吞下去，抑或是尖利的兽齿咬住您的乳头，想要吮吸您———一位母亲的乳汁时，您又该呼唤谁呢？至于您，戴着皮草帽子的人，您会将还给您的钱放在用您的皮制成的皮夹子里么？还有您，犹太胖子，当您在路灯上摇摇欲坠的时候，您还能给熟人下套么？你们听到暴风雪的呼号声了么？这是你们翘首以盼的拯救者发出的嚎叫，这是占领全城的猿猴们发出的嚎叫。①

陀思妥耶夫斯基在他的《一个荒唐人的梦》里已经预见到了这悲剧的一幕：想要自杀的荒唐人做了一个梦，梦中他见证了一个美丽的星球从"黄金时代"堕落到"黑铁时代"的过程，他最终明白，只要有人的地方，就会有杀戮、猜忌、欺骗、战争，但也会有随之而来的反抗、不屈、信任和希望，真理不是一个结果，而是一个过程。在这一堕落的过程当中，作为入侵者的猿猴们是在多次战

---

① Лунц Л. "Обезьяны идут!". *Собрание произведений*. Санкт-петербург: Инапресс, 2003, с. 491.

争之后出现的，这时人们已经不指望通过共同理想联合成一个整体，分裂的势力便乘虚而入："于是出现了一批狂妄分子和淫邪之徒，他们要求占有一切，要不就放弃一切。为了占有一切，他们不惜铤而走险，一旦不能得逞——就自杀了事。"①

　　另一位作者左琴科则因为《猴子奇遇记》的发表在全国范围内遭到讨伐，原因是时任联共（布）中央政治局委员、书记处书记日丹诺夫在《关于〈星〉和〈列宁格勒〉两杂志的报道》中写道："《猴子奇遇记》的主旨，是将苏联人民描写成一群懒惰和畸形的人，一群愚蠢而幼稚的人……"时至今日，我们再次翻开这部作品，仍能够发现当中犀利的讽刺和阴暗的内核，但这种讽刺与其说针对苏联当局，不如说是指向整个自以为是的人类文明。猴子在人的强行训导下从"野蛮"走向"文明"的过程，从本质上讲也是一个失去自我的奴化过程，作者在这里提出了对两种教育的思考：一是文化艺术教育，这也是折磨了列夫·托尔斯泰创作后期的一个重要问题；二是科学技术普及，人适应技术化时代的过程难道不是和猴子接受驯化的过程一样吗？那么，掌握了先进科技的猴子就不是猴子了么？这第二个问题在后来的布尔加科夫的《狗心》和《孽卵》中得到了充分的发展。

---

　　① ［俄］陀思妥耶夫斯基：《一个荒唐人的梦》，潘同珑译，《苏联文学》1981年第1期。

第 四 章

继承与突破:卡维林的短篇小说实验

在前几章探讨卡维林与其他谢拉皮翁兄弟之间的互动关系时,我们已经发现:卡维林作为团体中的核心人物之一,其独特性主要体现在个人创作实践与团体革新理念的高度呼应上。即使在一些主要成员(如后期的斯洛尼姆斯基)已经重新回到"日常生活"或是社会主义现实主义的老路上时,"只有卡维林仍然沿着隆茨所开创的道路坚定前行,而在其他人那里,现代小说早已摔成了碎片"①。然而,卡维林也并非隆茨、扎米亚京或其他人的盲目跟从者,他凭借早年深厚的文艺学功底,不论对于诗学理论还是文学创作都有自己独到的见解,正如施瓦尔所言:"所有谢拉皮翁兄弟当中他最有资格被称为文学家,甚至比费定还有资格……他是由文学批评进入文学的,因此,读过的东西于他而言才能成为材料,仅仅看过是无济于事的。所有的谢拉皮翁兄弟都喜欢谈论陌生化、文本框架、情节缀连,却只有卡维林一人将这些视为自然而然的存在,并从真正意义

---

① Ханзен-Лёве Оге А. *Русский формализм*: *Методологическая реконструкция развития на основе принципа остранения*. Москва: Язык русской культуры, 2001, с. 501.

上接受它们。"① 因此，对于卡维林本人来说，革新问题的实质是"如何在继承的过程中实现突破"，所谓的"突破"其实也是一种发展，只不过"这种发展包含着对以前的运动已经达到的东西的继承和加工，以及产生一些带有另一种性质的新的属性和特点"②。

第一节 折中还是创新：卡维林 20 年代文学探索的性质

"谢拉皮翁兄弟"在 20 年代俄罗斯文学转型（散文体裁的转型、现实主义与现代主义的交融、传统和创新的相互渗透）中所占据的特殊位置令我们不得不思考：该文学团体在这一时期所进行的文学实验具有的价值究竟体现在哪个层面上？是否因为他们与众不同的组织形式和风格各异的自由创作最为准确而清晰地反映出 20 年代文学"过渡性"的特质，我们就能放心大胆地得出结论——这是一个同样具有"过渡性质"的文学团体，他们最大的贡献就是找到一种缓解、调和不同性质矛盾的最佳途径（或者说仅仅在形式上的包容），从而使得文学进程顺利过渡到下一阶段。类似的问题似乎在探讨阿克梅派的文学价值时已经出现了："在象征主义和现实主义之间保持平衡决定了阿克梅派在 20 世纪文学进程中的特殊位置"③，正是这一"保持平衡"的角色令很多评论家低估了阿克梅派的诗学创新，将后者简单地视为回归传统和真实（包括散文传统、词语的本

---

① Шварц Е. *Живу беспокойно. Из дневников.* Ленинград: Советский писатель. Ленинградское отделение, 1990, с. 290.

② ［苏］米·赫拉普钦科：《作家的创作个性和文学的发展》，满涛等译，上海人民出版社 1977 年版，第 350 页。

③ Тимина С. И. и Грякалова Н. Ю. и Лекманов О. А. и др. *Русская литература XX века: учебник для высших учебных заведений Российской Федерации.* Тиминой С. И. (под ред.) Учебно-методический комплекс по курсу «Русская литература XX – начало XXI в.». Санкт-Петербург: филологический факультет СПбГУ, 2011, с. 51.

来意义以及世界的三维立体感)的尝试,远远排在未来主义对词语的创新之后;然而,现在看来,"'依据曼德尔施塔姆的说法',从历史发展变化的角度来观察,阿克梅派既晚于象征主义,也晚于未来主义"①。重要的是找到一种相对合理的评价标准:在阿克梅派的语境下是以词语运用的成熟程度而非乖张程度来评价;在"谢拉皮翁兄弟"的案例中情况要稍微复杂一些,因为该文学团体没有统一的诗学理论和美学观点,也没有一个在创作理论和实践上都出类拔萃的领袖人物("他们在写作水平上势均力敌"②),这就造成了无论从方法论上还是可行性上都不大可能总括式地评价整个文学团体的文学实验性质。然而,问题的关键不在于找到谢拉皮翁兄弟中最受批评界青睐的代表人物,并以其诗学理念为模板套用在其他成员身上,而在于建立一种适合"谢拉皮翁兄弟"案例的研究范式,即打破原先从一般到特殊,从整体到个人的研究方法,以个体成员对整个文学进程的特殊贡献来判断该文学团体在其成长历程中所扮演的角色——是推动和促进,还是阻碍和延缓,从而在积累了几个主要成员案例分析的基础上界定整个团体的性质。本书试以谢拉皮翁兄弟中维尼阿明·亚历山大维奇·卡维林(Вениамин Александрович Каверин)的创作为例阐明对这一问题的看法,旨在提供一个可能的研究范式。

无论从理论体系的完善程度,还是从写作技巧的成熟程度来评价,卡维林都不是团体里最引人注目的一个,然而,他却是成长最快、走得最远的那一个"兄弟",这也是选择他作为研究对象的主要原因:"成长最快"说明20年代与其他谢拉皮翁兄弟共同创作的经历对卡维林产生了重要的影响;"走得最远"则暗示了卡维林是一个

---

① Тимина С. И. и Грякалова Н. Ю. и Лекманов О. А. и др. *Русская литература XX века: учебник для высших учебных заведений Российской Федерации.* Тиминой С. И. (под ред.) Учебно-методический комплекс по курсу «Русская литература XX – начало XXI в.». Санкт-Петербург: филологический факультет СПбГУ, 2011, с. 70.

② Цетлин М. О. "Племя младое (О «Серапионовых братьях»)". *Современные записки.* Кн. XII. Культура и жизнь, 1922, с. 338.

不断突破自我并寻求反映时代精神之最佳表达方式的作家。下面尝试对这两点稍作展开和说明。

首先，要界定团体对个人创作的影响性质，最好选择那些在进入文学团体之前尚未形成独立风格的年轻作家作为研究对象，如果该成员已有强烈的个人风格，则要分析是否在加入团体之后原先的风格发生了明显的变化。在谢拉皮翁兄弟中，费定、左琴科和符谢沃罗德·伊万诺夫属于进组之前业已成熟的作家，并且在此之后风格并没有太大改变：扎米亚京评论费定是小组里最"稳固的一个"，因为"到目前为止，他仍将印有传统现实主义时间表的旅游手册紧紧攥在手中，并清楚地了解要在哪一站检票"①。左琴科第一次发表作品虽然是在加入"谢拉皮翁兄弟"后的1922年，但是在此之前，"他早已在寻找自我的荆棘道路上走了很多年"，并且他在20年代创作中惯常运用的故事体裁和讽刺效果也都源于1917—1918年大量的文学练笔，如《结局》《女演员》《小市民》《邻居》等②。莎吉娘指出伊万诺夫是"举足轻重的一位兄弟"，"他从一开始就以多年经验形成的独特话语发出声音"，然而这种缺乏固定形式的自然语流如若不加以控制最终会将他淹没③。尼基京的情况很有趣，在每一次小组成员全体出席的文学活动中（例如第一部合集的出版，自我介绍的写作）他都亮出了集体的名片，写出和以往风格不同的、具有实验倾向的故事（《黛西》），而在其他大部分时候则被自然主义的创作方法所吸引，莎吉娘称这种风格不是"保护伞"，而是需要被挣脱的"橘子皮"④。隆茨、卡维林和斯洛尼姆斯基被公认为加入团体后

---

① Замятин Е. И. "Серапионовы братья". *Замятин Е. И. Избранное.* Москва: ОГИ, 2009, с. 91.

② Томашевский Ю. В. (Сост.) *Лицо и маска Михаила Зощенко. Сборник.* Москва: Олимп-ППП (Проза. Поэзия. Публицистика), 1994, с. 39 – 40.

③ Шагинян М. С. *Post Scriptum. Шагинян М. С. Собрание сочинений в 9 томах. Том 2*, http: //publ. lib. ru/ARCHIVES/SH/SHAGINYAN_ Marietta_ Sergeevna/_ Shaginyan_ M. S. . html.

④ Там же.

才开始踏上找寻自我身份之路的年轻作家,其中隆茨和斯洛尼姆斯基的找寻多集中在体裁探索方面(包括戏剧、荒诞故事、战争故事、现代风俗故事等),在小说领域的实验也多与"体裁的综合"有关。卡维林是这三人中叙事体裁作品最丰产的一位,而他在该领域的探索很明显受到了特尼扬诺夫和扎米亚京关于小说情节理论的影响:"如果说左琴科、伊万诺夫、尼基京主要在语言材料和润饰上下功夫,那么很明显,卡维林则将精力放在故事情节方面的实验,幻想与现实的综合,刺激的游戏——打破幻想和错觉,再将它们重组。对于这类游戏,他是行家。"①

其次,团体内某位成员的文学价值不仅要看他在与其他成员的互动中创作了多少符合团队精神的作品,更重要的是考虑到他作为一个独立的作家在整个文学进程中的地位和贡献。卡维林的创作生涯从进入"谢拉皮翁兄弟"团体开始(1921),一直持续到 20 世纪 80 年代,如果说二三十年代作家的兴趣主要集中在故事(рассказ)和短篇小说(новелла)领域,那么在 30 年代之后他就转向了中篇小说(повесть)和长篇小说(роман)的创作,而在晚年(20 世纪七八十年代)则写作了回忆录和大量的评论文章。如果仅仅从"符合'谢拉皮翁兄弟' 20 年代文学实验语境"的层面来评价卡维林,那么他显然在创作生涯的后期"背叛"了早期的初衷:从中小型体裁到大中型体裁,从荒诞幻想题材到现实主义题材,从去自传化到回忆录式写作……然而,这一步步的转变恰恰表明了卡维林是一位名副其实的"实验作家",他在文学实验中从不以之前取得的成果为下一步的探索设限,而是始终尊重文学艺术发展的普遍规律,并在此基础上不断突破自我,寻找最能反映时代精神的表达形式。卡维林深知,表达时代精神并不等同于无原则地符合时代的主流声音,而是要时刻倾听自己作为艺术家内心深处的声音并随时做好重新起

---

① Замятин Е. И. "Серапионовы братья". *Замятин Е. И. Избранное.* Москва: ОГИ, 2009, c. 91.

航的准备，这就是为什么他要在"谢拉皮翁兄弟"诞辰八周年之时"以霍夫曼和青春时代"的名义给包括自己在内的所有成员敲响警钟，为他们丧失对艺术的激情、不再坦诚相待而痛心疾首，又被迫在 1931 年为自己辩护，回击斯洛尼姆斯基和尼基京对形式主义实验发起的责难。"在他们诞辰十周年之际，隆茨已逝，费定成了苏维埃作家的领军人物，斯洛尼姆斯基不再继续幻想题材的创作，尼基京的风格大变，格鲁兹德夫变成了高尔基的个人肖像画家"[①]，只有卡维林仍在寻找自我的道路上坚定前行——就像他笔下的那"第五个漫游者"（出自小说《第五个漫游者》）一样。如果说隆茨在《为什么我们是谢拉皮翁兄弟》中首次提出了成员们的期望（"我们与荒漠中的僧人谢拉皮翁在一块儿"），那么卡维林则以一生践行了这个愿景——艺术家应当永远为创作的自由权而奋斗，他清楚地明白隆茨要说却未说的话：艺术从来不会屈从于大多数人的意志。

既然如此，是否艺术只存在于彻底的创新过程中，或者说产生于基因突变的意外？如果是这样，那么一株经过基因改良、产量增加的小麦反而不敌另外一株嫁接失败、孱弱多病的类小麦物，因为前者不是"完全创新"的成果？这无疑是荒谬的推论。从严格意义上来说，这里有关小麦的比喻不是特别恰当，原因是科学技术上与文学艺术中的创新实验并不能完全类同，前者以有用性为最终导向，而后者则以艺术性本身为最高标准；然而两者的相似之处在于，创新要建立在过去的经验和成果之上，纯粹意义上的"创新"几乎是不存在的。事实上，我们也很难准确地界定文学领域中的"创新性"或者"实验性"——所有打破常规体例的文学作品都可以称为文学实验，所有进行这些文学实验的作家都可以被认为是创新者，而文学和艺术正是在这些创新者的推动下不断前行的。那么，我们今天讨论卡维林作品（甚至整个"谢拉皮翁兄弟"）的实验性质是否有

---

① D. G. B. Piper, "Formalism and the Serapion Brothers", *The Slavonic and East European Review*, Vol. 47, No. 108 (Jan., 1969), p. 93.

些多余？因为但凡在文学史上有立足之地的作家必定有某种程度上的创新，即便创新只体现在某一部作品里。要回答这一问题，首先必须了解以下两点：（1）20世纪20年代主流批评界对于传统和革新的看法；（2）一部作品中的实验性手法与作家所具有的实验精神之间的区别和联系。

"艺术无法脱离传统，斩断与其过去的承接性关系而发展"①，这一观点在今天看来是无可争议的，然而在20年代的苏联文学界，"如何认识文化遗产问题"曾经引发过轩然大波："在当时的文学语境中，文学遗产被定义为'过去的诅咒'来加以规避，继承意味着蓄意地倒退。"② 以巴格丹诺夫（А. Богданов）为首的一批"拉普"极左批评家们完全否定过去的文化传统，认为"任何艺术反映的仅仅是一个阶级的经验和世界观，它对别的阶级是不适用的"③，属于无产阶级的新艺术应当从零开始。与此同时，未来派在20年代的变体"列夫"（1922—1929）仍然维持了对待古典文学遗产的一贯态度④，"先是宣扬艺术的无目的性，后又鼓吹艺术功利主义……把艺术等同于生产，把创作过程看成只是对生活的'事实'进行组合、剪辑的过程，要求'艺术服从于生产关系的共同标准'"。⑤ 如果说白银时代的未来派还是在文学的范畴内反传统、反当代，致力于建立一种改变宇宙的超艺术，那么20年代"列夫"所倡导的艺术观显

---

① Бузник В. В. *Русская советская проза двадцатых годов.* Ленинград：Издательство «Наука»，1975，с. 3.

② 刘森文、赵晓彬：《"谢拉皮翁兄弟"的文学继承性》，《俄罗斯文艺》2015年第3期。

③ ［俄］符·维·阿格诺索夫主编：《20世纪俄罗斯文学》，凌建侯、黄玫译，中国人民大学出版社2003年版，第139页。

④ 1912年，马雅可夫斯基等人发表的《给社会趣味一记耳光》宣称"要把普希金、陀思妥耶夫斯基和列夫·托尔斯泰从现代的轮船上抛下去"。到了1918年，未来派再度发起对古典文化的挑战，称："既然可枪毙白卫军，则又为何不对付普希金呢？"（［美］马克·斯洛宁：《现代俄罗斯文学史》，汤新楣译，人民文学出版社2001年版，第270页。)

⑤ 汪介之：《俄罗斯现代文学史》，中国社会科学出版社2013年版，第192页。

然已经超出了纯文学的范围，令艺术沦为物质生产的奴隶，反映了庸俗社会学和极"左"思潮对于文学界的影响。"拉普"并不像"列夫"一样着眼于个体物质生活的舒适程度，而是牢牢牵住"阶级"这条界限，试图在文学艺术内部圈出一个专属"无产阶级"的领地，因此，他们虽然在口号里喧嚷着要汲取古典文学作品中的有益成分，实质上却是在创作领域采取行政命令的手段，强制要求作家们"塑造"理想的人性。正如费定所言，"在无产阶级文化派中到处是虎视眈眈的监视目光——千万别在哪儿出现任何有关继承或是传统的概念，这是理所当然的，因为所有反革命的潮流也都是面向过去的"①。在艺术的功利性和创造一种无根基的"新艺术"方面，"列夫"与"拉普"达成了一致，在20年代与沃隆斯基作主编的《红色处女地》杂志（1924年杂志的主要投稿人发展为"山隘"文学团体）形成对峙，后者与"谢拉皮翁兄弟"一样捍卫传统的艺术观、文学之于人类的普遍意义，而不是狭隘的阶级意义。

必须指出的是，有关革新和"重建一切"（«переделать все»）②的想法本身并不应该受到谴责，因为该想法早在十月革命前后就在俄国的文学界活跃起来了——当时，为了响应列宁在1917年10月25日发表的声明（"从今天开始俄罗斯的历史翻开了新篇章"③），包括艺术家在内的各行各业工作者都以革新一切的激情投入文化以及其他领域的建设中，具有不同审美趣味和诗学世界观的艺术家们纷纷为如何"创新"建言献策。事实上，在文学界发生的有关如何革新的争论与其说是受其他生产领域的创造热情所感染的结果，不如说是知识分子和艺术家们对于弥合、治愈革命之后想象崩塌的精

---

① Конст. Федин. *Горький среди нас. Картины литературной жизни.* Москва: Советский писатель, 1968, с. 2.

② Александр Блок. *Собрание сочинений в восьми томах*, т. 6. Москва-Ленинград: Гасударственное издательство художественной литературы, 1962, с. 12.

③ Ленин В. И. *Полное собрание сочинений* (5 – е изд). т. 35. *Октябрь 1917 – март 1918.* Москва: Политиздат, 1974, с. 2.

神创伤所做的严肃思考；之前平淡无奇的日常生活戴上革命的面具向艺术女神发起了挑战——如何处理这两者之间的关系是艺术家们首先需要解决的问题，选择哪一种方式实际上表明了在弥合心理创伤时采取的自救方法。"除了艺术这个词，"勃洛克在 1920 年写道："在我们的意识里显然还存在另一个词，革命。在这个词面前我们无可遁形，这是不以我们的意志为转移的，因为两年以前在俄罗斯刚刚结束了革命。过去两年中的每一天于我们而言都是消除已经结束的革命后续影响的抗争，每个人都有生存下来的独特方式：积极的、消极的，同情的、厌恶的，冷漠的、欢快的，向死而生的——人人不同，却又人人相同——感受到革命不可逃避的存在。"[1] 不论是以巴格丹诺夫为代表的那种阶级革命式的革新方式，还是以别雷为代表的"将创作思维集中在表现新生活那种抽象的、'疾风骤雨'般的自然力与文学的诗学、风格之间关系"[2] 的革新方式，甚至扎米亚京所倡导的注重"每一个词语的简洁性、巨大的承载力和高瓦数"[3] 从而加快整个文本速度和节奏的革新方式，原本都只是众多可能性建议中的一种，仅仅是因为巴格丹诺夫的想法最为适应随之而来的不可调和的阶级斗争，并为大多数参加过革命战争、内心对"旧事物"无比仇视的文学家们欣然接受，才成为了 20 年代具有排他性质的主流思想。也即是说，在这些想法和观点尚未能够有机结合在一起形成一种反映时代精神的新机制时，外部的力量便干预进来，强行为某些已然丧失生命力的理论体系注入兴奋剂并同时打压另外一些有可能获得更大发展的流派和思想，从而导致了很多文学基本问题的畸形发展——传统与革新的问题就是其中最具代表性的一个。

在这一文化大语境下，重新正视艺术发展过程中传统文化不可

---

[1] Александр Блок. *Собрание сочинений в восьми томах*, т. 6. Москва-Ленинград: Гасударственное издательство художественной литературы, 1962, с. 485.

[2] Бузник В. В. *Русская советская проза двадцатых годов*. Ленинград: Издательство «Наука», 1975, с. 5.

[3] Там же.

替代的作用、再次修复创新与继承之间的联系，其本身就是一种革新，并且这种革新的思路很有可能是苏联文艺起步时最合理、最正确的发展路径。莎吉娘在《谢拉皮翁兄弟》一文中指出该文学团体不仅与形式主义没有太多关联，也没有受到诸如索洛古勃、别雷或是列米佐夫等象征派作家的决定性影响，而是扎根于"俄罗斯'保守派'的散文传统，继承了现实主义的心理分析作家高尔基、库普林、蒲宁、扎伊采夫的风格，回归了莫斯科的'知识派''土壤派'"……①虽然这一评价的准确性还值得推敲，但是莎吉娘确实抓住了谢拉皮翁兄弟在文学遗产继承上的特征："对文化传承思想重要性的认识团结了年轻作家，并成为将他们的力量聚集起来开创文学史上新时代的一个主要原则。"② 相较于莎吉娘，卡维林对组员们写作风格的评价显然更为中肯："可以大胆地说，装饰主义对于符谢沃罗德·伊万诺夫、尼基京的早期创作有显著的影响。其余的'兄弟们'则绕过这一趋势，以俄罗斯经典现实主义文学宽广的传统——从列斯科夫到契诃夫——为立足点。至于我本人，在一开始的十六篇故事（尚停留在手稿阶段）里可以发现模仿蒲宁和别雷，霍夫曼和爱伦·坡的痕迹。"③ 对于文学遗产与文学创新之间的关系，卡维林或许比其他"兄弟"认识得更为深刻，因为除去作家的身份之外，卡维林还是一名彼得格勒大学④文史系东方语专业毕业的学生。在他

---

① Мариэтта Шагинян. "Серапионовы братья." Фрезинский Б. （глав. Ред.） *Судьбы Серапионов. Портреты и сюжеты.* Санкт-Петербург: Академический проект, 2003, c. 528.

② Тимина С. И. и Грякалова Н. Ю. и Лекманов О. А. и др. *Русская литература XX века: учебник для высших учебных заведений Российской Федерации.* Тиминой С. И. （под ред.） Учебно-методический комплекс по курсу «Русская литература XX – начало XXI в.». Санкт-Петербург: филологический факультет СПбГУ, 2011, c. 158.

③ Каверин В. А. "Рассказы и повести; Скандалист, или Вечера на Васильевском острове: Роман." *Собрание сочинений. В 8 – ми т. Т. 1.* Москва: Худож. лит, 1980, c. 9.

④ 现称为圣彼得堡国立大学，1919年10月—1921年1月称为彼得格勒大学，卡维林正是在1920年进入该校学习的。

的求学生涯中，遇到了艾亨鲍姆、特尼扬诺夫、什克洛夫斯基这些大师级的人物，他们"慷慨地与我们分享自己所经历的彷徨和踟蹰，分享对他们所致力于研究的伟大文学的自豪感"，并且"要求我们不仅仅是熟悉历史，也要了解当今我国文学研究发展的氛围"，以便为"文学批评研究带来新的东西"①。在创作实践上，卡维林同样贯彻了将传统与创新有机结合的原则，他在自我介绍中大胆地宣称"在俄国作家中我最喜欢霍夫曼和斯蒂文森"②，并同隆茨一起试图通过创作情节性强的小说以及冒险小说来"革新枯燥乏味的、说教式的俄国文学"③。从卡维林 20 年代创作的短篇作品来看，对其产生影响的除了他自己列出的几位国内外散文大家，显然还有列米佐夫和奥陀耶夫斯基，尤其是后者的"木偶戏手法"和"炼金术主题"让卡维林受益匪浅，在发展和超越前辈的过程中年轻的作家逐渐获得了自己独特的声音。

如果说对待传统和革新的态度决定了那个时代作家们是否能够找到正确的创新道路，那么作家本人的挑战自我、突破界限的实验精神则决定了他到底能在这条道路上行走多远。诺维科夫在界定文学艺术领域的创新实验时指出："……艺术领域的实验（与科学技术领域、社会人文领域和司法领域的实验性举措不同）主要体现在以下方面：不论是为提高自身，还是为艺术发展，艺术家都应当不断努力，尝试新的途径和可能性，并有意识地冒险——拒绝预料之中的、已有保障的绝佳效果。然而，文学实验并不包括拒绝那些明显不可能达到的可能性途径：一定要在艺术家的才能范围内，在外部条件允许的范围内才能称为实验。还有一点不能与实验相混同，即

---

① Каверин В. А. "Рассказы и повести; Скандалист, или Вечера на Васильевском острове: Роман." *Собрание сочинений. В 8 - ми т. Т. 1.* Москва: Худож. лит, 1980, с. 7.

② Фрезинский Б. (глав. Ред.) *Судьбы Серапионов. Портреты и сюжеты.* Санкт-Петербург: Академический проект, 2003, с. 491.

③ 郑海凌：《卡维林及其小说创作》，《苏联文学》1990 年第 4 期。

作家在创作初期具有模仿性质的写作练习。"① 然而,这丝毫不意味着在创作的早期阶段不能模仿(否则又落入了摒弃文化传统的窠臼),事实上,按照隆茨的话来说,复制成功者的经验是独立创新的必要准备——"没有一个系统是在瞬间凭空发展起来的,在此之前必定有成百上千个从异国文化中汲取营养的剽窃者和模仿者"②。因此,最可怕的不是在模仿过程中犯下可笑的错误,而是拒绝冒险,一步不离"预料之中的、已有保障的绝佳效果",如此发展下去,就会出现扎米亚京称之为文学发展中的"熵"现象。扎米亚京曾在 1922 年的文章《谢拉皮翁兄弟》中指出,左琴科过于谨慎使其创作面临停滞状态的威胁:"他能利用(似乎是)措置的同义词、设计好的文字游戏令那些陈词滥调焕然一新。不过左琴科不值得在这一站停留太久,必须要向前走,哪怕是模仿。"③ 同年,隆茨在《向西方!》(«На запад!»)中也批评了左琴科和斯洛尼姆斯基的"黄金分割与和谐"理论,并指出和谐不是没有,"而是还在前方",现在最主要的任务是"不要被自己已经取得的成就妨碍了前行的脚步"④。当然,此处的"模仿"指的是学习西方文学的成功经验,而非俄罗斯本国散文传统,否则左琴科被贴上"列斯科夫的模仿者""笑话作者"⑤

---

① Новикова О. Н. и Новиков Вл. И. В. *Каверин*: *Критический очерк*. Москва: Сов. писатель, 1986, с. 36.

② Лев Лунц. "На запад!". *Серапионовы братья*. *Антология*: *Манифесты*, *декларации*, *статьи*, *избранная проза*, *воспоминания*. Прокопова Т. Ф. (Сост., вступ. Ст., примеч.) Москва: Школа-пресс, 1998, с. 45.

③ Замятин Е. И. "Серапионовы братья". *Избранное*. *Евгений Замятин*. Москва: ОГИ, 2009, с. 92.

④ Лев Лунц. "На запад!". *Серапионовы братья*. *Антология*: *Манифесты*, *декларации*, *статьи*, *избранная проза*, *воспоминания*. Прокопова Т. Ф. (Сост., вступ. Ст., примеч.) Москва: Школа-пресс, 1998, с. 52.

⑤ "部分评论家不承认果戈理,称他是'马尔林斯基的可怜模仿者',另一部分评论家则还在他生前就将其奉为天才。左琴科也遇到同样的情况——一些人认为他是笑话作家,列斯科夫的模仿者,另一些人恰恰相反,'夸赞得让人都不好意思'(这是他自己的话)。"(цит. по: Каверин В. А. *Письменный стол*: *воспоминания и размышления*. Москва: Советский писатель, 1985, с. 19.)

的标签就无从解释了。现在看来，扎米亚京和隆茨对左琴科的评价确实有值得商榷的地方——体裁方面的革新只是文学创新的一种形式，以其作为衡量作家创新的唯一标准似乎有些欠妥，然而他们共同强调的一点值得引起重视：作家应当不断为自己设置新的任务，从而突破以往成就的界限，在文学实践中一步步迈向理想之地。

诺维科夫关于文学实验的定义如果套用在卡维林身上，则需要稍作修改：卡维林20年代创作的短篇故事（准确地说，是《匪巢末日》之前的创作）虽然被作家本人称为"童年的游戏"①（детская игра），可以明显看出模仿的痕迹，但是事实上每一篇都具有实验的性质，因为作者不仅在创作之初就设定了精细而复杂的蓝图，而且在每一篇故事的写作中又另设新的任务，不断磨砺刚刚获得的写作技巧。以《莱比锡城18…年纪事》《第五个漫游者》和《细木匠》为例，如果从木偶、演员、人三个层面考察这几篇故事中的木偶戏艺术的运用，就会发现一个十分有趣的现象：《莱比锡城18…年纪事》将注意力聚焦在操控权突然扩大的作者身上，《第五个漫游者》则将制造且控制木偶的幕后演员推到了舞台中央，《细木匠》的主人公由多个木偶变成了一个——既是实在意义上的也是隐喻意义上的——木头做成的真正木偶人。与此相对应的是木偶戏手法呈抛物线状的发展轨迹，也即是说，《第五个漫游者》最全面地展现了木偶戏中各个元素的相互作用，而在《莱比锡城18…年纪事》和《细木匠》中作者对叙述过程的参与不是过多就是过少——虽然后者是卡维林有意为之的，似乎是在掌握了这一精细操控的技巧之后他便转向了其他的技法。在这样一系列的作品中，作者在写作技巧和人物塑造方面的逐步成熟是显而易见的：如果说在其创作的德国系列故

---

① Каверин В. А. "Рассказы и повести; Скандалист, или Вечера на Васильевском острове: Роман." *Собрание сочинений. В 8 - ми т. Т. 1.* Москва：Худож. лит，1980，с. 5.

事中不可思议甚至相互矛盾的情节如骨架一般凸显出来串联起开头和结尾，那么在《匪巢末日》里这种连接已经完全褪去了生硬和机械感，而显得更为自然、柔和。扎米亚京敏锐地发现了卡维林这一时期在情节探索方面表现出的实验性质："如果说左琴科、伊万诺夫、尼基京主要在语言材料和润饰上下功夫，那么很明显，卡维林则将精力放在故事情节方面的实验，幻想与现实的综合，刺激的游戏——打破幻想和错觉，再将它们重组。"①

卡维林20年代创作所体现出的实验性质（简单概括为：远离人物性格塑造而趋近情节构建）令他在很长一段时间内被视为形式主义理论的有力实践者，而不是以塑造伦理道德典范为最高旨趣的俄罗斯经典文学继承者。然而事实上，这一文学方面的实验性尝试恰恰体现了当时一系列社会历史因素相互作用的重要影响：在离经叛道的文学创新背后我们可以发现传统俄罗斯散文的闪光内核——讽刺（ирония），后者在果戈理"含泪的笑"中已见雏形。又是扎米亚京第一个揭开卡维林"机械师"（什克洛夫斯基语）的面具，发现了这一隐藏的特质，他写道："卡维林有一个其他谢拉皮翁兄弟都没有的武器——讽刺（《莱比锡城18…年纪事》中的教授，第六章和第七章起首）。讽刺这种又辣又苦的野草在我们俄罗斯的文学土地上一直生长得很艰难，这更显出培育之人的弥足珍贵，并且突出了后者的个人风格。"② 与当时的主流审美价值观相反，卡维林在自己的作品中并没有将创造新人形象放在第一位，而是首先指出了理性主义、科学中心论和教条主义与生活的非理性、无序性之间的矛盾。年轻的作家反对一切僵死的、停滞的规则，在扎米亚京之后他坚定地重复："最万无一失的扼杀方法就是规定某种形式和哲学：被规定之物很快就会因为过度发展，因为熵而消亡。"③ 在他看来，人类社

---

① Фрезинский Б. (глав. Ред.) *Судьбы Серапионов. Портреты и сюжеты*. Санкт-Петербург: Академический проект, 2003, с. 520.

② Там же.

③ Замятин Е. И. *Избранное. Евгений Замятин*. Москва: ОГИ, 2009, с. 116.

会无论被哪一方统治，其结果都是可怖的，由此引出了"认知精神孕育的悲剧"（рождение трагедии из духа познания）① 主题。与大部分同路人作家一样，卡维林对于当时的社会制度和人们的生存状况怀有深深的不信任感，在周遭的事件中他看到人类不可逆转的机械化，并因为其被看作是建设未来的新人类而感到可笑。他用自己的作品表达了上述立场："令生活爆裂的最可怕的炸药之一：微笑。"②正因为如此，一些看似反常的诗学手段，如荒诞、怪诞、诙谐诗、戏仿、滑稽戏、双关语等在他的作品中扮演了重要角色。

正是这种对全人类命运的深刻观照，对文学艺术及其使命的不懈追求使得卡维林超越了一般意义上以文学技艺的完美为终极目标的作家，而成为不断突破流派和主义的限制，将"实验精神"贯穿在每一篇作品中的文学大师。在卡维林看来，文学实验的目的从来就不是实验本身，而是为了寻找更加适合的形式结构和语言风格，从而满足作家随时代发展、变化的表达需要。因此，卡维林总是在不断汲取周围环境所给予的养分基础上对自身的创作风格和理念做出修正，不论是以戏谑自嘲的方式，还是严肃自省的方式：比如卡维林原先"是贴着浪漫主义标签登上文坛的"③，却在写作《一个人的底稿》时彻底将"搭建在华丽的偶然效果和突兀的情节转折之上的'戏剧散文'放在了一边"，认真地思考现实生活的启示，试图抓住"现实主义散文的模糊轮廓"④；再如他原先一直认为俄罗斯的散文走入了由日常生活的烦琐描写所堆砌的死胡同里，"只有建立在

---

① Давыдова Т. Т. «Новая русская проза 1920 – х гг. Е. И. Замятин, Л. Н. Лунц, В. А. Каверин, М. М. Зощенко», "*Russkaia slovesnost*", 2009, No. 6, p. 10.

② Каверин В. *Вечерний день.* （*Письма. Встречи. Портреты.*）Москва: Советский писатель, 1982, c. 558.

③ 刘淼文、赵晓彬：《"谢拉皮翁兄弟"的文学继承性》，《俄罗斯文艺》2015 年第 3 期。

④ Каверин В. А. "Рассказы и повести; Скандалист, или Вечера на Васильевском острове: Роман." *Собрание сочинений. В 8 – ми т. Т. 1.* Москва: Худож. лит, 1980, c. 11 – 13.

对现代生活高度概括基础上的复杂而生动的情节",才能打破这一状态。在经历过近半个世纪的创作生活之后,作家不无戏谑地写道:"那时候真是天真。当然,并没有什么'死胡同'。只是不研究现代生活确实令我在写作的道路上绞尽脑汁、寸步难行。"①

在探讨卡维林20年代文学实验性质时不可绕过的另一问题是他与德国作家霍夫曼的关系。对此扎米亚京曾经预言:"卡维林选择了一条不太好走的路线:向霍夫曼进发——虽然他目前还没能翻过这座大山,但翻过去也是指日可待。"② 然而,卡维林是否真的像他所说的"向霍夫曼进发"了,还是仅仅在山脚下仰慕阴影的巨大却从未动过攀登的念头,这两种截然不同的意见在当时就已经显露出来了。包括扎米亚京在内的具有形式主义倾向的评论家们(除什克洛夫斯基以外,他在《感伤的旅行》一书中写道:"谢拉皮翁兄弟对霍夫曼不感冒,甚至卡维林也只是对斯蒂文森、斯特恩和柯南·道尔有所偏好罢了。")大多认同德国作家对于卡维林的影响,特尼扬诺夫称卡维林与其他成员的区别就在于"他的同好们都不同程度地与俄罗斯传统靠近,而他则更多地继承了德国浪漫派霍夫曼和布伦坦诺的传统"③。与此相对立的,靠近斯拉夫派的文学家和研究者则竭力将卡维林及其志同道合者划为俄罗斯传统文学的继承人:莎吉娘认为谢拉皮翁兄弟与俄国形式主义只有非常小的联系,而"这些年轻人的创作源头可以回溯到俄罗斯'保守派'的散文传统"④;米哈伊尔·采特林在评论文章中否认了谢拉皮翁兄弟的革命性,因为他们喜欢"扎米亚京、列米佐夫和蒲宁",并且希望以"散文领

---

① Каверин В. А. "Рассказы и повести; Скандалист, или Вечера на Васильевском острове: Роман." *Собрание сочинений. В 8 - ми т. Т. 1.* Москва: Худож. лит, 1980, с. 10.

② Замятин Е. И. "Серапионовы братья". Фрезинский Б. (глав. Ред.) *Судьбы Серапионов. Портреты и сюжеты.* Санкт-Петербург: Академический проект, 2003, с. 520.

③ Там же, с. 527.

④ Там же, с. 546.

域的温和改革"代替革命①。这两派的论争并非基于对卡维林作品的客观评价,而是更多地体现了"西方派"和"东方派"在关于俄罗斯散文未来走向问题上的不同观点,借用卡维林自己的话来说:"虽然不知是否可以与'西方主义者'与'斯拉夫主义者'之间的论争相提并论……或许至少可以在这场经典的对话中找到某种根源。"②

从卡维林对霍夫曼的矛盾叙述中我们很难看出他对于这位德国导师的真实态度:在作为谢拉皮翁兄弟的一员向外亮出名片时,他毫不犹豫地宣称"最爱的俄罗斯作家是霍夫曼和斯蒂文森",而当他以"炼金术士兄弟"身份面对其他成员时,则不断强调"谢拉皮翁兄弟不论是与霍夫曼,还是其他外国作家都没有任何瓜葛",并且自认为"与霍夫曼没有任何可比性"③。这一矛盾性一方面可以从作家试图在摆脱杰出前辈影响的同时确立自身的心态中获得解释,另一方面则说明霍夫曼对卡维林的影响具有时效性和局限性,并非表面看来那样确凿无疑。

卡维林在 20 年代创作的幻想故事按照题材类型大致可以划分为两种:纯幻想题材和哲学心理题材。前一种题材主要出现在 1925 年之前创作中,典型的代表作有《第十一条公理》《第五个漫游者》《细木匠》《紫色羊皮卷》《莱比锡城 18…年纪事》《大圆桶》等。这些作品在情节构筑层面具有共同的特点:现实世界和幻想世界的激烈冲撞、离奇的观察视角以及运用大量的舞台布景和细节设置代替人物的内心活动。故事中的人物通常同时具有两种天然的性质:

---

① Цетлин М. О. "Племя младое (О «Серапионовых братьях»)". *Современные записки*. Кн. XII. Культура и жизнь, 1922, с. 335.

② Вениамин Каверин. "Здравствуй, брат, писать очень трудно…"Фрезинский Б. (глав. Ред.) *Судьбы Серапионов. Портреты и сюжеты*. Санкт-Петербург: Академический проект, 2003, с. 512.

③ *Серапионовы братья. Антология: Манифесты, декларации, статьи, избранная проза, воспоминания*. Прокопова Т. Ф. (Сост., вступ. Ст., примеч.) Москва: Школа-пресс, 1998, с. 79.

他们一方面是活生生的人，另一方面又是创造者的幻想产物，像木偶戏演员一样完成他对艺术世界的想象。后一种题材则在20年代后半期引起了作者的兴趣，《蓝色之心》《今天早晨》《米卡多的朋友》都体现了卡维林在不同寻常的生活事件中发掘幻想性和戏剧性的尝试，从中不难发现契诃夫的心理散文传统。主人公总是被置于矛盾的境地，而这完全是由他自己造成的——他的行为从表面上看似乎果决而有逻辑性，但内在动机却自相矛盾、疑虑重重。从幻想题材到心理题材，作者的焦点发生了显著的变化——由之前以结构布局为中心的叙述方式转向以阐释人物复杂微妙的心理活动为主，随之变化的是故事的时空背景（从中世纪的虚拟国家到当代的具体国家）和人物关系背景（人物自身背景及其与周遭环境的关系的清晰和稳定性代替了原先的模糊和易变性）以及人物本身（从圣经文本中的原型到成人仪式神话中的主角）。

第二节 奥陀耶夫斯基的"人偶"主题在卡维林创作中的延续

卡维林在早期创作阶段对幻想题材的尝试主要体现在他的故事集《大师与学徒》（«Мастера и подмастерья», 1923）以及《方块花色》（«Бубновая масть», 1927）当中，前者收录了包括《细木匠》《盾牌和蜡烛》《莱比锡城18⋯年纪事》《工程师施瓦尔茨》《紫色羊皮卷》和《第五个漫游者》，后者中除了重复收录的《盾牌和蜡烛》，其他五篇故事分别是《库图姆的钟表匠》《今天早晨》《大圆桶》《光速》和《蓝色之心》。作者本人对他第一部作品集的评价具有其一贯的准确、简洁的风格："集子收录的幻想故事里活跃着僧人、魔鬼、炼金术士、学生，还有作者——他时不时召集笔下的角色，向他们询问接下来该怎么做。这显然是孩童的游戏——然而，高尔基对待它的严肃和负责的态度着实令我震惊了。"① 现在看来，卡维林的幻想故事创作远不仅仅是他所说的"孩童的游戏"——实验性写作技巧与传统散文题材的相互渗透、复杂的情节结构与装饰性画面的并行不悖、幻想故事素材与现实生活真实事件的交织呼应不仅体现了作者创作风格的独特性，更呈现了与当时主要的文学潮流（一般是相左的）在创作实践上的碰撞融合。从这一意义上而言，有关卡维林实验性幻想故事文本的研究提供了超越个别范式意义的可能性：即通过单个作家的创作窥视同一时期文学进程中不同潮流和论争的交织碰撞，以及由此产生的可能性后果对此后文学发展的影响。

有关卡维林的幻想故事的影响源头问题——它究竟是国外浪漫主义影响的产物，还是本国幻想题材传统发展的结果——是20年代众多文学问题中较为突出的一个。将卡维林的作品视为幻想题材的成功范本并在其中搜寻国外幻想文学大师的影响痕迹对于当时的形式主义者（部分是"谢拉皮翁兄弟"的成员）来说具有重要的意义，因为这涉及20年代散文体裁转型究竟应该走哪条道路的问题，对这一问题的不同看法使得谢拉皮翁兄弟内部分为两派——"西方派"（隆茨、卡维林和斯洛尼姆斯基）认为西方冒险小说和纯情节体裁是发展的方向；"东方派"的左琴科、费定、伊万诺夫等则坚持俄国散文体裁传统，将形式的重要性置于内容之上，并致力于挖掘民间故事素材。置身其中的作家本人认同隆茨的观点，称自己"最初的十六个留存下来的故事中可以找到模仿蒲宁、别雷以及霍夫曼和爱伦·坡的痕迹"②。

对某一作家及其作品的评价带有当时文学论争的色彩是完全有理由的，特别是在这种评价体系有助于发掘该作者的独特性和创新

---

① Каверин В. А. "Рассказы и повести; Скандалист, или Вечера на Васильевском острове: Роман." *Собрание сочинений. В 8 - ми т. Т. 1.* Москва: Худож. лит, 1980, с. 5. 卡维林的记载中分为"东方派"和"西方派"，而费定则诙谐地将这两派称为"以隆茨为首的欢乐'左派'以及在爱讥讽人的符谢沃罗德·伊万诺夫率领下的严肃'右派'"（见本书第234页脚注⑤）。

② Там же, с. 10.

性的情况下（形式主义批评方法在研究卡维林的幻想故事时的运用属于此类情况），但是在论争的激情逐渐褪去，同一作家的作品在完全不同的文学进程发展阶段再次显露出来时，我们就有必要重新审视其创作的特点——尤其是那些以往被忽视（包括无意和有意的）和误解的地方，以期获得一个更加全面、客观的观察视角，由此帮助我们最终确立该作家在文学史中的位置。

然而，在讨论卡维林与俄罗斯本土幻想故事传统的关系时，研究者首先发现的是果戈理的影响，认为卡维林在 1923—1931 年的创作可以被称为是"果戈理时期"（具体来说包括《大赌博》《不知名的艺术家》《钦差大臣》和《争执者，或瓦西里岛之夜》等作品），该时期作品中"噩梦与现实的混同""命运交错的双胞胎"以及"小人物的疯狂"都是果戈理创作主题的延续[1]。这很可能与卡维林本人在 1971 年发表的一篇名为"果戈理与梅耶霍德"（«Гоголь и Мейерхольд»）的评论文章有关，该文中作者指出"果戈理的人物都在梦中"，典型的例子是"在《肖像》当中，一个梦接着另一个梦，而这后一个梦则在它包含的梦中预言了主人公的毁灭"[2]。这一观点无疑是具有启发意义的，它令我们看到了卡维林幻想艺术发端的多种可能性；然而，除却幻想题材这一相似点——更准确地说，怪诞手法（如果单就幻想题材在两位作家创作中扮演的角色来说，卡维林与果戈理也并没有多少相似之处：前者将幻想题材视为文学综合法的一个不可或缺的组成部分，后者则倾向于利用它作为精神分析的辅助手段从而对人们反常的精神状态作出解释[3]），

---

[1] Кл. Скандура. Гоголь и Каверин, http://old.domgogolya.ru/storage/documents/readings/06/skandura_kl_-_gogol_i_kaverin.pdf.

[2] Каверин В. А. "Верлиока: Сказочная повесть; Статьи; Очерки." *Собрание сочинений. В 8 - ми т. Т. 8.* Москва: Худож. лит, 1983, с. 293.

[3] "19 世纪 30 年代果戈理将幻想题材文学提升到了新的高度，然而这也同时表明了，这一阶段幻想题材与其说是构成文学整体的一个元素，不如说是对人们反常精神生活的研究和分析。"（цит. по: Турьян М. А. *Русский «фантастический реализм». Статьи разных лет.* Санкт-петербург: ООО «Издательство "Росток"», 2013, с. 6.）

不论是从创作的主题（卡维林主要关注创作者——包括艺术家和科学家的命运；果戈理则将箭矢瞄准虚与委蛇的小市民）、人物的设定（卡维林的人物多具有象征和原型意义；果戈理的人物多可以在民间文学中找到对应）还是内在的精神（卡维林是有着科学献身精神的"炼金术士"①；果戈理的精神分析之下则涌动着不安的多神教恐惧），两位作家都没有明显的可比性。与上述情况相反，虽然卡维林与奥陀耶夫斯基的创作无论是文学主题还是内在精神方面都有惊人的相似之处，但是有关二者相互关系的研究却乏善可陈。在《形式主义与谢拉皮翁兄弟》一文中，学者派皮尔（D. G. B. Piper）曾一笔带过奥陀耶夫斯基对谢拉皮翁兄弟创作的影响，但是他认为俄罗斯散文传统只是"一潭被遗忘的死水"②，西方的幻想文学才是该团体汲取养分的地方。这一观点的缺陷在于将某种文学传统的优势地位视为影响的绝对原因，这种情况也发生在19世纪的二三十年代：作为霍夫曼的同时代人，奥陀耶夫斯基的作品《俄罗斯之夜》曾被诟病模仿霍夫曼的《谢拉皮翁兄弟》，前者在当时立即做出了回应，称他在写作该书时，霍夫曼的作品"尚未出现在我国的书架上"③。过度追溯源头和相信优势文学传统的绝

---

① 卡维林在谢拉皮翁兄弟内部的绰号就是"炼金术士兄弟"（Брат-алхимик）。

② "非常有趣的是，谢拉皮翁兄弟以及他们的同道者不仅对西方文学兴趣浓厚，也不忘探索早已成为一潭被遗忘的死水的俄罗斯早期散文。……亚历山大·斯洛尼姆斯基——绰号司酒官兄弟，指出不仅普希金，拉热奇尼科夫、扎戈斯金、马林斯基、奥陀耶夫斯基和果戈理也都是'结构的大师'。伊万诺夫回到维尔特曼和奥陀耶夫斯基的幻想故事中，想要找到被卡维林描述为自己'最珍爱传统'的幻想题材。"［D. G. B. Piper, "Formalism and the Serapion Brothers", *The Slavonic and East European Review*, Vol. 47, No. 108 (Jan., 1969), p. 91.］

③ "顺便一提，我并没有模仿霍夫曼。我知道，《俄罗斯之夜》的形式与霍夫曼的《谢拉皮翁兄弟》十分相似：同样的朋友间谈话，同样的在谈话间插入单独的故事。但是问题在于，当我在20年代构思并完成《俄罗斯之夜》的时候，完全不知道《谢拉皮翁兄弟》的存在——好像那时候这本书还尚未出现在我国的书架上。"［цит. по: Манн Ю. В. и Неупокоева И. Г. и Фохт У. Р.（Редакционная коллегия）. *К истории русского романтизма.* Москва：Издательство «Наука», 1973, с. 266.］

对影响力给我们造成了错误的印象，似乎卡维林与奥陀耶夫斯基的联系只有通过霍夫曼或者果戈理才能窥见一二，然而事实却并非如此。

正是以上这两种题材分别经由不同的主题——纯幻想题材中的"人偶"主题（тема кукол）（包括由此衍生出的木偶戏主题）和哲学心理题材所呈现的"人性中难以理解的部分"——与奥陀耶夫斯基的创作发生了奇妙的呼应，更重要的是，由这两个主旋律所引申出的诗学理念和宇宙精神进一步缩短了这两位不同时代的幻想作家间的距离，使得直接探讨二者之间的传承关系而暂时将霍夫曼和果戈理置于话题之外成为可能。

奥陀耶夫斯基笔下的人偶包括两类，第一类是直接意义上的，即由各种材料制成的具有人类形象的类似物，它有时诞生于工匠之手，有时则是由人变化而成的；第二类是比喻意义上的，指机械化的、死气沉沉的人——虽然活着，却丧失了与自然的联系，实际上等同于僵死的人偶。第一类人偶主要出现在作家的早期创作中，如《五颜六色的故事》中的第七章（《有关一群姑娘在涅瓦大街上闲逛的危险性》）、第八章［《同样的故事，只是反过来（木头客人，或是有关苏醒的人偶和基瓦杰尔先生的故事)》］都讲述了出自工匠之手而后复活的人偶故事，通过塑造这种徒有人类外表（甚至语言功能）却无法被教化的人偶，作者似乎对人性当中不能被启蒙之光照亮的阴暗角落表现出悲观且放任自流的态度。当人偶由人变化而成时，后者所处的现实空间也随之发生了扭曲，通常是原本有限的空间（比如书页、烧瓶或者自鸣钟等）膨胀到了同宇宙等大，人在相对意义上缩小到了人偶的体积，而作者的看法正是借助人偶在这一奇异空间中游历的见闻表达出来。第二类的人偶形象在奥陀耶夫斯基后期创作中有所体现，从《给卢日尼茨基隐士的信》（«Письма к Лужницкому Старцу»）到《准将》（«Бригадир»）和《公爵小姐咪咪》（«Княжня Мими»）都延续了同一个主题——过度物欲社会中人们的病态价值观是如何将他们变成机器、僵尸和傀儡的，① 由此可以看到作者反乌托邦的倾向性。不论是未达开化的真正人偶还是被物欲社会蚕食的傀儡人类，人偶主题在奥陀耶夫斯基的创作中总是与病态和反人性相联系——作为人的对立面出现，反映了作者对人及其所在社会不完善性的深刻认识和由此产生的改变现状的强烈愿望。

洛特曼在《文化语境中的人偶》（«Кукол в системе культуры»）一文中区分了现代文化语境中"人偶的两副面孔"——"作为玩具的人偶"和"作为模型的人偶"：前者以四肢可以活动的人偶面貌出现，鼓励人们投入游戏当中，并促成他们在此过程中发展作者的原始看法；后者与成形的大理石雕像相联系，希望人们在一定距离之外获取审美感受和信息，并要求他们尽可能地理解作者的意图。简而言之，"一个在童年的舒适世界诱惑着我们，另一个则与虚假的生命、僵死的动作、死亡和伪饰的生活联系在一起"。接着，他进一步指出作为玩具的人偶不需要完整的身体和繁冗的装饰，"众所周知，具有系统性的组装玩具远比那些成人们认为的'天然玩具'更适合游戏，因为前者对想象力的要求更高"②。如果按照洛特曼提出的观点划分，那么奥陀耶夫斯基笔下的人偶多与"作为模型的人偶"相关（包括前文中第一类型的一部分和整个第二类型）——作者的审美倾向和道德评价在文本产生之前早已形成，人偶在大多数时候作为承载讽喻意义的容器出现，读者可以不断发掘容器中的物件却不能擅自往里添加自身的理解（尤其是道德层面的）。关于这一点，马尔科维奇给出了中肯的评价："奥陀耶夫斯基是以一个典型的启蒙主义者身份走上文学之路的：唯理论的教育体系决定了他的世界观

---

① Воробьева А. В. *Идея бытия как космоса в творчестве В. Ф. Одоевского* (*автореферат*). Кандидат филологических наук. Москва, 2001, с. 11.

② Лотман Ю. М. "Куклы в системе культуры." *Лотман Ю. М. Избранные статьи в трех томах. Т. I. Статьи по семиотике и типологии культуры.* Таллинн：Александра, 1992, с. 377 – 380.

和立场，这一立场由暗含道德训诫的寓言式叙述表达出来。"① 虽然作者观点的确定性和权威性是理性主义和前浪漫主义文学的普遍特点（直到 20 世纪初期象征主义领袖人物梅列日科夫斯基才首次提出了"理想读者"的观点），然而与果戈理那些具有民间文化根源和确凿寓言意义的人物原型相比，奥陀耶夫斯基的人物设定（尤其体现在第一种类型的人偶形象中）还是向"包容读者的想象力"迈出了一大步——作者观察理解世界的哲学角度赋予了笔下人物形象性和象征性，他们是作者"从直觉认知角度出发，对俄罗斯社会生活美好想象的拟人化"②。如何令幻想故事的人物既承载作者的想象力和价值观，又反映当代社会的现实状况，同时不妨碍读者对他的个性化解读？奥陀耶夫斯基开始思考的这一问题在卡维林的作品中得到了回答，后者不仅赋予人物本身在不同时空的象征性和多义性，更使得作品在此基础上摆脱寓言的说教性，从而获得了具有神话意义的史诗性质。为了达到这一效果，卡维林延续了奥陀耶夫斯基的人偶主题，并将其发展为木偶戏的手法——不能动的单个人偶变成了运动中的木偶演员，从不抛头露面的作者故意走上舞台和笔下的人物对话。洛特曼将其归结为"作为玩具之人偶"发展的更高阶段："正是从这一意义上而言，运动着的人偶——提线玩具或者剧院木偶——表现出更多的矛盾性，从玩具人偶向更复杂的文化语境迈进了一步。"③ 可以说，奥陀耶夫斯基笔下第一类的人偶形象更接近于后来的运动着的木偶，然而，相比较而言，第二类人偶形象却

---

① Маркович В. ДЫХАНИЕ ФАНТАЗИИ. *Русская фантастическая проза эпохи романтизма*（1820—1840 гг.）: *Сб. произведений*. Ленинград: Изд-во Ленинград. ун-та, 1991, с. 5.

② *История романтизма в русской литературе*: *Романтизм в русской литературе 20 - 30 - х годов XIX в.*（1825—1840）. Шаталов С. Е.（ответ. Ред.）Москва: Наука, 1979, с. 159.

③ Лотман Ю. М. "Куклы в системе культуры." *Лотман Ю. М. Избранные статьи в трех томах. Т. I. Статьи по семиотике и типологии культуры.* Таллинн: Александра, 1992, с. 377 – 380.

更受评论家的青睐。原因可能在于，很长的一段时期内，幻想题材的浪漫主义作品被视为不登大雅之堂的文学消遣，并且只有在其辅佐或凸显现实主义文学时才被认可。这一指导思想在 20 世纪四五十年代尤为流行，评论家们或是在奥陀耶夫斯基的作品中绞尽脑汁地寻找现实主义潮流的痕迹，"现实主义战胜浪漫主义的证据"①，或是像梅伊拉赫（Б. Мейлах）一样对他的创作嗤之以鼻②。正是在这一语境下，第一种类型的人偶形象遭到了贬黜，然而恰恰是它们体现了奥陀耶夫斯基的核心诗学理念——科学理论与文学想象和谐共存的相互关系以及神秘知识的真正地位，也正是这一理念及其变体一个世纪之后在卡维林的创作中得到了回应。

奥陀耶夫斯基对人偶主题的兴趣从其第一部故事集《五颜六色的故事》就开始了。年轻的作家以作品为手工作坊，满怀激情地投入了各种人偶——这在当时鲜有人知——的设计和制作。由于尚属起步阶段，他的制作工艺并不复杂，主要有两种：一种是通过有魔力的人（工匠或者魔法师）将其制作或唤醒，这种情况下诞生的人偶是具有人之外形的仿制品，缺乏行动力和意志力；另一种是将人物置于与当前时空并置或错位的时空当中，使其获得异质世界中人偶的特质，此时的人偶仍具有人的思想和情感，但总是面临着被真正的人偶同化的危险。

对于奥陀耶夫斯基来说，重要的是"魔法发生"的那一瞬间——人偶突然具有活动能力或是人掉入异质时空里并成为其一部分，因为正是在这一时刻琐碎平凡的日常生活层面被未知的神秘力量入侵了，致使世界发生了二重化，幻想与现实交织的情节才得以推进。在《有关一群姑娘在涅瓦大街上闲逛的危险性》一章中，作者用了不小的篇幅细致描写心狠手辣的异教徒是怎样与他邪恶的同谋（"法

---

① Манн Ю. В. и Неупокоева И. Г. и Фохт У. Р. （Редакционная коллегия）. *К истории русского романтизма*. Москва: Издательство «Наука», 1973, c. 267.

② 关于奥陀耶夫斯基的浪漫主义小说，梅伊拉赫写道："毫无生气的内容，凭空杜撰的情节和由此产生的空洞无趣的叙述。"［цит. по: *Русские повести XIX века* （20 - x—30 - x годов）. *в двух томов*. Т. 1. Москва: Гослитиздат, 1951, c. 31.］

国人的头颅把火吹旺，德国人的鼻子负责搅拌，英国人的肚子像条野狗似的踏实"）将活生生的姑娘变成没有灵魂的人偶的，而在此之后无论好心的年轻人如何熏陶教化都无法令她重新获得人类的情感；在接下来的一章《同样的故事，只是反过来（木头客人，或是有关苏醒的人偶和基瓦杰尔先生的故事）》当中，被抛弃的可怜人偶遇到了来自印度的智者，"他令贝多芬的和弦萦绕耳畔，为她的脸颊抹上拉斐尔和安吉拉笔下层次分明的红润色彩，用自己魔法的双眸望向她——这对眸子好似无尽的拱门，里面倒映着全人类的智慧"。然而，历史还是不可避免地重演了，人偶怎么也无法感化木头制成的基瓦杰尔先生，最终在绝望中死去（"智者没有教她如何承受痛苦"），"很快她没有气息的尸体就被基瓦杰尔先生扔出了窗外"。由此我们可以得出以下几个推论：首先，所谓的魔法其实是将科学和艺术瞬间注入或抽走的能力；其次，人是现实世界的一部分，他是大自然的和谐造物，而人偶是异质幻想世界的产物，其带有的不和谐因子终将导致毁灭；最后，从人到人偶的变化是不可逆的——一旦跌入异质世界成为其一部分，便无法再回到真实世界以人的身份继续生活，人偶的世界是一个不断吞噬人性的深渊。

  以上三条推论对于第二种制作工艺仍然适用，只是魔法的施加者由人变成了空间本身——可怕的人偶世界似乎具有了自我意识，人们一不留神就会被吸入其中，这一变化表明作者在塑造人物和构建情节之间制造平衡状态的意图。塑造不同寻常的主人公形象是浪漫主义小说的主要特质之一，正如尼科留金（А. Н. Николюкин）指出的："浪漫主义小说中，人物的个性通常被单独提取出来，其性格特征正是围绕这一提取物展开的。……对个体的兴趣不仅在浪漫主义小说中，也在所有浪漫主义作家的作品中占据主导地位。"[①]

---

① Николюкин А. Н. "К типологии романтической повести." *К истории русского романтизма*. Манн Ю. В. и Неупокоева И. Г. и Фохт У. Р.（Редакционная коллегия）. Москва: Издательство «Наука», 1973, с. 272－273.

因此，如何保持人物性格的一致性以及理智世界与幻想世界之间的平衡是奥陀耶夫斯基所关心的。第一个故事《曲颈甑》和第三个故事《一位玻璃罐常住居民的生活和历险，或新若克》（«Жизнь и похождения одного из здешних обывателей в стеклянной банке, или Новый Жоко[①]») 都讲述了人在看似寻常空间中（曲颈甑、拉丁语字典、玻璃罐等）的奇遇：在某个不明原因的契机下，主人公掉入了异质空间，经过一番游历感到自己是这个疯狂世界中唯一的清醒者。然而，这份清醒带给他的通常不是庆幸而是恐惧——被异质世界同化的恐惧。融入人偶世界意味着不仅要消灭作为人类的特性（在奥陀耶夫斯基看来主要是求知欲），还要磨平作为个体所具有的性格特征。因此，与其说这种恐惧感是主人公自主意识的产物，不如说是作者为了维持各种因素的和谐并存所运用的必要手段：作者深知恐惧感的消失意味着浪漫主义主人公不复存在，与此同时，由两个世界对比而产生的价值观和伦理观被颠覆，浪漫主义幻想小说即将转化为另一种类型，而他显然还没能为其找到下一步的发展方向，所以恐惧感在此作为"神秘魔力"的衍生物肩负着将主人公拉回现实世界并维持力量对比平衡的结构性作用。虽然此处的情节推动力仍是"不知名的神秘力量"，但是其发出源头由"工匠或魔法师"转移到"日常物件的内部空间"，且作用的效果由静止的、被动接受信息的人偶变为运动的、主动获取信息的"伪人偶"表明了奥陀耶夫斯基对以情节构建为中心的冒险小说（остросюжетный авантюрный роман）的兴趣。有关这一要点的详细叙述将在下文对

[①] "新若克"这个名字可以追溯到法国作家查尔斯·普根（Шарль Пужен）的故事《若克，摘自未发表的有关动物本能的信件》（1824）。这本书专门讲述了一个尽管受尽虐待，仍对主人充满爱意的类人猿的故事。在英国学者 N. 考恩沃尔（H. Корнуэлл）看来，奥托耶夫斯基讽刺的最终目标是法国作家比特刘斯·波莱尔（Петрюс Борель，1809—1859）。他创造了一个"狼人"的形象，或许正是奥托耶夫斯基故事里利克斯先生的原型。正如考恩沃尔所指出的，波莱尔创造了属于他自己的"狼吞虎咽"的风格，而这正是奥托耶夫斯基想要讽刺的。参见 Cornwell Neil, *Odoevsky's four pathways into modern fiction*, Manchester University Press, 2011, p. 92。

卡维林的评论中展开，在此仅仅需要指出奥陀耶夫斯基的这种工艺对一个世纪之后同类小说创作的影响："在20世纪二三十年代的苏联文学中，以下两个因素在描绘资产阶级生活的滑稽画面时发挥了重要作用：一是小说中以'奇遇历险'的情节构建为主线，这为展开主人公（他既可以是讽刺的对象，也可以是揭露的主体）眼中世界的讽刺画卷提供了可能性；二是作为一种讽刺类型出现的冒险者本人。"①

综上所述，奥陀耶夫斯基笔下人偶主题的最大特点是绝对的二元对立性，即自然和谐的人性与机械无趣的非人对立，具有美感的科学艺术与教条刻板的公文事务对立，由理性主导的现实世界与臣服于幻想的异质世界对立，并且这所有的对立都源于"人与人偶的绝对对立"。

近一个世纪之后，卡维林继承和发展了奥陀耶夫斯基的人偶制作工艺，在具体操作上，他更新并简化了第一种工艺，拓展和加深了第二种：首先，人偶的复活不再依赖"神秘的魔法"，而全靠工匠的高超技艺或者科学家的严谨实验实现，并且奇迹发生的瞬间被作者刻意隐藏起来了——所有的人物从一出场就具备两种身份，他们既是有行为和思考能力的人，又是诞生于科学想象力的人偶。其次，对情节构建的热情超越了人物性格的塑造，卡维林在冒险奇遇这一题材中又加入了侦探、犯罪、纪实文学的因素，原本的一条主线被多条线索代替，人物及其所处的空间获得了多重象征意义。这两种技法通过《莱比锡城18…年纪事》《第五个漫游者》《紫色羊皮卷》《大圆桶》和《细木匠》等一系列故事日臻完善。

可以说，人类自从有了自我意识开始，就产生了复活非生命体

---

① Николаев Д. Д. *Русская проза 1920—1930 - х годов: авантюрная, фантастическая и историческая проза*. Ин-т мировой лит. Им. А. М. Горького РАН. Москва: Наука, 2006, с. 196.

的热情:上古神话中不乏以自然界物质——石头、黏土、木头等造人(或其他生物)的先例。在接下来的文化发展历程中出现了关于"出色手艺者"的传说,尤其那些既能直接创造活物,又能使打造出的手工艺品复活的铁匠。雕塑家和画家是继能工巧匠之后被称颂的一群人,他们创作出的塑像和肖像如此逼真,似乎可以在任何时候复活——作品的真实与原型的真实之间的界限从此变得模糊了。这才出现了皮格马利翁的神话①和其他一些关于复活雕塑和圣像画的故事——艺术家成了"有害的魔术师"和"有力的创造者"的结合体②,他们的作品也被认为具有巫术般的魔力。18 世纪末 19 世纪初的浪漫主义文学从古希腊、中世纪的神话传说中汲取了有关复活的主题,并首先将其发展为肖像复活的主题,俄罗斯文学中果戈理的《肖像画》和欧洲后浪漫主义文学代表奥斯卡·王尔德的作品《道林·格雷的画像》是这段发展历程中的标志性时刻。以上复活主题的共同特点是:创作者由于在作品中倾注了灵魂而使其复活,并使其具有与创作者等同的魔力,换而言之,艺术家对艺术创造的痴迷通过其作品向周遭世界辐射。从这个意义上而言,卡维林的人偶制作相较于奥陀耶夫斯基更接近于这一古老的艺术传统——创造者出

---

① 皮格马利翁是希腊神话中的塞浦路斯国王,善雕刻。他不喜欢塞浦路斯的凡间女子,决定永不结婚。他用神奇的技艺雕刻了一座美丽的象牙少女像,在夜以继日的工作中,皮格马利翁把全部的精力、全部的热情、全部的爱恋都赋予了这座雕像。他像对待自己的妻子那样抚爱她、装扮她,为她起名加拉泰亚,并向神乞求让她成为自己的妻子。爱神阿芙洛狄忒被他打动,赐予雕像生命,并让他们结为夫妻。"皮格马利翁效应"成为一个人只要对艺术对象有着执着的追求精神,便会发生艺术感应的代名词。

② "希腊神话的这些海精和精灵其性格是分裂的,他们被认为是既善良又险恶,既会帮助人又会损害人,他们的魔力既被人羡慕又使人害怕。在我们看来,这些矛盾的性格也可以与那些高贵的神话艺术家相联系。这是有关艺术家的双重性格——既是有害的魔术师,又是有力的创造者——的最早提示。这一观念对古希腊人形成对艺术家形象的看法产生了影响,并且还可能决定了当时艺术家的社会地位。这也是艺术家在当时不被看重的原因之一。"([奥]恩斯特·克里斯、奥托·库尔茨:《关于艺术家形象的传说、神话和魔力:一次史学上的尝试》,邱建华、潘耀珠译,浙江美术学院出版社 1990 年版,第 73 页。)

于对创作过程及其衍生物的爱（经常是在不由自主的情况下）复活了被造物，而被造物也因此具有以创造者的形象和精神为范本的美感，就像上帝以自身的形象创造人类一般①；《第五个漫游者》中"黏土人"叙述者在序言里的自白无疑是对这一古老传统充满敬意的戏仿（"我并非出生的时候就是这样，大概在去年十月左右才变作了黏土人。此处提及那个如何以黏土做人并令其复活的古老犹太传说显得尤为重要，因为这会给我们一些相当合理的启示"②）；《细木匠》里的木工叶菲姆（Ефим）以高超的技艺雕出了一个木头男孩并视为己出（"以最好的橡木为材质，"细木匠接着说，用力吸了一口烟管，"完全按照我的样子来做。用最好的橡木做出身体，用骨头做出牙齿，玻璃做出眼睛，红木做成背部的胶合板"③）。而在奥陀耶夫斯基的作品中，工匠和魔法师复活人偶通常出于另外一些目的：比如狠心的杂货店商人为了盈利将姑娘变成人偶，来自印度的智者想看看人类文明的发展程度为人偶注入灵魂，具有人类灵魂的人偶为了排遣寂寞想要感化木头人基瓦杰尔先生……此处魔法并非由于杰出的创造力产生，因而魔法的衍生物也不具有创造者自身的特征，甚至表现出不可避免的缺陷性，后者暗示了人偶注定消亡的命运。这实际上进一步阐释了上文关于奥陀耶夫斯基人偶制作工艺的推论：在作家看来，人的形象才是创造力与爱的完整体现，其美感是自然界固有的和谐特征之延续；人偶则是对人之形象的低劣模仿，使之复活的魔法也属于自然法则之外的神秘力量，其本质与"和谐优美"是相悖的，因此这种机械怪异的仿制品永远无法企及

---

① "一个圆圈在这里闭合了：因为比例知识——古代和文艺复兴时期的艺术家曾那么着意追求——意味着一系列知识的神秘法则，而上帝正是据此创造人类的。"（［奥］恩斯特·克里斯、奥托·库尔茨：《关于艺术家形象的传说、神话和魔力：一次史学上的尝试》，邱建华、潘耀珠译，浙江美术学院出版社1990年版，第76页。）

② Каверин В. А. "Рассказы и повести; Скандалист, или Вечера на Васильевском острове: Роман." *Собрание сочинений. В 8 - ми т. Т. 1.* Москва: Худож. лит, 1980, с. 63.

③ Там же, с. 112.

人类灵魂的高度。由此可见，两位相隔接近一个世纪的作家通过同一主题（人偶主题）以不同的方式表达了对"艺术家的创造力及其创作自由"这一永恒问题的关注：在卡维林的故事中，"具有繁殖能力的创造力"是潜在的主人公，以它为中心发展出了人物命运和情节推进的轨迹；与之相反，奥陀耶夫斯基选择将人性未泯的主人公置于透明密封的监狱之中，而"无限的想象力和创作自由"则是组成监狱外大气的基本质料——仿佛触手可及却又永不可得。

在为《曲颈甑》（«Реторта»）——《五颜六色的故事》中的第一篇——所写的序言中，我们可以找到维护浪漫主义想象并使其免受 19 世纪理性主义侵袭的辩护："我们割掉了幻想的翅膀，我们为所有的系统都划定了表格；我们设定了人类理智不得逾越的边界；我们规定什么可以做、什么应该做，这样一来人们就没有理由在迷宫般的世界里浪费时间了。这难道不是我们的悲哀所在么？难道不是因为这样，我们的祖先才在想象力上更胜一筹？难道不是因为这样，他们的想法才比我们更宽广，更能在无限的虚空中占据栖居的空间，从而看到我们的鼠目寸光终生都无法企及的地方？"① 事实上，作者以《曲颈甑》作为开篇故事并非巧合，这种用作蒸馏或分解物质的梨形玻璃容器有着"狭窄的瓶颈"（узкое горло），在整个故事集的象征体系中扮演了主要角色：它既象征了囚禁艺术家想象空间的精神监狱，又代表抽干人们灵魂的机器——生活在其内部的人只是行尸走肉，不知生和死的区别。在这梦魇般的空间里，主人公（Ириней Модестович Гомозейка）是唯一活生生的清醒者，正是通过他的视角，我们看到了"亦真亦幻的半人、半兽、人偶、机器、死尸、复活

---

① Одоевский В. Ф. *Пестрые сказки с красным словцом, собранные Иринеем Модестовичем Гомозейкою магистром философии и членом разных ученых обществ, изданные В. Безгласным.* Санкт-петербург：Экспедиция Заготовления Государственным Бумаг，1833，c. 9.

的扑克、烧瓶和便鞋"①，经由他的评论，幻想题材获得了深刻的历史背景和哲学内涵；他既是作者理想的化身，又是情节推进的主线。可以说，奥陀耶夫斯基为木偶剧的表演做了完美的准备工作：具有象征意义的舞台背景、介于噩梦与现实之间的光影效果、各部分比例协调的逼真人偶……然而，他的幻想作品始终不具备木偶剧的内核，因为其笔下的人偶更多表现出道具的特质，而非活生生的演员；并且故事中唯一真正的演员是主人公本人，他负责给要出场的人偶上好发条，并在预定的时间内完成与道具的互动。奥陀耶夫斯基的人偶道具和他的科幻乌托邦小说《4338年。圣彼得堡书札》一样，都以半成品的状态静静地躺在地下室里，等待后来者的加工和完善。一个世纪之后，卡维林出色地完成了这一遗留的任务。

进入20世纪，接踵而来的几次战争和革命使得各种社会问题尖锐地凸显出来，以象征主义为代表的后浪漫主义者试图将社会生活的飓风挡在由想象力和灵感筑成的城堡之外的尝试失败了，这令后来的作家们明白：无论是主动还是被动，他们都无可避免地要被卷入飓风的中心，因此幻想和创造的能力不应作为隔离现实的材料，而应作为弥合现实与理想世界之间裂隙的建构性质料存在。这种被浪漫主义作家们引以为豪的创造力不再仅仅属于代表作者声音的主人公，它获得了本体论的意义——如同果戈理笔下的"鼻子"一样——从而跳出了文本框限的范围，成为源头和终点、手段和意义的合金。作家的创造力作为有生命的个体独立出来，产生了以下几个后果：（1）主人公权利的削弱及其面孔的模糊化。如在卡维林的幻想小说中，作者没有赋予任何一个人物以特殊权利（故事的叙述者并不代表作者本人的观点），人物之间的力量对比是均衡的，通常以对真理和创新追求的程度为标准划分为对立阵营——"科学

---

① Янушкевич А. С. ""Пёстрые сказки" В. Ф. Одоевского: становление философского нарратива в русской прозе." *Поэтика русской литературы в историко-культурном контексте.* Москва: Издательство «Наука», с. 560.

家"和"伪科学家","创造者"和"模仿者"等。(2)作者不再费尽心思向读者证明故事的真实性,反而通过各种游戏手段挑战读者脑中先入为主的世界图景。这在卡维林的早期创作中主要体现为"伪装成故事叙述者的作者对故事情节的参与和控制",此举的预期效果在于:拉开作者与其笔下人物的距离,使得文本通过陌生化获得多重讽刺意义。正如特尼扬诺夫所指出的:"作为作者的'我'在故事中扮演两个角色:半参与情节主线(作为剧中人物的'我')和在真相大白的时候嘲讽评述(作为作者的'我')。在故事的结尾作者参与情节被赋予了'摧毁幻想'的作用:结局不是被揭示出来,而是滑稽地终止。"① (3)作家的创造力由幕后走到台前,与古老的"漫游"主题结合在一起,成为真实意义上的"主人公"。《第五个漫游者》中唯一的主人公其实是"永恒的创造力",它的不同形态体现在故事的主要人物渴望得到的宝物中;《细木匠》里的木头人为了找到"象征永恒生命和不朽艺术"②的刨子踏上了寻找之路;《大圆桶》中的科学家为了证实科学想象力的正确性不惜拿生命去冒险。在这些故事中,人类固有的创造力代替了以往那种"将一切操控于掌中的神秘力量",主要人物在空间中的漫游不仅仅出于个人探险式的冲动,更是一种不得已而为之的、无法逃避的焦虑感作用之结果。

通过将神圣的创造力从主人公身上抽离出来并赋予其本体论的意义,卡维林最终将奥陀耶夫斯基的人偶们变作了木偶戏的演员,而他们原本所在的异质世界则成为舞台布景的一部分——空间的象征意义大大拓展了。木偶剧与一般戏剧的差别在于,木偶剧中的主要演员是人形木偶,它们的主要活动范围是悬空的舞台上部,只有与真人表演

---

① 《Серапионовы Братья》в собраниях Пушкинского Дома: *Материалы. Исследования. Публикации.* Санкт-петербург: Издательство «Дмитрий Буланин», 1998, с. 526 – 527.

② "他(木头人谢尔盖——引者注)踏上了寻找神奇刨子——永恒生命和不朽艺术的象征——的旅途。" (цит. по: Новикова О. Н. и Новиков Вл. И. В. *Каверин: Критический очерк.* Москва: Сов. писатель, 1986, с. 29.)

者活动的舞台下部结合起来才能构成整个的艺术空间，从而同真实的外部世界（编排木偶剧的导演正是从这个世界中汲取营养的）对峙；而一般戏剧中只存在两个完整空间的对立——真人演员活动的舞台和观众、导演所在的台下，也即是说，演员的角色没有二重甚至多重化，他就是他扮演的那个剧中人物。因此，当木偶剧被引入文学文本之后，木偶、演员和人的关系很自然地平移过来，投射在书中人物、幕后的操控者（制造木偶的人或者故事叙述者）以及文本之外的作者和广大读者所构成的关系上，将我们所熟知的幻想故事中的"二重世界"分化成了三重甚至多重。这种隐喻关系的建立不仅拓展了文学文本的艺术空间，更是将俄罗斯传统幻想故事（以奥陀耶夫斯基为代表）中存在于同一时空的二元对立（经常是善与恶的对立）发展到多个并行的时空中去，从而使得单一的道德评判最终获得复杂多元的讽刺意义。

卡维林的人偶系列故事里，《第五个漫游者》是木偶戏特征最为突出的一篇，作者在作品的标题后用括号注明了它的性质——"木偶剧"（театр марионеток）。故事本身由序言（предисловие）、结语（заключение）和正文的"五部书"（пять книг）组成，讲述了五个漫游者之间的一场竞赛，且每部书的结尾处叙述者"黏土人"总是适时出现，将木偶演员塞进盒子里，并"啪的一声合上盖子"。这令我们想到《五颜六色的故事》中奥陀耶夫斯基用以结尾的引文："……一切都在暗示，我面前似乎横着一个堆满木偶的箱子：一打眼就能看见小人儿们是怎样骑着小马穿梭不停的；我时常问自己，这难道不是视觉的骗局么？是我在玩儿他们，还是，更准确地说，我被他们当作木偶在玩儿？有时候忘了这事儿，直到拽住旁边人的木头手臂才突然明白过来，惊惧万分……"[①] 这一画面后来被奥陀耶夫斯基发展成了"活死人"的主题（тема «живого мертвеца»），因

[①] цит. по：Одоевский В. Ф. *Пестрые сказки*. Санкт-петербург：Наука，1996，с. 57. 奥陀耶夫斯基在这里改写了歌德《少年维特之烦恼》俄文版第二部分中的一小段，由尼古拉·洛扎林奥翻译，后者是奥陀耶夫斯基的好友和同道中人。

摸到旁人的木头手臂偶然惊醒的人在《俄罗斯之夜》里永远地沉睡过去了，勇于冒险的浪漫主义主人公变成了心理现实主义小说中看似正常的机械人。

巧合的是，同样的反问句式和为想象力辩护的激情在卡维林一篇关于霍夫曼的文章中几乎完全复现了："安瑟伦抓住了门把手，但这完全不是门把手，而是一张可怕的鬼脸，正从嘴里喷出火焰。在我还是个孩子的时候，有一次毫不费力地认出马戏团里的魔术师就是别列格林努斯·吉斯先生。……是我认错了？是臆想？还是白日梦？这难道不是一回事么？不论哪一种情况，霍夫曼都启发了我。现在我二十岁了，并且站在你们面前，谢拉皮翁兄弟们。然而，你们难道没有发现，并不是我，而是迷醉于撒旦药剂的僧人美达尔特站在你们面前？难道你们不觉得，参加我们这一隆重聚会的实际上是档案管理员、鞋匠、箍桶匠、温柔可亲的宫中女官以及善良和蔼的夫人们？"①

第三节　炼金术与科学实验：试论卡维林作品中的幻想与科学

幻想题材和中小型体裁的结合是20世纪20年代文学创作的一个显著趋势，这在卡维林20年代的作品中体现得尤为明显：首先，在这一时期作家涉猎的众多体裁中，短篇小说和故事占了绝大多数，如故事集《大师与学徒》（«Мастера и подмастерья»）、《方块花色》（«Бубновая масть»）、《转瞬即逝的夜晚》（«Воробьиная ночь»），短篇小说《大赌博》（«Большая игра»）、《匪巢末日》（«Конец Хазы»）

---

① Вениамин Каверин. "Здравствуй, брат. Писать очень трудно…" *Серапионовы братья. Антология: Манифесты, декларации, статьи, избранная проза, воспоминания.* Прокопова Т. Ф. （Сост., вступ. Ст., примеч.）Москва: Школа-пресс, 1998, с. 80.

等；其次，在这些中小型体裁作品中，除了《匪巢末日》位于向现实主义转型的过渡阶段，其余作品都在不同程度上展现了幻想题材与其他题材——如侦探故事、心理小说以及民间故事——的融合互渗。与此同时，在上述作品中我们也可以清楚地看到流行于20年代的科幻题材对传统幻想题材的改造：通过置换场景、增添细节等手段使读者对看似荒谬的情节信以为真，并在此基础上心安理得地接受科技生活的洗礼，或者以模糊时空概念、加固知识体系的方法，不断削弱主人公自身的性格特征以及其与所处时代的关联，从而使得情节代替人物占据主导地位等。然而，卡维林在20年代的作品并不能算是严格意义上的科幻小说（其他谢拉皮翁兄弟的创作也是如此），甚至也不能算是科幻小说框架内的社会讽喻小说（如布尔加科夫的《狗心》《不祥的蛋》），因为其主旨既不在于揭示科学技术为人类生活带来的影响（包括正面和负面影响），也不在于教化民众，从而使其对所处的社会历史环境有清醒的认识，而在于对艺术创作本身及其与读者、世界、作者之间关系的思考和追问。

人偶主题以其复杂和多义性在19世纪的浪漫主义作家当中引起了普遍的关注，与奥陀耶夫斯基同时代的普希金就是其中一位，其作品中的人形雕塑在很大程度上影响了俄国现代派作家的相关主题创作[1]。普希金作品中的雕塑都有真实存在的原型（如青铜骑士的原型是彼得大帝），它实际上是历史人物的非生命化实体，通过相似的容貌和形体激活人们对于该历史人物之地位和功勋的记忆。触碰人形雕塑在令人们回到往昔记忆的同时，也暗示了不可挽回的死亡，这很可能源于其诗歌中的"纪念碑"主题（"我为自己竖立了一座非手工的纪念碑……"）——肉体的消亡与精神的永存相对立，非生

---

[1] 为此 Якобсон Р. О. 曾撰写过评论文章："Статуя в поэтической мифологии Пушкина" и "Стихи Пушкина о деве-статуе, вакханке и смиреннице"（Якобсон О. *Работы по поэтике.* Москва：Прогресс，1987.）关于普希金该主题在白银时代的影响，参见 Тименчик Р. Д. "Медный всадник" в литературном сознании начала 20 века. *Проблемы пушкиноведение.* Москва：Рига，1983。

命的雕塑象征着生命曾经创造过的价值。由此可知，普希金笔下的人形雕塑在最终意义上指向古老的原型，其复活代表了久远的神话①在当代复苏，且这一过程在精神层面而非物质层面完成——人的联想和回忆代替了炼金术和魔法，在此扮演重要角色。洛扎诺夫、瓦金诺夫和纳博科夫是这一传统的继承者，在他们的作品中回忆作为熔合历史与当代，生命与死亡的容器获得了非同寻常的重要意义。

很显然，奥陀耶夫斯基及其后继者卡维林发展了人偶主题的另一条线：在物质层面上（或者说生物学层面上）复活非生命体（包括人偶、雕塑和试管里的小矮人等），并使其象征意义指向当代和自身，从而创造与古代神话文本相对峙的"元文本"（метатекст）。非生命体的复活必须借助一种不可思议的力量，后者被奥陀耶夫斯基视为神秘的魔法、医学或是炼金术，而在卡维林笔下则多与精湛的手艺和严谨的科学实验——炼金术可以看作其副产品——联系在一起。总的来说，炼金术与科学实验的共同特点在于：它们不仅在生命体和非生命体之间搭起了一座桥梁，从而沟通了一些原本完全对立的概念，比如"生命—死亡""人类—物质""繁殖（创造）—停滞（毁灭）"等；也赋予了物质在各种形态之间不断转化的可能性，包括非生命体的化学变化（如沙砾变成金子）和生命体的物理变化（如人的机械化或者动物化），由此引发了一系列道德、审美、价值观领域的相关问题，也正是这一点体现了二者的恶魔化力量。

如果说普希金笔下的人形雕塑复现了其原型（已有阅历的成熟个体）的所有特征——包括体貌上的和思想上的，那么奥陀耶夫斯基和卡维林则是将人偶当作全新的个体而赋予其生命的，这就意味着它在肉体和精神层面上的复活很难同时发生，通常是身体机能的成熟远远早于思想情感（这从生物学角度来看也符合人类个体的发

---

① "神话"（μῦθος）这个词（"词语""故事""言语"）来源于古希腊语。最初这个词是绝对世界真理价值观的综合，与普世经验的真理相对立，后者由普通的"词语"来表达。

展规律）——前者的保障是工匠们的精湛技艺，后者必须依靠炼金术士或者科学家注入灵魂才能实现。肉体和灵魂在复活时间上的错位造成了令人恐惧的后果：在很长的一段时间里（或许是永远），人偶都处于只具有感觉而不具备感受的状态，在某种程度上与活死人或者梦魇式的怪物并无二致，例如奥陀耶夫斯基笔下的木头人基瓦杰尔先生和卡维林作品中的矮人、木偶、黏土人等。在这些残缺的人偶背后隐藏着类似提坦巨灵的地下生物（хтонические существа）①，它们通常不是诞生于有性繁殖，而是由创造者运用物质世界的基本元素（诸如黏土、木头、火焰、流水等）以一种不甚精细的方式制作出来的，与此同时，创造者还规定了它们的基本行为准则，在这些准则之外只有象征无意识的大地力量在掌控着它们，这其中最典型的例子是古犹太教中有关"黏土巨人"（Голем）② 的传说。事实上，梦魇中出现的怪物很早就引起了奥陀耶夫斯基的兴趣，在《有关本能的科学》（«Наука инстинкта»）一文中他坦言："经常在梦中看到一些以不可思议的方式组合起来的生物……比如有一次，看到一种由死亡、黑暗以及小和弦混合而成的生物，醒来之后无法用语言描绘，但在梦里它是确凿而真实的。"③ 他进而指出这些奇异的幻象并未得到应有的关注，人们只会注意与他醒时所见相似的那一部分。他笔下的木头人基瓦杰尔就是这样一种古怪的复合物："在我们面前的这个生物，如果把它称为人类简直就是犯罪：它的整个身体几乎只有一个腹腔，支离破碎的脑袋来回摆动，好像在表示同意；

---

① 很多宗教和神话中的黏土生物（从希腊语 χθών——土地、土壤而来），或称黏土怪物，最初指那些代表了土地、冥界等原始自然力的生物。一般认为，黏土生物的特点包括酷似野兽，掌握超自然能力，与缺席的原初创造者的有机结合以及变成野兽或物品的能力。（цит. по:"Хтонические божества"*Энциклопедический словарь Ф. А. Брокгауза и И. А. Ефрона.* Санкт-петербург：Брокгауз-Ефрон，1890—1907.）

② 犹太神话中的人物，是喀巴拉教徒们在神秘知识的帮助下，运用非生命的物质（黏土）所复活的人，类似于圣经中上帝用黏土创造亚当。

③ Одоевский В. Ф. *Русские ночи.* Ленинград：Издательство «Наука» ленинградское отделение，1975，с. 220.

厚重的舌头在下垂的两片嘴唇之间颤动，发不出一个音符；木头的脑浆从原本是眼球的黑洞里流了出来，狭窄的脑门儿上写着一个潦草的名字：基瓦杰尔。"① 这种诞生于启蒙（просвещение）和蒙昧（анти-просвещение）之间的暗黑生物如同一个吸食灵魂的黑洞，不论往里填充多少知识和情感都无法令它"人化"②，有时甚至还会反噬施教者，使得后者原本丰富饱满的灵魂干瘪下去，丧失人类的特征。同样的生物也出现在卡维林的作品中：为了给瓶中矮人（гамункулюс）找到合适的灵魂，经院学家什维道赫耗尽了所有精力，矮人表面看来天真无邪（"一个闭着眼睛的裸体小人在透明的液体里浮游，平和安详笼罩着他的整个身体"），但他不仅诱导经院学家谋杀了市长并取出其巨大的灵魂，并且在经院学家试图将后者塞入他脑中时发出了更加邪恶的召唤："去地狱吧，去地狱，经院学家，那儿的灵魂很多，你一定可以从中找到适合我的那一个。"③ 然而，与奥陀耶夫斯基相比，卡维林着重强调了创造者和被造物的关系，如同拉比（раввин）④ 按照自己的形象创造黏土巨人一样，具有过剩创造力的能工巧匠以人体比例制作出了逼真的模型，只是这些构成元素单一的人偶并不具备其创造者的创造天赋（《第五个漫游者》的叙述者——黏土人），他们的力量来源仍是大地和冥界，与代表创造力的人类世界接触过久甚至会给他们带来灭顶之灾：《细木

---

① Одоевский В. Ф. *Пёстрые сказки*; *Сказки дедушки Иринея*. Москва: Худож. лит, 1993, с. 138.

② "因为人是由精神和灵魂组成的，所以要想进入更高的境界必须同时提升二者：前者由知识充实，后者以爱来丰富。审美教育却是另外一回事：这是一种遥远的未来生活的想象图景，在那里知识和爱结合在一起，这种结合在人类历史上曾经有过，但后来却消失不见了。"（цит. по: Одоевский В. Ф. *Русские ночи*. Ленинград: Издательство «Наука» ленинградское отделение, 1975, с. 221.）

③ Каверин В. А. "Рассказы и повести; Скандалист, или Вечера на Васильевском острове: Роман." *Собрание сочинений. В 8 – ми т. Т. 1.* Москва: Худож. лит, 1980, с. 66, 82.

④ 古希伯来语，指犹太宗教社团领导人，主持宗教仪式的人。

匠》中的木头人谢尔盖就是极好的例子。

  由此我们可以发现，肉体的复活和精神的复活（或消亡）分属两种截然不同的力量：前者通常诞生于上帝赐予的天赋、过剩的创造力和想象力、物质世界的基本元素；后者则通过具有撒旦性质的黑暗魔法、理性主导的思考和实验以及不属于物质世界的抽象概念来实现——这也正是炼金术和科学实验发挥作用的领域。联系俄罗斯民间文学传统中异族人与恶魔发端的关系以及歌德的浮士德形象对普希金、莱蒙托夫、茹科夫斯基等的影响，我们就不难明白为什么在两位作家的笔下对灵魂掌有生杀予夺大权的都是异族人：《有关一群姑娘在涅瓦大街上闲逛的危险性》中心狠手辣的杂货店老板就是个异教徒（басурман），而重新赋予人偶姑娘思考和感受能力的魔法师是一位来自印度的智者；卡维林的幻想作品虽然大多将背景设定在国外（多是德国），但在他为数不多的发生在俄罗斯的故事中，德国学者施利宾巴赫（Шлиппенбах）[①] 成了所有进行试管实验的科学家之父。也即是说，魔鬼的形象在此具有两面性：一方面是从传统魔鬼形象中继承下来的以利益驱动为中心，为达目的不择手段的邪恶本性；另一方面是现代浮士德所具有的无法遏制的求知欲望，以及为了追求真理不顾一切的反抗精神。对于奥陀耶夫斯基来说，现代浮士德的精神更为诱人，因为他生活的时代刚刚被来自西方的启蒙之光照亮，那些半明半昧的地方蛊惑着具有冒险精神的人们一探究竟，重要的是能够解释周遭世界的各种奇异现象，而不是用什么方法——天文学还是占星术、化学实验还是炼金术；卡维林生活的时代科技之光几乎已经照遍了每个角落，人们不再对奇闻逸事充满好奇和敬畏，反而对科技过度发展带来的灾难性后果充满了忧虑，因此对于卡维林的同时代作家来说，那些为利益驱动、将科技成果运用在邪道上的道德沦丧者恰恰回应了古老的恶魔主题。

---

  ① 施利宾巴赫首次出现在《细木匠》中，是为细木匠之子谢尔盖注入灵魂的德国学者，后来他的形形色色的变体出现在卡维林一系列的作品中。

因此，奥陀耶夫斯基将魔鬼形象的第一种特质交给了动机不纯的魔法师们，却赋予主人公（多数时候是作者思想的代言人①）勇于追求真理的浮士德精神；与之相反，卡维林更加看重肉体的复活阶段，正是这一阶段与永恒的创造力、俄罗斯民间传统文化以及创造者的原初之爱紧密相连，精神的复活虽然是不可逾越的阶段，却注定与强行输入的异国文化和已是强弩之末的西方浮士德精神脱不开干系。

通过歌德笔下浮士德形象及其变体在奥陀耶夫斯基和卡维林作品中扮演的不同角色，我们似乎可以从某种程度上窥见科学技术在不同时代与人类文明的关系，更确切地说，是科学与文学在艺术综合、哲学审美和道德伦理层面的相互渗透、相互交织。有关奥陀耶夫斯基对歌德文学遗产的接受问题在俄罗斯文学影响研究中是一个单独的议题②，由于本书主要探讨奥陀耶夫斯基与卡维林的创作关系，所以在此仅选取同时对以上两位作家都有意义的点加以分析。

首先引起我们注意的是浮士德的知识分子身份，歌德在《浮士德》第一章的开篇就交代了主人公的受教育背景："到如今，唉！我已对哲学、法学以及医学方面，/而且，遗憾，还对神学！/都花过苦功，彻底钻研。/我这可怜的傻子，如今依然像从前一样聪明；/称为硕士，甚至称为博士……"③ 这位博闻广识、盛名累累的浮士德博士在《五颜六色的故事》中改名换姓，成为"哲学硕士和多个学术团体的成员，尊敬的伊利涅依·莫得斯托维奇·果莫季耶

---

① 图力扬在《奥陀耶夫斯基"五颜六色的故事"》一文中指出：奥陀耶夫斯基试图描绘伊利涅依·莫得斯托维奇·果莫季耶科的生活，以及将他造就成现在这个样子的家庭生活，他的生平自传等都说明了这一新的文学主人公在很大程度上就是其创造者的变体，是作者在文学中的同貌人。（цит. по: Турьян М. А. "Пестрые сказки" Владимира Одоевского. Одоевский В. Ф. Пестрые сказки. Турьян. М. А. （Изд. Подгот.）Санкт-петербург: Наука, 1996, с. 135 – 136.）

② 详参 Жирмунский В. М. Гете в русской литературе. Ленинград: Наука, 1982, с. 150 – 153。

③ [德] 歌德：《浮士德》，钱春绮译，上海译文出版社 2007 年版，第 47 页。

科先生"①，而在卡维林的《第五个漫游者》中他又恢复了本来的身份"哲学博士和多种学位硕士，约翰·浮士德"。"硕士"（магистр）一词来自拉丁文 magister，意为教育者、老师、导师，在俄语中直译为"某一领域的大师"（мастер своего дела）；与现今大学中的学位不同，中世纪及之前的硕士是最高官职人员（古罗马）或掌握"七艺"者的特殊称谓，享有极高的世俗社会地位。"哲学"则来自古希腊语 φιλοσοφία，字面意思为"爱智慧"，原本是一门要求人们摒弃功利心，不断探索世界及人本质的学问，因此自其诞生之初就与宗教有着千丝万缕的联系；而在哲学发展为一门独立的学科之后，科学的实用性（甚至是功利性）也对哲学产生了强烈的冲击，柏拉图就曾批判带有功利目的学习哲学的"辩士"，而现代哲学家伯特兰·罗素称哲学是神学与科学之间的一块不明属地，并且"遭受来自两面的夹击"②。由此看来，具有"哲学硕（博）士"头衔的人（尤其是中世纪）总是站在两个世界（宗教世界和世俗世界）、两种理念（神学理念和科学理念）、两套价值观（模糊性价值和实用性价值）的碰撞交汇处，这就造成了他们本身不可调和的矛盾性，从而在不同的历史时空里呈现出不同的特点：浮士德的形象由最初的在肉欲享乐和精神升华之间的挣扎（歌德），进入尝试在理想世界和现实世界之间寻找平衡的阶段（奥陀耶夫斯基），最终丧失了对纯粹性和实用性之比例的掌控并被后者反噬（卡维林）。

有评论认为："与德国的原型不同，俄国的浮士德因具有在精神

---

① Одоевский В. Ф. *Пёстрые сказки*; *Сказки дедушки Иринея*. Москва: Худож. лит, 1993, с. 9.

② "哲学，就我对这个词的理解来说，乃是某种介乎神学与科学之间的东西。它和神学一样，包含着人类对于那些迄今仍为科学知识所不能肯定之事物的思考；但它又像科学一样，是诉之于人类的理性而不是诉之于权威的，不论是传统的权威还是启示的权威。一切确切的知识（罗素认为）都属于科学；一切涉及超乎确切知识之外的教条都属于神学。但介乎神学与科学之间还有一片受到双方攻击的无人之域，这片无人之域就是哲学。"（цит. по: Рассел Б. *История западной философии*. Ростов-на-Дону: Феникс, 2002, с. 651.）

上追求真理和最高理想的特征，而无可避免地陷入到自责的致命漩涡中，且其与魔鬼的结合摧毁了原本人的个性，甚至使其犯下反人类的罪行。"① 换而言之，俄国的浮士德总是被卡在"想（说）"与"做（沉默）"这两块巨石间不得动弹，最终身不由己地选择了"想"，而将"做"推下了悬崖。因此，俄国的浮士德似乎不是实际意义上，而仅仅是精神意义上的探索者（авантюрист），从普希金笔下的奥涅金到屠格涅夫的巴扎罗夫，从莱蒙托夫的毕巧林到冈察洛夫的奥勃洛莫夫都是这一类型的代表。奥陀耶夫斯基在其浪漫主义作品中塑造了一系列具有浮士德精神的主人公，然而，与歌德笔下以解决个人问题为出发点而上下求索的浮士德本人不同，奥陀耶夫斯基的"浮士德"们不论是对炼金术还是魔法感兴趣都是为了一个清晰而坚定的目标：给全人类带来福祉，这也反映了作家本人的主旨思想②。

其次，是炼金或科学实验过程中使用的玻璃容器（烧瓶、曲颈甑、试管等）。《浮士德》第二场的第二幕《实验室》叙述了瓦格纳在瓶子中培育小人的尝试（就像现今的试管婴儿一样），他认为以往由两性交媾的繁殖方式是动物化的，因而是庸俗低下的，瓶中小人则诞生于纯粹的精神力，是人类理想的最高体现；与其创造者的想法相反，小人想要获得人类的肉体和情感③，这一方面体现了理性、

---

① Тиме Г. А. *Россия и Герман： философский дискурс в русской литературе XIX – XX веков.* Санкт-петербург：Нестор-История，2011，с. 262.

② Баюк Д. А. "Князь Вл. Ф. Одоевский в поисках природной музыкальной гармонии". *Наука и искусство.* Доктор филос. Наук А. Н. Павленко. （Отв. Ред.）Москва：Институт философии РАН，2005，с. 68.

③ "瓦格纳：绝对不是！以前流行的生殖方式，我们认为荒唐愚蠢。发生生命的那个微妙之点，以及由体内冲出而互相成全、定要显出本身亲体的形象、囊括亲疏的那种优美的力量，现在已经失去它们的价值；尽管动物今后还乐于如此，可是具有伟大天赋的世人，将来必须有更加高尚的出身。（转向炉灶。）瞧它在发光！——真是万事大吉，我们只要将几百种物质，加以调和——调和乃是要着——从容不迫地组成人的要素，放在瓶里，加以封固，再蒸馏得恰到好处，就能悄悄完成这件工作。（再转向炉灶。）快了！团块变得更澄明，我的信心越来越坚定：人们对于自然的神秘常大加赞称，我们敢凭着理性将实验进行，自然一向把它们有机地组成，我们却使它们结晶。"（［德］歌德：《浮士德》，钱春绮译，上海译文出版社2007年版，第510—511页。）

人工与感性、自然的对抗，另一方面可以清楚地看到人类本质上的肉欲和享乐主义与后天的教育及求知欲在此形成了矛盾的对立。玻璃容器在奥陀耶夫斯基《五颜六色的故事》中是一个主要的象征符号，在该符号下展开了一系列有关精神监狱和肉体束缚的主题：《曲颈甑》中被囚禁在同名玻璃容器里却不自知的舞会成员们；《有关无名死尸》中装伏特加的酒杯和酒瓶；《一位玻璃罐常住居民的生活和历险，或新若克》里的玻璃罐头；伊戈莎（Игоша）打碎的一堆玻璃器皿、玻璃瓶甚至玻璃框；《仅仅是个故事》中小办事员（作者特意选用了чернильница一词，与"墨水瓶"同义）的哀伤；《有关一群姑娘在涅瓦大街上闲逛的危险性》里异教徒用来罩住可怜姑娘的"透明玻璃罩"，以及盛装"魔鬼物质"以便注入姑娘心里的曲颈甑——后者几乎成为不自由和痛苦折磨的根本源头。有评论认为正是"未能实现的理想，侏儒小人，将奥陀耶夫斯基与歌德的《浮士德》联系在一起"①，然而，在笔者看来，恰恰不是"未实现的理想"而是"对玻璃容器所象征的现代科学所持的矛盾态度"在二者之间建立了纽带。这是因为，其一，使用玻璃容器者（即掌握这种先进技术的人）并非具有浮士德精神的主人公，因而科技的负面性质在他们身上体现得更为明显（在卡维林的故事中也是如此）；其二，歌德的瓶中小人清晰意识到玻璃罩是保护他不受自然力干扰的容器②，最后也是他主动要撞碎玻璃瓶投向自然力的怀抱；与之相反，奥陀耶夫斯基的玻璃容器并未隔开两种不同质的物体（人工力和自然力），而是更接近于隔开同质物体并使得其内部逐渐死亡的隔

---

① Янушкевич А. С. ""Пестрые сказки" В. Ф. Одоевского: становление философского нарратива в русской прозе." *Поэтика русской литературы в историко-культурном контексте.* Москва: Издательство «Наука», с. 564.

② "荷蒙库路斯（在瓶中对瓦格纳说。）爸爸！你好？这并不是游戏。请把我温柔地抱在你怀里，但不要太紧，以免压碎小瓶。这是一切事物的特性：自然物总是感到宇宙不宽，人工的产物却需要关闭的空间。"（［德］歌德：《浮士德》，钱春绮译，上海译文出版社2007年版，第512—513页。）

离容器，与此同时，长期的桎梏已使人们无法想象没有玻璃罐的生活①。如果说在歌德和奥陀耶夫斯基生活的年代，科学技术仍是上流社会的消遣，而烧瓶和其他化学器具也仅仅是某个特殊房间的摆设②，那么到了卡维林生活的20世纪初，科学技术已在方方面面渗入了人们的日常生活，烧瓶、试管等实验器具看似消失了，实际上却以另外一种形态遍布于现代公寓的各个角落（搅拌器、空调、暖气管、烤箱、微波炉等），人们一方面享受着科学技术带来的便利，另一方面又对它的潜在控制力惶恐不安，正是这一现实状况引发了知识阶层对原有价值体系的怀疑和论争——"从俄罗斯历史的进程，对科学和理性发展的信心，到知识分子和艺术家们的地位问题"③。伴随这一思潮的除了对科学技术及其影响的矛盾态度，还有对西方实证主义思想的怀疑——"创造力（来源于科学）的枯竭和浮士德的下沉"是卡维林故事的一个主要议题，其后布尔加科夫在《狗心》《大师与玛格丽特》等作品中将该主题推向了极致。

"有关炼金术的'实用性'科学价值问题很早就引起了奥陀耶夫斯基的兴趣——几乎是他在20年代对神秘主义产生兴趣的同时——并且该兴趣表现出不同寻常的稳定性。作家在未来的几年中越来越频繁且坚定地回归这一问题，在《俄罗斯之夜》《病理学札

---

① "故事结尾处曲颈甑的破碎只是暂时的解放，因为'我是怎样着手寻找摆脱曲颈甑的方法，人们就是怎样对待生活的：都在找捷径，哎，可就是没有！'"（цит. по: Там же, с. 565）

② "19世纪是科学的世纪，见证了科学分析的流行（科学知识的综合——几乎是世纪之交整个欧洲文化的共有特征）。欧洲人眼中的世界与其说是一个整体，不如说是由众多碎片拼接而成的，并且每一块碎片都需要借助科学方法来研究（首先是观察和实验）。在18世纪，科学研究还仅限于知识分子圈内，且经常具有时髦的消遣性质（要证明这一点，只需提一个事实：那时候上流社会的贵族夫人和沙龙组织者家中都设有一个特殊的房间，里面摆满了烧瓶和其他器具，专门为了化学实验之用）。进入19世纪，在科技革命的影响下，科学获得了明显的实用性特点，出现向技术转化的倾向。"（цит. по: Луков Вл. А. *Предромантизм*. Москва: Наука, 2006, с. 499–500.）

③ Слобин Грета Н. *Проза Ремизова* 1900—1921. Санкт-петербург: Академический проект, 1997, с. 37.

记》以及后来的一系列文章中对该问题的理论基础进行了详尽的阐释。"① 可见，在奥陀耶夫斯基看来，炼金术是科学的姊妹，炼金术士与实验室的工作人员并无二致，因此关于炼金术的问题也就是关于真理和知识的问题——掌握真理是一种幸福还是束缚以及对知识的渴求是否需要界限。在收录于《俄罗斯之夜》的中篇小说《即兴演奏家》（«Импровизатор»，1933）当中，作家对这一问题展开了寓言式的追索：年轻人西普利安（Киприяно）与一位有名的巫师签订了魔鬼式的契约，获得了所谓的"天赋"——不仅能够熟练运用世界上的所有语言，而且具备了洞悉世事的能力。在这一"天赋"的助力下成为即兴演奏家的年轻人游刃有余地切换于各个领域，不论是自然科学还是人文艺术，对他而言只不过是不同规则的组合搭配，同样的，人类思维和想象的奥秘也不过是大脑的机械化运作而已。如此一来，原本诱人的世界失去了魅力，好比一位美貌的姑娘在 X 射线的透视下瞬间化作一具骇人的骷髅。主人公在此陷入了一种矛盾的境地：一方面，他以科学和理性的目光穿透未来世界的混沌，从而在各个学科领域的融会贯通中获得一种崇高的美之体验；另一方面，他又发现美并非源自对世界本质的参悟，恰恰相反，无处不在的绝对真理破坏了对未来的朦胧期待，压缩了无限事物的体积，并最终解构了原有的审美体系，使得灵魂的充盈无所依靠。由此可以看出，奥陀耶夫斯基的科学观虽然仍保留有理性主义的痕迹，然而从本质上而言已经进入了浪漫主义的框架内，即"科学成为哲学后，就要成为诗"（诺瓦利斯语），诗作为美的最高体现完美地呈现于梦幻和混沌当中，在那里"一切对立的事物，自然和艺术、诗和散文、严肃和嘲笑、回忆和预感、精神和感官的、尘世的和神的、生和死，都极密切地融合在一起"②。

---

① Турьян М. А. *Русский «фантастический реализм». Статьи разных лет.* Санкт-петербург：ООО «Издательство "Росток"»，2013，с. 42.

② 冯至等：《德国文学简史》，人民文学出版社 1958 年版，第 175 页。

在《俄罗斯之夜》这部谈话形式的小说中，奥陀耶夫斯基设置了一个具有西普利安特殊天赋的人物——浮士德，后者通过与朋友对话（霍夫曼的小说《谢拉皮翁兄弟》所采用的形式）的方式表达了有关当时西方精神没落的看法。在别林斯基看来，奥陀耶夫斯基的浮士德恰恰被其自身无限的求知欲和怀疑感所禁锢了，"是科学的真正受难者"，因为"他们越是知道得多，他们能够掌握的就越少。知识使他们变成了钟摆，他们由于害怕在虚假上停顿下来，宁愿在整个时代都摇摆着，而不在某一点上停留下来。这都是些渴望着真理，满怀着高贵的仰慕追求着真理，而同时又不由自主的怀疑主义者"[1]。这段话似乎也是对奥陀耶夫斯基本人的注脚：据阿尔诺力特（Ю. Арнольд）回忆，"奥陀耶夫斯基公爵时常以他无人能及的、百科全书式的宽广知识面令我们所有人震惊：没有一个科学议题是他一点儿也不知道的。……在追求渊博学识的道路上，他从来不会在某个已经达成普遍认识的问题上做停留，而是不断地多方吸收和汲取其他不同的看法和解释，以至于没法在这些理论和知识体系中找到可以说服自身的观点"[2]。然而，我们必须注意到，别林斯基是从时代的角度切入浮士德精神的，他所置身的带有启示录氛围的19、20世纪之交以及其本人所"天然具有的末世论情感"[3] 决定了他对于终结性和确定性的渴望，因此别林斯基才将浮士德无止境的求知欲归结于历史分寸感的缺失[4]，后者的潜在危险性在于使得主体陷入抽象真理的泥沼，并最终丧失改造此岸世界的能力。奥陀耶夫斯基

---

[1] ［俄］别林斯基：《别林斯基选集》第5卷，辛未艾译，上海译文出版社2005年版，第492页。

[2] М. П. Погодин, В. В. Ленц, Ю. Арнольд. Салон В. Ф. Одоевского. *Литературные салоны и кружки: Первая половина XIX века*. Бродского Н. Л. （ред.）. Москва: Аграф, 2001, с. 373–374.

[3] ［俄］别尔嘉耶夫：《自我认知》，汪剑钊译，上海人民出版社2007年版，第26页。

[4] ［俄］别林斯基：《别林斯基选集》第5卷，辛未艾译，上海译文出版社2005年版，第491页。

的出发点恰恰与之相反：他是一个对边界、界限存在恐惧感的作家，终其一生都在寻找一种融合、统一，于他而言，不完善的新思考永远胜过画上句号的结论。可以说，奥陀耶夫斯基从未担忧过无止境的求知欲会招致何种恶果，非但如此，他极度惧怕这种求知欲一旦消失（就像《即兴演奏家》中的主人公所经历的那样）将会导致"人性的丰满和全面之缺失"①，这也是他在《贝多芬最后的奏鸣曲》（《Последний квартет Бетховена》）、《塞巴斯蒂扬·巴赫》（《Себастиян Бах》）（均收录于《俄罗斯之夜》中）当中试图呈现的。

卡维林笔下的浮士德形象从出场开始就被形形色色的玻璃器具包围了："在高高的，堆满曲颈甑、烧瓶、试管的桌台上，燃烧着绿莹莹的火焰。融化的玻璃在滚烫的铁片上时而伸长，时而蜷曲，变化出从未见过的形状。火焰上方是一个带着尖顶帽，穿着长袍的高个子，他脸上的表情无比严肃。"②"尖顶帽"和"长袍"令做化学实验的博士与使用魔法的巫师混同起来，后者在俄罗斯民间故事中的原型是不断往煮沸的大锅里扔各种古怪配方的丑陋巫婆。二者的相似之处除了服饰外貌，还有他们改变物质形态的方式：都是由燃烧的火焰将金属或其他固体物质变成液体，随后再次熔合，从而获得一种具有起死回生或者相反作用的物质——在卡维林笔下通常是黏稠的胶质物（студень），民间故事中则是巫婆熬出的泛着有毒气泡的汤。为细木匠的木头人儿子制作脑子的过程正是如此："火苗点燃了，卡尔·弗里德里霍维奇用玻璃小棒不停地搅拌胶质的液体，小棒敲打着曲颈甑的底部。熬制这瓶液体花了他半天的时间，半天之后，它变成了灰绿色的胶质，一碰就抖动起来。……他还

---

① Одоевский В. Ф. *Русские ночи*. Москва：Наука，1975，http：//az. lib. ru/o/odoewskij_ w_ f/text_ 0020. shtml.

② Каверин В. А. "Рассказы и повести；Скандалист, или Вечера на Васильевском острове：Роман."*Собрание сочинений. В 8 – ми т. Т. 1.* Москва：Худож. лит，1980，с. 75.

在胶质物表面撒上了一层各种颜色的粉末。"① 这里作者运用的一系列动词——搅拌（мешать）、敲打（ударить）、熬制（варить）、撒上（посыпать）——很容易令人联想到传统的熬粥（варить кашу）过程，最后得到的胶质物本身也和粥的质地十分相像——黏稠的糊状混合物②。试比较奥陀耶夫斯基对改造人偶娃娃的描写，就会发现二者令人惊讶的相似之处：异教徒从各种爱情小说、花边新闻、格言警句里面"挤出一种没有颜色、没有生气的液体"，然后与"邪恶制剂一起搅拌"，直到"液体凝成冻"，再把这液体灌入娃娃的心脏，最后将"心脏粘到原来的位置上"。由此分化出两个子题：一是与胶质、黏稠、黏合有关的主题，二是与制作食物和进食相关的主题，且这两个子题都具有诞生、繁殖、复活的象征意义。

  事实上，最早的炼金术正是在厨房完成的，炼金术士的助手"神秘姐妹"（Soror Meslica）的"厨房烹调、蒸煮等工作等于心理学术"，而用作炼金的各种物质则各具象征意义③。然而卡维林的黏合与进食主题已经超越了传统炼金术，进入了言语文化的历史语境当中。该主题首次出现在《莱比锡城18…年纪事》中：学生根黎赫（Генрих）为了得到教授女儿的青睐同意出卖自己的"沉默"，为了完成这次具有魔鬼契约性质的交换，根黎赫必须"借助镊子和一小瓶胶水，先用镊子将沉默从口中夹出来，然后再用胶水把它密封在

---

① Каверин В. А. "Рассказы и повести; Скандалист, или Вечера на Васильевском острове: Роман." *Собрание сочинений. В 8 - ми т. Т. 1.* Москва: Худож. лит, 1980, с. 115.

② 在俄语中甚至有关于头脑和粥以及盛粥容器的谚语"脑子里一锅粥"（Каша в голове）来形容处于茫然无措的状态，不知该如何是好；"脑袋大得像锅，却一匙智慧都没有"（голова с пивной котёл а ума ни ложки），形容脑袋虽大，里面空空。（цит. по: Даль В. И. *Пословицы русского народа.* Москва: Художественная литература, 1989.）

③ "如硫磺象征热力和欲望，银代表记忆性和暴躁，铁象征勇敢和热情，铜象征不变和引起美感，锡代表诚实和真挚，铅代表残酷和分离。"（［美］刘耀中：《超越死亡：炼金术与文学艺术》，东方出版社1995年版，第281页。）

一个中等型号的信封里……"① 紧接着《第五个漫游者》里的经院学家在尖顶帽的教唆下利用"夹糖块的镊子"将市长的灵魂从其口中取了出来,目的在于复活玻璃瓶中的小矮人。根黎赫出卖了自己的语言功能之后变成了一尊静止的铜像,而被塞入市长灵魂的小矮人忽然间开口说话了,由此我们可以发现生命与语言的密切联系——语言丧失,灵魂便衰微;语言获得,灵魂则复活。相似的例子还有《细木匠》中的木头人谢尔盖,当他发现自己"从手臂到额头出现了一道又宽又黑的裂痕,从里面流出浅色的汁液"时,他不仅语言功能逐渐丧失,离开人世前的最后一段话他讲得颠三倒四、错误百出(«Господи, почто наказуешь сим меня еси? Аще верности слуг моих несть царь?»),连声音也"石化了"。语言(或者说词语)在卡维林的笔下获得了"生死攸关"的特质,这与20年代文学转型赋予词语(слово)的神圣使命几乎是完全吻合的:"正是20年代为探讨词语的革命提供了沃土——那时词语才在真正意义上成为研究的对象和主角。在词语里能够看到改变世界的力量。"② 克服以往文学作品中相互排斥、等级分明的语言系统,重建一种混合型的言语统一体,使得作者的语言与主人公的语言、文学语言与日常生活用语、官话与行话、现代语言与古代语言、文学语体与科学语体等不着痕迹地融为一体,最终成为一种"言语的合金"(Речевой сплав)——是20年代词语革命的首要目标。词语担负起了连接过去和未来、空间与时间、科学与文学的重任,从某种意义上而言,这正是"黏合功能"的终极体现:曼德尔施塔姆说,俄罗斯语言其"本身就是历

---

① Каверин В. А. "Рассказы и повести; Скандалист, или Вечера на Васильевском острове: Роман." *Собрание сочинений. В 8 - ми т. Т.1.* Москва: Худож. лит, 1980, с. 56.

② Драгомирецкая Н. В. "Проза 1920—1930 годов: от эксперимента к классике. слово как предмет и герой." *Теоретико-литературные итоги XX века.* Борев Ю. Б. (гл. Ред.), Гей Н. К., Овчаренко О. А., Сковозников В. Д. и др. (Редкол.) Москва: Наука, 2003, с. 222.

史","对我们而言,与语言切断联系等于是与历史切断联系。基于这个理由,俄罗斯历史确实行走在边缘上"……①可见,在20年代,语言具有三重意义上的"复活"功能:一是科学层面上的,令人的灵魂从动物的躯壳中复活;二是文学层面上的,使得散文的新苗从抒情诗的土壤中复活;三是本体论层面上的,词语自身从抽象回归具体,从手段回归目的(像阿克梅派所倡导的那样)。在后来创作长篇小说《船长与大尉》时,卡维林延续了这一主题,只不过抽走了其中的神秘成分:主人公桑尼·格里果烈夫(Сани Григорьев)在童年目睹了父亲杀人之后,选择永远保持沉默(令人想到为了守住爱情秘密的根黎赫)。如果说扎米亚京在《洞穴》中创造的那些因被剥夺基本生活资料而变成野兽的人们希冀肉体上的复活,那么卡维林笔下由丧失语言功能而导致静态化、雕塑化的人物则梦想精神上的复活——一种智性和灵魂的蜕变,令普通人成为诗人的魔法。

第四节　卡维林文学作品中的跨界实验

一　《第十一条公理》的几何学原理

相较于卡维林的其他作品而言,他的第一篇故事《第十一条公理》(«Одинадцатая аксиома»)并未得到应有的关注。故事写于1920年,是当时十九岁作家的一篇参赛作品,这部作品在由"文学之家"(Дом Литераторов)举办的青年作家比赛中脱颖而出,以其"奇特的想象"获得了三等奖,并成了卡维林之后进入"谢拉皮翁兄弟"的名片。虽然在作家本人看来,这篇处女作只不过是"孩童的把戏"②,"算

---

① [俄]奥西普·曼德尔施塔姆:《曼德尔施塔姆随笔选》,黄灿然等译,花城出版社2010年版,第51页。

② цит. по: Каверин В. А. "Рассказы и повести; Скандалист, или Вечера на Васильевском острове; Роман." *Собрание сочинений. В 8 - ми т. Т. 1*. Москва: Худож. лит, 1980, с. 5.

得上成功的只有构思——或许这其中有些新意"①,最终也未将其正式发表(高尔基想要将这篇作品收录在名为《1921》的丛刊中,但丛刊也未能出版;此后卡维林也未将其纳入全集中);然而事实上,卡维林早期创作在情节方面的实验性尝试正是从这篇故事开始的,艾亨鲍姆、什克洛夫斯基、隆茨和高尔基发现了这一点,但并未就此进行深入的发掘。

本小节试图证明故事《第十一条公理》最突出的实验性特征就是几何学原理(принцип геометризации)在散文体裁中的成功运用。在此之前,这一原理已被俄国的未来主义者(主要是立体未来主义者)运用在了绘画和诗歌当中,其共同的要义是"追求物质世界在表现形式上的抽象化、明确化"②。然而,卡维林在保留基本要义的前提下,对几何学原理进行了必要的变形处理,使其与散文中的"短小体裁"(малый жанр)紧密地贴合在一起,从而赋予了该文本鲜明的反传统散文特征及不可忽视的宣言性质。几何学原理,准确地说,变形的几何学原理同时体现在《第十一条公理》的文本层面和超文本层面:前者在作者的后续创作中逐渐发展为情节方面的实验,后者则跻身作家的重要诗学原则之列,成为构建卡维林创作大厦的基石。需要指出的是,超文本层面的意义不一定总是文本层面意义的延伸和拓展,有时也可能是对它的质疑甚至否定,这时我们就需要回到洞穴的入口处,再次考察作者的创作动机,并小心地将其与故事叙述者的想法区分开来。

变形的几何学原理在文本层面的运用突出表现在故事的"对称结构"上:在读者面前的是被垂直的分割线隔开的左右两栏,每一栏中又按照顺序的阿拉伯数字分隔成几个小块;只有阿拉伯数字6、

---

① Каверин В. А. "Освещенные окна: Трилогия." *Собрание сочинений. В 8 – ми т. Т. 7.* Москва: Худож. лит, 1983, с. 437.

② Ханзен-Лёве Оге А. *Русский формализм: Методологическая реконструкция развития на основе принципа остранения.* Москва: Язык русской культуры, 2001, с. 80.

7 标注的最后两个段落没有被中线隔开。这样一来，一本视觉意义上的"书中书"出现了：只需将分割线看作书脊，左栏和右栏的文本就转换成了连续的两页，每一页上是类似数学证明格式的段落。随之而来的是对传统阅读习惯的冲击——读者不必遵循逐行阅读的方式，而是可以自由选择：或者读完右边一栏再读左边一栏（反之也可），或者同时阅读左右两栏，无论哪一种方式都无损于对故事情节的理解。

故事《第十一条公理》的情节发展与结构安排到底是怎样的关系？关于这一问题，作家本人在其自传式小说《明亮的窗户》的同名章节中做了详细的解释：

> 既然罗巴切夫斯基在无限远处让两条平行线相交，那又有什么能阻止我让两个并行不悖的情节线路在无限远处相汇合呢？仅仅需要使它们摆脱时间和空间的限制，并在最终相汇合，相交融……回到家中，我拿了一把直尺，将一张白纸分为垂直的两栏。在左面，我以内心独白的方式写了一个修士的故事，他在失去对上帝的信仰之后，毁坏圣像并逃离了修道院；在右面，我写了一个学生的故事，他是个疯狂的赌徒，将身上的最后一分钱都输在了赌桌上。他为了躲避追债人的恐吓也被迫出逃，要想摆脱后者只可能在一百年之后。在第六和第七页的中部，分割线消失了：平行线逐渐交汇——学生和修士在涅瓦河边相遇了。同时相对立而存在的是两种破产（虽然只是近似的，模糊的）——身体的破产和灵魂的破产。①

虽然体裁学和叙事学方面的研究成果已经清楚地表明，自传体裁中的叙述者或主人公不能够与作者本人混为一谈，并且琐碎的生

---

① Каверин В. А. "Освещенные окна: Трилогия." *Собрание сочинений. В 8 – ми т. Т. 7.* Москва: Худож. лит, 1983, с. 437.

活细节也很难为文学研究本身提供有价值的论据，但是鉴于作者已在多本回忆录式的自传文本中提及早年创作的经历（尤其是将罗巴切夫斯基的故事付诸笔端的热情），我们几乎可以将此处关于创作的心路历程看作是真实发生的事件，它在与其他作为故事梗概（фабула）的文本对比中，以故事情节（сюжет）① 的形态凸显出来，为我们提供了有关作者文学创作动机方面的相当有参考价值的材料。

自传体小说的主人公将故事的对称结构归因于数学公式的启发——罗巴切夫斯基的平行线理论（"过直线外一点有无穷多条与已知直线不相交的直线"②）促使他将"一张白纸分为垂直的两栏"，并在两栏中写下一开始毫无关系却注定在结局相交的两个故事。从本质上说，这是逻辑思维通过图示思维转化为想象思维的过程，数学公式首次不是局部地，而是整体地被引入文本结构中，并经由结构获得了"纯粹含义的性质"（巴赫金语）。正是在这一意义上，这种建立在精确数学公式上的新型"对称结构"主要在以下两个层面上完成了对传统文学文本的颠覆，从而获得了自身的实验先锋性质：第一，对在视觉上具有数字以及图形结构的诗歌文本的颠覆；第二，对主题中包含"镜像结构"或者"双重身份"的传统心理小说的颠覆。

这一结构所包含的数学可能性和视觉图形特征同时指向了两个源头——意大利诗人但丁（Данте Алигьери，1266—1321）和白俄罗斯学者西麦恩·波洛茨基（Симеóн Пóлоцкий，1629—1680）。前

---

① 有关故事情节与故事梗概的区别可参阅 Левитан Л. и Цилевич Л. *Основы изучения сюжета*. Рига：Звайгзне，1990，с. 27 - 38。

② 欧几里得提出的第五条公理被称为"平行公理"（平行公设），其简洁的描述为：在同一平面内，过直线外一点，有且只有一条直线与已知直线平行。平行公理的推论是：平行于同一条直线的两条直线互相平行。然而，欧几里得没有考虑在球面而非平面中两条平行线无限长时的情况。于是包括罗素、黎曼、罗巴切夫斯基在内的科学家假设当两条平行线无限延长时，它们会在无穷远处相交（例如：在地球的球面上，就会发现，相互垂直于赤道的经线会相交于北极点和南极点）。这便是给卡维林以启发的"无限远处平行线相交"的原则。

者以神圣的数字"三"为基础，构建了整个《神曲》（全诗分为三篇，每篇由三十三首歌组成，并且每首歌都用"三行连锁押韵法"写成）。此后，在文艺复兴时期以邓恩、斯宾塞等为代表的一批英国诗人创作中，出现了由"三"构成的其他数字（如六、九、十二）和几何图形（等边三角形）的各种变体，这使得当时的英诗在结构和内容上都具有稳定而精确的宇宙特征①。波洛茨基则是俄罗斯最早写作图形诗歌（Фигульная поэзия）的宫廷星相学家、研究东方文化的学者，他所创作的最有名的两首图形诗歌在视觉效果上分别类似于八芒星和心脏②，为20世纪初期由现代主义者（以勃留索夫、安德烈·别雷、卡缅因斯基等为代表）掀起的视觉诗歌热潮提供了灵感。乍看之下，追源溯流的结果是令人沮丧的：如果几何学原理对文本结构的渗透早已有之，那么为形式主义者（隆茨、什克洛夫斯基、特尼扬诺夫）所称道的卡维林的创新之处到底在哪里，它又在何种程度上延续了这两个源头的传统呢？

---

① 详见胡家峦《历史的星空：英国文艺复兴时期诗歌与西方宇宙》，北京大学出版社2001年版。
② 《在王子西缅翁诞生之际向沙皇阿列克谢·米哈伊洛维奇致敬》（«Благоприветствие царю Алексею Михайловичу по случаю рождения царевича Симеона»）：

以及《口中所言即心之所溢》（«От избытка сердца уста глаголят»）。后者出自《马太福音》中的第12章第34节："因为心里所充满的，口里就说出来。"［Ибо от избытка сердца говорят уста（От Матфея 12：34）］。

首先，从对几何学的认知程度和宇宙观的演变来看，随着科学技术和人类文明的发展进步，人类对周围世界的认识不论是在具象还是抽象层面都有了极大的飞跃。尤为突出的是早先托勒密式的对宇宙的封闭式想象被近代伽利略观测月球的直线距离所取代，这代表了想象中的封闭式和谐最终让位于现实中的开放式无序。20世纪的现代主义艺术正是建立在这种"开放式的无序"之上的。从这个意义上而言，不论是但丁及其继承者的模仿宇宙结构的诗歌，还是波洛茨基的由星相学图形衍生出来的视觉诗歌前身，都是从主观愿望（这其中显然不排除国家政权的干涉）出发，对肉眼所见的真实世界进行的有序化想象。20世纪初的现代主义者则走的是另外一条完全不同的道路：他们在现代科学的协助下看到了真实世界的本质，并通过艺术的手段将其抽象化、明晰化，在此过程中以客观冷静的态度保留了真实世界的基本特征。《第十一条公理》当中作者的题词（"艺术应当建立在精确的数学公式之上"）和卷首词（"罗巴切夫斯基的平行线理论"）似乎是特意为这一点写下的注脚：看似无序的精确想象取代了表面有序的虚构概念，无限延伸的线条代替了循环往复的圆形。卡维林正是在这种想象与真实的矛盾转换之间接近传统，又迅速远离了它。

不难注意到，《第十一条公理》中不止一次出现了数字"二"①以及由此衍生出来的具有分裂性质的主题，这既是作家通过文学想象对平行线理论的创造性运用，也体现了由数字"二"所代表的现代主义美学观彻底替代象征传统神学宇宙观"三"的局面。中世纪的学者们普遍承认奇数的完美性和偶数的分裂性，因为前者不能分为两等分，是完整的存在，而后者可以分为两等分，是不稳定、不完美的存在。奇数1和偶数2作为最初的两个数，分别承载了相对立的宇宙学和伦理学的意义："一"代表宇宙的统一性，"二"象征

---

① "近日夜里，两次燃起对你的爱恋，最神圣的三位一体和最负盛名的圣母，两次熄灭了信仰的火焰。""在两次徒劳地揉搓扑克牌之后，他站起身。"

万物的生发性;"一"是本质,"二"是形式;"一"是至善,是理智本身,"二"是魔鬼与邪恶,是可见世界。而数字"三"是"具有空间维度的第一个数",它承载了连接两端的中介使命,柏拉图认为,没有第三个事物,仅靠两个事物结合是不可能的,"必须有某种使两者结合的联结物"。因此,"三"象征着一个中介使得两端达到一个整体系统的关系,从而使两端的对立物达到最终调和。这就是但丁将数字"三"用作构筑《神曲》结构的主要原因:上帝与人类之间的中介是天使,天使分为三个等级,三等天使则分为九级;灵魂与肉体之间的中介是精气,它是人之为人的证据。而在卡维林构建的世界中,身体和灵魂处于平行的时空——它们是各自时空中的"一",本身就具有完整性,因此二者之间从未有过联结物;结尾处的相遇也并不意味着支点"三"的形成,相反的,它们还将继续在自身的时空中独立存在,直到下一次的相遇,就如同平行的经线在南北极相遇一样。同时出现在两个时空中的魔鬼证明了这一点:两个世界都是真实,"二"不是由"一"生发出来,而是同后者一样具有原初性和完整性;或者说,数字"二"在此处是虚幻的存在,它指向了多重世界的并存,更接近于一种"合金"(Сплав)的状态。这种"破碎的完整性",或者说"单一的系统性"正是现代派艺术的核心,扎米亚京将其称为"综合艺术",它"混淆各个层面,并将它们整合在一起。多块世界的碎片被镶嵌在一个时空的画框中:这从来不是巧合——综合艺术将忽远忽近的碎片熔合起来;然而光芒总是从这些碎片中的一个光源扩散出来,这使得所有碎片成为一个整体"①。

其次,从形式和内容在20世纪诗歌艺术中不均衡的发展趋势来看,卡维林在其作品中所运用的视觉效果体现了一种在新体裁的基础上重建形式与内容之间和谐关系的渴望。不得不承认,形式和内容曾在但丁的《神曲》中达到了令人惊讶的和谐程度,然而,这种和谐的本质是建立在以形式和谐——准确地说,是韵律和谐——为

---

① Замятин Е. И. *Избранное*. Москва:ОГИ, 2009, с. 100.

导向的基础之上的，也即是说，所有叙事情节上的需求或者被诗歌节律所压抑，或者被强行塞入诗歌节律当中。这种严格节律诗歌在20世纪的发展方向是通过赫列勃尼科夫的《笑的诅咒》走向纯粹的听觉诗歌，词语的表意功能不再重要，而其节奏和韵律上的奇特性被放大到了极致。与之相反，波洛茨基的图形诗歌从诞生之初就是以视觉艺术为导向的，在其发展的成熟阶段更是逐渐脱离了文学文本的框架，几乎成为造型艺术（изобразительное искусство）的一类分支。由此可见，形式与内容在诗歌体裁中严重失衡的发展趋势已然不可避免，有必要在一种新体裁的基础上建立以情节内容为主要导向的动态平衡关系，才有可能改变这种形式吞噬内容的局面。而现实主义长篇小说已在19世纪末发展到顶峰，不论在内容还是形式上都难以进行实验性的改革，加之缺乏像果戈理、陀思妥耶夫斯基、列夫·托尔斯泰等一流的文学大师，现实主义小说逐渐丧失了"文学幻想"的特性，走向两个极端：意识形态完全被抽离的自然主义和凭空创造"典型环境中的典型人物"的革命现实主义。事实证明，冗长的心理分析只有在无声的人物行动中展开，才能适应20年代的体裁变化；鉴于此，什克洛夫斯基曾对谢拉皮翁兄弟中的"西方派"创造"不含心理分析的复杂情节"深表赞同①。卡维林在《第十一条公理》中的大胆尝试则表明：形式不需要刻意制造，它完全可以从内容中自然地析出，并获得与后者同样重要的意义，然后反作用于内容，让其在形式自身的框架中取得令人惊异的视觉和心理效果。

如果说卡维林在某种程度上受到了视觉诗歌的启发，从而将文本形式在视觉效果上的创新引进散文体裁；那么，20世纪20年代卡维林和其他谢拉皮翁兄弟对形式的创新——更准确地说，形式的图

---

① Ханзен-Лёве Оге А. *Русский формализм*：*Методологическая реконструкция развития на основе принципа остранения*. Москва：Язык русской культуры，2001，с. 498.

形化——则进一步地内化了，逐渐与情节内容、人物刻画和文本结构融合在一起，最终形成了内容与形式的新型"合金"。奥格·阿·汉森（Ханзен-Лёве Оге А.）曾指出："特尼扬诺夫的小说《丘赫利亚》（《Кюхля》，1925）中，主人公的行动被一股莫名其妙的力量所控制，而'圣彼得堡城市地形的几何图形化'正是这股力量的来源：这指的是陆地、隧道、运河的空间重叠，它同时作用在人物关系的几何图形化上……"① 卡维林在20年代创作的故事和短篇小说显然也具有上述特征，甚至比特尼扬诺夫更为典型：在《第五个漫游者》（《Пятый странник》）、《紫色羊皮卷》（《Пурпурный палимпсест》）、《匪巢末日》（《Конец хазы》）和《争执者，或瓦西里岛之夜》（《Скандалист, или вечера на васильевском острове》）中，可以观察到真实和想象的地理空间浓缩、重叠的过程，例如本来需要乘车很久才能到达的地点在小说中只需一抬眼就能望见，或者一个真实的岛屿和另一个虚构的岛屿通过桥梁相连。这种经过作者艺术化加工的"文本地理空间"（пространство сюжетное）具有"多层次、流动性和易变性"特征，与不同故事版本中空间（фабульное пространство）的"现实性、稳定性和相对的静止性"②形成鲜明的对比，从而赋予整个文本的叙述过程一种棋局式的游戏性质：正是错位的空间导致了人物身份的互换（首先是职业的对调，以及由此造成的命运的错置③），人物仿佛是进入对家棋局的棋子，被强行推入了另一个运行轨道之中，同时忘记了自己先前的使命，以另一个身份日复一日地运转。就这一点而言，诺维科夫认为卡维

---

① Ханзен-Лёве Оге А. *Русский формализм: Методологическая реконструкция развития на основе принципа остранения.* Москва: Язык русской культуры, 2001, с. 509.

② Левитан Л. и Цилевич Л. *Основы изучения сюжета.* Рига: Звайгзне, 1990, с. 38.

③ 很有可能是对革命文学中单一人物刻画的讽刺，人物的职业和功能就是其存在的唯一理由，他的个性不应该彰显，而应该像一枚螺丝钉一样隐藏在"集体"这部大机器中。

林"总是能够在自己的作品中艺术地解决严肃事件与游戏源头的关系，令两者和谐共存"。丢失身份的人物有时急于找回并确立自身的价值，于是就开始了新一轮的漫游，"生活是一部巨大的冒险小说"这一主题与"旅行小说"和"成长小说"传统紧密地接合在一起，成为卡维林创作后期的主要关注点之一。

二 《莱比锡城18…年纪事》：抒情插笔

《莱比锡城18…年纪事》中最引人注目的特征就是故事叙述者"我"对人物活动的完全控制和对自身叙述权力的无限放大。这个由十二个章节组成的故事中，每一章都或多或少出现了"我"的干预，其中第三、四、六、八、十一和十二章节的题目①直接指出了叙述者对情节发展进行控制的企图。这位对自身表演技术相当自信且不甘寂寞的叙述者不是钻进烟囱偷听人物的对话，就是一再向读者澄清他的写作动机和计划，甚至伪装成故事中某个人物的样子同其他人物交谈，企图借此控制情节的走向，到了最后，他终于忍不住在所有人物面前现身，并不无得意地拆开自己先前设计的谜团。读者不得不接受这样一个事实：整个故事的主要人物不是莫名消失的根利赫（Генрих）和寻找他的罗伯特·比尔（Роберт Бир），不是毫不知情的哲学教授或是似乎无所不知的古董店老太婆，甚至也不是神秘的蓝色信封，而是声称写下这个故事的叙述者本人。表面看来，这种作者在叙述过程中不间断的对自身控制权的确认和面向读者的表白源于感伤主义小说中的"抒情插笔"（авторское отступление/лирическое отступление）。一般认为抒情插笔是"作品中与情节无关的组成部分"，可以通过"回忆，或者向读者倾诉的形式（如

---

① 这几章的标题分别是："第三章见证了作者愉悦的心情""第四章有关蓝色信封出乎意料的影响和《莱比锡城18…年纪事》中作者所扮演的罪恶角色""摸着良心说，第六章应该在第五章的位置上""揭露作者虚伪本质的第八章""第十一章写给那些至今什么都没弄明白的读者""第十二章确认了作者对《莱比锡城18…年纪事》中所有人物不容置疑的控制权"。

《死魂灵》中的第六章）呈现出来"①。俄国传统感伤主义小说中运用的抒情插笔大多是作者主观意识的流露（同情多于其他任何情绪），有时甚至是作者本人经历的真实记录，具有"感觉崇拜"（культ чувства）而非讽喻性的特征。比如在卡拉姆津的短篇小说《苦命的丽莎》(《Бедная Лиза》) 当中，作者对故事人物的评价和对自身情绪的抒发起到了穿针引线的作用，一方面使得故事情节得以顺利推进；另一方面拉近读者与作者的距离，从而增加故事的可信度②。然而，《莱比锡城18…年纪事》中类似手段所起到的作用却恰恰相反：它一方面拖延了情节的进展，令人物的动作变得缓慢而费解（第40页几乎用了整整一段描写教授跨入门槛的一小步）③；另

---

① Белокурова С. П. *Словарь литературоведческих терминов*, 2007.（Электронная версия），http：//gramma.ru/LIT/? id = 3.0&page = 1&wrd = % CB% C8% D0% C8% D7% C5% D1% CA% CE% C5% 20% CE% D2% D1% D2% D3% CF% CB% C5% CD% C8% C5&bukv = % CB.

② 相类似的诗学手法在普希金的《叶甫盖尼·奥涅金》、果戈理的《死魂灵》、列夫·托尔斯泰的《战争与和平》以及布尔加科夫的《大师与玛格丽特》中均有体现，只是作者的主观评价逐渐趋于客观，随之获得了更加复杂的功能意义。这里没有提及感伤主义鼻祖劳伦斯·斯特恩的原因在于：他的代表作《感伤的旅行》中抒情插笔的功能与俄罗斯传统的抒情插笔（由普希金发端）有所不同，如果说后者多与作者本人的主观看法相联系的话，那么前者在什克洛夫斯基看来已经具有了构建文本结构的功能（"小说本身的结构凸显出来，感知形式的途径是将其打破再填充内容"）；他还认为，作者通过对人物姿势、动作的解读所达到的心理分析高度，以及与时间所做的游戏使得整个文本的讽刺意味极大提升，从而远远超越了同时代的旅行体小说，对英国的讽刺性小说产生了深远的影响。（цит. по：Шкловский В. *О теории прозы*. Москва：Советский писатель，1983.）

③ 特尼扬诺夫在评价《莱比锡城18…年纪事》一文时指出："在平衡各种情节元素的同时，作者的风格通常具有延缓情节的作用。这反映在通过引入'准确的'修饰语和描述以及刻意的俏皮话以达到扩展语句并给予其滑稽色彩的过程中：'教授愣了一会儿神，望着刚刚跑过去那人的方向，摇了摇头，然后坚定不移地向自己既定的位置上走去。然而，放荡不羁的命运还会一而再，再而三地打破他的平静。'教授的讲座在此起到了特殊的延缓情节的作用，虽然有时候有点做作的成分（学生的反驳），并且由于作者不太成熟的讽刺风格而沦为学生腔，但所有这些都被整篇布局的机智所掩盖。"（цит. по：《Серапионовы Братья》в собраниях Пушкинского Дома：*Материалы. Исследования. Публикации*. Санкт-петербург：Издательство 《Дмитрий Буланин》，1998，с. 526 – 527.）

一方面通过对叙述者不可思议行为的描写，刻意拉开了他与读者的距离，从而打破了故事的"可靠性原则"。与此同时，我们很难将叙述者的插笔定义为"抒情性的"或是"自传性的"，它更多具有的是"戏谑"和"虚构"的特征。什克洛夫斯基敏锐地发现了这一点："卡维林——机械师——情节的构筑者。他是谢拉皮翁兄弟中最不感伤的一个。"[1] 通过运用这种特殊的"叙述者插笔"（笔者语），卡维林对传统的感伤主义小说（包括大部分的浪漫主义小说）进行了实验性的戏仿和颠覆。

首先，抒情插笔的最终指向在于作者本身，他必须有能力对事件或人物做出评判、总结，并同时将内心的感受倾注其中，"以期通过情感教化读者，因此对情感反应的描写通常遮蔽了事件本身"[2]。卡维林笔下的叙述者却丝毫不具备这种过度的抒情性，或者说他竭力避免自己沾染上这种特质，以便与陈腐的感伤主义作家划清界限。最典型的表现是叙述者会装模作样地先按照传统的模式行事，然后阐明（或是以行动表明）自己对此嗤之以鼻的态度，似乎是向读者证明他并没有任何影响、教化的企图——这在第七章的开头达到了显而易见的程度。一开始，读者可能不明白为什么"我"要反复说明雪是"蓬松的、雪白的"，紧接着，"我"故作谦虚地说明了原因："有很多令人肃然起敬的作家每年都以令人惊讶的不懈精神重复这一搭配，还是在自己费尽心机的天才作品中。所以我也要提及这一点（老一辈是值得仿效的）：大雪白而蓬松。"随后，"我"没有给读者思考的机会，近乎尖锐地指出在雪的"蓬松"和学生比尔的"多毛"[3] 之间没有任何关系，且学生比尔毛发蓬松繁茂的外貌"没有展现半点儿他的性格特征"；最后，"我"坚决表明了自身的立

---

[1] Виктор Шкловский. *Сентиментальное путешествие.* Москва: Новость, 1990, с. 533 – 534.

[2] "Сентиментализм." *Энциклопедический словарь юного литературоведа.* Москва: Педагогика, 1987, www. a4format. ru.

[3] 卡维林在此选择了一个兼有二者意思的形容词 «пушистый»。

场:"由此无聊的空想者可能会总结出深刻而重要的结论。但我不做任何总结,我只是远远地尾随着他,并在严寒中裹紧自己的斗篷。"①众所周知,感伤主义作品中自然景物的重要性是不容置疑的,感伤主义作者通常"非常乐意描述大自然的壮丽美景,认为独处在其怀抱中尤其有利于发展敏感的心性"②;而自然景物的特征及其变化又经常与女主角的性格和情绪转换有紧密的关系,比如《苦命的丽莎》中在女主角丽莎身上大自然的特质得到了完美的体现,或者说丽莎就是自然的化身③。通过建立大自然景物与人物性格之间的联系,并在此基础上抒发人文关怀和道德评价,感伤主义作家期望以自身的世界观、美学观为标准,带领普通读者走入"未被现代文明污染过的圣洁殿堂"。这在本质上而言,是一种剥夺读者评判权利,将其强行塞入作者审美体验的写作手段——我们不是在读故事,而是在读一篇作者的心灵自传。由此可见,卡维林笔下的叙述者之所以再三声明(如果他没有意识到且强烈地反抗来自感伤主义的致命影响,就会选择另一个不同的形容词,而非不停地澄清这个多义词的含义),自然景物特征与人物的性格特点没有丝毫关联,实际上是通过拒绝描绘自身"心灵画像"的古老权利,从而将独立评判的自由重

---

① Каверин В. А. "Рассказы и повести; Скандалист, или Вечера на Васильевском острове: Роман." *Собрание сочинений. В 8 - ми т. Т. 1.* Москва: Худож. лит, 1980, с. 47.

② "Сентиментализм." *Энциклопедический словарь юного литературоведа.* Москва: Педагогика, 1987, www. a4format. r.

③ 在丽莎为她的爱人苦恼的时候,作者写道"Что с тобою сделалось? До сего времени, просыпаясь вместе с птичками, ты вместе с ними веселилась утром, и чистая, радостная душа светилась в глазах твоих, подобно как солнце светится в каплях росы небесной; но теперь ты задумчива, и общая радость природы чужда твоему сердцу." 这里实际上是借写丽莎非正常的状态描述了她自然的状态,在没有爱上艾拉斯特之前,她是自由而快乐的;当她得知艾拉斯特也是爱着她的时候,世界都变得明亮起来, "Ах, матушка! Какое прекрасное утро! Как все весело в поле! Никогда жаворонки так хорошо не певали, никогда солнце так светло не сияло, никогда цветы так приятно не пахли!" 在丽莎失贞之后,突然电闪雷鸣,仿佛大自然对她的行为发怒了。

新交还于读者。

　　其次，卡维林笔下叙述者"抒情性"的缺失暗示了作者隐藏自身的倾向，换而言之，作者借由过度曝光"我"那些不可思议的举动，使得自己的真实面孔隐藏在"我"的滑稽面具之下，从而避免了将自传性因子赋予其主人公的通常做法。大多数作家的创作是从带有自传性质的作品开始的，这一点连一向不愿意被任何定律束缚的纳博科夫也不得不承认。他在为其处女作《玛丽》写的序言中指出："初涉创作的作者总是会一头扎进自己的私生活，试图在第一部小说中培育出自我或是自我的代言人——这一点几乎是人所共知的。这么做与其说是无法抗拒现成题材的诱惑，不如说是对一种轻松感的渴望——在完全脱离自我之后，就可以转向更加有趣的事物。这是我所赞同的为数不多的几条规律之一。"①然而，这条定律对于卡维林来说是不大适用的，他似乎从一开始就没有被树立"自我代言人"的想法所诱惑，因为他清楚地知道作者的创造力和作者本人的区别，如果将后者无限扩大覆盖前者，无疑会导致两个后果：文学想象力的逐渐委靡和作者天赋的神秘化，前者与文学作品中情节的退化密切相连（达到顶峰的作品无疑是普鲁斯特的《追忆似水年华》），后者则否定了文学技艺的发展，而将创造力的涌现寄托于不可知的神秘力量（典型代表是俄国象征主义）。在这一过程中，随着作者的看法与叙述者或主人公的思维活动逐渐重合，或者更准确地说，小说中大批的人和物都一一嵌入作者原先设定好的理想化图景，由内部隐藏的真实含义与所表达出来的字面意义之间的反差而产生的讽刺性效果就荡然无存了。这一现象不仅存在于大部分的感伤主义和浪漫主义作品中，也可以在某些类似于现实主义的浪漫主义小说（如萨克雷的《名利场》、果戈理的《死魂灵》）中观察到——都反映出作者在道德制高点上单一、严肃的训

---

　　① Аверина Б. и Маликовой М. и Долинина А. （Сост.） *Набоков В. В.*: *pro et contra*. Санкт-петербург: РХГИ, 1997, с. 67.

诚态度。与此相反，卡维林从不以精神导师的面貌示人，他的态度是游戏式的、多面化的：在构建理想化图景和观察真实事件发展这二者之间，他坚定地选择了后者——虽然在其早期短篇故事创作中，所谓"真实事件"也只是纯粹想象的真实，与阿克梅派对真实世界的定义有相似之处（有关卡维林世界中的"真实标准"是另外一个议题），这实际上说明卡维林在本质上更接近于现实主义者，而非浪漫主义者。

这一实验性的尝试不能说是完全成功的，因为不论是抒情插笔还是叙述者插笔都具有详尽描述的倾向，或者更确切地说是"装饰性"的倾向：在前者中通过作者的主观感受表现出来，而在后者中则体现在情节结构的安排上——错置的章节、与人物的游戏和写作想法的刻意暴露。作为一位始终"以情节为导向的作家"①，卡维林在其创作的中后期十分反对装饰散文的倾向，他甚至认为："这些年来，正是这种从象征主义那里继承来的所谓装饰性风格，大大阻碍了我国文学的发展。"② 如果不了解这一点，我们可能会惊讶地发现在该作品之后叙述者在舞台上出现的次数越来越少了，作者似乎找到了其他更加有效的方法使他自如地控制木偶且不暴露自身。

第五节 《匪巢末日》：平行线的最终交汇

卡维林在1924年发表的作品《匪巢末日》（«Конец хазы»）自问世之初就受到了高尔基的赞赏，后者在写给斯洛尼姆斯基的信中

---

① Каверин В. А. "Рассказы и повести; Скандалист, или Вечера на Васильевском острове: Роман." *Собрание сочинений. В 8 – ми т. Т.* 1. Москва: Худож. лит, 1980, с. 17.

② D. G. B. Piper, "Formalism and the Serapion Brothers", *The Slavonic and East European Review*, Vol. 47, No. 108 (Jan., 1969), p. 92.

称:"卡维林勇敢地超越了自身,在这一点上我为他骄傲!这势必会令他创作出更加独特的作品。"①"超越自身"背后的文本可以追溯到1923年12月高尔基对卡维林第一部故事集(《大师与学徒》)的评价:"我认为,对于您来说,现在是时候将注意力从未知的地区和国家转向俄罗斯的、当代的,同时也极具幻想色彩的日常生活上了。"② 作者本人对该作品的评价则是:"《匪巢末日》是第一部跳出这一纯文学式想象怪圈的作品,在其中我尝试描绘列宁格勒的'黑社会'以及新经济政策时期的强盗和小偷团伙。"③ 卡维林所说的"纯文学式想象的怪圈"可能要比高尔基所指的"未知的"神秘遥远的国度更加抽象而难以抽离,因为这不仅仅包含了题材和人物的重新安排,更重要的是涉及创作理念和方法的根本性变革——在"自然主义者"、风俗画作家和当时流行的装饰性幻想风格之外找到能够恰当表达对时代感受的第三条道路。从这个意义上而言,《匪巢末日》这篇小说对于卡维林的个人创作生涯来说是一个明显的节点:如果说他的处女作《第十一条公理》首次向虚空中放射出了数条代表早期诗学观的平行线,那么在《匪巢末日》中这些平行线终于汇集成了一个闪光的节点,它既是对之前诗学问题的总结和回答,又是开启全新旅程的出发点——诺维科夫称之为"成熟的开始"(начало зрелости)④。

在这篇不足百页的短篇小说中,不仅浓缩了卡维林对20年代初期俄罗斯文学进程与社会历史发展关系的深入思考,以及对作家、主人公、读者和世界之间相互关系的具象化阐释,更重要的是,

---

① Лемминта Е. (вступ. ст., сост., коммент., аннот. указ.). *Серапионовы братья* в зеркалах переписки. Москва: Аграф, 2004, с. 354.

② Там же, с. 220.

③ Каверин В. А. "Рассказы и повести; Скандалист, или Вечера на Васильевском острове: Роман." *Собрание сочинений. В 8 - ми т. Т. 1.* Москва: Худож. лит, 1980, с. 10.

④ Новикова О. Н. и Новиков Вл. И. В. *Каверин: Критический очерк.* Москва: Сов. писатель, 1986, с. 35.

它所涉及的问题对理解卡维林在"谢拉皮翁兄弟"中所处的位置和后者在整个20年代文学进程中所掌握的话语权有很大的帮助。"20世纪20年代的俄罗斯文学具有某种'过渡性'(передность)的特征：由言论自由环境下产生的全新文学过渡到严格审查制度下整齐划一的苏联文学——读者与作者角色转换了，体裁和内容处于不断转型过程中，文学的向心性消失了。"① 这段评价对我们的启示至少有以下两点：首先，与20年代文学发展本身相适应，其所涉及的各种问题也"失去了向心性"而呈现出纷繁复杂、多极对立的局面；其次，"过渡性"暗示了两种状态之间的混沌地带，换而言之，过渡不是一次性完成的，象征文学规律的钟摆在多次不同幅度地来回摆动中逐渐形成了上述"过渡地带"，并且在这一过程中重要的不是达到某一最远极点，而是找到两个相对极点之间的区间值——正是这些大大小小区间值的叠加构成了20年代文学进程的全貌。事实上，本书已分别对几组重要的区间值做了分析和阐释，这其中包括文学传统与文学实验（第二章）、虚构与真实（第三章）、装饰散文与情节小说（第四、五章）以及浪漫主义与现实主义（全部章节），这主要是基于谢拉皮翁兄弟创作整体来讨论的。然而在卡维林的这部作品中，这几组对立概念虽在某种程度上与之前有相似之处，但其内涵和外延意义还是产生了一些变化，这需要我们进一步地发掘和推敲。本书拟设"虚构与真实"的关系为切入口，以卡维林之前的幻想作品（《莱比锡城18…年纪事》《第五个漫游者》《紫色羊皮卷》《细木匠》《大圆桶》《大赌博》和《钦差大臣》）为参照物，尝试从人物、时空、事件三个层面对余下的几组关系进行解码，旨在通过对该文本的解读大致勾勒整个20年代文学发展变迁的基本脉络。

这部小说在人物塑造上与之前作品的最大区别在于：几乎所有

---

① Черняк М. А. *Актуальная словесность XXI века：Приглашение к диалогу：учеб. пособие.* Москва：ФЛИНТА：Наука, 2015, с. 85.

的人物都从原先会动或不会动的人偶变成了可以自由思考、具有独特性格的人。在《匪巢末日》中读者不会看到活人眨眼变为雕塑(《莱比锡城18…年纪事》),或是被填充果冻状大脑的木偶活蹦乱跳(《细木匠》),更不会对找到金驴粪蛋和"哲学之石"有所期待(《第五个漫游者》);谢尔盖·维谢拉格(Сергей Веселаго)和其他主要人物并非诞生于魔法巫术(或者神秘科学),而是先于整部作品存在,并且在作品结束之后仍然继续他们各自的生活。可以看出,作者不再急急忙忙从一出场就将虚构的砝码压在读者的想象力上(如《第五个漫游者》中的叙述者黏土人就是典型的例子),而是耐心地铺设连接两个虚构空间的真实桥梁,并引导读者自己发现两者的界限。这一变化过程首先是从叙述者的退场开始的:"《匪巢末日》的作者坚信他的人物不是傀儡,而是活生生的人,因此他认为自己暴露在叙事过程中是不必要的。"①

  叙述者作为人物之一参与故事的进程是卡维林早期幻想作品的主要特征之一,特尼扬诺夫对此曾评价道:"作为作者的'我'在故事中扮演两个角色:半参与情节主线(作为剧中人物的'我'),和在真相大白的时候嘲讽评述(作为作者的'我')。在故事的结尾作者参与情节被赋予了'摧毁幻想'的作用:结局不是被揭示出来,而是滑稽地终止。"② 与上述技法相伴出现的是章节的错置,叙述者突然膨胀的权力令他可以随意安插章节,并赋予后者与人物等同的地位:例如在《莱比锡城18…年纪事》中,叙述者用了整个第六章("第六章,致那些至今还没明白事情始末的读者")向读者解释他为何把原先的章节弄丢了,并怀疑是故事中的人物偷了章节("我觉得自己一点错都没有,反倒怀疑学生比尔捣的鬼。就是他偷了这一章,

---

  ① Новикова О. Н. и Новиков Вл. И. *В. Каверин: Критический очерк.* Москва: Сов. писатель, 1986, с. 46.

  ② «Серапионовы Братья» в собраниях Пушкинского Дома: *Материалы. Исследования. Публикации.* Санкт-петербург: Издательство «Дмитрий Буланин», 1998, с. 526 – 527.

以这种最卑鄙无耻的方法剥夺了我向读者澄清事实的权利"①）。这一技法在《第五个漫游者》中与木偶戏手法相结合并达到了新的高度，而后越过《紫色羊皮卷》和《细木匠》，在《大圆桶》《大赌博》中简化至"伪装成人物的叙述者"，《钦差大臣》里除了从括号内的注释［如"他朝大个子（大个子疲惫不堪地瘫在阶梯上）"，"这个名字（褚楚金第一次听到它）从一个角落滚到另一个角落"②］能够推测出暗中窥伺的叙述者外，并没有着重发展这一技法的迹象。正是从《匪巢末日》开始，叙述者完全退出了舞台中心，将更大的自由空间让与了剧中角色。

叙述者的退场并不意味着作者失去了对笔下人物掌控的能力，恰恰相反，卡维林将之前获得的经验与传统浪漫主义小说中塑造主人公的方法结合起来，在故事情节安排与人物性格塑造之间寻得了一个平衡点——这在同时期的幻想冒险小说中并不多见。列日涅夫（А. З. Лежнев）将卡维林的小说奉为冒险小说的"典范"，认为其特别之处在于能够将冒险题材（包括侦探、悬疑、警匪题材等）与人物性格刻画同时展开，并使两者都得到充分的发展，相比较而言，大多数同时期的冒险小说都只能做到保全其中一个要素，而舍弃另一个③。《匪巢末日》的主人公谢尔盖·维谢拉格与《细木匠》中的木偶谢尔盖有很多相似之处：除了同名之外，二者对所执着之物的追求和因此而经历种种冒险，以及最终覆灭的命运都如出一辙。然而从木偶人谢尔盖到真人谢尔盖，中间不仅经历了字面意义上身体结构的改造，更重要的是作为小说人物向推动故事情节发展和丰富读者心理感受层面的进阶。

首先，为了让读者能充分体验并相信谢尔盖不幸爱情的真实性和

---

① Каверин В. А. "Рассказы и повести; Скандалист, или Вечера на Васильевском острове: Роман." *Собрание сочинений. В 8 - ми т. Т.* 1. Москва: Худож. лит, 1980, с. 57.

② Там же, с. 208.

③ *Печать и Революция.* Книга 5 – 6, 1925, Июль-сентябрь, с. 233 – 234.

毁灭性，卡维林采取了传统浪漫主义小说中塑造主人公的方法——将作者的立场与主人公的立场统一在一个崇高的理想（爱情）之下并在此基础上展现主人公与世界的对立。从行为动机上看，谢尔盖很像是从19世纪的浪漫主义长诗中走出来的人物：他的过去与未来对我们来说是一个谜，而他存在于当下的唯一意义是对叶卡捷琳娜·伊凡诺夫娜至死不渝的爱；至于这爱有没有回应，我们不得而知，谢尔盖本人恐怕也难以回答，这一事实本身就具有悲剧性。莱蒙托夫的恶魔、普希金的普加乔夫、蒲宁的米嘉等都是这种"知其不可而为之"的悲剧形象的典型代表，蒲宁在《幽暗的林荫道》中一语道出了关于他们的永恒定律"在爱情中陷得太深，总会伤着自己"。从表现手法上看，卡维林避开了对人物详尽细致的心理分析（这一趋势从莱蒙托夫开始，并在陀思妥耶夫斯基、列夫·托尔斯泰处达到顶峰），仅仅从对话和行动上展现主人公的内心活动，这种在人物的行动中展开分析的模式更接近于普希金的传统。在《匪巢末日》第十五章中人物的悲剧达到了顶峰：谢尔盖亲眼看见了叶卡捷琳娜被杀的过程，他作为证人被带到警察局录口供，悲恸激愤之下谢尔盖竟暴露了自己在逃囚犯的身份，这令警官都唏嘘不已。也正是这一章充分展现了作者对上述手法的熟稔运用：所有的描述几乎都遵循一个固定的顺序，从场景描述开始，随后是人物对此的反应，再到他的内心感受（非必要），最后诉诸语言表达。以他发现叶卡捷琳娜被杀时的描写为例：

  窄而薄的嘴唇紧抿着，像一条用铅笔画出的线段，眼睛张得大大的，里面噙满了泪水——就在月牙戳破云层露出尖角的几秒钟内，谢尔盖借着月光看到了这一切。
  他一跃而起，发疯似的用手把自己的脸抓伤了。
  ——"救命！！"
  他似乎是被自己发出的巨响吓着了，重又跪了下去，用双手支撑起叶卡捷琳娜·伊凡诺夫娜向后耷拉的脑袋，他也不知道为什么要这么做。①

上述选段中从起首到他喊出"救命"是一个完整的过程,作者让我们通过谢尔盖的眼睛看见了叶卡捷琳娜临死前的表情,接着便是主人公对此的反应,此处作者没有触及他的心理活动,只写了他异乎寻常的动作,随后所有的紧张情绪都在一声"救命"中释放出来。接下来是另一个循环,他的呼救成为行为发生的原因,随后的心理活动来自卡维林与谢尔盖的结合体——或者说全知全能的叙述者,这在卡维林之前的故事中十分罕见。正是这一个个完整的叙述单位形成了第十五章的前半部分,后半部分是他在警察局录口供的过程,省去了场景描写和心理感受,行动与语言仍然紧密接合在一起,将一触即发的气氛推向高潮。

其次,为了让人物性格的发展不妨碍情节的展开,不破坏小说的节奏感,卡维林巧妙地运用了以往写作中的成功经验,即控制叙述者与主人公之间的距离,同时以事件而非人物性格的发展为中心来安排章节。从情节的发展来看,《匪巢末日》有两条主要线索:谢尔盖寻找叶卡捷琳娜和强盗团伙伺机洗劫国家银行(两件看起来毫不相干的事情),这两条线在大部分时间是并行的,作者只是在不经意间透露了两个事件的关联——强盗头子巴拉邦(Барабан)看上了女打字员并将她掳至匪巢中。整个小说分为十六个章节,以谢尔盖为主要人物的有七章(第三、六、八、十、十二、十四、十五章),在余下的章节中作者似乎忘记了这位主要人物,对他的命运和遭遇一字不提。谢尔盖的活动结束于第十五章,他无意中暴露了自己在逃囚犯的身份,接下来毫无疑问是暗无天日的牢狱生活,也正是从此处开始,作者切断了他与主人公的感应脐带,似乎谢尔盖

---

① Каверин В. А. "Рассказы и повести; Скандалист, или Вечера на Васильевском острове: Роман." *Собрание сочинений. В 8 - ми т. Т. 1*. Москва: Худож. лит, 1980, с. 308.

的任务已经完成，是时候将他收回匣中了。这不禁令人想到《第五个漫游者》中黏土叙述者对前四个角色的态度：每当一个漫游者的历险接近尾声时，"第五个漫游者便在他头顶合上盖子"①，以便开启一个全新的故事。或许正是这个原因，什克洛夫斯基称卡维林是"机械师"，"谢拉皮翁兄弟中最不伤感的一个"②。传统浪漫主义小说中主人公所扮演的角色绝不仅仅如此：屠格涅夫在借歌德的《浮士德》为浪漫主义下定义时，曾将后者比作人的青少年阶段："他成了周遭世界的中心……他是孤独的，只从自己的感受出发理解生活；即使在他渴望已久的爱情里，他仍是浪漫主义者，这种浪漫主义不是别的，正是个性的颂歌。他准备好要诠释社会、社会问题和科学，但不论社会还是科学都必须是为他而存在的，而不是相反。……浮士德自始至终都只关心自己。"③ 谢尔盖在追求爱情道路上的激情并不亚于浮士德，甚至在爱情无望只剩责任时仍然固守初心；但他在本质上和浮士德一样，是个为虚构的想象而不顾一切的浪漫主义者，只是他作为主角的悲剧命运并不是卡维林整部小说的中心，而仅仅是一个部分、一个场景——就像个人的死亡是宇宙总循环的一个微小部分。由此可见，卡维林借用传统浪漫主义写作手法的目的在于超越后者，最终建立起一个在文本而非内容层面逼近现实的新世界，这在某种程度上已经显示出了现代主义的征兆。

早在《大圆桶（幻想故事）》（1923）中，卡维林就显露出了改造犯罪题材的兴趣：由强盗、小偷组成的团伙为了探寻宝藏不得不

---

① Каверин В. А. "Рассказы и повести； Скандалист, или Вечера на Васильевском острове： Роман." *Собрание сочинений. В 8 - ми т. Т. 1.* Москва：Худож. лит, 1980, с. 89.

② Виктор Шкловский. "Из книги «Сентиментальное путешествие»" Фрезинский Б. (глав. Ред.) *Судьбы Серапионов. Портреты и сюжеты.* Санкт-Петербург：Академический проект, 2003, с. 533 – 534.

③ Волков И. Ф. "Романтизм как творческий метод." *Проблемы романтизма： Сборник статей.* Гуревич А. и Новик Е. (Редакторы) Москва：Искусство, 1970, с. 24.

与数学家联手下到地底，最后发现世界其实是个不断翻滚的大酒桶。这篇故事中虽然已经出现了在各种书面文件中寻找线索（密码）的破案情节，但是犯罪小说的框架仍不完整，人物的形象也比较模糊苍白。在接下来的《大赌博（幻想小说）》（1923）里，知识分子与追查他的侦探仍各自引导一条主线，然而此处善与恶的标签并未贴在人们所想象的地方：侦探伍德（Эдвин Вуд）是一个尼采式的超人，他幻想以监狱系统规范整个世界，然而最后输给了常年混迹于赌场的东方语专家——巴纳耶夫（Панаев）。这篇作品中善与恶的交错、复杂的人物性格、清晰的情节安排以及对普通犯罪小说的超越都为《匪巢末日》埋下了伏笔。

《匪巢末日》的奇特之处在于，它同时具有犯罪小说（уголовный роман）的外框和史诗性小说的内核，换而言之，它联结了当时流行的所谓"低俗小说"（бульварный роман）与19世纪经典传统——文学实验在这里以一种回归经典的方式实现。

说这篇作品具有犯罪小说的外框，是因为它具备了普通犯罪小说的基本要素："在犯罪小说里，描写的对象是罪恶世界的生活或者那些与罪犯周旋的人们——警察、民警、侦探等。"① 虽然犯罪小说相较于侦探小说而言放宽了对作者的限制，不再以塑造某个传奇人物（如福尔摩斯）为要旨，不论在情节安排、人物塑造还是道德伦理层面都更有悬念和弹性；但是作为20世纪初在俄罗斯兴起的一种大众文学，犯罪小说的源头不在俄罗斯本土散文，而在西方以莫泊桑、欧·亨利为代表的短篇故事（новелла）中，这就决定了设置悬念并在结尾处揭开谜团（通常伴有某种程度上的喜剧效果）是其首要任务——至于这在何种程度上损害了作品的哲学内涵（如果有的话）和人物性格的深度，作者并不太关心。针对这一点，科尔涅伊·

---

① Николаев Д. Д. *Русская проза 1920—1930-х годов: авантюрная, фантастическая и историческая проза.* Ин-т мировой лит. Им. А. М. Горького РАН. Москва: Наука, 2006, с. 180.

楚科夫斯基在1908年美式"平克顿小说"大行其道时发表了一篇痛心疾首的声明，称："这种故事完全出自霍顿渡（非洲南部的黑人种族——引者注）人之手，后者不知从哪儿冒了出来，并且在短短的两三年内已经吃光了我们的整个知识阶层，啃尽了我们所有的派别、纲领和宣言，我们的文学和艺术。"① 从该评论过激的言辞中，我们不难看出以楚科夫斯基为代表的俄罗斯知识阶层对不可逆文学转型过程的过度恐慌。列夫·隆茨显然对这一观点不太赞同，然而他并没有正面回击，而是在1922年面向全体谢拉皮翁兄弟所发表的宣言式文章《向西方！》（«На запад!»）中以戏谑的语调指出："农民和工人很少会读那些令受过高等教育的知识分子颅骨震颤、鼓膜轰鸣的小说。农民和工人同其他所有的正常人一样，想要看引人入胜的情节。布列什柯·布列什柯夫斯基的成功之处正在于此。谁有能力替代布列什柯·布列什柯夫斯基并为无产阶级民众带来俄罗斯的斯蒂文森，谁就能当之无愧地获得伟大革命的勋章。"② 隆茨主张从模仿西方冒险小说开始，然后进入"小心翼翼"的创作阶段——"往拿来的故事梗概里注入俄罗斯的灵魂、俄罗斯的思想、俄罗斯的抒情。"③ 隆茨有关"情节理论"的观点和主张得到了卡维林的呼应，后者在具有自传性质的《作品概要》（«Очерк работы»）中坚定地宣称自己"从来就是，也将一直是一个以情节为导向的作家，并且无论如何也不明白，为什么有些作家和评论家不是将情节导向与二流水平联系起来，就是将二者混淆起来，还自认为有理。"并且列举出俄罗斯文学传统中在情节构建方面煞费苦心，却仍未在这方面得到应有重视的大作家，如列夫·托尔斯泰、屠格涅夫和陀

---

① Matthias Schwartz, «The Debates about the Genre of Science Fiction from NEP to High Stalinism», *Slavic Review*, 2013, Vol. 72, No. 2, p. 228.

② Лев Лунц. "На запад!" *Серапионовы братья. Антология: Манифесты, декларации, статьи, избранная проза, воспоминания*. Прокопова Т. Ф. （Сост., вступ. Ст., примеч.） Москва: Школа-пресс, 1998, с. 53.

③ Там же, с. 52.

思妥耶夫斯基①。由此可以看出，卡维林虽然赞同隆茨的情节理论，但是二者的出发点是不同的：如果说隆茨是从大众接受文学的层次和倾向角度看待创作情节小说的重要性，那么卡维林则致力于将冒险小说和纯情节小说提升到严肃文学层次，不仅在西方文学，更重要的是在本国文学传统中汲取经验和养分。正是在这个意义上，卡维林尝试通过《匪巢末日》改造犯罪小说的典型结构，使其与俄罗斯传统文学中具有史诗性质的短篇小说（повесть）相结合，从而大大拓展了文本的内涵和外延意义。

从体裁的角度分析，《匪巢末日》这篇作品至少在两个方面突破了犯罪小说的基本框架：首先，对人物命运及其与周遭世界关系的兴趣明显超越了设置谜团并以此抓住读者的企图；其次，主导情节结构是环形的，而不是强调结尾的抛物线形。

在一般的犯罪小说中，为了使读者情绪饱满地读完整本书，作家必须保证情节的推进过程中出现尽可能多的谜团，且这些谜团中最关键的一个于尽可能晚的时候（最好在小说的最后一章）被解开——这就要求事件之间逻辑联系紧密且"最后的那个事件在重要性上应该与之前所有的连环事件等同"②。在《匪巢末日》里，最关键的谜团从一开始就出现了——女打字员叶卡捷琳娜的无故失踪引起了警方的注意。与此同时，作者也确实遵循犯罪小说的体系设置了两条主线（破案方和犯罪方）并在二者的交织并行中一点点逼近最大的谜团。然而问题就在于：作者似乎并没有将解决这一最关键的谜团作为整篇作品的高潮，因为如果是这样，他就不会过早地

---

① Каверин В. А. "Рассказы и повести; Скандалист, или Вечера на Васильевском острове: Роман." *Собрание сочинений. В 8 - ми т. Т.* 1. Москва: Худож. лит, 1980, с. 8.

② Бройтман С. Н. и Магомедова Д. М. и Приходько И. С. и Тамарченко Н. Д. (отв. Ред.) "Жанр и жанровая система в русской литературе конца XIX - начала XX века". *Поэтика русской литературы конца XIX - начала XX века. Динамика жанра. Общие проблемы. Проза.* Москва: ИМЛИ РАН, 2009, с. 18.

暴露叶卡捷琳娜的处所，即在第五章让读者借皮涅塔（Пинета）的视角先于主人公谢尔盖看到被强盗头子囚禁起来的卡佳（叶卡捷琳娜的昵称）①，也不会在这之后对叶卡捷琳娜的动机和遭遇缄口不言（除了从相关书信和谈话中间接猜测，我们别无选择）——这实际上绕过了谜团本身，更不会在一切事实真相大白后重新开始一章（第十六章）与主人公命运毫不相关的叙述。然而，如果将人物命运代替连环事件放置于该作品的中心，那么一切疑惑便迎刃而解。仔细观察会发现，谢尔盖虽然是作品的主角，但是作者丝毫不吝啬在其他"次要人物"上的笔墨：先于谢尔盖出现在第一章里的皮涅塔以其厚颜无耻、无所顾忌的性格很快融入了黑帮生活，在最终章里他竟然帮助囚禁他的黑帮头领与警察枪战；凶悍暴躁的强盗头领之一巴拉邦（Барабан——俄语中为"圆鼓"之意）却意外地对欧洲文化充满深情，并出人意料地在最终章里显示出了庇护下属的一面；自第一章就失踪的叶卡捷琳娜留给我们的是一堆署名神秘的信件，正是这些信件将谢尔盖引入黑帮内部并最终酿成了她自身的悲剧——为皮亚塔克（三个强盗头子之一）所误杀。事实上，如果我们抽出有关谢尔盖的章节（第三、六、八、十、十二、十四、十五章），那么剩下的八章（除第一章以外）就是整个黑帮体现在具体人物命运上的兴亡史，作者在一个宏大的层面上展现了20年代各色人物及其生活状态的全貌，这正符合别林斯基对短篇小说的定义——"从人类命运这首永不完结的长诗中截取下来的一个片段"。

对人物命运的重点关注直接决定了《匪巢末日》情节结构不同于犯罪小说（以事件为中心）的抛物线形，而呈首尾相连的环形。抛物线形与环形结构的共同点是——情节发展通常开始于一个不寻常的事件，不同之处在于：对于前者来说，这一起始事件应当"在

---

① "难道你没有感受到么？卡佳？谁都不明白！……"（цит. по: Каверин В. А. "Рассказы и повести; Скандалист, или Вечера на Васильевском острове: Роман." *Собрание сочинений. В 8 – ми т. Т. 1.* Москва: Худож. лит, 1980, с. 255.）

不断积累的情节协助下，获得某种不受支配的、脱离客观经验世界普遍规律的特质"；而在后者的情况下，起因事件"只是一个偶然，或者说是从人类历史存在的那些常量条件中选取出来的一个具有可能性和重复性的例子"①。《匪巢末日》里"女打字员的失踪"这一起因事件确实在不断展开的情节中引发了一连串的偶然事件，如被黑帮绑架的皮涅塔无意中偷听到了巴拉邦威逼女打字员就范的谈话，女打字员的秘密情人弗罗洛夫在与谢尔盖的决斗中意外身亡了，暗中帮助谢尔盖的妓女苏什卡其实是强盗头子之一皮亚塔克的相好，而皮亚塔克出于嫉妒误杀了女打字员等。然而有趣的是，每一个奇异事件在引入下一个同样奇异的事件之后便消失得无影无踪，就像是湖水中一层层的涟漪——通常留在人们印象当中的只是最后一个，并且其持续时间也极有限。换而言之，"女打字员的失踪"只是一个导火索，而不是所有连环事件的中心。作者并未打算探究这一事件的起因，也无意将它拔高于"客观经验世界"（只是一起普通的情感纠纷事件）。它连同其他被引发的事件一样，都具有可能性和偶然性，也正是这些可能性和偶然性构成了个人命运，甚至整个人类命运的必然走向。对强盗头子巴拉邦最后的描写渗透了庄严的悲剧感，"在这里（弹尽之后，巴拉邦跳楼落在了一堆垃圾上——引者注）他张开了双眼，看见天空、大地，和指着他的左轮手枪，他在口袋里摸着雪茄，停止了思考"……②这不难让人联想到列夫·托尔斯泰在《战争与和平》中对安德烈伯爵濒死感受的描写："第一次产生这种感觉是当手榴弹像陀螺一般在他面前旋转的时候，他看着收

---

① Бройтман С. Н. и Магомедова Д. М. и Приходько И. С. и Тамарченко Н. Д. (отв. Ред.) "Жанр и жанровая система в русской литературе конца XIX - начала XX века". *Поэтика русской литературы конца XIX - начала XX века. Динамика жанра. Общие проблемы. Проза.* Москва：ИМЛИ РАН，2009，с. 21.

② Каверин В. А. "Рассказы и повести；Скандалист，или Вечера на Васильевском острове：Роман." *Собрание сочинений. В 8 - ми т. Т.* 1. Москва：Худож. лит，1980，с. 327.

割后的田地、灌木丛和天空，知道他在面临死亡。"① 不论是女打字员的死，还是谢尔盖的再次入狱，抑或是风光一时的强盗头领最终难逃法网，所有的这些都只不过是编织成生活这条巨毯的一股或几股麻线，哪怕中间脱失了线头，整体的图案也不会有多大变化。关于生活精密的内在结构，以及它不可动摇的节奏和步伐，卡维林在小说的开头就呈现给了读者——从国内战争和经济封锁中刚刚"直起双肩"的俄罗斯和圣彼得堡，到以前作为贵族住宅现在则挤满"音乐语言教师"的大楼，再到"走了就再也没有回来的女打字员叶卡捷琳娜·伊凡诺夫娜·莫洛斯特沃娃"，历史的钟摆从国家摆向个人，从宏观摆向具体，没有人能阻挡这一简单却有力的摆动。从这一切迹象上来看，《匪巢末日》既不是小说（роман），也不是故事（рассказ），"而是实在意义上的中篇小说（повесть）"②。

在卡维林之前写作的幻想故事中，时间和空间总是具有明显的虚构性质：如果故事的地点发生在俄罗斯（《细木匠》），那么时间必定是遥远的过去；反过来，时间切近的故事（《第五个漫游者》《大赌博》）则不会在俄罗斯，而在某个不知名的国度发生；当然也不乏时间和空间都距离遥远的例子，如《莱比锡城18…年纪事》。这实际上一方面体现了20年代初期翻译成俄语的外国幻想题材作品对卡维林创作的影响，另一方面则反映了作家从俄罗斯传统民间故事中汲取的经验。

从1918年到1922年，翻译文学（尤其是冒险、幻想小说）对俄罗斯图书市场的冲击是巨大的，传统文学的地位以及早已成形的作家与读者之间的关系发生了结构性的转变：读者在适应了翻译文学的叙事模式和语言风格之后，很难认可俄罗斯本土作家的幻想题材作品。由此引发了20年代出版界令人称奇的真实事件——俄罗斯

---

① ［俄］列夫·托尔斯泰：《战争与和平》，草婴译，北京联合出版公司2014年版，第892页。

② Новикова О. Н. и Новиков Вл. И. В. *Каверин: Критический очерк.* Москва: Сов. писатель, 1986, с. 37.

作家经常在外国笔名的掩护下发表作品，理所当然的，"几乎所有这些幻想作品中的主人公都是外国人；保护神圣财产不受侵犯的密探的真实身份总是工人或者宣传员，成功地与敌人周旋斗争，主人公最主要的任务之一就是点燃世界革命的火种"①。在翻译的热潮逐渐消退，俄罗斯作家们开始尝试将民族元素融入科幻题材作品时，问题出现了：不是冠有俄罗斯姓名的主人公在时空错乱、宇宙航行中丢失了可靠叙述者的身份，就是外籍出身的博士和学者在冗长的心理分析或者缺乏情节的词语沼泽里迷失了方向。在高尔基的委婉建议下（"我认为，对于您来说，现在是时候将注意力从未知的地区和国家转向俄罗斯的、当代的，同时也极具幻想色彩的日常生活上了"），卡维林曾不无抱怨地指出这其中的难处："从'遥远的国度'到当代俄罗斯的转向并不简单。刻意幻想出来的新玩意儿必须换成真家伙，再说了，哪个初出茅庐的作家敢闯进俄罗斯传统幻想故事金光闪闪的宝殿里，跟名垂千古的果戈理叫板呢？"② 然而，卡维林为了翻越"模仿"这座大山一直在默默努力着，在经过向果戈理致敬的同名作品《钦差大臣》（«Ревизор»）之后，年轻的作家找到了将幻想题材植入俄罗斯本土文化的方法，并将其完整呈现在《匪巢末日》这部小说里。

事实上，包括卡维林在内的所有"谢拉皮翁兄弟"成员都从俄罗斯传统民间故事中或多或少地汲取过养分，这在费定、左琴科、吉洪诺夫的作品中体现得尤为明显。米哈伊尔·采特林认为俄罗斯民间故事既是谢拉皮翁兄弟们找寻、学习的对象，也是他们在后来

---

① Тимина С. И. и Грякалова Н. Ю. и Лекманов О. А. и др. *Русская литература XX века: учебник для высших учебных заведений Российской Федерации.* Тиминой С. И. (под ред.) Учебно-методический комплекс по курсу «Русская литература XX – начало XXI в.». Санкт-Петербург: филологический факультет СПбГУ, 2011, с. 335.

② Каверин В. А. "Рассказы и повести; Скандалист, или Вечера на Васильевском острове: Роман." *Собрание сочинений. В 8 – ми т. Т. 1.* Москва: Худож. лит, 1980, с. 6.

想要摆脱的影响之一①。他进一步指出俄罗斯民间故事的叙事时间有一种"特殊的缓慢节奏",它与西方幻想故事的区别在于"其缺乏表面上引人入胜的情节,而更接近于由色彩、旋律构成的绘画和音乐作品。一般认为,这些特征……在蒲宁的作品中得到了最充分的发展"②。虽然俄罗斯民间故事的传统被什克洛夫斯基划归为"陈旧派系"(старая линия),并将其与冒险小说和纯情节小说相对立;但卡维林本人曾承认,在他最初的十六篇故事中可以明显地看到对蒲宁、别雷、霍夫曼和爱伦·坡的模仿痕迹③。除了时间层面,俄罗斯民间故事在叙事空间层面也有鲜明的特征:"民间故事里没有两个世界的分别:日常的和奇迹的世界在此处融为一体,在自身的时间和空间里形成一个独立于现实真实的故事'真实'。对于幻想世界中的奇迹没有人会感到惊异,也不会从日常意义上去理解它。"④ 在卡维林之前的幻想故事中,不论是钻到烟囱里的叙述者(《莱比锡城18…年纪事》)、由木偶变为真人的谢尔盖(《细木匠》),还是颠覆认知的大酒桶世界(《大圆桶》)、可以实现空间转换的衣柜(《钦差大臣》)都体现了这一点。而在《匪巢末日》里,幻想效果不再建立于读者早已熟识的民间故事式的时空特点上,卡维林向我们展示了一种无限逼近真实的虚构。

《匪巢末日》的时空设定是非常明确的,作者在篇首就交代了故事发生的时间("在饱受国内战争、饥荒和封锁摧残的共和国终于可

---

① Цетлин М. О. "Племя младое (О «Серапионовых братьях»)". *Современные записки*. Кн. XII. Культура и жизнь, 1922, с. 336.

② Там же, с. 337.

③ Каверин В. А. "Рассказы и повести; Скандалист, или Вечера на Васильевском острове: Роман." *Собрание сочинений. В 8 - ми т. Т. 1*. Москва: Худож. лит, 1980, с. 10.

④ Маркович В. *Дыхание Фантазии. Русская фантастическая проза эпохи романтизма (1820—1840 гг.): Сб. произведений*. Ленинград: Изд-во Ленинград. ун-та, 1991, с. 5.

以舒展双肩，改写自己在世界地图上的轮廓时"①）和地点（在圣彼得堡），然而随着情节的发展、人物的增加，我们不难发现在时空层面实际上存在两种相对立的趋势：一种是不断加强叙述的可信度，将时间和空间牢牢固定在所设定时段（20世纪20年代）的趋势；另一种则是在最大限度上疏离该时空所应该具有的特征，竭力摆脱时空束缚而试图进入永恒的趋势。由于这篇小说采用了犯罪故事的框架，因此读者在阅读时始终抱有通过分析时空与事件的关系揭开事实真相的期待，然而作者却以精心构筑时空城堡的方式不断拖延读者的心理期待，最终突破了体裁的规则并改写了真实和虚构之间的传统关系。

在普通的犯罪小说中，时间和地点的设定固然是十分重要的，然而其重要性并不在于通过勾勒时代的轮廓使得读者对主要人物的生存环境有所了解，而在于营造一个尽可能逼真的环境引诱读者毫不设防地进入其中并令其在故事的最后诧异于出乎意料的结果。因此，设定时间地点的唯一标准是与核心案件的相关度：时间越是具体（甚至精确到分、秒），地点越是狭小（很多情况下是密室），就越容易将读者的焦点集中在案件本身，从而在后者未及注意之处制造谜团。一些有经验的侦探小说家十分乐于将时间和地点直接体现在题目中（如阿加莎·克里斯蒂的《东方快车谋杀案》《万圣节前夜的谋杀案》《斯泰尔斯庄园奇案》等），一来这种类似报刊文体的结构令人产生真实事件的错觉，二来当叙述过程中出现同样的时间和地点时读者便很容易投身其中。《匪巢末日》的作者并不吝啬指示时间和地点的标牌：从小说的第一段中我们就知道女打字员在"9月19日上午9点"离开后再也没有回来，紧接着楼长在此事发生的"四天以后"报了警，这之后又"过了两三天"片儿警来调查，而

---

① Каверин В. А. "Рассказы и повести; Скандалист, или Вечера на Васильевском острове: Роман." *Собрание сочинений. В 8 - ми т. Т. 1.* Москва: Худож. лит, 1980, с. 234.

女打字员的房东老太婆隐瞒了她在前者失踪后的"第二天"找到的一封信；女打字员失踪前的住址"里果夫大街"原来属于"弗雷德里克男爵"的大楼，黑帮成员经常出没的坐落在"雷巴茨基大街角落"的"奇万诺夫餐厅"，妓女苏什卡在"瓦西里岛二十三线"的住地，等等。这些过于真实的时空标识①令读者从一开始就打起十足的精神寻找与主要案情相关的蛛丝马迹，然而随着情节的进展我们发现，这些标识除了使小说在表面上看来与犯罪小说别无二致以外，并无任何实质性的作用——不需要这些细节我们也能轻易地知道女打字员是被强盗头子劫走了。更奇怪的是，作者在故事进行到三分之二处时就早早地透露了女打字员被绑架的原因，这种过早消除读者心理期待的做法在犯罪小说中无异于自杀式行为。如果此时仍将其作为一篇犯罪小说看待，那么合理的解释只有一个：表面看上去主导全局的事件并不是最关键的，一定还存在另一套时空的标识系统，通过它可以顺利找到最主要的线索。

《匪巢末日》这个标题似乎已经在某种程度上暗示了可供追踪的线索：就像列夫·托尔斯泰的《舞会之后》（«После бола»）以"舞会"作为起始点，此处的"终结"（конец）代表最后一个实质的时间节点，它将我们的注意力引向遥远的起始处——匪巢究竟是从何时发迹的？它在走向覆灭的路途上到底经历了什么？匪巢的终结是指强盗驻地的毁灭还是强盗本身被正法？这一系列问题的答案有助于我们理清整个故事的脉络。

首先，我们必须明确"匪巢"一词的含义：它既指犯罪团伙集中活动的地点（包括"驯鹿"酒馆，奇万诺夫餐厅和那些避过盘查、未及拆迁的危房），又指以巴拉邦（Барабан）为首的武装强盗集团；然而"终结"的只是这一伙强盗的违法活动——在大大小小无人看管的危楼里还有很多这样的黑帮团体，他们无所畏惧的鬼魂即使在死后仍然游荡在这些古老的房间里。空间，而不是具体的人

---

① 以上所引用的地名都是圣彼得堡历史上存在过的，或是一直沿用到今天的。

物，才是这篇小说真正的主角。具有强烈历史感的空间描写在"主人公"（后来我们才知道失踪的女打字员并非主人公）出现之前就徐徐展开了：

> 在饱受国内战争、饥荒和封锁摧残的共和国终于可以舒展双肩，改写自己在世界地图上的轮廓时，圣彼得堡——一个刚刚从喀琅史塔特战乱中冷却下来的城市——的里果夫大街上，后者是唯一一条住宅遗迹完好无损的大街，矗立着一栋原来属于男爵弗雷德里克（皇宫大臣）的豪宅，现在挤满了清一色的音乐和外语女教师，她们喜欢在节假日里用金色别针将小怀表固定在胸前到处闲逛，9月19日上午9点，正是从这栋楼房的二楼隔间中走出了女打字员叶卡捷琳娜·伊凡诺夫娜·莫洛斯特沃娃并且再也没有回来。①

这种从大背景起笔，逐渐缩小范围直至聚焦到具体人物身上的开头方式常见于英国经典作家的小说，狄更斯的《双城记》便是此中代表，作者由笼罩整个国家的时代氛围写到正在发生和将要发生的大事件，再由这些事件引出寻常百姓的生活，最后总结道："一千七百七十五年就是像这样表现出了它的伟大，也把成千上万的小人物带上了他们前面的路——我们这部历史中的几位也在其中。"② 如果说狄更斯笔下的历史呈现为来势汹涌的洪流，裹挟着芸芸众生向前运动，那么《匪巢末日》里的历史则以凝固的建筑形式出现，后者的主人不是拥挤在里面的平民百姓，而是肉体早已消亡的王公贵族们。

这些幽灵般的楼房连同它们令人扼腕的命运占据了整个第四章，

---

① Каверин В. А. "Рассказы и повести; Скандалист, или Вечера на Васильевском острове: Роман." *Собрание сочинений. В 8 – ми т. Т.* 1. Москва: Худож. лит, 1980, с. 234.

② ［英］查尔斯·狄更斯：《双城记》，孙法理译，译林出版社1996年版，第9页。

而作者暗示斯大林正是这片废墟的总设计师："这个名字不知多少次响彻在国内战争的炮轰中，被写在五颜六色的标语上飘向高空，令一些人欢呼雀跃而另一些人心灰意冷，使得成千上万的人们背井离乡，这其中又有多少人不知归途……因此没有必要将这个名字说出来。"这些旧日的庞大建筑在经历了"斧头劈""老鼠啃""大水淹"和"警察封锁"等一系列"修复"之后，终于"可以说是在失去知觉的状态渐渐死去了"①。正是在这样一些没有知觉的房子里，寄居着还未能找到属于自己位置的芸芸众生：每天在集市上贩卖破烂什物却称自己为"花边女工"的老太婆，性格阴郁、沉默寡言；白天与夜里判若两人的女打字员；工程师专业毕业却只能靠为面包店画招牌维持生计的皮涅塔……这些本应在革命后开始新生活的民众仍然滞留在历史的化石中，日复一日地做着与本行不相干的生计，他们的生命早已与这些苟延残喘的房屋融合在了一起——时间的流逝对于他们来说是无关紧要的，他们正同所处的空间一起"在失去知觉的状态渐渐死去"。与这样的房屋、这样的生活相对照的，是另外"一些在建造时就打算使用千年的房屋"，"正是在这样的房子里开始了真正的生活"。真正的生活是属于以巴拉邦为首的匪帮及其同伙的。他们不惧强权、憎恨规则（"一场反对将半损毁的大楼标号拆除、重新整顿的起义开始了""高尚的品德被消灭在枪林弹雨中，秩序规则退居末位"），他们敢爱敢恨、情深义重（巴拉邦将女打字员囚禁起来，却在未得到她的心之前保持君子风度；在试探出手下宁死不降之后，巴拉邦放弃了投降的想法与之并肩作战直到弹尽），他们思想前卫、尊重知识（巴拉邦是个西方文化的崇拜者，不止一次地说"知识界就是欧洲""文明，现代科技。西方！"），他们无畏死亡、幽默自嘲（在快要弹尽的时候，巴拉邦向外面埋伏的警察高喊：

---

① Каверин В. А. "Рассказы и повести；Скандалист, или Вечера на Васильевском острове：Роман." *Собрание сочинений. В 8 – ми т. Т.* 1. Москва：Худож. лит, 1980, с. 248 – 249. 下文中的引文见于此书 с. 249 – 324。

"你们想要我们交出武器？告诉你们，我们的武器太多了，你们来二十车也装不完！"），他们才是闯入历史的现代人，试图从真正意义上复活这些幽灵般的房屋而不是被它们吞噬。

在《匪巢末日》里这样的承载"真正生活"的建筑包括瓦西里岛上的"驯鹿"酒馆（трактир "Олень"），雷巴茨基大街拐角处的奇万诺夫餐厅（ресторан Чванова）和那些零散的避过盘查、未及拆迁的危房，后者是黑帮团伙的大本营。卡维林一反往常忽视环境描写的风格，不仅详细介绍了每个活动地点的由来和历史，而且用写实的手法勾勒出了每一处的氛围和特点，似乎完全转向了现实主义创作方法：未及编号的危房是"自给自足的王国，不受管控的公用机构"，这里对于强盗们来说是最安全、最自由的地方，他们可以"谈天说地，喝酒，睡觉甚至恋爱，而不用把左轮手枪放在枕边"。奇万诺夫餐厅是社会的缩影，每天晚上"立着赛璐珞衣领的落魄官员，身着皮夹克和立领衬衫的小商贩还有一些不知来头的人"都上这里喝酒聊天赌博聚会，纸醉金迷的生活似乎可以持续"一个小时，一个晚上，一年，直到永久"。"驯鹿"酒馆则是"用来谈论工作事宜以及会见贵宾的地方"，这里的气氛严肃而庄重，连陪酒小姐都不发出一点声音，"唯恐坏了'驯鹿'的规矩"。与前两处地方不同，作者将我们的注意力引向了更加细节的部分——两面墙上的装饰画："一面墙上画着脸色凝重的三个老美人"，另一面墙上则是坐在啤酒桶上满脸褶子的外国人，还不停往嘴里倒酒。此处作者没有用俄语的"美人"（красавица），而是用了从拉丁语中借来的"美人"（грация）一词，显然是在暗示古罗马神话中象征欢愉和宴飨的美惠三女神（The Graces/Kharites）①，她们代表的生命和欲望与死亡

---

① "卡里忒斯是古希腊神话中美惠女神的统称，为'善良''欢快'以及'永葆青春'之化身。相传，众卡里忒斯即：阿格莱娅（'光彩照人'）、欧芙罗叙涅（'慈善'）、塔利娅（'美如花朵'）……卡里忒斯与自然界的生物密切相关，与太阳神阿波罗关系密切。"（魏庆征编：《古代希腊罗马神话》，北岳文艺出版社、山西人民出版社1999年版，第810—811页。）

和禁欲相对，然而这种享乐主义必须在一定秩序的控制下才能产生积极的力量，这一秩序就是阿波罗的齐特拉琴。日神阿波罗的对立面便是酒神狄俄尼索斯，他的追随者迈纳德斯（Maenads）跳着与美惠女神完全不同的舞蹈——无序、失智、癫狂，而狄俄尼索斯本人则是"丰饶之神的表征"[①]。然而，此处的希腊神祇却是以一种滑稽变形的方式出现的：美惠三女神是"三个表情严肃的老女人"，"有两三处地方还被人用覆盆子果酱涂抹过了"；酒神则变成了类似侏儒的丑角形象，具有魔力的葡萄酒也被"泛着泡沫的啤酒"替代了。神秘、崇高、优美的古希腊文化为日常、琐碎、低俗的大众审美所取代，这一方面可以看作是作者对所谓的"改造传统文化令其符合现代审美"之观点的讽刺，另一方面很可能隐晦地表达了他对散文和诗歌体裁未来发展趋势的忧虑：具有日神精神的散文（简洁、客观、思想性）以及具有酒神精神的诗歌（迷醉、主观、抒情性）已经在某种程度上趋同了——成了日常用语的仆人，而事实上，"同诗歌一样，散文也是奇迹，这一奇迹同样与日常生活语言相对立"，不自觉的同化只能造成灭绝的后果。

---

① 魏庆征编：《古代希腊罗马神话》，北岳文艺出版社、山西人民出版社1999年版，第762页。

第 五 章

对立与转化:"谢拉皮翁兄弟"其他成员的文学探索

吴元迈在《二十年代苏联文学思潮及其论争》一书中曾指出,"谢拉皮翁兄弟"的创作实践同他们的理论观点并非总是合拍,因此"岗位派"对他们的简单化批评是无意义的,恰恰表明了前者"不能把作家和某个文学团体的理论观点同具体作家的创作实践分开,同时也没有看到这些人在理论观点上的变化"①。这一观点无疑具有启发意义,它提示我们关注"谢拉皮翁兄弟"在革新过程中所呈现出的矛盾性,然而从严格意义上来说,这里"矛盾性"的出现并不仅仅是观察角度的问题,而更与该文学团体的本质属性有关。

首先,正如我们在第一章中就已阐明的:"谢拉皮翁兄弟"不论在组织结构还是创作实践上都与20年代的文学进程具有某种程度上的相似,即"过渡性"特征。这就意味着不同个体艺术观点之间的相互碰撞、不同艺术形式和内容的组合与交错,以及新旧评价体系的交叠和冲突。在这一复杂语境下,不仅单个具体作家的文学实践与整个文学团体的诗学观念不尽相同,甚至连同一个成员在不同阶段其理论与实践也并不相符。

---

① 吴元迈:《苏联文学思潮》,浙江文艺出版社1985年版,第28页。

其次，作为俄罗斯"白银时代"文学的最后一道闪光，该文学团体不论在诗学思想、目标，还是创作手段、方法上都吸收了那个辉煌年代的精华，如果不是受到来自意识形态的强力干预，他们很可能在接下来的几十年中成长为现代主义文学的中坚力量。换而言之，"谢拉皮翁兄弟"的创作是浪漫主义与现代主义之间的一环，前者的本质是"此岸与彼岸的对立"，后者的本质则体现为"多元化的综合主义"。在从二元向多元转化的过程中，必然会出现原先对立或不相容的两种概念开始靠近或转化，或者原先某一个既定概念进行自体分裂并相互排斥的现象，这也决定了"谢拉皮翁兄弟"的创作理念在某些时候出现对立和转化的特征。

总的来说，该文学团体理论与实践的不一致性突出表现在装饰散文与情节小说、去自传化写作与作者身份的确立这两组常量的对立上，此时革新的问题隐含在"实践究竟在何种程度上贯彻了理论"这一问题中。

第一节 装饰散文倾向与情节小说的建构

"谢拉皮翁兄弟"20年代的创作中呈现出两种同时存在，却又相互对立的审美趋势——装饰散文倾向与情节小说的建构。在以往的研究中，该现象不是被完全忽略就是被归并成一种趋势（大多数情况下以隆茨所提出的情节理论为皈依）加以探讨，这一方面妨碍了我们对"谢拉皮翁兄弟"文学探索之复杂性和多面性的认识，另一方面导致了我们无法看清该文学团体在文学转型中所扮演的过渡性角色，进而对20年代的现代主义文学进程作出错误的判断。除此之外，这两种趋势在相互作用、相互影响的过程中所衍生出的新型体裁也是值得关注的对象，从中我们既可以找到"被历史所折断的现代主义萌芽"①，也能够发现诗学宣言和创作实践之间、创作原则与诗学材料之间规律性的不相吻合——在"谢拉皮翁兄弟"的个案中，体现在反对装饰散文倾向又同时被其所吸引的矛盾性上。

装饰散文与情节小说的对立从实质上而言体现了两种艺术创作方法的对立——装饰性方法（декоративный метод）和结构性方法（конструктивный метод），前者可以追溯到古代俄罗斯文学中的教会体裁（包括使徒行传和布道讲话）②，后者则可在16世纪萌生于西班牙的流浪汉小说中略窥一二。文学史上这两种创作方法的斗争与和解，大多同文学流派的兴盛衰败相联系——意象派是装饰性风格发展到极致的表现，阿克梅派则体现了结构性原则在诗歌中的初步应用。正如爱伦堡在《新散文》（«Новая проза»）中所指出的，"这种或者那种方法优势的显现必然不是凭借某个作家的天才创作，而是当下各种因素综合作用的结果"③。然而本节中所要研究的并不是文学进程中这两种艺术风格的对立与交织，因此，我们无意深入两种艺术风格的原始森林中搜寻它们发展壮大的轨迹，也不打算一一列举、对比二者的诸多不同特点，而尝试仅以"谢拉皮翁兄弟"活跃的年代为限，在近代相关文学术语的流变范围内，探讨装饰散文倾向与情节小说建构的并存现象及其可能性原因，旨在通过对文学团体内部特殊文学现象的分析揭示其所折射的20年代文学大

---

① 基尼斯认为，"谢拉皮翁兄弟是惨遭历史之手摧毁的现代主义枝桠上的一个花骨朵"，并将他们定义为存在于20世纪初的现代主义文学与布尔加科夫的《大师与玛格丽特》之间的那一环。（цит. по: Муромский В. П. (Отв. Ред.) Ин-т рус. Лит. (Пушкин. Дом). *Из истории литературных объединений Петрограда-Ленинграда 1920—1930 - х годов: Исследования и материалы. Кн. 2 -* Санкт-Петербург: Наука, 2006, с. 10.）

② 详见 Сергеевна А. А. *Орнаментальный стиль как теоретико-литературное понятие.* Автореферат Самарский государственный университет, 2003, "古代俄罗斯文学中的装饰性风格"一章。

③ Ирья Эренбург. "Новая проза". Фрезинский Б. (глав. Ред.) *Судьбы Серапионов. Портреты и сюжеты.* Санкт-Петербург: Академический проект, 2003, с. 537.

语境之状况。

"装饰散文"（орнаментальная проза）作为文学术语出现在20世纪20年代的苏联文学界。它代表了一种新的风格倾向，与之前的传统散文风格（或者说中态风格）相对立，指的是按照诗歌的组织规律来安排散文结构的创作方法，具体说来，就是原本作为叙事组织手段的情节退居二线，与此同时，形象、主题、韵律、隐喻、联想的重复获得了最大限度的意义；言语变得自具价值，并被赋予了丰富的隐喻含义①。米尔斯基在他的《俄国文学史》中区分了"装饰散文"与"装饰性散文"（витиеватая проза）的概念，后者"以拔高的语汇见长，一如托马斯·布朗或维亚切斯拉夫·伊万诺夫的作品"，前者则"可能完全是现实主义的，甚或十分粗鄙"②。需要说明的是，米尔斯基所说的"装饰性散文"在英文中的对应词并非 ornamental prose，而是 purple prose，purple（紫色的）一词含有贬义，指的是过于粉饰、老套、造作的文风③，因此并不在本小节的探讨范围之内。"装饰散文"这一术语首先被用于描述一批当时风头正劲的苏联作家，如皮利尼亚克、尼基京、奥格涅夫、符谢沃罗德·伊万诺夫、费定、列昂诺夫等（其中有数位"谢拉皮翁兄弟"的成员），在米尔斯基认定果戈理是俄国装饰散文的最伟大奠基者之后，该术语的适用范围逐渐扩大，直至可以涵盖诸如列米佐夫、别雷、扎米亚京、巴别尔、奥廖莎等（对"谢拉皮翁兄弟"而言是导师级人物）。这一散文风格大行其道的时代恰好与"谢拉皮翁兄弟"创作的活跃年份相重叠："虽然在20世纪的前半叶都能够观察到这一风格的显著影响，但是其统领俄国文学的时段也就仅限于1920—

---

① Агеносова В. В. （глав. ред.）*История русской литературы XX века: учебник для вузов.* Москва: ООО «Русское слово-учебник», 2014, c. 139.

② ［俄］德·斯·米尔斯基：《俄国文学史》（下卷），刘文飞译，人民出版社2013年版，第239页。

③ Лукашенко Е. С. Основные тенденции развития значений цветолексем. *Вестник*, 2010, № 6, c. 62.

1925年。"①

　　谢拉皮翁兄弟中具有明显装饰性风格的作家当属符谢沃罗德·伊万诺夫，"他以一种势如破竹的、过于华丽的文体写作"，经常能找到出人意料的形象和比喻，如"木屋又闷又热，人们挤在里面就像黏在面包上的苍蝇"，或者"洼地里的水——饱饱的"，灵魂就像"一节岔道上的车厢"，等等，这些充满了鲜明而怪异形象的段落"就像一块波斯地毯的图案那样花哨和生动"②。尼基京是团体中另一位以风格彰显自身的作家，他在伊万诺夫处学到了很多，后者描写西伯利亚农村生活的激情笔调对他的影响不小——甚至尼基京笔下的"西方"也流露出一股浓浓的俄罗斯小镇风情。如果说伊万诺夫和尼基京在很大程度上沿袭了皮利尼亚克的华丽风格③，那么费定的装饰性风格则或多或少与高尔基的影响有关，后者善于运用浪漫主义的笔调描绘自然世界，并将其与现实世界对立起来，以此为依托塑造人物形象、搭建散文结构，这一方法在费定早期的散文《花园》中得到了发展。左琴科的创作"亦具装饰性，但他的装饰性源自列斯科夫的纯口语童话"④。不难发现，这几位成员恰好都属于谢拉皮翁兄弟中"严肃的右派"⑤（费定语），

---

① Gary L. Browning, "Russian Ornamental Prose", *The Slavic and East European Journal*, Vol. 23, No. 3 (Autumn, 1979), p. 346.

② ［美］马克·斯洛宁：《苏维埃俄罗斯文学》，浦立民、刘峰译，上海译文出版社1983年版，第77—78页。

③ "作家尼基京的风格流散、易变，他的一些东西来自皮利尼亚克，另一些则来自伊万诺夫。"（цит. по: Тынянов Ю. Н. "Литературное сегодня". Тынянов Ю. Н. *Поэтика. История литературы. Кино.* Москва: Наука, 1977, с. 160.）

④ ［俄］德·斯·米尔斯基：《俄国文学史》（下卷），刘文飞译，人民出版社2013年版，第321页。

⑤ "我们是不同的个体。我们不无戏谑和玩笑地将谢拉皮翁兄弟们分为以隆茨为首的欢乐'左派'以及在爱讥讽人的符谢沃罗德·伊万诺夫率领下的严肃'右派'。"（цит. по: Константин Федин. "Слушайте, но не слушайтесь". *Серапионовы братья. Антология: Манифесты, декларации, статьи, избранная проза, воспоминания.* Прокопова Т. Ф. (Сост., вступ. Ст., примеч.) Москва: Школа-пресс, 1998, с. 60.）

关于他们的共同点及发展趋势问题，扎米亚京在《俄罗斯新散文》（«Новая русская проза»）中有所涉及：他认为符谢沃罗德·伊万诺夫、费定、尼基京和左琴科所背负的词语重担"会将他们拽向地面，拽向日常生活"，并最终导致他们四人滞留在"印象画派的、以民间故事装饰起来的现实主义车站上"①。在另一篇评论谢拉皮翁兄弟的文章（《谢拉皮翁兄弟》）中扎米亚京再一次圈出"左琴科、伊万诺夫和尼基京"，称他们是"'圣像画家'，民俗学家，风景画家"，因为"他们对结构性和情节性强的散文形式不感兴趣，而挑拣了现成的形式：民间故事"②。扎米亚京在上述评论中将装饰性风格与民间故事并置，造成了一种"装饰散文风格等同于民间故事"的错觉，然而事实上，作家本人并未明确地提出反对装饰性风格（扎米亚京本身的创作也颇具装饰主义色彩），而是试图以发展结构因素很强的冒险小说和纯情节小说，将已经结构失衡的传统现实主义推至文学舞台的边缘。

然而，我们发现，不仅仅是"严肃的右派"具有装饰性风格的倾向，谢拉皮翁兄弟中"欢乐的左派"同样也被该风格所吸引：隆茨的《荒漠中》（«В пустыне»）、《祖国》（«Родина»），斯洛尼姆斯基的《野蛮人》（«Дикий»）以及卡维林20年代初期的幻想作品都表现出明显的装饰性风格。卡维林对此的评价值得玩味，他写道："可以大胆地说，装饰主义对于符谢沃罗德·伊万诺夫、尼基京的早期创作有显著的影响。其余的'兄弟们'则绕过这一趋势，以俄罗斯经典现实主义文学宽广——从列斯科夫到契诃夫——的传统为立足点。至于我本人，在一开始的十六篇故事（尚停留在手稿阶段）里可以发现模仿蒲宁和别雷，霍夫曼和爱伦·坡的

---

① Замятин Е. И. "Новая русская проза". *Евгений Замятин. Избранное.* Москва: ОГИ, 2009, c. 106.

② Замятин Е. И. "Серапионовы братья". Фрезинский Б. (глав. Ред.) *Судьбы Серапионов. Портреты и сюжеты.* Санкт-Петербург: Академический проект, 2003, c. 520.

痕迹。"① 然而，列斯科夫、蒲宁和别雷非但不能说与装饰散文没有关系，恰恰相反，他们都是出色的装饰散文作家，尤其是列斯科夫和别雷，分别代表了民间故事语言和诗歌语言同散文体裁结合的典范。如此看来，谢拉皮翁兄弟中并无一人可以绕过装饰风格的趋势，只不过其影响源头有所不同罢了。

什克洛夫斯基在《马步》（«Ход коня»）一文中对俄罗斯乃至世界范围内的装饰艺术进行了梳理，他对该现象的评价至今仍具有启发意义。他指出，"现代俄罗斯散文在很大程度上是装饰性的，其中的形象覆盖了情节"，而"民间故事和形象充满了作品并成为其组织原则。安德烈·别雷、扎米亚京和皮利尼亚克同属这两条线"。另外，他认为虽然当代的装饰散文作家彼此之间或多或少具有传承或依附性的联系，但是"他们不是由依附或影响的关系造就的，而是在一种共通感觉——陈旧的形式已经失去弹性了——的启示下形成"。这里所谓的"陈旧形式"指的是"有关个人命运的文学形式，被穿在粘合起来的主人公身上"，而这种形式"现在已经不被需要了"②。由此看来，什克洛夫斯基对于该问题的看法本身就具有矛盾性：首先，他认为当代俄罗斯装饰散文的出现是对陈旧形式的反叛，也即是对大型叙事体裁的反叛；其次，装饰散文的特点是形象覆盖情节并成为作品的组织原则，换而言之，装饰散文阻碍了情节小说的发展。那么，应当如何理解装饰散文和情节小说作为大型叙事体裁的对立面却又呈现出互不相容的态势呢？关于这一问题的答案我们必须回到情节小说被提出的最初语境中去寻找。

波斯彼洛夫在其著作《文学原理》中曾将最初的长篇小说体裁分为两类，其中"最早的一种形式是冒险长篇小说"，"这种小说不

---

① Каверин В. А. "Рассказы и повести；Скандалист, или Вечера на Васильевском острове：Роман." *Собрание сочинений. В 8 – ми т. Т. 1.* Москва：Худож. лит, 1980, с. 9.

② Шкловский В. Б. "Ход коня." *Гамбургский счет：Статьи-воспоминания-эссе* (1914—1933) Москва：Издательство "Соль"，1923，http：//e-libra.ru/read/250716-gamburgskij-schet-stati-vospominaniya-yesse-19141933.html.

仅在它的情节形式上,而且在它的内容上,也是集中的",接替冒险小说出现的是"有中心情节的长篇小说","在这类小说的情节中,贯穿着一个统一的冲突,它有时是简单的,有时是复杂而多线索的,但总是集中在某种一定的,常常是很狭小的时空范围之内"①。在19世纪中后期,屠格涅夫、陀思妥耶夫斯基、列夫·托尔斯泰的鸿篇巨制将"有中心情节的长篇小说"推上了文学舞台的中央,随着题材开掘得更加深入,情节铺展得更为复杂,这些小说"常常成了某些时期的民族生活的艺术'百科全书',在这方面完全可以与'风俗描写'体裁的最著名巨作相媲美"②。这一倾向在列夫·托尔斯泰的长篇小说中表现得最为明显,他的《安娜·卡列尼娜》《复活》等作品里都含有大量"风俗描写"的内容,有时甚至压倒了长篇小说性的内容。什克洛夫斯基所反对的,正是这种几乎要被"风俗描写"所吞噬的长篇小说,曼德尔施塔姆将此处的"风俗描写"等同于"日常生活"("情节一消失,'日常生活'就取而代之"),因为后者"总是一种外国主义,一种虚假的异国情调主义;而不是为自己本土、本国的眼睛而活:一个本土人只注意必要和有意义的。一个外国游客则试图用他那不加区别的目光吸纳一切,并以他那无意义、不合适的饶舌谈论一切"③。如果说"风俗描写"是外国的、虚假的、无意义的,那么民间故事则是本国的、真实的、有意义的,这二者的对立可以从两方面来看:首先,民间故事中的"天使形象"(叶赛宁语)④

---

① [苏]格·尼·波斯彼洛夫:《文学原理》,王忠琪、徐京安、张秉真译,生活·读书·新知三联书店1985年版,第336—337页。
② 同上书,第337页。
③ [俄]奥西普·曼德尔施塔姆:《曼德尔施塔姆随笔选》,黄灿然等译,花城出版社2010年版,第88页。
④ "几乎所有的神话(从埃及的天牛一直到今日的讲风神的子孙的风'从海边像利箭一般刮来'的多神教神话)都是用天使形象写成的。这种形象渗透了各民族优秀作品所表现的意向,如:《伊利亚特》《伊达》《卡列瓦拉》《伊戈尔远征记》《吠陀》《圣经》等。"[[俄]С.叶赛宁:《玛利亚的钥匙》,张捷编选《十月革命前后苏联文学流派》(下编),上海译文出版社1998年版,第293页。]

具有"构形"的潜质,这在后来发展为装饰散文中的"主题对照原则"(принцип тематического контраста),从而在根本上颠覆了长篇小说中以空间或时间顺序缀连而成的日常生活描写;其次,从不太严格的意义上来说,风俗描写吞噬情节,而民间故事则产生情节——虽然此处的情节比较简单原始且具有模式化特征。

由此看来,以民间故事和形象为组织原则的装饰散文不仅克服了长篇小说的冗长风俗描写,也为情节的诞生做了准备,认为它阻碍情节小说发展的想法似乎是不妥当的。然而,正如上文所提及的,俄罗斯民间故事所包含的情节远不如之后的情节小说复杂多样,除此之外,它还具有"混沌"的性质:一方面生发出薄如蝉翼的情节——正如曼德尔施塔姆所言,"民间故事生出情节,正如饕餮的毛虫生出精致的蛾"①;另一方面又对"意象"情有独钟,采特林称"俄罗斯民间故事从头至尾渗透着,或者说堆积着风景画",并且它"不具备表面上引人入胜的情节……它建立在色彩与和谐之上"②。可以说,俄国的传统民间故事既含有情节的萌芽,也具有装饰主义的因素,这一矛盾的特性是造成我们对谢拉皮翁兄弟创作之双重倾向所不解的原因之一。

事实上,装饰散文被认为具有"去情节化特征"(бессюжетность)的根本原因是:民间故事仅仅是装饰散文的一条分支,另一条支流是所谓的"诗歌装饰风格"(поэтический орнаментализм),正是这后一种装饰风格被什克洛夫斯基认为阻碍了情节小说的发展。盖瑞·布朗宁(Gary L. Browning)在《俄罗斯装饰散文》("Russian Ornamental Prose")一文中界定了民间故事与装饰散文之间的关系,表达了与科热夫尼科娃(Н. А. Кожевникова)在该问题上的不同观点:科热夫尼科娃认为民间故事和装饰散文是同一股潮流的两种不

---

① [俄]奥西普·曼德尔施塔姆:《曼德尔施塔姆随笔选》,黄灿然等译,花城出版社2010年版,第90页。

② Цетлин М. О. "Племя младое (О «Серапионовых братьях»)". *Современные записки*. Кн. XII. Культура и жизнь, 1922, с. 336.

同表达，该潮流即革命后试图革新和丰富文学语言之趋势（持这一观点的显然还有美国评论家马克·斯洛宁，他认为装饰散文的兴起源于"语言游戏，包括创造各种新词、句法和语法结构的更新"[①]）；而布朗宁则提出民间故事是装饰散文众多可能性表达形式中的一种。布朗宁进一步指出，20年代出现的装饰散文主要分为"去情节化"的散文（бессюжетная проза）和"情节导向"的散文（сюжетная проза）两种，前者通过诗歌语言达到装饰效果，重点在于散文本身的表达，其代表作家是别雷与皮利尼亚克；后者最常见的形式就是民间故事，这一支的传统由列斯科夫、列米佐夫和扎米亚京延续[②]。

  布朗宁提供的角度给我们的启发是，不仅是在诗歌作用下的"去情节化"散文会阻碍情节小说的发展，同属装饰散文的民间故事也因其双重特性延迟了真正情节的出现。那么，什么是真正的情节小说，或者说，"谢拉皮翁兄弟"（尤其是隆茨、卡维林代表的左派）所认同的情节小说具有哪些特征？隆茨在其宣言式的文章《向西方！》中向俄国传统散文发起了挑战，更确切一些，是对俄国文学以"日常生活"为导向的顽疾发起挑战。他批评了俄国小说情节缺乏的弱点，这显然是由过度地呈现"日常生活"并利用文学手段对其进行矫饰而造成的，正因为如此，那些以消遣娱乐、吸引读者为导向的艺术形式都被推至具有崇高意义的传统文学之对立面，被贴上低俗、下流的标签。"谢拉皮翁兄弟"要求将导向情节、行动的小说体裁（如侦探小说、冒险小说等）引入俄国文学，其目的不仅仅在于修正体裁演进所表现出的片面性趋势，更在于取消站在伦理道德和意识形态制高点的高级文学体裁与被划分在低级文学体裁一类的冒险小说之间的绝对对立，并促使后者经典化、合法化。由此可见，隆茨之所以提出情节小说的理论，主要目的其实在于消除低级

---

  ① 张捷编选：《十月革命前后苏联文学流派》（下编），上海译文出版社1998年版，第646页。
  ② Gary L. Browning, "Russian Ornamental Prose", *The Slavic and East European Journal*, Vol. 23, No. 3 (Autumn, 1979), pp. 346–352.

体裁和高级体裁之间的界限，令冒险小说由边缘进入中心并逐渐获得经典化的权力。卡维林从个人创作经验而非诗学理论的角度出发，支持了隆茨的看法，他写道："我从前就是，以后也会一直是一个以情节为导向的作家，总也弄不明白，为什么情节这一有力的武器会遭到很多作家和评论家的鄙夷，他们认为情节小说如果不是等同于二流作品，也是十分接近的。在我的创作生涯中，正是由于对紧凑情节的热情让我难逃批评家们的口诛笔伐，要不是高尔基在我还是个少年的时候鼓励我，要求我珍视自己的这一可贵品质，我可能最后真的会沦为一名炮制一些没有情节作品的无聊作家。"① 不难看出，隆茨和卡维林对于情节小说的定义都很模糊，情节小说究竟是否只是"具有紧凑情节的小说"，还是包括诸如侦探小说、冒险小说、幻想小说一类的中小型体裁仍值得深究，然而他们不约而同地达成的共识是：情节小说与其说是作为"风俗描写"小说的对立面出现的，不如说是受到所谓高级文学体裁排挤而被边缘化的体裁，他们的任务就在于打破这二者间的界限，并最终改写评判小说好坏的标准。

隆茨有关"文学体裁经典化"的理论很显然受到由什克洛夫斯基首先提出的"文学进程中经典与非经典形式之间的斗争"影响。根据什克洛夫斯基的理论，正是"已经经典化了的"形式与"尚未经典化的"形式之间的较量促成了文学进程中的种种变化，"新的艺术形式"，他写道，"是由低级艺术形式的经典化创造出来的"②。特尼扬诺夫对这一观点进行了进一步阐释："当某种体裁即将分解之时，它会由中心挪至边缘，而它原先的位置将由一些从角落或是低处浮游至中心的新体裁代替（这也即是'小型体裁的经典化'，正如什克洛夫斯基所提出的）。通过这种模式冒险小说一度变成了

---

① Каверин В. А. "Рассказы и повести; Скандалист, или Вечера на Васильевском острове: Роман." *Собрание сочинений. В 8 – ми т. Т. 1.* Москва: Худож. лит, 1980, с. 16.

② Шкловский В. *Сентиментальное путешествие.* Москва: Новость, 1990, с. 327.

低俗体裁，而现在心理分析小说正在向低俗体裁转变。"[1]"谢拉皮翁兄弟"中的格鲁兹德夫则发展了什克洛夫斯基的理论，他的核心思想是：经典化了的文学形式具有一种"最大化的结构表现力"（максимальная конструктивность），即构成作品的每一个因素都既相互制约又相互独立；然而，这种由"社会的、哲学的、宗教的或者其他性质的"意识形态所部分造就的经典化形式正是在这一"次要因素"被刻意夸大的情况下开始瓦解，简而言之，经典现实主义开始走下坡路的主要原因在于它的意识形态因素被过分发展了。同样的，装饰主义也是由于其次要功能被"过度发展"而出现了"复杂的技法比构形更为重要"的错误导向。正是在"次要因素被过度发展"这一层面上装饰散文同传统现实主义长篇小说呈现出了一致性，而以合理构形为主要特征的情节小说自然站在了它们的对立面。

至此，我们可以得出初步的结论：装饰散文与情节小说虽然都以长篇叙事体裁的反叛者身份出现，但二者的反叛方式却有显著不同。装饰散文普遍具有瓦解"风俗描写"占据上风的"有中心情节的长篇小说"之功能，其中"情节导向"的装饰散文（以民间故事为代表）以相对模式化的情节和人物将关注的焦点从外部移至内部，从外国移至本国，从日常生活移至情节本身；而"去情节化"倾向的装饰散文（接近于诗化散文）则是"作品中较小单位的独立宣言"，"其实质是让读者去关注每个微小的细节，如词、词的声响和节奏等"，该类型装饰散文的"鲜明倾向即逃脱较大单位的控制，摧毁作品的整体"，"它与列夫·托尔斯泰或司汤达的分析散文截然相对"[2]。情节小说从本质上而言同长篇叙事体裁是不矛盾的，根据波斯彼洛夫的划分，冒险小说的出现甚至先于"有中心情节的长篇小说"，而隆茨在20年代重提情节小说这一概念，在很大程度上其实

---

[1] Тынянов Ю. Н. *Литературная эволюция*. Москва：Аграф，2002，с. 171.
[2] ［俄］德·斯·米尔斯基：《俄国文学史》（下卷），刘文飞译，人民出版社 2013年版，第239页。

是针对当时意识形态对艺术创作强力渗透之现象的，他认为正是文学作品中过度发展的政论性和训诫性令其逐步走向僵死状态，而这些文学作品大多延续了传统现实主义长篇小说的特征。正如隆茨自己所言，俄国散文"成了思想、纲领的单纯反映，成了政论的镜子，作为艺术已不再存在；只有情节才能挽救它，这是一种能使它动起来，迫使它行走，促使它采取果断行动的力量"……①

事实上，连隆茨自己也不得不承认，"'谢拉皮翁兄弟'——至少是'西方派'一支——对于情节的倾向性既没有成为整个团体的共识，也没有在俄国 20 年代散文发展中占据主流"②。这就不难解释为何在他大力倡导情节小说的前提下，"谢拉皮翁兄弟"内部仍然出现了装饰散文倾向：以符谢沃罗德·伊万诺夫、费定、左琴科为代表的"东方派"一直致力于语言方面（尤其是民间语言）的革新。然而，关于"西方派"代表人物（包括隆茨、格鲁兹杰夫、卡维林）20 年代创作中出现的装饰散文倾向，我们还需要另行探讨，这一现象不仅与前文所述的整个团体范围内对民间故事形式的普遍偏好有关，也与情节小说被提出时的最初要义有很大关联——不断扩大自身的边界，进而最终取代日常生活描写和心理分析占主导地位的经典文学。

虽然隆茨认为情节的传统主要存在于西方，但是他也从未否定过俄国文学史上一些杰出小说家对于情节构建的贡献，在《向西方！》一文中他批评了当代俄国小说家对传统文学的片面继承："缺失陀思妥耶夫斯基之复杂阴谋的陀思妥耶夫斯基派……具有果戈理式的扭曲嘴脸却没有果戈理的离奇情节。"并指出："在西方直到今天现实主义者和心理分析者仍然笃信情节的艺术，就像当年的列

---

① 张捷编选：《十月革命前后苏联文学流派》（下编），上海译文出版社 1998 年版，第 350 页。

② Ханзен-Лёве Оге А. *Русский формализм: Методологическая реконструкция развития на основе принципа остранения.* Москва：Язык русской культуры, 2001, с. 499.

夫·托尔斯泰和陀思妥耶夫斯基一样。"也正是在掌握了"陀思妥耶夫斯基对情节的建构"和"列夫·托尔斯泰对结构的认知"① 之后，面向西方所习得的经验才有可能在俄国的土地上生根发芽。他于1922年发表的《不寻常的事》（«Ненормальное явление»）② 明显带有果戈理与陀思妥耶夫斯基式幻想的痕迹，这篇故事在当时引起的反响不大，却体现了作者在传统继承方面的"野心"：隆茨想要在这篇故事里完成装饰性风格（民间故事体裁）与情节小说的综合，前者"具有消解情节、双关语技巧和拟人的倾向"，后者则倾向于"情节的几何学特征和人物的平面化"③。隆茨将这篇不长的故事分为四场，每一场的小标题就已经暗示了情节的几何学特征：《没穿皮袄的人》（«Человек без шубы»）、《穿着别人皮袄的人》（«Человек в чужой шубе»）、《不寻常的事》（«Ненормальное явление»）、《偷窃皮袄的人》（«Человек, укравший шубу»）。很明显，隆茨在这里强调了与果戈理在主题上的呼应：阿卡基·阿卡基耶维奇的"外套"（«Шинель»）变成了某个人的"皮袄"，并且皮袄在此处不仅仅是一个实在物件，更具备了舞台道具的含义——正是通过这件皮袄，故事里的人物之间才建立了关系。在这两种存在的转换中，"皮袄"实际上获得了两种特质：一是事实存在的物件在本体论意义上的等值物；二是情节构建中的物件在认知和心理层面上的等值物。"皮袄"的这后一种特质呈现出向外辐射的状态，连接着多种视角，而每一种视角都对应着一个具有极端性格特征人物的片面世界观——与之相比，果戈理笔下的"外套"则仅仅具有一

---

① Лев Лунц. "На запад!". *Серапионовы братья. Антология: Манифесты, декларации, статьи, избранная проза, воспоминания*. Прокопова Т. Ф. (Сост., вступ. Ст., примеч.) Москва: Школа-пресс, 1998, с. 42.

② 首次刊载于：*Петербург*, 1922, № 2, с. 7–9。

③ Ханзен-Лёве Оге А. *Русский формализм: Методологическая реконструкция развития на основе принципа остранения*. Москва: Язык русской культуры, 2001, с. 503.

个对应视角,情节的构建仍具有平面化的特点。

在情节构建中利用相似手段完成装饰性风格与情节小说综合的还有卡维林,后者在故事《盾牌和蜡烛》(«Щиты и свечи»)当中赋予了扑克牌与上文中"皮袄"类似的特质:首先,在扑克牌之外,即游戏关系之外,这四个人之间有戏剧性的冲突,然而他们试图通过玩牌掩饰冲突,只有扑克牌上的人物清楚这一点;其次,在扑克牌上的人物之间同样存在带有喜剧成分的戏剧性冲突,他们不仅互相之间争吵搏斗,也对玩牌的人们恶语相向,最后将游戏引向了悲剧。这篇作品在什克洛夫斯基和高尔基那里获得了截然不同的评价:什克洛夫斯基从形式主义者的角度出发,认为卡维林是位"在情节上下功夫的作家。在他的故事《盾牌和蜡烛》中人们在玩牌,而扑克牌本身也有自己的行动。卡维林——机械师——情节的建筑者,他是所有谢拉皮翁兄弟中最不感伤的一个"[1]。高尔基则认为这篇故事不仅"内容不甚清晰,盘根错节,令人费解",而且在语言方面也有很大缺陷:"您的词汇很贫乏,它们是暗沉的铅灰色,几乎窒息了您的情节游戏。您真的需要关注一下培养自己的风格,同时丰富语言,不然您的那些十分有趣的幻想故事就会统统披上不高明的笑话外衣……"[2] 从两位文学前辈的不同态度中我们恰恰可以看出年轻作家在融合两种趋势方面所做出的努力:一方面,卡维林尽量避免对人物心理动机的剖析和对日常生活的描写,尝试令行动本身连接并构成情节;另一方面,作家在整个文本中以极其相似的简单语汇构成重复和叠句,而不同性质的重复单位形成对立之势,进而连缀成装饰散文中常见的以人物为核心的对立版块(相似的手段出现在奥廖莎发表于 1927 年的小说《嫉妒》中)。

---

[1] Виктор Шкловский. "Серапионовы братья. Из книги «Сентиментальное путешествие»". Фрезинский Б. (глав. Ред.) *Судьбы Серапионов. Портреты и сюжеты.* Санкт-Петербург: Академический проект, 2003, с. 533 – 534.

[2] Лемминта Е. (вступ. ст., сост., коммент., аннот. указ.). *«Серапионовы братья» в зеркалах переписки.* Москва: Аграф, 2004, с. 219.

由此可见,"谢拉皮翁兄弟"中西方一派对装饰散文的反抗是不彻底的,这不仅体现在他们只反对"去情节化"的装饰散文,而默许具有情节性质的民间故事形式,也体现在几位代表人物宣言与实践的不一致上——宣言中对"纯粹行动"(голое действие)的呼吁让位于文本中装饰与情节的综合。然而,此处的"不一致"却出人意料的具有十分积极的意义:这恰恰说明"谢拉皮翁兄弟"在进行文学的实验和革新时并未忽视文学发展内部的规律,其目的并不在于强行将情节小说推至文学舞台的中心,并使其最终替代原先的经典体裁,而在于以暂时的让步,完成情节小说与原经典体裁的自然对接,这就在本质上完全规避了"文学功利论"对于创作自由的侵害。正如派皮尔(D. G. B. Piper)所指出的,除了什克洛夫斯基之外,其余的谢拉皮翁兄弟们并未表现出任何对于文学功利化的热情:"对于彻头彻尾的谢拉皮翁兄弟们来说,文学是一个自给自足的世界,它的演化遵循一套内在的规律,并且关于它的发现有可能会对现实世界有用处,但它也绝不会依附于这一用处而存在。"[①]

一 重复与叠句:斯洛尼姆斯基的《野蛮人》

从结构上来说,《野蛮人》是一个由两条金属丝线缠绕而成的闭合圆环:一条是宗教性质的(犹太教)、神话故事的;另一条是日常性质的、现实世界的。作者利用分隔章节的方式将两条线索交缠起来(第Ⅰ,Ⅲ,Ⅴ,Ⅷ章叙述的是裁缝亚伯拉罕一家的故事;第Ⅱ,Ⅳ,Ⅵ,Ⅶ章讲述的是军人伊万·格鲁德的事),巧妙地运用重复与叠句的方法,使得相对短小的篇幅获得了复杂的哲学含义和精巧的造型美感。原本出现在民谣和诗歌体裁中的重复与叠句手法被运用在故事情节和结构的构建上,同时在三个层面——体裁(жанр)、种类(род)和手段(приём)——拓展了文本的边界,体现了作者

---

① D. G. B. Piper, "Formalism and the Serapion Brothers", *The Slavonic and East European Review*, Vol. 47, No. 108 (Jan., 1969), p. 86.

在文学内部综合（внутрилитературный синтез）方面的尝试，从而在广义上实践了扎米亚京所提出的"从日常到存在，从物质到哲学，从分析到综合"①的理念。

与民谣和诗歌中不同，叙事体裁中重复和叠句手段的运用具有明显的个性化特征，这一方面是因为作者的个人偏好，另一方面（更为重要）是由于脱离了原先体裁的束缚之后，重复和叠句不再单纯为了押韵存在，而是根据每个叙事文本的特点被赋予了在构建内容和形式方面更多的可能性。具体到该文本来说，重复手段的应用主要可以分为以下四类：第一类，拟声词和象声词；第二类，同一段落中重复出现的某一词组或短语；第三类，某个人物特定的口语（似乎成为读者辨识他的标志）；第四类，段落之间的相互呼应。准确地说，第四类实际上是前三类自由组合而达到的效果：某一词语或语段在间隔了一个或几个章节之后如幽灵般的重复出现（有时可能会变动几个词汇），使得其所在的不同段落产生语义和语音上的微妙联系，从而制造出此起彼伏的呼应效果。最典型的一个例子是第一章开头叙述的事件在第七章结尾处镜面般复现了，裁缝亚伯拉罕似乎从未挪动过位置：

> 晚上，亚伯拉罕在高高的鼻子上架起眼镜，点燃一盏煤油灯，坐在登记簿前开始划去人名。他会向上帝发问，明天要划掉哪个名字，想着一旦名字被划掉就永远没法要回做衣服的那笔欠款了。
>
> 他向上帝发问，新顾客中究竟哪一位明天会被划掉，想着再也没法向那位顾客要回欠款了。②

---

① Замятин Е. И. *Избранное. Евгений Замятин.* Москва：ОГИ，2009，с. 116.
② *Серапионовы братья：Альманах первый.* Санкт-петербург.：«АЛКОНОСТ» ПЕТЕРБУРГ，1922，с. 44. 本节所引此书其他引文不再标注信息，而是随文标出页码。

我们并不知道故事开始时亚伯拉罕到底是在什么年月什么时辰坐在登记簿前，到了故事的结尾处，作者同样没有指明具体的时间，只是继续安排他坐在同样的登记簿前做着同样的事——在开始与结束两点之间主人公的命运没有发生任何变化，时间对他而言似乎是无效的。亚伯拉罕就像是古代希腊传奇小说中的主角①，在经历了一系列奇遇和冒险之后又回到了起点处，然而他无论在身体还是精神层面都没有发生丝毫变化，属于其命运的真实时间并不包括这两点之间的空白时间，换而言之，亚伯拉罕生活在文本之外我们看不见的地方。

上述效果对于斯洛尼姆斯基来说具有概念性的构成意义（концептуально-конструктивное значение）。裁缝亚伯拉罕每一次回到原点都能体会到瞬间的完满和永恒，这代表时间之环就此扣上，他和他的家人可以生活在信仰的庇护中不受侵扰。这种回归在文本中出现了多次，随着间隔段落的增多，圆圈的半径也不断增大，最终形成了一个波纹状的循环时间结构，并且在每一个圆环的轨道上，人物遵循相同的语言习惯和行为准则。另一种与圆圈序列完全对立的结构形态是军人伊万·格鲁德的直线时间，后者充满了戏剧的张力，总是企图冲破封闭的圆圈，从而打破其平衡完满的状态，将古老的生活卷入到现代生活的洪流中去。建立在重复手法上的古老和现代、永恒与日常的对立不仅促使读者将日常现实生活的偶然事件放在圣经文本的永恒语境中看待，从而凸显其令人反感的琐碎性质（功能1），也通过嵌套两种不同色彩的语言系统和叙述方式

---

① 巴赫金在《小说的时间形式与时空体形式——历史诗学概述》一文中对此有过详细的论述："传记生活中的两个相邻之点，传记时间中的两个相邻之点，直接结合到一起。在这两个直接相邻的传记时间点之间所出现的间隔、停顿、空白（整个小说恰恰就是建立在这些之上），不能进入传记时间的序列中去，而是置身于传记时间之外。它们不改变主人公生活里的任何东西，不给主人公生活增添任何东西。这也正是位于传记时间两点之间的超时间空白。"（[俄]巴赫金：《巴赫金全集》第3卷，钱中文译，河北教育出版社1998年版，第280页。）

（圣经文本叙述方式和现代小说叙述方式）创造出一个全新的"合金"话语系统（功能2），更重要的是在循环的时间系统中插入直线的时间模式，一方面不断破坏闭合的轨道，令其不得不形成范围更大的圆环以保持内部平衡；另一方面使得不断推进的情节内部出现短暂的停滞，制造出一种近乎梦呓的荒诞感（功能3）。与此同时，故事的人物也具有类群的性质，亚伯拉罕一家所代表的具有抽象意义的人类总体与军人伊万·格鲁德及其周遭小人物所代表的具象化个人产生了对立，从而衍生出以下同类性质的二元对立组合：宏大的宇宙观—狭隘的社会准则；道德—享乐；上帝—偶像；生命—死亡；自然人—社会人；宗教—命令；和平—战争；永恒—瞬时。有趣的是，两种语义和世界观的对立有时并不是通过采用不同类型的重复手段达成的，而恰恰相反，是经由同一种重复手段建立完全不同的意象和联想达成的；或者更准确地说，前者体现了不可妥协的全然对立（如亚伯拉罕的妻子与大胡子男人），而后者则是有转变可能性的、有相似之处的部分对立（如亚伯拉罕与军人伊万·格鲁德）。

例如在描写亚伯拉罕脑中浮现出的画面与军人房间的墙上挂着的那幅画时，作者都采用了上文提到的第二种重复手法（"同一段落中重复出现的某一词组或短语"），但是达成的效果却完全不同（选段中下划线标出的语段代表此种重复手法的运用）：

> 但是亚伯拉罕没有完成祷告，因为妻子<u>从没有像现在这样</u>如此温顺地紧靠着他，亚伯拉罕也<u>从不</u>知道还有如此深邃，<u>如苍穹般的</u>，如此恢宏，<u>如苍穹般的</u>，如此温柔，<u>如苍穹般的</u>夜晚。(54)

> 墙上有一幅宣传画。高大的红军战士<u>挥舞着步枪</u>，脑满肠肥的商人在<u>刺刀</u>下瑟瑟发抖。<u>刺刀</u>戳进了后背，从<u>刺刀</u>尖端，画家描绘了正在滴下的浓稠鲜血。<u>两年以前</u>红军战士<u>挥舞了一下步枪</u>，<u>两年以来</u>被刺刀戳穿的商人发抖不止。<u>两年的时间</u>伊

万·格鲁德像一尊笨重粗劣的神像坐在众人面前接受崇拜，他们用时断时续的声音与他对话。(45)

不难发现，在描写亚伯拉罕一家的相关事件时，作者尝试复现一种绵延不断的波浪式感受——不仅体现在词语的发音效果上，更体现在词语本身所指向的联想意象上。上文中"如此深邃，如苍穹般的，如此恢宏，如苍穹般的，如此温柔，如苍穹般的夜晚。"（глубокой, как небо, величественной, как небо, и нежной, как небо, ночи）遵循的是扬抑格的格律，一般而言这种格律多用于强调动作的突然发生，给人以惊奇感，但此处三个重复出现的"如苍穹般的"（как небо）冲淡了突兀感，反而使人联想到涌起又落下的有节奏的波浪式运动；与此同时，"深邃""恢弘"和"温柔"这几个形容词如果直接与"夜晚"连用，未免显得过于矫饰，与全文简洁朴素的风格不符。但是当插入"如苍穹般的"这个短语之后，不仅在修辞上变得自然恰当（似乎这几个形容词是在修饰"苍穹"），而且由"苍穹"带来的联想营造了一种静谧的宗教气息。相同性质的例子出现在第Ⅷ章结尾处："<u>孩子哭喊起来</u>，因为大海实在太大了。<u>孩子哭喊起来</u>，因为知道他将来也<u>会成为一名裁缝</u>，和他父亲一样，而他的儿子<u>也会是裁缝</u>，他儿子的儿子<u>也会是裁缝</u>。"（59）以上例子中，有关"波浪"的暗示更加明显了：首先，孩子是在"大海"面前哭叫的，大海是孕育波浪的摇篮，这是表浅形象层面的；其次，作者借孩子的想象描绘了一幅子承父业、生生不息的繁衍图像①，当中不存在单独的父与子，只存在永恒的命运（裁缝的职业），在这一古老的职业中父亲和儿子的形象合为一体。故事以亚伯拉罕的话结束，正是在这句话中"波浪"的主题最终显现："人们——就像波

---

① 圣经《创世记》第 12 章第 6 节中对亚伯拉罕得子也有记载："他儿子以撒生的时候，亚伯拉罕年一百岁。撒拉说，神使我喜笑，凡听见的必与我一同喜笑。又说，谁能预先对亚伯拉罕说撒拉要乳养婴孩呢？因为在他年老的时候，我给他生了一个儿子。"

浪。来了又走了。来了又走了。"（59）如果说第Ⅴ章结尾处只是对圣经文本在修辞上的变形模仿，那么到了第Ⅷ章结尾处则是从韵律到形象的全面贴近①，结合故事引用的卷首词（语出摩西五经《创世记》第21章），我们可以大胆地推测，作者试图在读者的想象中逐步展开"波浪"的主题，并将其与圣经故事文本小心翼翼地缝合在一起。综上所述，作者使用重复手段构造"波浪"主题的主要意图有以下几点：

（1）"波浪"所具有的绵延不断的性质指向亚伯拉罕一家人遵从的古老法则——生息繁衍。

（2）"波浪"所具有的温和、柔软且不断改变形状的特质与亚伯拉罕一家人忍气吞声、消极反抗的性格相对应。

（3）"波浪"主题与圣经故事的联结，一方面强调了亚伯拉罕这条故事线索的永恒性和神圣性，使之具有史诗的性质；另一方面暗示他们的故事属于古老的文学文本，不会被卷入现代生活琐事组成的漩涡中。

与轻盈的"波浪"主题相对应，作者在叙述军人伊万·格鲁德及其周遭事件时采用了与沉重的"石头"相关的主题，这从人物的名字就可以看出来——格鲁达（груда）在俄语中意为"一大堆"。在他停止不动的时候，整个人就"像是长满了黄绿色苔藓的大石块"，随后"大石块从原来的位置上挪开，在走廊里哐当作响，然后慌忙磕在了五斗橱上"（48）。同样使用借喻突出这一特征的还有将他的眼睛比作是"能提起一堆重物的铁钩子"，接下来，作者使

---

① 试比较《创世记》第5章第3—14节："亚当活到一百三十岁，生了一个儿子，形像样式和自己相似，就给他起名叫塞特。亚当生塞特之后，又在世八百年，并且生儿养女。亚当共活了九百三十岁就死了。塞特活到一百零五岁，生了以挪士。塞特生以挪士之后，又活了八百零七年，并且生儿养女。塞特共活了九百一十二岁就死了。以挪士活到九十岁，生了该南。以挪士生该南之后，又活了八百一十五年，并且生儿养女。以挪士共活了九百零五岁就死了。该南活到七十岁，生了玛勒列。该南生玛勒列之后，又活了八百四十年，并且生儿养女。该南共活了九百一十岁就死了。"

用了一个借喻"沉重的钩子钩遍了作坊里的每一个物件"（47）。回到上述引用的段落，此时重复的对象从名词短语"如苍穹般的"（как небо）变为了动词"挥舞"（размахнуть），相应的，被挥舞之物"刺刀"（штык）也出现了数次，完全没有任何格律可循；简短而明确的时间限制"两年"（два года）一再出现，如果对比亚伯拉罕一线中"还从未"（и никогда ещё не）一词的重复，可以明显体会到后者中延续、缓慢、循环的时间和前者短促、迅速和直线性的特点。这一画面在第Ⅵ章中又浮现了，此时伊万·格鲁德正接受上级组织的讯问："他像一尊凶神恶煞的神像一样阴沉沉地坐着，在他对面的墙上，高大的红军战士挥舞着步枪，在刺刀下脑满肠肥的商人瑟瑟发抖。"（55）同样是"人+物"（亚伯拉罕+记账簿；伊万·格鲁德+宣传画）的结构，亚伯拉罕的场景中由于有交流和思考（"向上帝发问""想着"），人与物、人与周围的事物便融入了一张流动的网中，因此在该场景重复出现时读者就会感受到一种永恒的和谐韵律；而在军人伊万·格鲁德的场景中，人与物、人与周遭事物处于敌对的分离状态，物本身也传递出一种死亡的信息（被刺刀扎死的商人），所以在该画面重复出现时，传递给读者的是一种凝固的氛围和近似梦呓的荒诞感［如上文提到的第（3）项功能］。

另外，伊万·格鲁德与"神像"的联系也在多处重复出现，作者似乎有意将他作为多神教的主神与亚伯拉罕的上帝对立起来——这尊活着的神像需要崇拜的声音和鲜血的祭祀［就连他的床单都是鲜红色的——"伊万·格鲁德的房间里有一张床，上面铺着红色的棉布床单"（46）］，而这一切都由战争提供。新时代的人们为战争而生，战争反过来塑造了渴望对抗、嗜好鲜血、感情愚钝、举止粗鲁的人们，在这些人当中最坚硬、最冷漠的那一个便被选中成为偶像。多神教的神明虽然具有类似人类的形态，但他们改造世界和他人的欲望却远远超出了普通人（希腊神话和印度教诸神），军人伊万·格鲁德的行为很明显体现了这一点——他在物质世界里横冲直撞，想要把与之对立的人和物都纳入管辖范围。对他而言，所有的事物都可以划分为"有利"和"不利"两类,"有利"的事物才是真正存在的,是他需要竭尽全力据为己有的;而"不利"的事物则没有存在的必要,是他致力于铲除的目标。例如,五斗橱是"不利"的,因此他总是意识不到它的存在,一旦撞上膝盖才会想到将其挪走;亚伯拉罕的妻子是"有利"的——她漂亮且具有照顾的属性,所以他企图用强力使她屈服。正是从这个意义上而言,亚伯拉罕才不止一次说他"像一头野驴。他与人为敌,人与他为敌"①(此处运用了第四种重复手段"某个人物特定的口语"),他的世界是由相互对抗的两种力量构成的,而这个世界本身也与大爱、顺从、和谐(亚伯拉罕所代表的世界)相对立。从军人伊万·格鲁德种种侵略性的行为都未达成任何效果来看,作者传达了一种忧虑的情绪:新时代的道路可能只会把人们引向死亡,引向巨大的困惑,或者这根本就是一条死胡同,最后成为亚伯拉罕笔下的一道棕色竖杠——划去往生者姓名的竖杠:

> 一个人的时候,亚伯拉罕久久地坐在登记簿前盯着今天刚刚翻开的那一页。紧跟着这第一位,从那栋许多房间的大楼里还会陆续走出来其他人,同第一位一样,亚伯拉罕也会为他们将衣服剪裁,就像用衣服盖住那些名字早就被划掉的人们一样。

与以上两个主题都呈对立关系的是大胡子男人吱吱作响的"茶炊"主题:它与"波浪"主题的关系是绝对对立,前者代表的世俗、琐碎和短暂与后者所象征的宗教、完整和永恒之间是难以逾越的鸿沟;而"石头"主题与"茶炊"主题之间则是相对对立的关系,二者的对比主要体现在权力级别上——军人代表了有人之欲望的神,大胡子男人则仅仅是庸俗化了的人。其中,"茶炊"主题与

---

① 语出《创世记》第16章第12节:"他(以实玛利)将来为人,像头野驴;他要反对众人,众人也要反对他;他要冲着自己的众兄弟支搭帐篷。"

"波浪"主题并未发生直接的冲突，也即是说，二者所特有的语言风格版块没有互相呼应的部分，所谓的对立是象征意义上的；"茶炊"主题与"石头"主题则发生了直接的冲撞，多处的重复和呼应使得它们二者间的对立既呈现在象征意义层面，也表现在语汇意义层面。

语汇意义层面最突出的表现是动词的选用："神祇"（идол）在不停地战斗（воюет）、吼叫（кричит）、轰鸣（громыхает）、恐吓（утрашает）、争夺（завоёвывает）；"庸人"塌陷在沙发里，以窥视他人的生活为乐，他总是一边嘿嘿窃笑（хихикает），一边倒腾身边的日常用品——糖、黄油、牛奶和茶炊。如果说作者在前两个主题中使用的是具有变奏特点的重复，那么在描绘庸人及其一潭死水似的生活时，他采用了毫无变化的单纯重复——同一句子在不同段落中的重复和象声词或拟声词重复。爱伦·坡曾详细阐述过叠句的能量，"它来自于单调的力量，不管在声音上还是思想上"，而其中的乐趣在于"仅仅从相似，以及重复的感觉中作推断"①。在大胡子男人第一次出场时，作者就特意写到了他令人作呕的鼻毛，"在那张圆脸上，右鼻孔里的一颗赘疣上支棱出一根黑毛"，这颗赘疣第二次出现在他对亚伯拉罕妻子产生歹意的时候："他向坐在沙发上的列为卡紧紧地靠过去，软塌塌的肩膀烧得滚烫。一根黑毛蜷曲着从右边的鼻孔里支棱出来。"这与列夫·托尔斯泰在《安娜·卡列尼娜》中对卡列宁耳朵的描述十分相似，二者都是将人体的某个器官放大到遮蔽人本身的程度，从而揭示人物的另一张兽性面孔并造成既可笑又可怖的效果。与列夫·托尔斯泰不同，斯洛尼姆斯基没有设置一个感觉的传导者（安娜），而是直接将同一画面置于不同场景呈现在读者面前，借由后者的联想完成对人物的塑造。

庸人们并不是真正地活着，他们将生命浪费在与人勾心斗角和无止境的物质享受上——寻找安逸舒适的地方，极尽钻营之事以谋

---

① [意]安贝托·艾柯：《悠游小说林》，俞冰夏译，生活·读书·新知三联书店2005年版，第49页。

求升职，倾轧他人以达到自身利益最大化。从"圆形的"，"肩膀软榻"的庸人嘴里不停飘出"圆形的，像气球一样的词语，亚伯拉罕的妻子被它们压平了"（51）。相较于沉默寡言、动作粗暴的"神祇"，"庸人"达到目的的主要手段就是使用日常生活语汇迷惑他人。然而，外表谄媚、言语甜蜜的庸人实际上是典型的两面人，他们远比具有侵略性和爆发性的神祇来得更可怕。作者显然对二者都无好感，这种态度也被成功地传递给了读者——这两个被动词湮没的主题独独缺少"想"（думать，задуматься）这个动作，而动作平缓的亚伯拉罕主题则与该动词紧密联系在一起。从这个意义上而言，"神祇"和"庸人"都指向更深一层的象征含义：前者的动作在思考之前，缺乏沟通；后者的言语在思考之前，缺乏行动。他们之间的相似性大于差异性，即使将他们在互补的前提下合并，也只能得到一个徒有人之躯壳的空心怪物——永远处于精神生活层面之下。只有在宇宙背景下为人类生存和繁衍担忧的亚伯拉罕才具备"思考"的能力：他思考死亡，思考生存，思考冲突，甚至思考忧虑。思考使亚伯拉罕超越于日常生活的物质和欲望之上，呈现为一股弥合人们内心创伤的精神力量。

二 碎片拼接：尼基京的《黛西》

尼基京的故事《黛西》是一部"有趣的作品"（特尼扬诺夫语），它的有趣之处至少体现在结构和视角两个方面。首先，《黛西》是谢拉皮翁兄弟创作中少有的几部仅从结构上便能体现出文学实验性的作品之一（卡维林的《第十一条公理》也可以算作一部）：整部作品可以分为两个版块，第一个版块由十一个长短不一、体裁各异的小章节组成（准确地说是十二个，其中的十一个都有标号，剩下的一个只有小标题"自我简介——没有标号的随机章节"）——事实上，甚至很难称之为"小章节"，因为章节之间既没有情节主线的联系，也没有主要人物贯穿其中，作者很显然是用一种不同于传统的方式将它们聚合在一起的；第二个版块就是名为

《关于"天空"的史诗》的第十一章，分为六个小节，主要讲述老虎黛西的故事。另一个重要特征体现在：将传统的主人公"人类"换成"老虎"，以它的视角观察人类生活的片段并将变形后的画面原封不动地呈现在读者面前。

准确地说，将第二个特征纳入作者的实验性尝试是十分牵强的，因为"动物主题"（анималистический）的传统在俄罗斯文学史上早已有之，经过漫长的发展演变之后，如今仍活跃在各种文学体裁中——从无名作者的《伊戈尔远征记》，到俄罗斯经典散文作家列夫·托尔斯泰、契诃夫，再到当代作家弗拉基米尔·库普宁、柳德米拉·皮特卢舍夫斯卡娅等。本书将要涉及的"使动物人化，赋予其人的特征"只是其中的一个分支①，正如以往研究所指出的，"尼基京和费定的故事创造性地重新构思了俄罗斯传统动物散文，后者的代表作家有列夫·托尔斯泰、库普林和契诃夫"②。事实上，这两个方面的特征只有在相互作用的情况下才能达到实验性的效果，换而言之，独特的视角决定了叙述结构的创新，而故事结构组成上的碎片性特征正是对非人类视角下事件关系的模仿。特尼扬诺夫在评价这篇作品时，将其归入了"野兽故事"（звериные рассказы）一类，并指出这类故事通常"将普通的整块事物分解成一堆复杂的征兆（正是在这个意义上它们与占卜十分相似，后者也是通过某些既

---

① 科兹洛娃（Козлова А. Г.）认为目前的以动物为主题的文学作品中，可以观察到三种主要的描绘动物的方式，与之相对应的，存在三种主要的动物形象：其一，将动物视为自然界的真实存在；其二，将动物人化，赋予其人的某些特征；其三，拥有神力的动物，超自然的存在，相当于幻想出来的神兽。（Козлова А. Г. «Русская литературная анималистика: история и современность». *Литература и жизнь: сборник трудов к 90 – летию со дня рождения и 60 – летию научно-педагогической деятельности доктора филологических наук, профессора М. Ф. Гетманца.* -Харьков: ХНПУ имени Г. С. Сковороды, 2013, http://worldlit.hnpu.edu.ua/8/2.php）

② Тимина С. И. и Грякалова Н. Ю. и Лекманов О. А. и др. *Русская литература XX века: учебник для высших учебных заведений Российской Федерации.* Тиминой С. И. (под ред.) Учебно-методический комплекс по курсу «Русская литература XX – начало XXI в.». Санкт-Петербург: филологический факультет СПбГУ, 2011, с. 170.

定的征兆来推测整个事物)"①。特尼扬诺夫的论断无疑是具有启发性的，正是在此基础上，我们提出了以上的假设性推论；然而，他在括号内补充说明的部分有待推敲，因为将动物视角造成的效果与占卜类同，不仅贬低了作者完整的创造能力，也将读者放在了一个无足轻重的位置上。首先，占卜者确实是根据各种征兆来推测事件发生的情况的，但是故事的创造者并未打算以他自己设计出来的事件碎片为线索假模假式地进行推测，他很明确地知道故事的发展方向和结局，而碎片式的事实仅仅是留给读者的谜题，因此将其与占卜者相提并论无异于降低了其创造性；其次，如果说占卜者的类比对象不是作者，而是读者，那么很显然文本的无限可能性被缩小了——对于占卜者和观众来说真实的事件只有一个版本，但是对于读者来说，通过想象力将错位变形的事件碎片还原成的"本来面貌"并没有标准答案，这也正是文学文本的魅力所在。

综上所述，本书倾向于认为，故事《黛西》产生的效果更接近于电影中的蒙太奇拼接手段，而非占卜过程：在第一版块中，各种不同体裁的小章节好比看似没有关联的分镜头，然而通过在某种特殊语境下的并置却获得了超出普通叙事文本的内涵和外延意义，着重于视觉艺术带给读者的冲击；第二版块的《关于"天空"的史诗》则更像是舒缓的长镜头，既延续了从前半部分积累起来的情感，又自成一个完整的体系，在音乐性和象征性的层面上进一步发展了综合艺术在该文本中的应用。

第一板块的十一个小章节从表面上看是一个文学体裁的拼盘，大部分原先只能在文学作品中占据次要位置（或者根本不能成为文学材料）的语体形式在此都独自撑起了整个章节——其中包含诗歌、对话（两篇）、笔录、便条、散文（两篇）、信件、新闻、电报、自

---

① *Серапионовы братья. Антология*: *Манифесты, декларации, статьи, избранная проза, воспоминания*. Прокопова Т. Ф. (Сост., вступ. Ст., примеч.) Москва: Школа-пресс, 1998, с. 589–590.

我介绍。这些小章节的共同特点在于：具有形式上和内容上的完整性，并且相互之间存在跳跃式的关联。这种关联性首先体现在内容层面：第五章（《电话交谈》）可以看作是第二章（《事务所风波》）的继续，二者在形式上也具有一致性；第六章（《黛西的梦》）与作为题记的第一章在韵律和思想层面相互贴合；第三章（《第137条笔录》）则与第八章（《摘自〈北方之声〉杂志第181期》）、第十章（《两封电报》）一起还原了动物园走失老虎的事件；第四章（《来自一个陌生人的便条》）、第七章（《别泰尔的信》）和第十章（《阿尔滕别尔格未完成的作品》）则必须放置在一起；没有标明号码的《自我简介》起到了将各个章节最终串联起来的作用，这也是它独立于其他各个部分的原因。除此以外，如果仔细观察以上分组，我们很容易发现，内容上具有关联性的章节同时也表现出了体裁方面的相同或相似，按照顺序分别为：两篇对话体、诗化散文与诗歌、三篇公文体、书信体与叙事散文。如此看来，作品的结构安排没有丝毫的混乱之处，恰恰相反，作者通过打破常规小说的叙事方式和修辞方式并将其重组，赋予了重组后的文本原先没有的深意——如同将打碎的镜片拼搭成一个多面体，从而获得由多个角度反射实物的可能性。

在这一版块中，作者显然更多地运用了拼贴画的技法，似乎在邀请读者一起参与一个大型的拼图游戏。拼贴（коллаж）是一种现代绘画技法，指的是通过把一些与主体画布质地不同的碎片材料（如报纸碎片、布块、宣传画等）粘贴在一起，获得一种具有强烈对比度的艺术效果。最早在绘画艺术领域使用拼贴技巧的是毕加索和布拉克，他们在1910—1920年将拼贴技法发展为立体主义艺术的一个重要方面。传统的绘画遵循透视法原则，强调从固定不变的视角得到的统一画面，而立体派画家则主张从不同的视角观察世界，并将所得到的碎片式画面并置在一起，组成一种不同色彩、线条和情感的集合体。当拼贴画艺术平移至文学创作领域时，某些关键性的构成因素发生了变化，进而分化出了至少两大类型的拼贴艺术：一是由语流所构成的不同质地的画面并置在一起,如俄国立体未来主义诗人赫列勃尼科夫提出的"词语作画"(живопись словом);二是不同语体风格形成的相应体裁位于同一个平面上,《黛西》就是这样一个典型的例子。

值得注意的是,进入第一版块的每一种体裁都在形式上经过了打磨,以便互相契合,以下试举几例说明:第一章中,按照惯例应当被引用为题记的勃洛克诗歌在这里自成一章:"我自己也不知道/我的住所/是在为什么而悲伤?"原先位于标题下方右侧的题记也移动至中间位置,就像诗集的排版一样。第二章在电话中的谈话几乎完全由重复语构成,两个人的对话似乎是由一个人独白自体分裂而成:

　　——咬人了……
　　——什么咬人了?
　　——黛西咬人了……
　　——马上,彼得,要快!您做得太对了,要快。必须及时阻止!您工作这么久了,她认识您。
　　——太可怕了。
　　——太可怕了……真是愚蠢……
　　——波克先生!咬人了。波克先生,她真是可怕……尾巴会打人。
　　——我自己来……自己来……①

第四章中一段来自陌生人笔记本的摘抄十分有趣,虽然只有短短的三行,却同时具备了情节、结构和隐喻意义上的完整性,似乎

---

① *Серапионовы братья*: Альманах первый. Санкт-петербург: «АЛКОНОСТ» ПЕТЕРБУРГ, 1922, с. 60. (本节所引此书其他引文时不再标注信息,而是随文标出页码。)

是整个故事内部一个小型完整的血液循环系统:

> 一个人走着。脚下躺着一个火柴盒。捡起来。打开。什么都没有,除了几根烧焦的火柴。他觉得很不幸,灵魂被剥光的感觉。一个小时之后——他上吊了。(61)

而在第六、七、八章当中,对印刷排版效果的运用达到了令人惊讶的程度:在一页纸上可以三次变化印刷字体(分别是斜体、仿信笺字体和报刊字体)和行间距(64),不仅形成了奇异的视觉艺术效果,也令材料更具真实可信度。

同艺术领域的拼贴画相比,此处的"异质性"主要不是体现在色彩、线条和质地上,而是体现在情感、篇幅和体裁的不统一上,但二者的最终目标都是指向"复合中的一体性"(единство во множественности)。从文本的开头就慢慢积累起来的惊异效果在第十章达到了顶峰,之后读者的疑云便开始渐渐消散了:两条伪装成电报形式的线索已经令读者猜到了黛西事件的始末,而紧随其后的无名章节不论是在语体风格还是感情色彩方面都与接下来的《关于"天空"的史诗》浑然一体,闪光的碎片有了聚合的迹象。直到阅读了第二版块之后,从一开始就置身于智力迷宫中的读者再回头翻阅前面十一张不同花色的扑克牌,才有机会一窥其中的奥秘:原来第一版块中遭遇不同的叙述者不仅通过老虎黛西发生联系,而且他们所感受和经历的居然和一只野兽(黛西)有共通之处。

与第一版块相比,第二版块的节奏明显舒缓了下来,出现了熟悉的经典叙事以及清晰的时空关系,叙事的人称也统一为第三人称,读者似乎是从一个充满幻象的浪漫主义世界一跃进入了真真切切的现实主义世界,然而这仅仅是表面现象,不多时他们便会发现:黛西具有超越它自身认知能力的情感功能,简而言之,这只老虎的精神世界是普通人都无法企及的。黛西的痛苦具有一种崇高的诗意,后者与它所在的日常生活世界并没多大关联，其原因根植于梦想的远去、相契合的灵魂的缺乏与自由被永久剥夺：

> 忧伤袭来时，只有饲料……为什么忧伤？难道不是因为大雾天里周围什么都没有？没有树，也没有天。（79）
> 狡猾的女清洁员歌莉娅不知道：当忧伤袭来时，是不是只有饲料……（80）

这种忧伤就像萨特笔下的"恶心"，在不同的时空附着在不同的宿主身上，贪婪吸食着他们的血液："想要诉说，可是他们对我（无名的人）喊叫：不行！但是忧伤缠绕着我。怎么摆脱呢？"（67）"……他（主人德吉）说到忧伤，那种像跳蚤一样咬人的忧伤，那种像灰尘一样，不知从哪儿钻出来的忧伤。"（73）被反复强调的情感本身使得《关于"天空"的史诗》从头至尾浸润在一种抒情性里，作者似乎有意将日常生活的琐碎意象与浪漫主义的崇高感情并置，从而获得一种令人惊异的效果——俄国未来主义诗人是这一技法的娴熟使用者。

第二版块的"史诗"并不能够从形式上分辨出拼接材料的边界（第一版块正是如此），然而在其内部涌动着两种形式的情绪——冰冷的、黏稠的以及炙热的、透彻的，前者代表着日常生活的、充满无奈和迷惑的世界，后者则象征着野性大自然的、充满活力和心之所向的世界。这两个世界分别在不同的时间段里占据过黛西的生命轨迹，然而由于它们的运作规则完全不同，所以企图将二者融合的尝试注定是一个悲剧。此处尼基京并没有借助心理分析或者环境对比描写（如传统的叙事体裁一样），而是通过变换叙述的语体风格达成了这一点：大自然的世界总是与诗意的描写相关，作者在此毫不吝惜新颖的同义词组、具有连贯性的暗喻和逆喻，试图勾勒出一幅具有视觉艺术美感的画面，如"秋日的天空因着乌云而暗沉，因着秋天而沉重。太阳被窗棂切割成四瓣开屏的孔雀尾巴——扇状，粉红色"(67)。与之对立的日常生活世界则是由陈词滥调堆砌而成，语句之间缺乏连贯性，作者似乎是用特制的节拍器强调了停顿和空白，以此凸显日常生活令人厌烦的单调感：

> 枝条坚韧，人们谨慎。
> 早晨——寒冷，白天——忧伤，而晚上——猴子肉。
> 总是这样，一成不变……（76）

除了"停顿"之外，这种单调感也通过"重复"表现出来，包括语义上的重复和发音上的重复两种情况：

> 四点之前，主人都在工作，四点整——午饭，午饭过后——又是工作。人们的生活还真是乏味。他们怎么就学不会躺在飘窗上看看大树，看看花蕾是怎么绽放的，看看鸟儿是怎么啄虫吃的。（74）

这两个极端对立的世界仅仅在黛西的错觉中发生过短暂的融合，自然（幻想）世界以一种超现实的姿态入侵日常生活（现实）世界，获得了本不应有的体积、维度和色彩，具有明显的表现主义特征：

> 日子变长了。还没等到懒惰的蚯蚓开始蠕动，被压得紧实的草地早已遮蔽了黄昏和光裸的四壁。可是你要是去舔舔它——没有一点味儿，全是灰。

如果说自然的世界是诗情画意的世界（поэтический мир），那么与之对立的日常生活世界就是单调乏味的世界（прозаический мир），从词源学的角度而言，这也在某种程度上体现了诗歌（поэзия）与散文（проза）的对立，因此，作者除了在视觉、听觉、嗅觉方面引

第五章　对立与转化："谢拉皮翁兄弟"其他成员的文学探索　　263

导我们体察这两个世界的不同，也将这二者同散文和诗歌体裁关联起来，尝试通过不同体裁约定俗成的语汇风格来凸显两极之间的对立。在涉及与散文体裁相关的日常生活世界时，尼基京将叙述推至"物化"和刻板的极致——原本应当分布在好几个章节中的重复乐音瞬间被压缩在一个段落里，失去了本来的旋律。而在描绘那个与诗歌体裁有关的诗意世界时，作者则大胆运用了诗歌文本，其中不仅包含词法、句法和音调上的重复①，更渗透了与黛西拟人化世界观相吻合的神话思维，全然体现了装饰散文建立在神话思维上的诗学特征②，例如下述段落：

在人间有相似之处，就像在天上；人们也瞬息万变，就像天空一样。(78)

深夜，当梦境中的木头狗熊发出吱吱嘎嘎的响动时，天上，顺着那条毛茸茸的、沉甸甸的小路不紧不慢地踱来一头雄鹿。

只有一个活物：天空。

在笼子里可以听到大街上传来的熙攘声，看到花园、屋檐和天空。人们来了，又走了。只有一堵墙——天空。(80)

不难发现，"天空"（небо）是该语段中的核心词，围绕天空黛

---

①　За **ш**аплерами **ш**елест мы**ш**ей，**ш**ур**ш**ит неслы**ш**ными **ш**ажками живое за **ш**палерой. Дэзи морду **лапы**-и тише！Шорохнулось，смолкло-Дэзи прикрыла веками глаза，задремывая. И лишь **ш**мыгнула мы**ш**ь в кормушку，сощурились веки，Дэзи подобрала зад и подтянулась на передних **лапах**，заостривая туловище мордой. Мышка вышла на край кормушки. Ударом **лапы** сразу. Где мышка？Вон серый мячичек весело подлетывает в дэзиных **лапах**. (73) 黑体标出的字母是重复的部分，形成一种循环往复的音乐感。

②　"装饰散文——这并非诗歌源头对于叙事文本在一个较长历史阶段优势碾压的结果。几乎在全部历史时期都能找到诗歌对于散文的渗透痕迹，然而，只是在那些诗歌体裁占据优势地位并且神话思维深入人心的时代，诗化叙事的趋势才显得无比强劲。"（цит. по：Шмид В. *Нарратология*. Москва：Языки славянской культуры，2003，с. 263-267，http：//slovar. lib. ru/dictionary/ornamentalizm. htm）

西在想象中构筑了一个梦幻般的世界："木头狗熊"，草深土沃的小路以及优雅踱步的"雄鹿"。此处的"雄鹿"不是普通意义上的鹿（олень），而是具有神话含义的"角兽"（рогач），后者或象征超自然的神力、精神力、神明，或象征太阳神和月亮神的联合——象征太阳是因为埃及壁画中有角的公牛经常顶着太阳圆盘，象征月亮则是由于角的形状与弯月相似。除却神话意义上的联系，作者甚至刻意将"角兽"与"月亮"并置，形成一种暗示的联想效果：

> 当一个人都没有的时候，他（Тэдди）时常静静地躺着，伸开四肢，并将双腿倚靠在绿色天空的边缘，这片天空在深夜低低地垂向屋檐，那儿在排水管道组成的森林中雪白的鹿角月亮（рогатый месяц）在微笑着散步。(71)

由此，"角兽""月亮"和"天空"三个词产生了一种内在的、象征意义上的联系：月亮和角兽存在于天空中，角兽包含了月亮，而天空也有角兽的生命特质（"天空是活物"）。接下来我们会发现，这三个词在该史诗的最后一小节中重复出现，编织了一个理想的乌托邦世界。

与"天空"相对立的意象是"牢笼"，后者不仅剥夺了黛西同自然世界接触的机会，也令它美妙的梦幻崩塌：

> 笼子摇晃起来比细木条还要轻盈。可恶！多想在大地上奔跑，用掌心感受土壤的湿润。笼子在摇晃——太阳抓住了笼子。马车呼啸而过，发出铁蹄的轰鸣，街上的人们对黛西咧开嘴笑。为什么一圈围栏都是铁做的？需要——大地，树木和石头。需要！(75)

由此可见，以"天空"和"牢笼"为核心形成了两套具有对立意义的语汇体系，分别对"自由"和"不自由"的状态做出了诠

第五章　对立与转化:"谢拉皮翁兄弟"其他成员的文学探索　265

释:(1)自由(梦想,理想)—天空—河流—月亮—大地—石头—音乐—故乡(对于拟人化的老虎而言,故乡是一个梦中遥远而不知名的地方,它那模糊的轮廓充满了诱惑,并且有一个诗意的名字"刚果");(2)不自由(现实)—铁笼—窗户—太阳—鞭笞声—陌生的房子—不明就里的事件:战争、革命(在黛西的印象中与鞭打联系在一起)—苟活—幻灭。这两套语汇体系也分别与上文所提及的自然世界和日常生活世界、诗情画意的世界与枯燥无味的世界形成对应关系,从而建构了两种截然不同且无法共存的世界观。

　　仅仅是在梦中黛西才能跨越现实生活的樊篱,暂时进入无忧无虑的乌有之乡。有关梦的主题既可以看作是"自由"主题的子文件夹,也可以视为具有缓冲功能的独立主题。第一版块中《黛西的梦》(«Сны Дэзи»)(恰好也是第六小节)不仅与第二版块中的第二小节、第六小节均形成主题上的呼应关系,梦中出现的意象(蛇、音乐、石头、老鼠和铁栅栏)也都不断地在主体部分的各小节里被提及,既加强了上述两套语汇系统的象征意义,又暗示了情节发展的危险性以及宿命的悲剧性。事实上,梦境本身就同时指向两个极点——对现实的逃避和对理想的渴望,这就决定了梦境中的意象通常占据两种相互矛盾的语义或者情感,从而在两个语汇体系之间搭建起暂时的桥梁:

　　　　一个巨大的人影向她走来,浑身长满猴毛。从他那令人惊奇的双眼里慢慢地倾泻出,燃烧起一道宽阔的光束。那人歌唱他是太阳的兄弟,飞鸟、猛兽和树木的父亲。猴子们在一边做着鬼脸。他用爪子抓起一只猴子,将它的脑袋撞击在石头上,发出一声脆响。血滴在石头上。大地想要睡着,可是石头顽固地发出滴滴答答的声音。石头变红了,那人因为生气和委屈哭了起来。(75)

三 倒错与杂糅：符谢沃罗德·伊万诺夫的《蓝色小兽》

符谢沃罗德·维亚切斯拉沃维奇·伊万诺夫的《蓝色小兽》虽然是从人类的视角展开描写，却并没有过多涉及文明社会的事件，故事的大部分情节都以原始自然为背景。故事由五个部分组成，将每个部分的第一句话连缀起来，便可看到一个完整的情节脉络："在涅瓦舍沃村里，有耶利马的一栋房子——用主墙隔成两间的五面承重墙结构的平房。"（28）"'我不想回家'，耶利马说，'我现在有个毛病，除了人们的痛苦以外啥都想不到……'"（31）"于是耶利马离开了。"（33）"耶利马再次离开了。"（38）"第三次出征，耶利马不停歇地爬上切尔诺额尔齐斯山脉，跨越荒漠和草原，向额尔齐斯河进发。"（41）[①] 在第一次离开的途中，他遇到了狗熊；第二次离开又遭遇野猪的袭击，最后一次尝试令他彻底灰心丧气——地上的印记是他自己留下的，似乎在暗示最凶猛的野兽就是他本人。

很显然，这是一个关于找寻幸福和真理的故事，主人公耶利马为了"受难"（мученичество）离开他在农村的家而去到城市，最后又在一股神秘力量的阻止下不得不回到原点——这股神秘的力量毫无疑问同出现于第二部分的"蓝色小兽"有某种关联。这只蓝色小兽恰恰是在耶利马向邻居康德拉提·尼基佛洛维奇说起他要去城市的理由时出现的："'我要一个人去城里，那里人很多，大家都关心别人甚于关心自己。'……真的，从暖炕下面，顺着刷成黄色的地板和彩色斑纹的地毯，爬出了一只小兽。说猫也不是猫，虽然生了一张猫脸，却有小狗那么大，胡须也像猫，发出猫一样的咕噜声，眼睛说不上是什么颜色，跟人眼简直一模一样。"（32）小兽的主人解释说它是"被吉尔吉斯人逮住的，后来卖给了中国人。据说是能给

[①] *Серапионовы братья*: *Альманах первый*. Санкт-петербург: «АЛКОНОСТ» ПЕТЕРБУРГ, 1922, c. 28 – 43. （本节所引此书其他引文不再标注信息，而是随文标出页码）

家中带来幸福的一种家畜"（32）。这里的"带来幸福的家畜"很容易让人联想到中国的神兽"麒麟"，但麒麟似鹿①，此处的小兽却类猫，而猫在俄罗斯传统文化中并非幸福的象征——安·伯格列尔斯基在《拉斐尔多夫卖罂粟糖饼的女人》里写到的黑猫和布尔加科夫笔下魔鬼沃兰德的随从（名叫"河马"的黑猫）即可提供例证。与其说蓝色小兽能够带来"幸福"，不如说它与"失而复得"相关。首先，在康德拉提·尼基佛洛维奇介绍它的来历时就说过："丢了一头牛，找了两个星期都没找到，结果它出现了，就找着了……"（32）之后的三次，都是耶利马杀了野兽，回到村子找康德拉提·尼基佛洛维奇：第一次是"蓝色小兽在暖炕上弓起背，用一种兽类狡猾的目光望着他"（35）。第二次，耶利马提出用猎杀的野猪换小兽，遭到了拒绝，"康德拉提·尼基佛洛维奇一语不发。他的头颅在头发的包围下显得很小，微微泛蓝，小兽也是一身柔顺的蓝毛，在暖炕上弓起身子"（41）。第三次，耶利马受挫后回到村子，打消了去城市的念头，这时"在他脚边小兽蹭来蹭去，蓝色的小兽，用一种狡猾的人类目光望着耶利马"（43）。由此可见，"失而复得"只是对于小兽的拥有者而言，而作为家畜的那头牛和即将作为长工的耶利马则因小兽的出现失掉了已经争取到的"自由"。伊万诺夫通过将极端对立的文化概念糅合在一起的方法，塑造了这个蓝色小兽的形象，似乎善与恶、人与兽、给予与剥夺的界限在它身上变得模糊了，这一模糊感也延伸到了另外两个主要人物身上——耶利马和康德拉提·尼基佛洛维奇。

在康德拉提·尼基佛洛维奇这个人物身上，我们可以找到最为不可思议的对立范畴：最物质化的和最精神化的，最肤浅的和最深邃的，最慵懒的和最具活力的。这个人物一出场，就带来了某种甜蜜的满足感，他似乎对于周遭的一切都十分满意、别无所求

---

① 许慎《说文解字·十》："麒，仁兽也，麋身龙尾一角；麐（麟），牝麒也。"[（汉）许慎撰，（宋）徐铉杨校订：《说文解字》，中华书局1963年版，第201页。]

（令人想到果戈理《死魂灵》中的玛尼洛夫）："康德拉提·尼基佛洛维奇……用主人的口吻说：'多好的树桩啊，人们能用它搭一座结实的木屋了。'看到石头又说：'多好的石头啊，真香。它有用着哩，比如可以磨刀……'"（29）而他的样貌也加强了物质化的特征："他把所有东西夸了个遍，然后满意地打量自个儿。他矮胖敦实，活像一堆稻草，双手被身体遮到看不见，两腿也缩在裤子里。"（29）同玛尼洛夫一样，他的家也跟主人是一种风格："康德拉提·尼基佛洛维奇的家也像主人一样，矮胖且敦实。"（31）可想而知，住在这个家中的主人也是稳定而懒散的，没有向外探索的需求，作者的描写证实了这一点："康德拉提·尼基佛洛维奇不慌不忙地说，思绪在他体内像一只关在满仓中的老鼠一般，懒散地磨蹭：'活着，耶利马，就够了。去城里又能改变些什么呢……'"（31）与之相对的，是注重精神追求、不同寻常的耶利马，这一点从他的相貌上就有迹可循："耶利马的双眼是绿色的，像是覆盖了一层薄薄的霉菌。胸骨是扭曲的，仿佛被谁折弯了。他的肚子跟女人一样又大又鼓。"（28）与康德拉提·尼基佛洛维奇总是注意地面（石头、树桩）不同，他的眼睛总是望向天空："耶利马站在离他稍远的地方，透过树叶望向天空：没有看鸟儿，也没有看白桦树印在天空里的叶状花纹。"（29）虽然他有不错的住所——五面承重墙结构的平房，但他并不喜欢待在一个地方，时常在各个村子之间跑动，靠打短工过活。耶利马并不满足于此，当康德拉提·尼基佛洛维奇问他过得怎么样时，他说自己过得"很差"，想要去"苦修"，因为他认为城里的人们不一样，"他们会互相关心，不会只顾自己"。一直到这里，我们都会毫无疑惑地认定，耶利马是故事的第一号主人公，他代表的精神力与康德拉提·尼基佛洛维奇的物质性形成鲜明的对比，而他对于自由和道义的追求也是后者不可比拟的。然而，随着情节的展开，这种通过人物的平面化而建立起来的二元对立逐渐消退，被一种更为复杂的倒错和杂糅所替代，人物之间的对立转化为人物内部的张力和哲学理念的碰撞，从而使得作品的内涵在短小的篇幅内拉伸到了极致。

"土地"是理解康德拉提·尼基佛洛维奇这个人物的重要意象，几乎伴随他的每次出场都有这个词的各种变体：首先是耶利马第一次碰到他时，"康德拉提·尼基佛洛维奇一边走，一边四处抚摸：脚下的石头、砍倒的树桩和土地（земля）"（29）。随后是耶利马将打死的狗熊拖到他面前时，他竟毫不在意，于是"极度害怕、疲惫不堪的耶利马认为就是他，康德拉提·尼基佛洛维奇，土地的（земляной）主人，向耶利马派出了这只狗熊"（37）。最后一次是耶利马感觉自己中了圈套，灰心丧气地回到村子，"康德拉提·尼基佛洛维奇还是那样——又厚又宽，活像一堆稻草。他的嗓音也散发着晒干的青草和黑土的（черноземами）气息"（41）。他不仅仅是土地的管理者和统治者，也是土地的人格化形象，他的智慧不是像耶利马那样通过增长见识得来，而是来自史前的动物本能。正如列夫·托尔斯泰笔下的叶罗什卡叔叔所言："野兽知道一切"，康德拉提·尼基佛洛维奇也预先知道了所有的答案，耶利马的困惑和恐惧并非空穴来风。在耶利马执意要走上去城里的苦修之路时，"他突然用手拍了一下桌子——手掌宽大，暴突的青筋仿佛是一条条小蛇：'你回来试试，混蛋！回来试试啊！'"（32）而当耶利马将猎杀的狗熊剥完皮拖到他面前时，他只是用"缓慢而拖沓的嗓音问耶利马：'走了？'对熊皮看都不看一眼，仿佛熊就是他派去的"（37）；耶利马第二次出走在路上遇到的妙龄少女也像是康德拉提·尼基佛洛维奇设下的圈套，"'我载你，'姑娘喊道，'我去叔叔家。你知道涅瓦舍沃的康德拉提·尼基佛洛维奇么？……'"（39）最后一次，耶利马确定自己中了圈套，灰心丧气地回到村子，康德拉提·尼基佛洛维奇什么都没问，只是说："来我这儿做工吧。我给你吃饱穿暖，你是个好劳力。"（43）由此可知，康德拉提·尼基佛洛维奇的先知特性与其说是一种神启（像普希金在《先知》那首诗中所写到的那样），不如说是人类在其童年阶段所固有的精神核心，这一核心随着文化外壳的不断增厚变得愈加迟钝了，无法发挥出其原有的天赋。耶利马一心追求天空的智慧,向往纯粹的精神,却忘记了大地的智慧,在他眼中,康德拉提·尼基佛洛维奇与生命力顽强却反应迟钝的植物无异——他"又宽又壮,缓慢地吐出一个个词语,从鼻尖到嘴唇到话语,没有一样是不粗鲁的,就像伊尔比特的牛车一般健壮。"(41)从他未曾离开过自家的住所和永远朝下的目光来看,康德拉提·尼基佛洛维奇确实代表了人的植物性的一面,即"那种土生土长及对土地宝藏的依赖性",或者更明确一些,是"肉体",因为"肉体也像植物一样需要营养和照顾,以便能够生长和发育"①。这在耶利马以及大多数现代人看来是可悲的,也是必将被超越的,因为他们将肉体和精神看作是极端对立的,他们中的精英分子甚至为精神设定了一个更加古老、更加高级的起源,将其放置在一个超越感官和自然的世界之中,并且笃信只有通过精神的受难才能实现向神人的过渡。

这也是为什么作者将耶利马同"树叶"的意象绑定在一起。他不仅总是"透过树叶(листьев)望向天空",而且在表达为人民受难的决心时,"他的眼睛活像刚刚抽芽的绿叶(листочек зеленый),黏稠又明亮"(30),直到最后他听到康德拉提·尼基佛洛维奇发出邀请——"他的眼睛是湿润的绿色,仿佛春天长出的叶子(листья)。"(43)"树叶"这个意象本身就包含互斥的属性:一方面,它是轻盈自由的,甚至可以柔软到改变形态,以便于光合作用及抵御外力侵袭(如风吹雨打)。耶利马便是一片容易感受到阳光雨露滋润的树叶,他走动在各个村庄之间,总能在第一时间捕捉各种新鲜的事物,并根据表面形势迅速组织对此的看法,比如他认为"德国人不会要我们的村子,因为村子里猎人太多了,而猎人对他们精细的工作来说派不上用场";革命则是"沉重的想法,不知要怎么排解"(28);在关于朝圣者的问题上,他也是道听途说的,"听说,罗马尼亚人和

---

① [德] A. 彼珀:《动物与超人之间的绳索》,李洁译,华夏出版社2006年版,第53页。

其他的队伍要来"（30）。另一方面，树叶又是整棵树的一部分，它没有办法脱离树干而存在，就像耶利马不论是口头还是行动上"出走"（他说了动词原形 идти "走"的各种变体）都无法逃脱康德拉提·尼基佛洛维奇的掌控一样。耶利马已经发现，想要彻底离开村子的办法是将蓝色小兽留在身边，但在他向康德拉提·尼基佛洛维奇发出讨要的请求时遭到了拒绝，后者给出的理由是："不行，年轻人，因为我有一个敏捷的灵魂，而小兽也是如此狡黠。"（41）十分有趣的是，"灵魂"一词会从看上去与精神不沾边的康德拉提·尼基佛洛维奇口中说出来，而追求灵魂洁净的耶利马却只在"心脏"的感官层面受到震动："我要结束这一切！⋯⋯心脏受不了！⋯⋯"（41）"在痛苦中，耶利马的心逐渐冷却腐朽了⋯⋯"作者似乎意欲通过这一错位来暗示我们：精神追求是以实在的物质感官为基础的，想要将感官与精神割裂开来从而单纯提升后者的境界，只会背离初衷。从这个意义层面上而言，耶利马是一个进入分裂状态的人，他的生活模式还停留在古老的自然神教层面，但他的世界观已经是典型的基督教式的了——对苦修的向往、排斥肉体的享乐（在路上拒绝了少女同行的邀请）以及由此体现出的二元对立。借查拉图斯特拉的话来说，耶利马是一个忘记了自己曾有过猴子和爬虫阶段的人，试图通过不断强化自以为是的人文精神达及神圣的境界；但他的尝试注定是徒劳无功的，因为他忘记了"大地的意义"，而将原本统一的自我对立起来，这也是为什么他发现最后那只无法杀死的猛兽竟然是自己。这一悲剧性的预言式结果其实在故事的一开头就出现了：耶利马竭力想要逃离的村子名为"涅瓦舍沃"（Невашево），俄文意译为"不是您的"，这座村子仿佛是他憎恨的肉体，将他的灵魂紧紧囚禁于此①。

---

① "我认为，俄耳甫斯利用那名称，他最相信灵魂抵赎它受罚的过错⋯⋯它周围有牢狱一般的肉体，因此，像其名称所指，它是灵魂的监狱，在灵魂偿还欠债之前，没有必要改动一个字母。"（[法]保罗·里克尔：《恶的象征》，公车译，上海人民出版社2005年版，第289页。）

第二节　去自传化写作与作者身份的确立

　　隆茨在1922年发表的文章《为什么我们是谢拉皮翁兄弟》一般被认为是该文学团体诞生的宣言，在这篇文章中作者提出了两个主要观点：一是艺术的真实是独立于日常生活之外的存在，同时也是自由创作的基础，保证创作不会沦为现代政治和社会经济的批量订货；二是以兄弟会的名义集结风格个性不同的作家，并希望他们保持各自独一无二的世界观和创作特点。然而，与其他文学团体（不论是诗歌还是散文团体）的宣言相比较，这里缺乏清晰的诗学理念和创作观点，也并未涉及具体的实践方式，倒是在隆茨之后发表的《向西方！》和《关于意识形态与政论体裁》中这两点体现得较为明显。于是，此处产生了令人费解的矛盾：在《为什么我们是谢拉皮翁兄弟》中作者承认"我们每个人都有自己的面貌和自己的文学趣味"，却在《向西方！》中以一种巧妙迂回的方式①将个人的声音替换成了谢拉皮翁兄弟的和声——"我们说：需要情节！我们说：要向西方学习。我们说：仅此而已。"事实上，并不是每一个兄弟都同意融入这个和声，费定在《高尔基在我们中间》一文中坦言他与隆茨在"面向西方是否必要"问题上曾有过激烈的争执，费定认为："文学材

---

① 隆茨通过否定他为谢拉皮翁兄弟树立的假想敌"民粹主义者"，巧妙地将成员们的目光转向了西方："两年前成立我们的兄弟会时，我们（两到三个创始人）将其设想为一个支持鲜明情节的，甚至反现实主义的兄弟会组织。结果呢？我们中没有一个人在那时候——1921年的1月——奢望能够达成这种兄弟般的凝聚力，从另一方面而言，也没有人能想到，这种支持情节的方向会形成怎样的面貌。不是我们所有人都支持这个方向。但这不是问题所在。问题在于，我们中的很多散文家都走向了那个我们一开始就想要离开之地，走向了民粹主义！你们是民粹主义者，是典型的俄罗斯外省作家，是最无聊、无聊的作家！"［цит. по: Лев Лунц. "На запад！". *Серапионовы братья. Антология: Манифесты, декларации, статьи, избранная проза, воспоминания*. Прокопова Т. Ф.（Сост., вступ. Ст., примеч.）Москва: Школа-пресс, 1998, с. 48.］

料是一种感情的东西，全部问题在于你是否具有你所要表达的感情，你是通过什么手段达到这一点的……都无所谓。"① 而他的观点至少与伊万诺夫和左琴科有共通之处。因此，我们有理由认为，隆茨的一系列文章（《为什么我们是谢拉皮翁兄弟》《向西方！》《关于意识形态与政论体裁》）对于整个团体来说并不具有一般意义上的宣言性质，而更多地体现了一种私人化的愿景，这一愿景伴随着宣言特有的激情和逻辑清晰的层层论述展现在公众面前，获得了超越个人的普适性。

然而，有着"流浪艺人兄弟"之称的隆茨确实是谢拉皮翁兄弟中的灵魂人物，"如果没有他便不会有任何一次（兄弟的——引者注）集会"②，谢拉皮翁兄弟的文学实验便也无从谈起。我们认为，隆茨对于该文学团体最大的贡献不仅仅在于理论建设方面［虽然在这方面他已经受到了相当程度的关注——列明科（Е. Леминг）评价"隆茨是'谢拉皮翁兄弟'中主要的批评家和理论家"③］，更重要的是他营造了一种家庭成员之间的融洽氛围，使每个人的个性和风格都得到充分的发展，从而实现了安德烈·别雷早在1919年④就提出的有关培育一个"包含个性特征的兄弟会"之梦想。隆茨在《关于

---

① 张捷编选：《十月革命前后苏联文学流派》（下编），上海译文出版社1998年版，第351页。

② Берберова Н. Н. Курсив мой. Автобиография. Москва：Согласие，1996，с. 161.

③ Е. Леминг "Послесловие". Лев Лунц. *Обезьяны идут! Собрание произведении.* Санкт-петербург：Инапресс，2003，с. 733.

④ 别雷在《怪人日记》中就已经多次提到了"兄弟会"一词，并且指出他本人是"'职业化兄弟团体'的敌人"，然而可以作为"志同道合者"与其他文学家交往，因为"'同志'与'兄弟'的概念是不可共存的"。（цит. по：Белый А. *Собрание сочинений. Котик Летаев. Крещеный китаец. Записки чудака.* Москва：Республика，1997，http：// az. lib. ru/b/belyj_ a/text_ 1922_ zapiski_ chudaka_ oldorfo. shtml. ）紧接着，在1919年发表于杂志《梦想者札记》的文章中重点提及了培养一个"包含个性特征的兄弟会"之构想，当时还未成为谢拉皮翁兄弟一员的卡维林在去圣彼得堡之前与别雷讨论过这篇文章。参见 Каверин В. А. Собрание сочинений：В 8 - ми т. Т. 6. Перед зеркалом：Роман；Двухчасовая прогулка：Роман；В старом доме：Роман. Москва：Худож. лит，1982，с. 434。

亲兄弟》（«О родных братьях»）当中所说的"我们是以作家的身份互相争论的，而并非以社会活动者的身份"呼应了别雷对"志同道合者"与"兄弟"的不同态度，正印证了"君子和而不同"的古语。

一 自传式散文的去自传化倾向

1922 年伊·爱伦堡（Ирья Эренбург）在《新散文》（«Новая проза»）一文中指出："'谢拉皮翁兄弟'的出现确实值得我们注意。然而，那些成天幻想着制造各色梦中情人的批评家们，仅仅根据一本薄薄的《文集》就杜撰出了洋洋万言，似乎在其中发现了什么了不起的东西。他们马上就开始在这些年轻人中搜寻'俄罗斯土地上的伟大作家'……"造成这种情况的原因，一方面在于"每一个作家都想成为自己国家的'伟大作家'，而每一个国家也想拥有属于自己的'伟大作家'"[①]；另一方面显然要在俄罗斯20世纪20年代特殊的历史语境中寻找："在革命年代，俄罗斯小说文学的发展被突然中断了。老迈诗人的衰弱声音还在萦绕，年轻诗人的歌声已经响起，然而一向丰富多变的俄罗斯散文作品还尚未浮出水面。一部分小说家们身居国外，留下的那部分缄默不言，新人则迟迟未现。"[②] "俄罗斯的读者从未像现在一样如此渴望新鲜的小说文学。"[③] 可以说，谢拉皮翁兄弟与他们小说文集（«Серапионовы братья: Альманах Ⅰ»）的出现如同一颗耀眼的新星，瞬间照亮了20年代俄罗斯文学的黯淡夜空；至于这颗新星到底是流星还是恒星，当时的评论家们各执一词，甚至那些开始大力吹捧，而后肆意诋

---

① Ирья Эренбург. "Новая проза" Фрезинский Б. (глав. Ред.) *Судьбы Серапионов. Портреты и сюжеты.* Санкт-Петербург: Академический проект, 2003, с. 536.

② Цетлин М. О. "Племя младое (О «Серапионовых братьях»)". *Современные записки.* Кн. Ⅻ. Культура и жизнь, 1922, с. 329.

③ Мариэта Шагинян. "Серапионовы братья" Фрезинский Б. (глав. Ред.) *Судьбы Серапионов. Портреты и сюжеты.* Санкт-Петербург: Академический проект, 2003, с. 527.

第五章 对立与转化:"谢拉皮翁兄弟"其他成员的文学探索　275

毁的人也不在少数——态度转变多因了解了成员们的政治倾向。总而言之,"谢拉皮翁兄弟"是 20 年代众多文学团体和小组中少数几个在成立初期就受到瞩目的组织之一,由此带来的后果具有两面性:正面的影响是身处关注的焦点有助于年轻作家的迅速成长,负面的影响在于——尚未成熟的谢拉皮翁兄弟们不得不在舆论苛刻的要求下寻找确立自我身份的途径,而这一过程本应在成名之前就已基本完成。

　　1923 年 5 月,玛丽埃达·莎吉娘(Мариэта Шагинян)在她的专栏《文学日记》(«Литературные дневники»)中就上述问题表达了对"谢拉皮翁兄弟"未来道路的隐忧:"在成人之前他们已经形成了一套习惯;换而言之,他们在尚未找到自我的状态下就已经找到了习惯。"在她看来,"只有当你学会以自己的声音说话,并且找到一种绝对自由的表达方式,你才能学着去发展属于自己的言语规则,而后者作为一种习惯有可能生长为风格,因为风格正是强有力的个人特质加上一种习惯。"① 由此可见,莎吉娘将"作家成名"看作是一种写作权威的确立,而作者"身份的确立"则是找到适合自己的表达方式或途径,这两个过程不总是同时的,并且在大部分时间里后者先于前者;而在"谢拉皮翁兄弟"的例子中,常规被打破了,"写作权威"先于"作家身份"确立起来,这对当事人而言无疑是一个重大的考验。本书试以"谢拉皮翁兄弟"的早期自我介绍为例,说明"谢拉皮翁兄弟"是如何在这样一种不同寻常的境况下逐渐找到属于自己的声音,并最终使得写作权威与作家身份相匹配的。

　　在为数不多的几次"谢拉皮翁兄弟"全体成员共同参与的文学活动中,两次集体撰写"自我介绍"的经历很难不引起注意:第一次是在 1922 年 8 月出版的《文学札记》(«Литературные записи»)

---

① Шагинян М. С. *Post Scriptum. Шагинян М. С. Собрание сочинений в 9 томах. Том 2.* Москва:Художественная литература,1986. М,http://publ.lib.ru/ARCHIVES/SH/SHAGINYAN_Marietta_Sergeevna/_Shaginyan_M.S..html.

上以《"谢拉皮翁兄弟"的自我介绍》(«"Серапионовы братья" о себе»)为总标题的文章合集，其中隆茨用来替代自我介绍的文章《为什么我们是谢拉皮翁兄弟》(«Почему мы Серапионовы братья»)奠定了整个合集的基调并被认为是小组成立的宣言；第二次是在1923年秋季参加由"普希金之家"举办的主题展时，四位"谢拉皮翁兄弟"成员（卡维林、波隆斯卡娅、斯洛尼姆斯基和吉洪诺夫）专门撰写的简短自传文，从中可以"间接地观察到盛行于小组中的打破各成员间内在深层次的创作联系以及凸显集体中个人风格的趋势"①。事实上，这种急于以单声部的"我"发出声音却又不愿暴露真实作者身份的矛盾倾向，不仅体现在自传式文章的写作中，甚至在该小组成员20年代的创作中也有明显的表现："符谢沃罗德·伊万诺夫、米哈伊尔·左琴科和维尼阿明·卡维林所设定的前提是叙述者'我'就是那个声称要为自己代言的作者，然而在他们的文本中却可以发现对传统权威的介入和挑战；尼古拉·尼基京和列夫·隆茨的故事则提出了确认作者身份和文本真实度的问题。"② 可以说，如果从20年代对作家团体的主流要求来看，"谢拉皮翁兄弟"是游离于准绳之外的——它与其说是步调一致、目标明确的文学组织，不如说是一个保证了每个成员能够自由表达艺术观点的平台，更直白地说，是一个虚拟意义上的"我们"。

那么，在"文学上的新经济政策"发挥作用的时期③，正统（或者说官方）意义上的"我们"指的是谁？"我"的个人独白究竟

---

① «Серапионовы Братья» в собраниях Пушкинского Дома: *Материалы. Исследования. Публикации.* Санкт-петербург: Издательство «Дмитрий Буланин», 1998, с, 147.

② Martha Weitzel Hickey, "Recovering the Author's Part: The Serapion Brothers in Petrograd", *Russian Review*, 1999, Vol. 58, No. 1, pp. 103 – 104.

③ "在20年代里，'文化战线'上的发展同新经济政策并驾齐驱。在这个非常敏感的区域内，被同时代的人称作'文学的新经济政策'反映了党内的一片混乱和风云多变。"[美]马克·斯洛宁：《苏维埃俄罗斯文学》，浦立民、刘峰译，上海译文出版社1983年版，第43页。

是"我们"的一部分还是对立面？回答上述问题不能一概而论。扎米亚京在文章《我害怕》（«Я боюсь»）中称马雅可夫斯基是"未来主义汪洋大海里自始至终唯一的灯塔"，"因为他不是见风使舵者，早在别人还蹲在圣彼得堡以诗歌远程炮轰柏林的时候，他就已经开始歌颂革命了"。最应当令人感到害怕的是那些见风使舵的诗人，他们"知道何时应该戴上红帽子、何时要摘下来扔掉，何时讨好沙皇、何时迎接锤头镰刀"，然而"我们却将他们作为反映革命的文学奉献给人民"①。马雅可夫斯基所代表的具有革命浪漫主义精神的公民与"见风使舵者"背后的掌握主流意识形态的极"左"分子便是20年代"我们"的两个主要组成部分，后者在1925年之后完全压倒了前者并成为"我们"的核心部分。与此相对应的，"我"也有两个层面的含义，首先是独具个性、言论自由的"我"，就像马雅可夫斯基诗中所描绘的"这个'我'/嬉笑着/踩着词语轻盈地跳跃"②；而后是消失个性、缄默不言的"我"，扎米亚京《我们》（«Мы»）中的号码503就是这千千万万个"我"当中最为普通的一个。与在激愤的革命人流中漠然处之的"我"相比，暴露在主流意识形态的强力掌控下无所畏惧的"我"有百倍的危险，虽然在两种情况下"我"都与"我们"不同质，但是第一种情况下"我"最多不过被遗忘和埋没，成为前赴后继的"我们"的垫脚石；而后一种情况中的"我"则成为众矢之的，"被开除出专业组织，受到了排斥，被剥夺发言权，或者被剥夺依靠自己的技能谋生的可能"③。20年代的文学团体除了在生活和创作上为成员提供必要的保障，还要在出版界竭力扩大自身的影响，试图日后向官方的文学政策方针施加压力——

---

① Замятин Е. И. "Я боюсь" *Замятин Е. И. Избранное.* Москва: ОГИ, 2009, с. 87.

② Маяковский В. В. Полн. собр. соч.: в 13 т. Т. 1. Москва: Гос. изд-во худож. лит, 1955, с. 122-123.

③ ［美］马克·斯洛宁：《苏维埃俄罗斯文学》，浦立民、刘峰译，上海译文出版社1983年版，第44页。

文学出版物不仅要起到教化民众、宣传鼓动的作用,更重要的是符合主流意识形态,或者说符合社会的利益,这样才不会在"我们"中凸显出来并遭到打击和消灭。隆茨在《关于意识形态与政论体裁》(«Об идеологии и публицистике»)一文中不无辛辣地指出:"问题就在于,官方评论家甚至自己也不知道自己想要什么。他们不是想要各种意义上的意识形态,而是严格界定的意识形态——合乎党性的意识形态!"① 在这样的情形下,文学小组逐渐演变成了"我们"的同质缩小版本,并且在吞噬合并相同意识形态属性的其他小组过程中不断扩大自身,从而排挤消灭那些持不同政见的文学小组——"谢拉皮翁兄弟"就是其中之一。

如何在最大限度上降低与"我们"正面冲突的可能性,保护那个"踩着词语轻盈跳跃"的"我"不受伤害,从而贯彻自身的文学理念、确立自身的写作权威是谢拉皮翁兄弟们面临的巨大挑战。洛扎诺夫、列米佐夫、别雷和什克洛夫斯基是这条荆棘之路上的先行者,他们分别提供了四种不同的方式以抵御外界的血雨腥风——"谢拉皮翁兄弟"成员从中获益匪浅。洛扎诺夫毫不掩饰地在自己的独白性作品(《隐居》《落叶》)中以第一人称出现,并声称在写作时"就像走进澡堂,赤条条地一丝不挂",然而这个貌似作家的叙述者"我"却经常是"自相矛盾,出尔反尔,前后判若两人",有时甚至口出狂言,宣称"我的每一个思想都是圣思,我的每一句话都是圣言"②。内部分裂、癫狂不羁的"我"不仅没能为读者提供窥伺作者内心的暗孔,反而使得作家本人的真实面目变得更加神秘莫测,从而在实质上侵蚀了真实生活材料与作家文学创作之间被期待的一致性。洛扎诺夫的"我"很难不令人联想到果戈理和陀思妥耶夫斯

---

① Лев Лунц. "Об идеологии и публицистике". *Серапионовы братья. Антология*: *Манифесты, декларации, статьи, избранная проза, воспоминания.* Прокопова Т. Ф. (Сост., вступ. Ст., примеч.) Москва: Школа-пресс, 1998, с. 38.

② 郑体武:《危机与复兴:白银时代俄国文学论稿》,四川文艺出版社1996年版,第328页。

第五章　对立与转化："谢拉皮翁兄弟"其他成员的文学探索　279

基笔下那些向我们展示隐秘日记的已经发疯的叙述者，隆茨在故事《第三十七号发文：一个办公室主任的日记》（«Исходящая №37: Дневник заведующего канцелярией»）中巧妙地运用了这一手法。列米佐夫则利用俄罗斯传统的故事体裁（рассказ）复活了一系列带有戏剧性和强烈个人色彩的叙述者，其丰富多变的口语习惯、令人称奇的冒险经历和活泼大胆的想象力无不成为遮蔽作者真实面目的屏风，而这类主人公的原型可以追溯到18世纪斯特恩小说里感伤的"我"在俄国仿作版中的变体。可以说，列米佐夫的每篇故事都有自传因素，但又都不是自传作品，因为故事中的环境、人物、情节都是作者将过去的经历象征化、艺术化的结果，正如研究者奥莉加·拉耶夫斯卡娅－休斯所指出的："列米佐夫创作中最基本的神话就是关于他自己——讲故事者和作家阿列克谢·列米佐夫——的神话"，与此同时，他笔下传说中的主人公"具有多面性的特征，他不停地变幻面孔……而作家神话创作的源头接近象征主义的手法"[1]。谢拉皮翁兄弟中的左琴科是列米佐夫庞大民间语言系统的最大受益者。

与上述两位隐藏在叙述者面具之后的作者不同，别雷和什克洛夫斯基都试图通过部分或全部地卸下作者所肩负的责任——创造性地处理现实生活材料——从而间接地获得对客体材料的自由掌控，换而言之，获得最大的写作自由度。别雷呼唤读者进入他的"实验室"一同来完成作家创造性的工作，他在《作家日记》（«Дневник писателя»）中称读者是"合作者、兄弟和作家在创作时陪伴一旁的伙伴"，并认为一个作家与其读者的最重要的任务就是联手发掘"我"的本质，在这一过程中"我们虽然写的是自己，然而事实上我们写的并非自己，而是对方"[2]。别雷有关"共同创作者"的思想

---

[1] Алексей Ремизов. *Исследования и материалы*. Санкт-петербург: Дмитрий Буланин, 1994, с. 9.

[2] Андрей Белый. Из "Дневник писателя." Андрей Белый. Петербург. "Литературные памятники". Ленинград: "Наука", 1981, http://az.lib.ru/b/belyj_a/text_0041.shtml.

在某种程度上可以看作是俄国形式主义提出的"理想读者"理论（什克洛夫斯基语）的雏形，只是别雷习惯性地将概念模糊化、复杂化、隐喻化了，这使得与其同时代的评论家在尚未走出其隐喻迷宫时就武断地将该理论划归神秘主义之流。别雷为自己写的回忆录式作品更是加深了这一印象：他在《怪人札记》(《Записки чудака》)中区分了两种自传——为尘世欲望和肉身所束缚的自传以及游离于理智之外不时给予人启示的自传（《梦与故事》），并坚信"这两条并行的自传只在最初的时刻有过交点"。① 与别雷相比，什克洛夫斯基对"我"身份的定位在表面上看来大胆而明确，他在《革命与前线》(《Революция и фронт》) 一文中宣称其叙述是对历史事件的如实记录，至于对事件的态度和评论则不是他分内的工作："我背叛了我自己——我不想对一个事件评头论足：我只想将事件留给评论家做判断。我只负责陈述事实并将自己作为一个案例供后人研究。"② 然而，这一陈述本身的可靠性就值得怀疑，在其另一篇文章中，什克洛夫斯基发出了自相矛盾的声音："将自传改头换面。运用生活材料。……然而艺术是以改造原始材料，是以偶然事件，是以作家的命运来维持生命的。"③ 或许，什克洛夫斯基想要我们关注的重点是"不对事件评头论足"的作者，而他所说的"陈述事实"指的就是"被改造了的事实"，因为在形式主义者看来，一旦被加工过的原始材料进入文学作品，另一种不同于生活的真实就形成了，后者只服从体裁而非摹仿的逼真性规则。什克洛夫斯基关于"置身事外的作

---

① Белый А. *Собрание сочинений. Котик Летаев. Крещеный китаец. Записки чудака.* Москва："Республика"，1997，http：//az. lib. ru/b/belyj_ a/text_ 1922_ zapiski_ chudaka_ oldorfo. shtml.

② Matthias Schwartz, "The Debates about the Genre of Science Fiction from NEP to High Stalinism", *Slavic Review*, 2013, Vol. 72, No. 2, p. 108.

③ Чубаров И. М. «Освобожденная вещь VS осуществленное сознание. Взаимодействие понятий «остранение» (verfremdung) и «отчуждение» (entfremdung) в русском авангарде». *Коллективная чувственность：Теории и практики левого авангарда.* Москва：Издательский дом Высшей школы экономики，2014，c. 123.

者"的理论为部分"谢拉皮翁兄弟"成员所接受(费定对此持否定态度①),格鲁兹德夫在《人脸与面具》(«Лицо и маска»)一书中谈及作者的客观程度与作品的艺术价值时指出,真正的艺术不一定是"作者的灵魂、感受、思绪和想法的直接反应",恰恰相反,"一部作品越是具有艺术性,作者使用的面具就越是完整,越有欺骗性"②。如此一来,作者与其笔下主人公之间"一体两位"的关系就被彻底打破了,作者不再为主人公的所作所为负责,并在一个与之前相反的方向上确立了自身。

不论是洛扎诺夫、列米佐夫式隐藏在主人公背后的作者,还是别雷与什克洛夫斯基所提供的游离于真实事件之外的作者,都在不同程度上影响了"谢拉皮翁兄弟"成员的创作实践,很难说这几股作用力到底哪一股最强,或者在哪一位成员身上体现得最为明显,因为大多数时候这四股线绳是合力作用的:除了费定以外,几乎所有的谢拉皮翁兄弟都沿袭了什克洛夫斯基"无动于衷的作者"(卡维林的《大师与学徒》是典型代表),左琴科通过操纵叙述者的话语为作者戴上的"滑稽面具"实际上与洛扎诺夫笔下的"纯感性的我"有异曲同工之妙,尼基京(《黛西》)和符谢沃罗德·伊万诺夫(《蓝色小兽》)以动物为主角的故事让读者参与到寻找叙述者的冒险旅途中来,实践了别雷的想法……在这当中隆茨的叙述者最富变化性——《荒漠中》(«В пустыне»)模仿列米佐夫,在圣经的框架中(包括情节和语言)还原主人公具有神话色彩的身世;同样构筑在圣经文本之上的《祖国》(«Родина»)借用了别雷的思想,通过揭露主人公"同貌人"的身份,完成了对那个时代千千万万个具有相同经历者的找寻;《第三十七号发文:一个办公室主任的日记》中

---

① 费定认为:"艺术家在唤醒爱的同时,自己也应当深陷爱情才对。"(цит. по: Федин К. А. "Мелок на шубе" Федин К. А. Собр. соч. Т. 9. Москва: Худ. лит, 1985, с. 540.)

② D. G. B. Piper, "Formalism and the Serapion Brothers", *The Slavonic and East European Review*, Vol. 47, No. 108 (Jan., 1969), p. 83.

的"我"则将洛扎诺夫式的虔诚癫狂发展到了极致。

  谢拉皮翁兄弟为维护"我"的自由声音所做的努力很快引起了注意：就在1922年他们的第一部合集出版后不久，他们被要求提供一份有关自己的资料。这一要求既反映了新经济政策时期布尔什维克的文化政策在文学出版界的渗透，同时也反映了20年代文学批评界对于作家身份确立的要求——仅仅用作品说话是不够的，重要的是提供一份真实的自我介绍以证明"你就是你"。然而，谢拉皮翁兄弟们所提供的自我介绍不但没有证明自己的身份，反而在读者与自传主人公之间立起了一道磨砂玻璃屏风，令前者无法确定后者究竟是不是真实的作者。谢拉皮翁兄弟们正是通过这样一种方式向当时的评论界宣告：作家为自己所写的自传远不是一份档案材料，而应被列入艺术品的范畴；进一步讲，成为艺术作品的生活材料必然是经过改造的，将未经加工的原材料付诸文字并不能成就一个艺术作品，而在这一过程中作者具有个人风格的创造性劳动（而不是别的什么东西，例如生平经历、政治倾向等）才是辨识他身份的核心标志。一个月之后（1922年9月），隆茨在《向西方！》一文中通过与主流批评家论争的方式阐明了这一观点：他讽刺了那些将文学视为对"存在于生活当中的真实"之反映的批评方法，后者坚持认为这种对生活的"反映"应当成为文学的"焦点、核心、一切"，并指出"一部作品可以反映它所处的时代，也可以不反映，这并不能说明什么"[1]，因为"艺术改变世界，而不是摹仿世界"[2]。准确地说，正是谢拉皮翁兄弟的个人自传所构成的这一部"自传合集"跻身艺

---

  [1] Лев Лунц. "Почему мы серапионовы братья?" *Серапионовы братья. Антология: Манифесты, декларации, статьи, избранная проза, воспоминания*. Прокопова Т. Ф. (Сост., вступ. Ст., примеч.) Москва: Школа-пресс, 1998, с. 36.

  [2] Лев Лунц. "На запад!". *Серапионовы братья. Антология: Манифесты, декларации, статьи, избранная проза, воспоминания*. Прокопова Т. Ф. (Сост., вступ. Ст., примеч.) Москва: Школа-пресс, 1998, с. 48.

术品之列——这里面出现的每一个人（包括费定①在内）都小心翼翼地选取了个人生活中最能体现团体特征的那一片马赛克，以便与其他人所挑选的部分相配合、补充，从而最终形成一幅在时间上延缓死亡（就像《一千零一夜》中宰相之女山鲁佐德所做的那样），在空间上确立位置的完整形象。

可以说，每一幅自画像都由两种主要色调构成：一是来自官方对于明确意识形态、政治倾向的严厉要求；二是在组员们看似坦白的笔调中杀机暗藏的讽刺和反抗。斯洛尼姆斯基的自我介绍一上来就为其他成员奠定了基调：在不到一页纸的文章中作者以三分之二的篇幅介绍了"谢拉皮翁兄弟"的成立和构成情况，不无戏谑地表达了他对小组发展的担忧，"最怕的是小组失去独立性，忽然摇身一变成为了'人民教育委员会下属的谢拉皮翁兄弟组织'"②；用于介绍自己的篇幅则明显偏小，不仅时间跨度不长（从1914年参军开始到1917年退伍截止），而且叙述客观简洁，几乎没有任何修辞手法。接下来，符谢沃罗德·伊万诺夫以亲身经历证明了在这个由政治身份决定命运的时代，对待白纸黑字上确定的身份（不论是档案文件，还是文学作品）要千万小心，否则就有被误杀的危险："如果您是符谢沃罗德·伊万诺夫，那么您就被捕了。"事实是，他在由笔名（Евгений Тарасов）恢复真名伊万诺夫之后，因为和一个有保皇倾向的记者重名（"原来，高尔察克手下也有个叫符谢沃罗德·伊万诺夫的，总在沃姆斯克的报纸上发表些爱国主义的东西"③），差点儿被枪毙。有关主宰个人命运的文件以及偶然颠倒的身份主题在卡维

---

① 扎米亚京在《谢拉皮翁兄弟》一文中指出费定是与其他谢拉皮翁兄弟不同的："费定是他们中最稳固的一个：到目前为止他仍紧紧攥着印有传统现实主义时刻表（从未晚点）的旅游手册，并且清楚地知道在哪一站之前会接受检票。"（цит. по: Замятин Е. И. "Серапионовы братья" *Замятин Е. И. Избранное.* Москва: ОГИ, 2009, с. 91.）

② Фрезинский Б.（глав. Ред.）*Судьбы Серапионов. Портреты и сюжеты.* Санкт-Петербург: Академический проект, 2003, с. 479.

③ Там же, с. 482.

林的小说中十分常见：从《紫色羊皮卷》中因坐错马车互换身份的学者和装订师，到《大赌博》中魔术师替换了给侦探伍德的假冒追捕文件；从《钦差大臣》中被调换身份证件后险些入疯人院的会计，到《匪巢末日》里被错认成自己叔叔而卷入一场抢劫行动的巴纳耶夫……卡维林借楚楚金之口表达了对这一荒唐制度的无奈和愤慨："至于脸嘛，脸的意义不大。最重要的就是文件。文件就在这儿。不用看脸，只要看看文件就行。"① 费定作为团体里"没有名号的兄弟"（брат без прозвеща），总是与其他成员在诗学理念和审美旨趣上不大合拍，然而这一次他也用自己的方式亮出了"谢拉皮翁兄弟"的名片。他的自我介绍按照时间顺序分为四个部分（"中学""大学""战争""革命"），每一个部分都由对作者来说意义重大的事件组成，且通篇的笔调激昂而振奋。表面看来，这显然是一部微缩版的成长小说：主人公出身贫寒，经过叛逆不羁的少年时代，找到了为之奋斗的人生航标——在布尔什维克教育委员会工作的五个月里，他四处游说，甚至亲历前线，释放了内心积压已久的炽热。就在读者认为作者会在结尾处将前文存蓄起来的能量尽数释放，以提升全篇的道德训诫意义时，费定笔锋一转，写道："看起来，我的革命已经过去了。我退出了党派，购置了满满一橱柜的书，开始了写作。"②似乎接下来以年代起首的几句简短叙述才是全文的重点，结尾的一句"1921 年，与谢拉皮翁兄弟交好"暗示我们：作者真正的人生从此时才刚刚开始。因此，这篇自我介绍实质上具有短篇小说的结构，后者的特征正如艾亨鲍姆所言："短篇小说，就像笑话一样，将所有的重量压在结尾处。""它应当在到达顶点之后急速地俯冲下去，以

---

① Каверин В. А. "Рассказы и повести；Скандалист, или Вечера на Васильевском острове：Роман." *Собрание сочинений. В 8 - ми т. Т. 1.* Москва：Худож. лит，1980，с. 221.

② Фрезинский Б. （глав. Ред.） *Судьбы Серапионов. Портреты и сюжеты.* Санкт-Петербург：Академический проект，2003，с. 487.

便用全身的重量既准又稳地砸在需要的那个点上。"①

左琴科的《关于自己，关于意识形态及其他》（«О себе, об идеологии и еще кое о чем»）如果与吉洪诺夫的自述对比来看，十分有趣：前者完全体现了"散文"的精髓——形散、疏淡、言简；后者本身就是一首浪漫主义诗歌，普希金的题诗则是"诗眼"——"勇士在矛尖，哥萨克掉了头"。与之相对应的，左琴科采取了以退为进的方法来确认自身，即通过不断否认周围人对他的错误认识，从而打破樊篱，一步步扩大他作为一个"有自由思想的人"的领地，最终使得后者与生活本身相重合；吉洪诺夫在一开篇就以抒情诗歌中大写的"我"遮蔽了整个天空："我是个诗人，这个事实没法改变。"这与左琴科所陈述的投身写作的原因形成了鲜明的对比，后者说："要不是得了心脏病，说不定现在还是飞行员呢。"② 如吉洪诺夫所言，他后来的生活就是普希金那两行诗的延展——"从很早开始这一场景就注定要贯穿一生：一个在矛尖，一个掉了头。"在他这里，命运早已写在了诗行中，于是浪漫主义诗歌的终极主题"理想和死亡"很自然地与诗人身份的确立联系在了一起："只要还没被吊死，我就要写诗。"③ 与其说这是两篇各具特色的自我介绍，不如说是散文精神与诗歌精神的对照，左琴科从生活中找到了散文的韵律，吉洪诺夫则在诗歌里发现了生活的真谛，二者的共同点在于：运用不同的策略避开了单纯展示个人生活的传统自传模式——这也是所有谢拉皮翁兄弟在自我介绍时的共性。

接下来的几篇自我介绍在篇幅上越来越小，然而却比之前的更具个性，也显示出了更加强烈的去自传化倾向。卡维林的自述是与读者预期之间的一个较量，并且这一较量在自相矛盾的叙述中进行：从题记（莱蒙托夫的《卢金》——也是故事《紫色羊皮卷》

---

① Эйхенбаум Б. Указ. Соч. Ленинград: Художественная литература, 1969, с. 292.
② Фрезинский Б. (глав. Ред.) Судьбы Серапионов. Портреты и сюжеты. Санкт-Петербург: Академический проект, 2003, с. 487.
③ Там же, с. 490.

的题记）开始，作者就不停地挑动读者的好奇心和求知欲，"接下来的八年风平浪静，只有一些非常事件垂坠在上面，接下来我会说到"，然而接下来除了对青春期的平淡勾勒，并没有任何的"非常事件"。接近尾声处作者写道："谢拉皮翁兄弟对我的影响深远，持续至今。后面我将谈及原因。"在这之后自相矛盾的叙述在"在俄国作家中我最喜欢霍夫曼和斯蒂文森"一句中达到了高潮，当满心疑惑的读者还在字里行间搜寻"原因"时，他就匆匆以"再见"收尾了，留下了最后一个悬念——"PS：如果需要，其他谢拉皮翁兄弟会写的"①。对于"作家应当如何呈现自我"的陈旧观点反抗最为激烈的是谢拉皮翁兄弟中唯一的女性——伊丽莎白·波隆斯卡娅。她从小就不明白为何要遵守那些在她看来莫名其妙却被他人无条件服从的规则，后者决定了人们在社会中的形象和位置，"写作个人传记"也被她归入上述规则中，因为"整个欧洲没有一个学校里教授这个"。她下定决心不去理会由社会舆论规定的作家身份，而要以个人的特质和技能确立自身："我不知道写作个人传记的方法，我只会写诗。"② 接下来出场的格鲁兹德夫不仅对自己的生平保持沉默，在被编辑部要求代替未能出席的尼基京说几句话时，他也毫不掩饰地回答，"然而我连尼基京到底是哪年出生的都不清楚"，因为于他而言，"尼基京出生于1920年的秋季，当他在艺术之家朗诵完自己的作品《木桩》（«Кол»）之时"③。格鲁兹德夫的这句话与斯洛尼姆斯基对组员关系的定义遥相呼应，后者指出谢拉皮翁兄弟们之间最主要的联系纽带就是"集体聚会时，我们所朗诵的各自创作的作品"。

自我陈述在最后一个出场者隆茨这里被缩减到了极限：他认为没有作品就写自传是愚蠢的行为，并向读者提出了不容反驳的建议：

---

① Фрезинский Б. （глав. Ред.） *Судьбы Серапионов. Портреты и сюжеты.* Санкт-Петербург: Академический проект, 2003, с. 491.

② Там же.

③ Там же, с. 492.

"如果我不说自己,而写写我们的团体,不是更好么?"在接下来代替自我介绍出现的文章《为什么我们是谢拉皮翁兄弟》(«Почему мы серапионовы братья»)中,隆茨尝试彻底地摧毁原先对于作家身份和文学团体的偏见:作家所提供的自画像不可能遮蔽其作品本身,与此同时,宣誓成为"谢拉皮翁兄弟"的一员并不意味着每一幅自画像都要打上集体的烙印——"总体而言,我们不能算是一个学派,一种潮流,因为每一个成员都按照自己的方式写作。"① 事实上,较之这篇宣言式的文章,隆茨在1922年6月创作的小说《祖国》(«Родина»)才是真正意义上的自传式作品(与之具有相同性质的还有卡维林的《第五个漫游者》《匪巢末日》以及《争执者,或瓦西里岛之夜》),通过这种形式作者再一次强调了深植于每个组员心中的信仰——作家可以属于某个团体、潮流、党派,然而能够确立他身份的只有他的创作,也只有在文学创作中探讨个人或团体身份的问题才有意义。

二 双重身份的作者:隆茨的《祖国》

隆茨写于1922年的故事《祖国》(«Родина»,全文见附录)实际上是一篇迟到的自我介绍,作者在其中创造性地提出了有关作家身份和焦虑的问题,具有很强的隐喻意义。

同年八月,隆茨在写给高尔基的信中写道:

"我现在——只有完全的怀疑,一切都充满了矛盾——哦,真是可怕!……我——一个犹太人,可靠、忠诚,并且为此而欢欣。可我又是一个俄罗斯作家。然而,要知道,我是个俄裔犹太人,俄罗斯是我的祖国,并且我爱它超过其他一切国家。如何接受这一事实?——我已经统统接受了,对于我而言这再清楚不过了,但是其他人并不是这么想的。他们说:'犹太人怎么可能成为俄罗斯作家?'

---

① Фрезинский Б. (глав. Ред.) *Судьбы Серапионов. Портреты и сюжеты.* Санкт-Петербург: Академический проект, 2003, c. 492.

他们这么说是因为：我不想像其他百分之九十的俄罗斯小说家那样写作，甚至也不想像皮利尼亚克和大部分谢拉皮翁兄弟那样写作。我厌烦那些语言堆积成的浓云、琐碎的日常生活描写、乏味的文字游戏，就算这样看起来充满色彩、美丽非凡。我喜欢宏大的思想和引人入胜的大型情节。喜欢西方文学胜过俄罗斯文学。"①

在写给父母的信中隆茨同样言辞激烈："我不会出国。我不能没有俄罗斯，我是犹太人，但我的祖国是俄罗斯，我的母语是俄语（请原谅我的情绪化）。"② 结合这两封信来看，隆茨实质上表达了对自己双重身份的不安——犹太人和特立独行的作家，前者是与生俱来、不可逃避的，后者是他自己选择、必须为之负责的。正是因为这两个身份，隆茨总是感到被排拒在主流交际圈之外：俄罗斯作家群中的犹太人，以及犹太家庭当中有着俄罗斯灵魂的人。行走在这双重身份的炙烤之下，隆茨写下了《祖国》这篇作品。

隆茨在故事的题记中注明了"献给卡维林"（就像卡维林在《匪巢末日》里所做的一样），并以"廖瓦"（"列夫"的指小表爱）和"维尼亚"（"维尼阿明"的指小表爱）的对白开始叙述，似乎是在暗示读者这就是发生在他和卡维林之间的故事。很显然，此处的对白不仅仅是言语上的，更是两种思想的碰撞——在真实姓名覆盖下的两个人物实际上是作者内心矛盾的化身，反映了他在两种不同文化之间的挣扎。对白是整篇故事的基本组成单位：除了人物之间的言语对话，还有人物内心与自己的对话（分裂、怀疑或是不信任），其中最重要的还是存在于两个历史时空的两种文化之间的对话。

故事由13个部分组成：第二章节中包含以阿拉伯数字分为的十个部分，全部发生在巴比伦囚房时期（古犹太史公元前586年至公

---

① Лемминта Е. (вступ. ст., сост., коммент., аннот. указ.). *Серапионовы братья* в зеркалах переписки. Москва: Аграф, 2004, с. 34.

② Лев Лунц. Вне закона. Пьесы. Рассказы. Статьи. Санкт-петербург: Композитор, 1994, с. 220.

元前539年);第一、三章节则作为故事的框架存在,其时空设定在20世纪20年代的圣彼得堡(即作者写下故事的时间和地点)。巴比伦和圣彼得堡不仅仅是在时空上对立的两个城市,更代表了两种不同起源的文化,后者表现在叙述者的叙事人称和叙事风格的变化上:(1)在故事的框架部分(圣彼得堡),叙述者以第一人称出现,而在主体部分(巴比伦)则以第三人称出现。(2)在圣彼得堡的章节中,人物之间的对话多采用当时流行的口语(如"别说了,廖瓦,行行好"①),叙述者的语言似乎也在装饰散文中浸染过,具有华丽而精致的特征;在巴比伦的章节中,廖瓦和维尼亚回归了他们圣经版本的姓名——耶胡达(Иегуда)和本雅明(Беньомин),同时也改变了对话的风格和语体——由口语语体变为了圣经的崇高语体(如"少年,你是谁?""缘该如此"),叙述者的语言风格也随之改变了。巴比伦囚房时期与20世纪之间由两个城市相似的景象联系在一起:巴比伦出现了圣彼得堡才有的"笔直的街道"和笔直的十字路口、清晰的街角,这种方块式的结构出自安德烈·别雷的《圣彼得堡》。因此,圣彼得堡也应被视为放逐之地——这是一个充斥着"外语"的"异国他乡",然而耶胡达"爱着巴比伦,因为他在那儿出生",而廖瓦"爱着圣彼得堡,因为他在那里出生"。故事以"他者的"(чужой)一词结尾并非偶然,这个在文中数次出现的形容词就像廖瓦最爱的风声一样,在我们合上书本之后仍久久萦绕在耳畔。

与祖国同词根的"出生"(родиться)一词承载了作者的疑惑:祖国到底是出生的地方,还是心有所属的地方?对这一问题的不同回答造就了耶胡达和本雅明两个人物:三次拒绝承认自己犹太身份("我不爱犹太人""我不想成为犹太人""我与自己格格不入")的维尼亚接近于有自我憎恨倾向的犹太人典型。在巴比伦的时空中,

---

① Лев Лунц. Вне закона. Пьесы. Рассказы. Статьи. Санкт-петербург: Композитор, 1994, с. 219 – 220. 本节引文可见附录中《祖国》全文,不另标注。

本雅明在羊痫风发作时以上帝的名义向世人发出宣告并引导他们走向西方，后又回到耶路撒冷——"这个神秘而又美好的陌生国度"。他与耶胡达断绝了关系，因为后者背叛了民众，为了与波斯女子结婚剃去了胡须，甚至将自己卖身为奴。就像本雅明憎恶从前的自己一样，耶胡达也无法与自己新的角色相融合，他是一个被困在过去牢笼中的人（不能回到圣彼得堡）。耶胡达完全是本雅明的对跖者（Antipoden），前者对自我身份确凿无疑的表述与后者对自我身份的怀疑和否认形成鲜明的对比："我不是第一次来这儿了""我来过这儿很多次""我已经来过三次了"。在自我身份双重化之后，隆茨实现了在不同时间版块之间跳跃的可能，这是他透露给读者的第一个重要信息。

廖瓦矮小而孱弱，耶胡达则灵魂空虚，不与族人一同祷告，与此相反，维尼亚是那个在"镜子中有着刚毅面容的伟岸青年，宽阔的额头上燃烧着愤怒的黑发，两道平和的剑眉下一双深邃而空灵的眼睛透露出野性的光芒"。在两个主人公于巴比伦会面时，这幅充满浪漫主义色彩的先知画像又出现了，只是其主人变成了本雅明。当廖瓦从过去穿越到现在，凝视着镜中的自己时，这幅画像以一种完全颠倒的方式出现了"镜中出现了一个身材矮小的人，秃顶，窄额头，生着一对湿漉漉的眼睛，放出狡黠的光，肮脏而令人厌恶。这是我。我认识自己。我终于明白，之前我所拥有的那些美好而古老的特质——高贵的额头和欣悦的双眸，所有的这一切都留在了过去"。至此，所有的画像都融合在了一起，这时读者才明白，自我分裂的主人公不仅仅是两兄弟，更是两种互相对立的选择。

值得注意的是，两个主人公的名字（耶胡达、本雅明）源于古希伯来语，与俄语圣经中对应人物的名字（犹大、维尼阿明）并不完全吻合，这一作者有意设置的错位将读者的注意引向名字背后的隐喻和词源学意义。"耶胡达"与"廖瓦"通过有关雅各的神话联系在一起，后者曾在为儿子犹大祈福时说道："犹大是只小狮子；我儿啊，你猎取了食物就上到洞穴去。他屈身俯卧，好像公狮，又像母狮，谁敢惊动他呢？"① 在俄语中"狮子"发音为"列夫"（Лев），而"廖瓦"（Лёва）就是"列夫"的爱称。然而，故事中耶胡达·列夫的相貌与他的名字并不相符："我虽叫作耶胡达·列夫，但是我浑身上下哪有一点雄狮气概？我既矮小又孱弱，鼻子一直耷拉到嘴唇……"与此相反，"本雅明"这个名字所包含的历史恰恰就是文中人物的宿命。这个名字的词源学解释为"右边的儿子"（son of the right side），因为右手自古以来被认为是力量和美德的象征（与之相对应的左边的 sinister，则代表了邪恶和不祥）②，本雅明在后来也确实成了"独臂先知"——他自断左臂，并将其用剩下的一只右臂抛向耶胡达。在被割下的左臂上有三个三角形图案，正是凭借这一图案他们在巴比伦的时空中相认。这三个记号不仅是"整个智慧欧洲的永恒封印"，也是三个永远无法愈合的伤口，不断提示两个少年他们曾经熟知彼此的事实，于是他们开始用一种异国的语言（很可能是俄语）交谈。至此，两个时间版块结合在了一起：他们确实已经在未来相遇过了，并且仍是以兄弟的身份——谢拉皮翁兄弟。三个因接种牛痘留下的三角形状疤痕也不禁令人联想到共济会的秘密会标，后者在"谢拉皮翁兄弟"的语境中显得尤为重要：文学团体自创立之初就被称为"骑士团"（орден），且每一个兄弟都有属于自己的极富隐喻意义的别名和职位——卡维林是"炼金术士兄弟"，隆茨是"流浪艺人兄弟"，费定、斯洛尼姆斯基和尼基京都有各自与共济会成员相当的职位。他们每个人都同时带有20世纪20年代和血亲兄弟的烙印，而故事中本雅明与背叛者断绝关系的举动，似乎预言了卡维林为团体八周年诞辰所写的责成式发言，当中他对包括自己在内的八位兄弟发起了严正的批评，为他们忘却和背离曾经的誓言而悲愤不已。在这里，文学创作以一种无法解释的奇异方式预言

---

① 圣经《创世记》第 49 章第 9 节。
② The Jewish Encyclopedia，1908，http：//www.jewishencyclopedia.com/articles/2947-benjamin.

了历史的进程,而不是相反。

廖瓦的家庭恪守犹太教教规,世世代代沿袭传统,似乎悬置在一个虚假的空间中:

>他们的房子矗立在永远湛蓝的天空底下,被大片的葡萄园簇拥着的伯利恒山上。而我的屋子则面向扎巴尔坎斯基大街——一条笔直的、陌生的,但完美的大街。我头顶的天空也是肮脏的、清冷的、灰尘弥漫的。

廖瓦在这个家庭中找不到自己的位置,他以反叛宗教的形式宣告自身的存在:

>他(父亲——引者注)的灵魂在哭泣,因为他的独子——古老家族的唯一传人,在礼拜六来临的神圣前夜狂饮自酿酒。

廖瓦的形象与伊萨克·巴别尔在故事《拉比》中塑造的拉比之子几乎如出一辙,后者有着"斯宾诺莎坚毅的前额(令人联想到镜中维尼亚的形象——引者注),和肺痨病修士的脸",在神圣的礼拜六前夕"一支接一支地抽烟"[①]。然而,虽然传统的清规戒律对他们不起作用,廖瓦和拉比之子仍然受内心痛苦的折磨,因为他们是游荡在文化和历史之外的孤寂灵魂。

隆茨将典型而诗意化的犹太主题引入了情节的构建当中:在潮湿天气里耶胡达内心莫名的动荡不安,那种"灵魂中的忧伤",与起风时着了魔似的绕城飞奔相互交替,就像雨季与旱季的交替一般没有尽头。正是在潮湿季节来临之际,耶胡达在抑郁中刮去了存蓄已久的胡子,而在感受到从沙漠吹来的西风时,他便毫不犹豫

---

① [俄]伊萨克·巴别尔:《红色骑兵军》,戴骢译,人民文学出版社2012年版,第38页。

地踏上了追赶同族犹太人的道路。廖瓦疯狂奔跑的奇怪行为很可能与犹太人从中世纪开始而至今仍未结束的漫游有关，而他的孤儿身份则象征着这个民族被隔离的孤独感（"我是外来人""我不知道自己父亲的名字""他没有父亲，没有母亲，没有祖辈，没有朋友，谁也不知道他的出身和族群，然而他是个犹太人"）。此处，廖瓦的形象与他在神话里的原型阿加斯菲尔（Агасфер）重合了，后者由于不肯帮基督背十字架而注定要终身流浪，不得赦免。

此处寻找自我身份、自我定义的问题凸显出来，维尼亚在第一段的结尾处说出"我无法找到自己"时，廖瓦向他的小伙伴伸出了援助之手——"我来帮你找"，他说。随后发生的那次通过一个地下的犹太礼拜堂而穿越时空的旅行是十分关键的情节，具有心理学和文艺学两个层面的隐喻意义。首先，在心理学层面，"地下室"是西方哥特小说中一个重要的母题，它象征着秘密、隐藏的自我、潜意识、坟墓、阴间，爱伦·坡尤其善于将这一意象与死亡联系在一起，从而创造出一种令读者着迷的极端界限①（如《厄榭府的崩塌》《黑猫》和《泄密的心》中藏匿尸体的地下室）。熟悉西方文学的隆茨不动声色地复制了哥特小说中对密闭空间令人毛骨悚然的描写：吱呀开启的大门，走廊里彻骨的寒气，蜿蜒向下的湿滑石阶以及忽明忽暗的蜡烛；而走廊尽头的亮光（金色的太阳）显然预示着某种启示和希望，预示着主人公的新生。其次，通过在一个未知时空中游历而在外部（获取知识和感受）和内部（寻找自我意识）确立自身的存在是浪漫主义小说的一个不变主题，中世纪诗人但丁所创作的《神曲》是这类主题的原型。如果说在象征主义时代，由但丁所代表的"流浪者/朝圣者/旅行者"原型曾扮演过极富创造力和感召力的弥赛亚角色，带领文化荒漠中盲目行走的众人向神圣的诗的目标迈进，那么到了20世纪20年代，这些先驱者头顶的光环已经消失

---

① 详见[法]托多罗夫《巴赫金、对话理论及其他》，蒋子华、张萍译，百花文艺出版社2001年版当中的"爱伦·坡的界限"一章。

了，因为迫使他们前进的那种将一切操控于掌中的神秘力量已经不复存在，从众人中分离出来的个人代替他们成为独立的冒险者，"他的行为动机总是被解释为焦虑不安的情绪和成为寻找者的想法（不仅仅是个人式探险的寻觅，更是一种不得已而为之的、无法逃避的寻觅）"①。

不难发现，廖瓦的两次穿越时空都与复活、重生有关：第一次廖瓦发现的那条看似回到过去的甬道实际上将他们引向了现在，进而令他们在自我的探寻中进入一个超时间状态；第二次是在维尼亚认为他是族群叛徒而背弃他时，耶胡达在攀爬阶梯的濒死过程中回到了现在。从顺阶而下到拾阶而上，两次时空起变化的先兆都是"石阶变得愈加湿滑，蜡烛的光芒开始抖动"，这毫无疑问地暗示了廖瓦经历了一个轮回、一次循环（更为有力的证据是：他在走出地下世界回到现在时，仍然穿着古代的长袍）。相似的情节我们在卡维林的《第十一条公理》（全文见附录）中也可以发现：为自身信仰动摇而恐慌的年轻修士"拾阶而上"，去找那位可以解惑的兄长，他"越爬越高，直到停在他的——比我更高、更坚定——单间门口"，而在他发现兄长也是恶魔的化身时，他匆忙地跑下了楼梯，这"一上一下"的动作同样包含了寻找自我的象征意义。这种时空的转换是民间故事中的常见情节，后来逐渐去神秘化而发展为"游记"体裁。"进入20世纪，'游记'体裁理所当然地占据了神话现实领域的一席之地。从一方面而言，'对神话的渴求'成为世纪初的共同潮流；从另一方面来讲，恰恰是这种体裁所特有的致力于克服具体时空的特性，使其最为符合神话化的需求。"②

---

① Николаев Д. Д. *Русская проза 1920—1930-х годов: авантюрная, фантастическая и историческая проза*. Ин-т мировой лит. Им. А. М. Горького РАН. Москва: Наука, 2006, с. 181.

② Тиме Г. А. *Россия и Германия: философский дискус в русской литературе XIX – XX веков*. Санкт-петербург: Нестор-История, 2011, с. 356.

三 虚构的作者：左琴科的《蓝肚皮先生纳扎尔·伊里奇的故事》

如果说隆茨试图通过创作与圣经主题的相关散文来消解自身对于双重身份的焦虑，那么左琴科在其20世纪20年代作品中虚构出一系列叙述者形象（Синебрюхов，Курочкин，Гаврилыч）则更多的是出于写作技术方面的考量：作者希望在虚构的叙述者与预期的读者之间建立一种信任关系，从而在后者的理解和支持下完成对"高雅文学"（высокая литература）在体裁和修辞方面的颠覆。发表于1922年的《蓝肚皮先生纳扎尔·伊里奇的故事》（«Рассказы Назара Ильича господина Синебрюхова»）是左琴科在这方面的第一次成功尝试，正是借助"蓝肚皮先生"这个虚构作者的身份，左琴科找到了属于自己的创作风格，同时不露声色地将个人经历的重担匀出一些置于前者肩上，其目的或许如纳博科夫所言："是为了摆脱自我后可以去轻装从事更美好的事情。"①

在《蓝肚皮先生纳扎尔·伊里奇的故事》（以下简称《蓝》）中一共有三个"作者"：故事的亲历和口述者纳扎尔·伊里奇·西涅布留赫夫先生②，受托撰写成文的作家 М. З. 以及真正的作者 М. 左琴科。后两者几乎可以视为是一体的：首先，М. З. 即是左琴科名字的首字母缩写；其次，作家 М. З. 除了在副标题（"序言和故事根据1921年4月 Н. И. 西涅布留赫夫先生的口述，由作家 М. З. 编纂而成"）中出现过之外，并未在正文中露出可疑的痕迹。多个作者的设置很容易令我们联想到普希金的《别尔金小说集》，其中的地主伊万·彼得洛维奇·别尔金可以被视为是俄罗斯文学史上第一位"虚构出来的作者"；显著的不同之处在于，普希金的别尔金是故事的搜集和讲述者，他的叙事风格完全覆盖了故事的经历者，而左琴科笔

---

① ［美］弗拉基米尔·纳博科夫：《玛丽》，王家湘译，上海译文出版社2007年版，第1页。
② 俄语中的"西涅布留赫夫"是"蓝肚皮的"意思。

下的作家 M. 3. 仅仅扮演了一个记录员的角色，故事的经历者西涅布留赫夫才是确立小说风格的关键人物。除此之外，别尔金与西涅布留赫夫各自面临的任务也不尽相同：正是在别尔金的协助下，普希金克服了俄国浪漫主义的普遍缺点——"客观主义的不足"（高尔基语），不仅为俄国现实主义文学的发展积累了经验，也为散文体裁中长篇小说的崛起埋下了伏笔①；而在左琴科活跃的 20 世纪 20 年代，俄国现实主义文学同时陷入了"过度主观主义"和"过度客观主义"的泥沼，前者表现在吞噬了情节的冗长心理分析上，后者则由琐碎的日常生活描写体现出来，当务之急在于找到一种能够反映当下事件的文学新形式——新的体裁、风格、修辞等。

首先，西涅布留赫夫是左琴科探索小型体裁的同盟者：他其实是民间故事中冒险主人公与现代自传故事中主人公的结合体，通过这一核心人物的塑造左琴科创造出了一种同时具有自传性和幻想性的故事体裁，后者并不导向长篇小说的建构，而是恰恰相反——导向它的解构。

必须指出的是，在 19 世纪二三十年代，这种短篇故事的合集预示了长篇小说的出现，普希金的《别尔金小说集》、果戈理的《狄康卡近乡夜话》、奥陀耶夫斯基的《五颜六色的故事》都属此类，作者将具有相似主题的故事聚拢在一起，借助由叙述者（有时也是故事的经历者）提供的统一叙事立场和视角，从而尝试构建类似长篇小说的连贯体系。在上述系列故事中，作者虽假托叙述者讲述故事，甚至在序言中也都以符合叙述者身份和受教育程度的语言奠定了叙事的风格，但是在真正的叙事过程中我们发现，叙述者的面貌消融在过于圆熟老练的笔法以及接近读心术的心理分析背后——如果说奥陀耶夫斯基的戈莫泽伊克因其百科全书式的知识面尚能豁免，那么普希金笔下的地主和果戈理虚构的养蜂人则很难为其高超的写

---

① 详见高荣国《〈别尔金小说集〉的叙述者形象研究》，《俄罗斯文艺》2015 年第 3 期。

作技法做辩解。换而言之，正是在叙述者风格中不时萦绕的真正作者的声音令读者产生了熟悉和信任之感，使得他们既能够迅速地被情节带入，又不会对真正的作者身份产生任何好奇——因为所有人的注意力都集中在故事叙述者的奇特身世上。如此一来，作者便达到了既使用第一人称写作，又不失其客观性的目的。

上述"从第一人称转换至第三人称以便驾驭大型叙事体裁"之问题在左琴科的年代并不存在：俄国心理现实主义（псхологический реализм）在19世纪中后期的崛起见证了陀思妥耶夫斯基、列夫·托尔斯泰、屠格涅夫等在第三人称叙事方面探索取得的巨大成功，作者不需要在叙述中安插见证者的角色就可以令读者笃信故事的真实，其"全知全能的叙述者"身份提供了将主观评价与客观叙事熔为一炉的可能性。这种全知叙述的特点是："处于故事之外的叙述者居高临下，通过其叙述眼光或表达方式暗暗地对人物进行权威性的评论，人物对此一无所知。在某种意义上，叙述者是在与读者暗暗地进行交流。"[①] 换而言之，此处的叙述者虽然看似置身事外，却丝毫没有放松对人物评论的掌控，并且恰恰因为他与人物拉开了一定的距离，其叙述和眼光获得了之前所不具备的权威性和客观性，他的评论也因此更可信赖，往往被读者当作衡量文本中各类人物的重要标准。这种叙述方式的普遍流行很可能与当时的俄国作家对主流评论标准的内化有很大关系：自19世纪40年代起，随着书刊检查制度的日趋严格，俄国小说逐渐"成为一个重要的、被广泛倾听的社会思想喉舌，批评家们要求小说家的每一部新作均应包含值得深思、值得从当时社会问题的角度出发进行分析的内容。通常，小说家们会非常认真地对待这一义务，从不忽略，至少是在他们那种更具雄心的作品中"[②]。也就是说，作品的思想立场、讽喻说教通常经

[①] 申丹：《叙述学与小说文体学研究》，北京大学出版社2004年版，第227页。
[②] ［俄］德·斯·米尔斯基：《俄国文学史》（上卷），刘文飞译，人民出版社2013年版，第234页。

由主人公的行为、话语呈现出来，甚至出现了"只有话语，没有行动"的主人公①，而作者对待该类型主人公的态度显然是同情多于谴责——典型的例子便是屠格涅夫的《罗亭》。在上述情况下，不仅读者对"隐含作者"②的想象与作者所设定的叙述者形象几乎是完全吻合的，作者本人与其笔下叙述者的形象也是十分接近的，由此可知读者对作者的想象与作者的真实面貌相差无几。

然而自进入20世纪以来，读者对作者形象的勾勒与作者的真实面貌之间出现了偏差，并且这一偏差是作者刻意为之的结果：原先一心想要通过各种人物的声音潜移默化影响读者观点并以此彰显自身的作者此时转变了方向——他试图以在读者面前完全暴露"替身"的做法来达到隐藏"真身"的目的。这在很大程度上与当时的主流批评对作者的立场和身份的强制框限有关，即作者不再被允许与读者做直接的交流，而是必须通过"立场"（包括阶级的、历史的、社会的、哲学的、伦理的等）这一滤网向读者群泼洒启示的圣水。简而言之，衡量一个艺术家的标准不再是之前的是否善于针砭实事、探究灵魂，而变成了能否最大限度地满足社会需求并激发起人们在新制度下的建设热情。1921年9月23日在与隆茨的那场著名论战中，科甘（П. Д. Коган）明确指出了艺术家为社会服务的职责："……一部真正的艺术作品总是为某种社会需求服务的，它总是反映这个或那个集团的思想和感情并将其意愿往一个特定的方向引导。""……有关作者与其作品的最重要问题是——作者究竟引导我们走向何处，他自己看到了些什么以及他想让其他人看到些什么。"③ 这便是

---

① ［俄］巴赫金：《巴赫金全集》第3卷，钱中文译，河北教育出版社1998年版，第120页。

② "所谓'隐含作者'，就是读者从作品中推导构建出来的作者形象，是作者在具体文本中表现出来的'第二自我'。这一概念是美国芝加哥修辞学派批评家韦恩·布斯在1961年出版的《小说修辞学》一书中提出来的。"（申丹：《叙事学与小说文体学研究》，北京大学出版社2004年版，第219页。）

③ William Edgerton, "The Serapion Brothers: An Early Soviet Controversy", *American Slavic and East European Review*, 1949, Vol. 8, No. 1, pp. 56–57.

隆茨在接下来的《关于意识形态与政论体裁》一文中所重点批驳的"艺术功利化"观点，他尖锐地指出科甘实际上是要用意识形态统领艺术，以政论家替代文学家，而"谢拉皮翁兄弟"坚信艺术作品有自己的生命，重要的是"怎么写"，而非"写什么"。事实上，这场论争背后隐藏着一个十分重要的问题：作者的个人经历与其作品的关系问题，即作者究竟应该作为艺术家还是人本身被纳入其作品研究的范畴中去。当时具有"左倾"思想的评论家们竭力在作品中寻找有关作者阶级立场和意识形态倾向的证明，而形式主义者们则不断向心存疑虑的读者宣称作品的权威性是由作家所运用的文学手段而非其生活经历决定的。在这一点上，"谢拉皮翁兄弟"与形式主义者基本达成了共识：前者虽然没有将作者身份与作品研究完全割裂开来，却也完全认同后者对文学作品是遵循特定规律的真实存在之观点。

有关作家生平经历与其作品之间并不存在直接密切联系的论断实际上为"第一人称"作品的回归埋下了伏笔。格鲁兹德夫作为"谢拉皮翁兄弟"的一员，曾撰文讨论过作者在文本中的地位问题，他着重探讨了第一人称叙事，认为该类型叙事不仅破除了作品是承载作者灵魂之容器的魔咒，而且通过作者的另一张"脸""姿态"或是"面具"揭示了"当下"材料的重要性①。当时普遍流行的手法主要有两种：一种是像洛扎诺夫那样以日记、书信、便笺的自传体形式将思想和感受记录下来，似乎是不加修饰地、"赤条条一丝不挂"（洛扎诺夫语）地展示给人看；另一种是虚构出一个叙述者，并以他的身份和口吻进行讲述，而作者本人连同他的一贯风格则完全掩藏在该叙述者的面具背后，不露一丝痕迹——将这种手法运用得炉火纯青的作家是左琴科。上述不论是哪一种手法，在本质上都与19世纪初期"第一人称"写作的建构性目的相去甚远，原因在于

---

① Томашевский Ю. В.（Сост.）Лицо и маска. Михаила Зощенко. Сборник. Москва: Олимп-ППП（Проза. Поэзия. Публицистика），1994, c. 235 – 237.

作者的目标并非令读者想象出一个与己相近的"隐含作者",并以此为主线自然而然地贯穿起整个小说,而是想方设法创造出一个颠覆作者本人形象的人物,并以该人物对当前事件的看法和反应(而不是之前的奇异事件本身)为主要线索组织行文。正如格鲁兹德夫在《人脸与面具》(«Лицо и маска»)当中所论证的:读者在当下的艺术作品中看到的通常不是真实的艺术家本人,而仅仅是他精心制作的面具,用来"表达在艺术作品范畴内无法直接表达的思想和情感"[1]。

左琴科的这篇故事刚一问世,《红色处女地》的主编沃隆斯基就表达了对作者意图的不解和困惑,"西涅布留赫夫并不少,但令人费解",他写道,"他们既不是革命的沉渣浮沫,也不是革命本身",他认为是时候左琴科以真面貌示人了,为的是"成为与革命相符的新苏联作家,从这个国家的高处俯视周围发生的一切"[2]。事实上,制造一种将作者的权威置于滑稽境地的人物声音,与此同时将判断叙述者是否可靠的权力交于读者手中是左琴科风格演化道路上的一个重要环节。米尔斯基在这些声音的背后辨识出了"一位杰出的模仿者",且"其作品的主要长处在于其模仿调性之完美"[3]。提图尼克(I. R. Titunik)曾指出左琴科操纵叙述者言语的方法正是创造出一个"作者的拙劣模仿者",并且顺带说明了这一手段在逻辑上暗示了与之相对应的"想象读者"的存在[4]。莎吉娘则不仅看到了左琴科为作者本人戴上的面具("左琴科的风格是面具式的,与其说作者本人以一种非常精细的、哈哈镜式的方式行文,不如说这其实是由

---

[1] Груздев И. А. «Лицо и маска: Серапионовы братья», Заграничный альманах. Берлин: Русское творчество, 1922, с. 208.

[2] Томашевский Ю. В. (Сост.) Лицо и маска. Михаила Зощенко. Сборник. Москва: Олимп-ППП (Проза. Поэзия. Публицистика), 1994, с. 137.

[3] [俄] 德·斯·米尔斯基:《俄国文学史》(下卷),刘文飞译,人民出版社2013年版,第321页。

[4] Martha Weitzel Hickey, "Recovering the Author's Part: The Serapion Brothers in Petrograd", *Russian Review*, 1999, Vol. 58, No. 1, p. 112.

另一位更令人印象深刻的、更加原始不加修饰的人物完成的"），也注意到了他对语言本身的模仿，正是"那些目光短浅的人们称之为'充满恶意的语言'，具备罕见而强烈属性的讽刺和揶揄"①，赋予了其作品独特的品质。在左琴科自己看来，他其实"是在以自己的作品模仿想象中的、然而是名副其实的，而且设想能在现时的生活条件下和现在的环境中存在的无产阶级作家"②。在同一篇文章中作者还提到了"社会舆论所提供的社会订货"与"出版社所设定的社会订货"，并明确表示他致力于模仿的作家正是前一种社会订货的供货者。这也即是说，左琴科不仅仅模仿叙事风格和语言，他的最终目的实际上在于通过模仿理想中的作家风格从而培养一种新的读者趣味，逐渐在根本上瓦解被出版社订货所规定的读者需求。由此可以推知，左琴科的故事中一般有两个层面上的讽刺：其一，由模仿风格和语言本身产生的讽刺，如果熟悉原作者的作品则这一条是显而易见的；其二，在叙述过程中产生的用以区别普通读者与理想读者的讽刺，这是跳出作家风格框限之外的不易察觉的讽刺，也是左琴科讽刺艺术的精髓所在。

在第四个故事《死地》（«Гиблое место»）当中，模仿这一手段被运用到了极致：左琴科模仿西涅布留赫夫的口吻叙述了一个故事，这个故事中的伊戈尔·萨维奇（Игор Савич）是一个讲故事高手，他最大的痛苦就在于找不到合适的听众，在蓝肚皮先生向我们转述了萨维奇的奇遇之后，分别的时刻就在不知不觉中降临了。抛开左琴科对西涅布留赫夫的模仿以及后者对萨维奇的模仿不谈，这篇故事的情节本身就是对作者寻找理想读者过程的模仿，正如萨维奇惴惴不安地揣测西涅布留赫夫听到他的奇谈怪论之后会作何反应一样，

---

① Шагинян М. С. *Post Scriptum*. Шагинян М. С. Собрание сочинений в 9 томах. Том 2. Москва：Художественная литература, 1986, http：//publ. lib. ru/ARCHIVES/SH/SHAGINYAN_ Marietta_ Sergeevna/_ Shaginyan_ M. S. . html.

② 张捷编选：《十月革命前后苏联文学流派》（下编），上海译文出版社1998年版，第355页。

作者将作品呈现在读者面前时内心也必然充满了期待与不安，且这一交流的方式是极具不稳定因素和危险性的——读者很有可能会因为无法参透文本的深层含义而将其弃之一边。

在伊戈尔·萨维奇的讲述中，经历过这些故事的"我"是除了作者以外另一个戴面具的人，因为虽然故事的叙述者以第一人称保证了事件的真实性，却自始至终都躲藏在一个安全的位置静观故事的发展：当西涅布留赫夫困惑地问他为什么不及时出面为故事中的可怜女人解围时，讲故事的人振振有词道："如果她是我的亲媳妇儿，那我可不是好惹的主儿，指不定都把他们给咬死了，她偏又不是我的亲媳妇儿，顶多是人选之一，你自己说，为啥我要插手这事儿？"在这明显的托词下，我们不难看出伊戈尔·萨维奇讲述的真正原因并非宣泄情绪或者寻求帮助，而是以一种看似真实的方式再现奇闻逸事，从而使它们与"死地"的气氛相符——这一点从他被自己说的故事"吓到并因此而战栗"也可得到印证。不得不指出的是，就连萦绕"死地"的恐怖气氛也是拜萨维奇所赐，他在雇用西涅布留赫夫时说的那段话与其说是善意的警告，不如说是为他下面将要叙述的两个故事埋下伏笔："不过，兄弟，我不得不摸着良心和你说，我们这个地方挺邪乎。这里的人好多到死都不悔改，那些个游手好闲的人打着黑帮的名号四处打劫，连神父也自甘堕落，好比说今年夏天，就一失手打死了我的一个女人。兄弟，这地方邪乎得很，死神就这么大摇大摆地挥舞着镰刀散步。当然了，如果你不是个胆小鬼，那就留下。"有了这样的伏笔，似乎他在后来讲述的那些"可怕的事情和奇闻轶事"也都不显突兀了，故事的真实由此替代了生活的真实，伊戈尔·萨维奇也最终在不自觉中树立了作者的权威。

结　　语

　　20世纪20年代俄罗斯文学的独特魅力就在于其爆发力和短暂性——与之前的白银时代相比，无论是滥觞起源，还是消弭终结，20年代的文学都显得更加急促、突然，似乎呈现出了某种程度上的不完备性。而这种不完备性的另一种表现就是子嗣的缺乏：继扎米亚京、谢拉皮翁兄弟、皮利尼亚克、巴别尔、奥列申之后的切近几年中，几乎没有带有相似基因的年轻作家异军突起，唯一可能的遗传方式是自体遗传——具有突破精神的作家本人不断修改、完善自身的基因，然而即使这种自我改进也具有刻意放弃先前基因密码的可能性。那么，在接近一个世纪后的今天，当20年代"被革命炸裂"（阿格诺索夫语）的地表岩浆早已凝结之时，是否还有必要探讨这样一段延续性缺失的文学进程并尝试分析其固体岩浆的矿物组成？答案是肯定的。

　　20年代文学的重要性很大一部分表现在——它继白银时代之后再次呈现了现代主义语境下对"文化复兴"现象的独特诠释，并在一个世纪之后的今天通过具体的作品实践了这一诠释结果。俄罗斯作家沙罗夫曾经指出包括他在内的俄罗斯当代作家与20年代作家的同源性，他说："我想，从遗传学的角度而言，我们更接近20年代和30年代初的作家：我们命中注定将成为那个年代所开启之物走向终结的见证者。……我们不仅仅肩负着完成他们未尽之使命的任务，不仅仅要补全他们未完成的书稿，我们还具备告诉他们如何结尾的能力。此外，我们与那一代人对生活的感受也十分相似。"① 而新型现实主义（новый реализм）的领袖沙尔古诺夫（С. Шаргунов）在2001年发表的宣言《反对哀悼》（«Отрицание траура»）② 无论在风格、腔调，还是情感、内容方面都令人联想到隆茨的《为什么我们是谢拉皮翁兄弟》，二者的目的都在于开创一个全新的文学创作空间。由此可见，20年代被革命所激发的变革与创新并不是作为历史进步的基座而受到重视，而是作为一种潜在的复活因子沉睡在文化史的序列编码中，等待着下一次程序的启动和召唤。在这里，以往"'文化传统'被'文化神话'的理念所取代……历史现象先前被视为相互联系的因果关系，现在则被理解为不同现象的结合"③。也就是说，20年代文学进程中出现的哲学和审美问题实际上早已在俄罗斯的文化历史中出现过数次，因此既可以视之为对以往相似编码的印证，也可以看作是对未来即将启动之序列的预演；与此相对应的，探讨20年代的文学现象、分析其成因及后果，并构建相应的阐释模型也具有"印证"和"预演"的双重功能。

　　本书以俄罗斯20世纪20年代文学进程中的两大趋势——体裁转型和思潮变更——为主线，选取散文作家卡维林在这一时期的文学实验作为重点研究对象，并将其放置于文学团体"谢拉皮翁兄弟"的创作整体中进行考察，在此基础上，运用社会历史批评、艺术本体批评和接受反应批评相结合的方法，从继承与创新的关系角度分析了包括卡维林在内的谢拉皮翁兄弟20年代的实验性创作，并对其中与主流文学问题相呼应的诗学特征予以较为深入的阐释，旨在建立作家、团体与时代之间关系的嵌套式模型，从而为理解和复现相类似的文学现象提供一个可行性方案。

　　以往在研究作家个人或者文学团体时，通常采用历时性或共时性的方法，即将研究对象置于纵向的时间轴上或是横向的空间轴上

---

① «Современная проза глазами прозаиков. Материалы круглого стола». *Вопросы литературы*, 1996, No 1, с. 198.

② Шаргунов С. «Отрицание траура ». *Новый Мир*, 2001, No 12, с. 148.

③ 林精华编译：《西方视野中的白银时代》，东方出版社2001年版，第371页。

进行对比分析。本书首次尝试将二者结合起来：首先，在团体研究的层面上采用历时性的方法（并未讨论"谢拉皮翁兄弟"与这一时期其他文学团体的关系，而是更多地关注其历史上的原型和20年代主要文学问题在该团体成员创作中的体现）；其次，在个人研究的层面上采用共时性的方法（在"谢拉皮翁兄弟"的整体语境下看待卡维林的创作），最终目的在于透过"谢拉皮翁兄弟"这一介质观察时代与个人的相互作用（限制与反限制、突破与反突破），并揭示作家是如何在这一过程中确立自身和作品的权威的。

在研究文学团体"谢拉皮翁兄弟"时，打破以往的"两分法"，不以团体成员莫衷一是的诗学理念为分析的切入点，而是将其视为一个有着特殊遗传基因序列的有机组织结构，是本书的创新性尝试。所谓的"两分法"，是指将某个文学团体简单地划入某个流派或置于某种思潮的影响之下，使之与其他流派或思潮相对立。具体到谢拉皮翁兄弟研究的语境下，主要体现在：其一，大多数欧美学者将其纳入形式主义学派，与俄罗斯经典散文传统相对立；其二，部分俄罗斯学者拒绝承认该团体创作中的现代主义（或者说先锋派）倾向，坚持将他们置于俄罗斯文化遗产的语境下来研究。事实上，距离那个时代越远就越能够清楚地看到，"谢拉皮翁兄弟"的诗学和美学观点并不具有某种一以贯之的流派特征，其内部"西方派"（западная группа）和"东方派"（восточная группа）的分野证实了这一点；如果说他们的根基确实有一部分深深扎在俄罗斯古典文化的土壤中的话，那么剩下的一部分必然是受到了欧洲（特别是德国）浪漫派的滋养，霍夫曼和斯蒂文森的小说是他们最亲切的老师①。因此，本书倾向于认为，对"谢拉皮翁兄弟"的认识应当基于其在组织结构上与20年代文学进程所具有的同质性，以及历史上的原型（列米佐夫的猿猴议会）赋予它的独特性。

20年代文学进程与"谢拉皮翁兄弟"的相似性至少表现在两个

---

① 左琴科曾经指出20年代这一批年轻作家的大学就是生活经验和书籍。

层面：一是精神氛围和表现形式上的；二是主要事件与创作实践上的。"20世纪20年代的俄罗斯文学具有某种'过渡性'（передность）的特征：由严格审查制度下整齐划一的苏联文学过渡到言论自由环境下产生的全新文学——读者与作者角色转换了，体裁和内容处于不断转型过程中，文学的向心性消失了。"① 正是在这种向心性逐渐消失、各种文学团体和文学流派开始活跃的分子式运动的时段，文学体裁和题材的界限得到了极大的拓展，各种演变也发生得最为剧烈。时代氛围中这种对于变动、超越和自由的渴望最大限度地反映在"谢拉皮翁兄弟"的组织结构上："谢拉皮翁兄弟"是一个相对"松散"的文学组织，这种松散性不仅体现在整个文学团体没有统一的宣言和纲领，更体现在其"缺乏边界性"的组织形式上——正式成员和非正式成员之间的自由替换。在本书中笔者提出，这一组织形式本身就是对"乏味的日常生活入侵文学材料"的一种强烈反抗——艺术家的聚合或离散应当仅仅由对艺术本质的认识来决定（在谢拉皮翁兄弟中表现为"对艺术真实观的一致看法和兄弟般的情谊"），就像艺术作品的好坏只与其艺术价值，而非其他附属价值相关。除了形式上的相似性，谢拉皮翁兄弟的创作实践中也体现了20年代文学转型的两大趋势——体裁转型和思潮变更，前者包括诗歌与散文体裁之间以及散文体裁内部的转型，后者主要指传统现实主义向现代主义过渡。为了避免理论研究与文本分析脱离的状况，本书中对该问题的论证并未集中在某一个章节，而是与对各成员作品的具体分析结合在一起，分布于整篇论文的各个环节（如"谢拉皮翁兄弟在20年代文学转型中的位置"是对这两大趋势的总括和概述，"幻想题材与中小型叙事体裁的结合"一章探讨了散文内部的体裁转型，"在扎米亚京的大衣下"则涉及诗歌与散文体裁之间的转型以及现实主义向现代主义的靠拢，关于后一个问题的讨论也可以在最后一章

---

① Черняк М. А. *Актуальная словесность XXI века: Приглашение к диалогу*. учеб. Пособие. Москва：ФЛИНТА：Наука，2015，c. 85.

中找到)。因此，从整体上而言，20年代的文学转型并非仅仅是与"谢拉皮翁兄弟"团体性质相关的文学问题，其中包括的两大趋势更是贯穿全文的主要线索。

采特林曾在关于谢拉皮翁兄弟的评论文章中指出："谢拉皮翁兄弟不是艺术领域的革命者，因为他们并未打算破坏什么。……他们想要的不是散文艺术的革命，而是温和的改革"，并且这一点既是他们的长处（那个时代里很容易找到持相同观点的志同道合者），也是他们的弱点——"他们不是唯一的'谢拉皮翁兄弟'，也不会在文学史上仅仅与他们在团体中的名号绑定在一起——哪怕该团体可以逃脱被遗忘的命运。"[1] 在接近一个世纪之后的今天看来，"谢拉皮翁兄弟"这一名号不仅没有被历史遗忘，反而成为一个具有神话意义的符号，后者的雏形可以在普希金的"阿尔扎马斯社团"中找到，并经过列米佐夫的"伟大而自由的猿猴议会"发展成为唯一而不可复制的"谢拉皮翁兄弟"团体。本书通过对比研究证明，列米佐夫对于谢拉皮翁兄弟的影响仅有小部分表现在文学技巧方面，而更多地体现在他的"神话思维"对于后者的渗透上。这里牵涉到的一个核心问题是"如何看待日常生活与文学艺术的边界"——这也是20年代文学家面临的普遍问题，列米佐夫采取了模糊二者边界并以文学艺术覆盖日常生活的方式（符合象征主义者的诗学世界观）。谢拉皮翁兄弟们虽然借鉴了列米佐夫的想法，却在实践方式上大不相同，这一不同至少体现在两个层面：首先是文学团体形成的机制不同，列米佐夫的"猿猴议会"诞生于作者本人创作的文本之中，里面的成员也分别从作品中获得了名号，可以说是艺术规定生活的典型范例，"谢拉皮翁兄弟"则是先于艺术创作本身出现的[2]，而关于它的

---

[1] Цетлин М. О. "Племя младое (О «Серапионовых братьях»)". *Современные записки*. Кн. XII. Культура и жизнь, 1922, с. 335.

[2] "谢拉皮翁兄弟"虽然出自霍夫曼的同名小说，却并不具有霍夫曼笔下人物的个性和名号，"不是霍夫曼的训练班"（隆茨语），也即是说，原型神话并没有对日常生活产生任何影响。

神话是在团体成员之后的创作中逐渐形成的；其次体现在对待"作为文学材料的日常生活"之态度上，列米佐夫对日常生活的变形和加工仍是以作家本人的经历为中心的，文本中象征化了的时间和空间无法令困在历史洪流中的"我"真正获得自由，与之相反，在谢拉皮翁兄弟（尤其是卡维林和隆茨）的作品中已经无法窥见作者的真实面貌，原因是作者通常不与琐碎的日常生活相关联，而是更多地与经典作品、报刊文摘等出版物以及各种文学集会发生关系，文学创作生活已经在现实日常生活之外形成了另一种真实。笔者认为，在谢拉皮翁兄弟们看来，完整的作者形象既不可能在日常生活中找到——如实证主义者所认为的那样，也不可能在对文本的想象中获得（象征主义者的信仰），而是在生活与创造相互渗透的空间中、在自传主人公与现实的人之间"某种有机的化学作用"（霍达谢维奇语）中显现；或者说，作者的形象是否真实完整并不重要，重要的是在这一过程中读者想象的参与对于自传作品中作者形象的再创造，这一再造的形象越是与其作品风格相符就越是真实。

费定认为，继隆茨之后（更准确地说，与他一道），卡维林肩负了在俄罗斯土壤里唤醒谢拉皮翁兄弟的神话种子并修复其神话基因的神圣使命。通过观察卡维林在20年代的创作历程，我们发现，这一"唤醒"和"修复"的过程实际上就是作家不断突破自身界限，并最终令"炼金术士兄弟"与"散文作家卡维林"的形象相融合的自我确立过程。之前对卡维林认识的不足主要集中在两个方面：一是认为他在30年代转向现实主义创作实际上是全盘否定了"谢拉皮翁兄弟"时期的文学实验；二是仅由他在自我介绍中表达的对西方作家的喜爱就断言他是霍夫曼的继承人，进而忽视其文学实验作品中的俄罗斯经典散文传统。从本质上而言，这两个略显偏颇的看法都与"继承和创新的关系问题"有着密切的联系，因此，本书一反往常以诗学特征或创作经历为主线的论述方式，而选择以卡维林对待该问题的态度及创作实践为主线来展开研究。这条线索并不与之前所设定的主线（体裁和潮流的转型）相悖，因为既然是过渡和转型，就一定涉及两个在时空关系上具有差别的对象，简单来说，就是传统与反叛之间的融合、对立。

在"继承传统"这条线索上，以往的研究成果总是将卡维林20年代具有幻想性质的创作与霍夫曼或者果戈理的作品进行对比，然而，不论是从创作的主题、人物的设定还是内在的精神来说，卡维林与这两位文学前辈都鲜有共同点。在本书中笔者认为，活跃于19世纪二三十年代的浪漫主义作家奥陀耶夫斯基才是卡维林在文学家族谱系上的直系血亲，卡维林纯幻想题材中的"人偶"主题（тема кукол）（包括由此衍生出的木偶戏主题）和"炼金术与科学实验"主题与奥陀耶夫斯基的创作发生了奇妙的呼应，更重要的是，由这两个主旋律所引申出的诗学理念和宇宙精神进一步缩短了这两位不同时代的幻想作家间的距离，使得直接探讨二者之间的传承关系而暂时将霍夫曼和果戈理置于话题之外成为可能。这两个主题涉及的共同问题是"幻想文学中两个世界的划分"和"艺术家的创造力及其创作自由"，然而侧重点有所不同：卡维林通过将奥陀耶夫斯基笔下"绝对对立的人与人偶世界"改造为"由木偶演员与真人表演者共同组成的木偶剧舞台"，使得木偶、演员和人的关系很自然地平移到文学空间里，投射在书中人物、幕后的操控者（制造木偶的人或者故事叙述者）以及文本之外的作者和广大读者所构成的关系上，将我们所熟知的幻想故事中的"二重世界"分化成了三重甚至多重，如此一来不仅拓展了文学文本的艺术空间，更是将俄罗斯传统幻想故事（以奥陀耶夫斯基为代表）中存在于同一时空的二元对立（经常是善与恶的对立）发展到多个并行的时空中去，从而使得单一的道德评判最终获得复杂多元的讽刺意义。在"炼金术与科学实验"这一主题下，卡维林发展了奥陀耶夫斯基笔下的"瓶中小人"意象（此意象滥觞于歌德的《浮士德》），并赋予了该意象全新的隐喻意义：原先将艺术家禁锢起来、剥夺其创作自由的封闭玻璃容器不再是作家关注的焦点，空有想象力（由瓶中四肢健全的小人代表）却缺乏科学理论支撑（没有灵魂）的艺术创造才是艺术家真正的障碍和瓶颈——"创造力（来源于科学）的枯竭和浮士德的下沉"是卡维林故事的一个主要议题，其后布尔加科夫在《狗心》《大师与玛格丽特》等作品中将该主题推向了极致。

　　如果说奥陀耶夫斯基代表了经典的浪漫主义传统，那么在他的对面则站立着携带现代主义反叛基因的扎米亚京和隆茨，在与后两者的交流和互动中，卡维林逐渐确立了自身的风格。可以说，扎米亚京和隆茨在卡维林的创作历程中扮演了不同的角色：扎米亚京是卡维林散文实验的直接授意者，是老师；隆茨是伴随卡维林一起探索和成长的志同道合者，是兄弟。在本书中，有关扎米亚京、隆茨与卡维林的关系问题是放置于"谢拉皮翁兄弟"的整体语境中考察的，尤其是扎米亚京的"综合主义"诗学理念在成员创作中的体现，以及在隆茨宣言笼罩下谢拉皮翁兄弟的"去自传化倾向"得到了较为详尽的阐述，通过研究我们发现以下几个值得注意的问题：首先，由于每个兄弟的生活和阅读经历的不同，其接受扎米亚京影响的程度和方面也不尽相同，比如斯洛尼姆斯基表现出的对重复和叠句的爱好，尼基京在拼接艺术上的大胆尝试，以及卡维林受到的数学思维的启发，然而并不能由此断言他们所受的影响就是单一化的；事实上，我们可以很轻易地在卡维林的作品中找到重复和叠句，而尼基京的作品里也不难发现数字所扮演的重要角色，这也即是说，"谢拉皮翁兄弟"是作为一个有机的整体共同接受影响的，而每个成员的接受方式既有其特殊性也有其普遍性，正是在这个层面上，卡维林的案例在研究"谢拉皮翁兄弟"的语境下具有范式意义。其次，一般意义上而言，作家具有自传性质的自我介绍不能与其文学创作混同（尤其是在社会历史批评大行其道的时代），然而，谢拉皮翁兄弟们的集体式自我介绍却可以被视为其文学实验的组成部分，因为前者包含的某些特征在他们的散文创作中也有迹可循——几何构图的情节、缺乏行为动机和心理活动的主人公以及压缩至最小的体裁篇幅等，凡此种种都导向自传式作品与实验性散文之间界限的模糊，赋予了前者某种"文学理论寓言"（литературно-теоретичная притча）① 的性质；从这个角度而言，隆茨那篇一向被视为诗学宣言的《为什么我们是谢拉皮翁兄弟》在集体的自我介绍中并不具有特殊性，只是在篇幅上稍长，其真正包含自传性质的作品实际是与卡维林相呼应的《祖国》一文。最后，纯粹意义上的创新和继承是不太有可能存在的，创新必然意味着以传统和经典为基础，而继承的内部也一定孕育着创新的种子，本书中所提出的作家、体裁、流派之间的新旧对立也只在一个特定的时空范围内才有讨论意义，这意味着20年代对于"传统"和"革新"的主流看法在本质上是有巨大偏差的，对卡维林及其所在团体"谢拉皮翁兄弟"当代价值的重新评估具有十分重大的意义。

《匪巢末日》是卡维林在20年代创作的具有里程碑意义的作品，也是本书中"传承与创新"这两股线索的交汇之处。如果说他的处女作《第十一条公理》首次向虚空中放射出了数条代表早期诗学观的平行线，那么在《匪巢末日》中这些平行线终于汇集成了一个闪光的结点，它既是对之前诗学问题的总结和回答，又是开启全新旅程的出发点——诺维科夫称之为"成熟的开始"（начало зрелости）②。本书前五章基于谢拉皮翁兄弟创作整体，对一些具有对立性质的诗学概念（诸如文学传统与文学实验、虚构与真实、装饰散文与情节小说以及浪漫主义与现实主义）结合实例进行了分析和探讨。然而在卡维林的这部作品中，随着作者本人诗学世界观的逐渐成熟，这些原本相去甚远的诗学概念出现了边界消融的倾向，说明年轻的作家在突破体裁和流派限制的道路上迈进了不小的一步。不论是与现实环境格格不入的浪漫主义主人公谢尔盖，对情节与人物兼顾的"伪侦探小说"之尝试，还是将史诗性大型叙事作品融入

---

① Ханзен-Лёве Оге А. *Русский формализм: Методологическая реконструкция развития на основе принципа остранения.* Москва: Язык русской культуры, 2001, с. 503.

② Новикова О. Н. и Новиков Вл. И. В. *Каверин: Критический очерк.* Москва: Сов. писатель, 1986, с. 35.

中篇小说创作的技巧，甚至历史时空本体论上的象征意义，无一不是对"继承基础之上创新性尝试"的最好诠释。不遵从任何的现存系统（体裁的或是流派的），仅仅用作品本身说话，是一个作家具有现代性的最明显体现。正如莫里斯·布朗肖颇具说服力的论述："重要的只有书，就是这样的书；它远离体裁，脱离类别——散文、诗、小说、见证，拒绝置身其中，不承认它们拥有规定其位置和形式的权力。……文学单独显示其自身，独自闪耀着神秘的亮光……"这正是卡维林终其一生所致力于达到的。

通过对卡维林20年代小说创作的细致研究，我们发现，卡维林在"谢拉皮翁兄弟"中的位置既具有特殊性，又具有普遍性：特殊，是因为这一时期在他的创作中最明显地体现了转型期体裁和流派的交替，以及各种文学技法的实验和创新；普遍，是因为这些特征也可以在其他谢拉皮翁兄弟的同时期创作中找到，只不过没有卡维林所呈现出来的典型、稳定。

现代主义在经历了白银时代诗歌领域的繁荣之后，进入了20年代散文领域的"伟大实验时期"，而文学团体"谢拉皮翁兄弟"无疑是这一舞台上最为活跃的主角之一。似乎是时代本身授予了该团体存在的权利，而这些诞生于革命的年轻"兄弟们"又在某种程度上修改了文学进程的密码。在一个世纪后的今天，回望苏联文学的历史，那些在当时炽热的气氛中摇旗呐喊、响声震天的文学流派和团体，如今大多都变成了短短几行令人眼花缭乱的术语名称，而既没有宣言，也没有口号的"谢拉皮翁兄弟"却将他们最鲜活的容貌保存在了体裁、风格各异的作品中——随着书页每一次被翻开而重新获得生命。当费定在他的《高尔基在我们中间》（1943）一文中大胆写道"在文学史上'谢拉皮翁兄弟'绝不会默默无闻地被忽略过去"，他这一段话竟被指责为"很成问题，毫无根据"[①]。现在看

[①] 张捷编选：《十月革命前后苏联文学流派》（下编），上海译文出版社1998年版，第659页。

来，这一论断绝非毫无根据：该文学团体在 20 年代所进行的文学探索不仅对同时期的作家（如奥列申、列昂诺夫、布尔加科夫、巴甫连科等）产生了震荡作用，令他们或是靠拢，或是受其影响；也为之后的叙事体裁发展提供了可靠的蓝本，预示着下一个与抒情诗分庭抗礼的散文时代的到来。

受论文篇幅和笔者水平限制，本书对"谢拉皮翁兄弟"及其所处转型时期的研究难免有欠缺、疏漏之处；另外，本书所选取的研究对象是该文学团体中一部分散文作家的创作，有关左琴科、费定以及符谢沃罗德·伊万诺夫的诗学问题并没有进行详细的挖掘。至于有关"谢拉皮翁兄弟"团体的其他诗学问题，如该团体与 20 年代其他文学团体之间的互动关系、卡维林 20 年代创作中的形式主义倾向以及文学实验在诗歌创作方面的体现等，都有待进一步探索。

附　录

祖　国

隆　茨

第一章

"你都认不出自己了，维尼亚，"我说，"你看你。"

镜子。镜子里的人个子很高，有一张坚毅的面孔。黑色的头发如愤怒的火焰般在倔强的额头上燃烧，在平直的剑眉下一双充满野性的、深邃的、空灵的眼睛在灼灼发光。

"维尼亚，你看不到自己了。还记得么？这就是你从埃及到哈南时的样子。你从凯龙河里汲水喝，就像这样，肚皮贴在地上，贪婪而又迅速。还记得么？当你终于抓到那个可恶的人，后者因头发纠缠在树枝里而被吊在空中，你杀了他，你吼叫着，他也在哀号，雪松也吼叫着……"

"你又说蠢话，"维尼亚回答，"老提旧事做什么？我不喜欢犹太人，他们太脏……"

"你说得对，维尼亚。但是每个犹太人身体里，包括你在内，都藏着一个古老的……怎么说呢……先知。你读过圣经么？我从那里面知道，我身体里也有一个先知，而且我的额头应该是高高的……然而你看，我实际上又矮又弱，还有一个耷拉向嘴巴的鼻子。人们都叫我列夫·耶胡达,可是我哪有一点儿狮子的雄风?我渴望超越自身,召唤出那种威严,却又不能够……或者,激情,维尼亚。而你可以,你有先知的面容。"

"别说了,廖瓦,行行好。我不想当犹太人。"

圣彼得堡的夏夜,我和朋友在喝酒。隔壁房间是我的父亲,一个年迈的波兰犹太人,秃顶,留着灰白的胡子和长长的鬓发,正面向东方虔诚地祈祷,而他的灵魂却在哭泣,因为自己唯一的儿子——古老家族的最后一个继承者——竟然在神圣礼拜六的前夜饮酒。年迈的犹太人看到了巴勒斯坦湛蓝的天空,虽然他从未去过那儿,但这天空他在过去、现在和将来都会一直看到。至于我,我不信上帝,却也哭了,皆因想看到遥远的约旦和湛蓝的天空却不能够,我太爱自己出生的这个城市,以及用于交流的语言,一种陌生的语言。

"维尼亚,"我说,"你听到我父亲说的话了么?他在一周的前六天讨价还价、耍弄骗术、唠唠叨叨,第七天他却能看见扑向宝剑的扫罗国王。你也能看见的,你应该看见,你的体内聚集了狂喜、暴怒和残酷,维尼亚。"

"我是冷酷无情的。"他答道,"我不喜欢犹太人,为什么我生来就是他们中的一员?然而你是对的,我认不出自己,已然迷失了身份。"

第二章

"我来帮你找。"我说,"跟我来,维尼亚。"

墙后的父亲停止了祈祷。父亲、母亲和姐姐围桌而坐。没有叫我,已经三年没有叫我了。我就像一个菲利斯人,寄宿在他们家中。他们的房子坐落在永恒的蓝空之下,为伯利恒山上的葡萄藤所围绕。我的家面向扎鲍坎斯基大街,大街笔直、陌生而漂亮,我头顶的天空脏脏的,布满尘埃,凉气逼人。

革命。空荡荡的大街。白夜。大街像一条条铁轨,在远处渐渐变窄交汇。有轨电车的电线杆在飞舞,好似成群的飞鸟。

"维尼亚,当我望向这座城市,我觉得自己好像在哪儿见过它,就像现在这般炎热、笔直、怪异。似乎我们也在那时遇见过,你也像现在这样,只是穿着一件奇怪的衣服。你时常嘲笑我……"

然而他并没有笑。在奥布霍夫大桥上,他邪恶而野性,比原本的身形更显高大,在河流上方伸出双手。灰色的斗篷在他的肩后飞舞,空灵而热烈的双眸直视前方。

"是的!"他喊道。他的嗓音听起来好似弦琴,悠扬而又苍劲。"我记得。我和你在船上,船儿圆圆的像个球体,我们划着桨,天气很热……"

"是很热!"我用喊声回答他。我们狂热地注视着对方,长大的我们,炽热的我们,然后认出了彼此。

忽然间,我们都不约而同地弯下腰,笑出声来。

"你真怪,"维尼亚说,"我都忍不住了,尽瞎说。"

夏夜的白昼。一群风干的石屋中间,立着一座犹太教会。我们沿石阶而上,在半道上迎面遇见从教会里出来的年老修士,他样貌丑陋,冲我们说道:

"呀,又是里(你)们?今天不行,今天是礼拜六。"

这是冲我来的。我不是第一次撞见他了,也不是第一次别过脸去,真是叫人恶心。

不必看他,只往他手里塞钱,他就像只老鼠一样开溜了,无声无息地带我们穿过前厅,进入巨大的卧室。

维尼亚漫不经心地走着,倦怠地扫视着四周。而我小心翼翼地踩着碎步,避开目光的直视。

"这边。"修士说。

一扇不易发现的大门打开了,发出吱吱呀呀的响声。刺骨的寒气瞬间将我们裹挟,湿滑的阶梯一直通向下边,蜡烛闪着微光,大门在我们身后关上了。

"听!"

在遥远的深处,有东西在呼号。

"我来过这儿三次了,维尼亚。我害怕……但和你一起就不怕了。"

"我也害怕,"他说,"但我不想往下走了,不想走了。"

他说:"我不想,"却沿着湿滑的阶梯一直往下,"我不想。"他一面说一面继续走着。

下去的路既长又闷。我们走得越深,呼号声就越大。烛光一如既往地摇曳。

石阶消失了。面前是一堵墙。墙后面便是那低沉却响亮的轰隆声,轮子发出的噪音以及鞭子的抽打声。蜡烛熄灭了。

"列夫,"维尼亚喊道,"我们走!"

"这是墙,维尼阿明。我来过很多次了,没有出口的。"

他的声音在黑暗中再一次响起,悠扬而有力:

"耶胡达!快过来!我知道路!"

石门缓慢地打开,一束炙热的金色阳光直射在我脸上。

1

耶胡达首先记起的是:

笔直的,像皇宫大道似的大街。沉重的、睡眼惺忪的太阳压在伟大的城市上空,白而透明的灰尘在耶胡达头顶悬浮。耶胡达——一个身着满是污渍的麻布内衣和衬衫的小男孩——坐在马路边上吸着灰尘。在他身边,车轮疾驰而过。强壮的骏马散开成扇形,打着响鼻奔跑着,朝天空仰起发狂的脸孔。迎面驶来另一辆马车,随着巨大的轰隆声马匹在狭窄的街道上齐头并进,丝毫没有放慢奔跑的速度。耶胡达就坐在路中间,金属般悦耳的鞭笞声从他头顶传来,这是耶胡达首先爱上的声音。

伟大的城市,笔直如箭的街道,干净利落的街角以及巨大而安静的房屋。在巴比伦城中诞生了耶胡达,他个子不高,身手敏捷,而他的灵魂十分孱弱,就像鸟儿的灵魂缺乏理智,却颇为狡黠。他没有父亲,没有母亲,没有祖父,没有朋友,甚至没有人知道他的身世和家族,然而他是犹太人。耶胡达知道:在遥远的西方,沙漠的那边,有一座美妙的城市,正是从这座城市中走出了他不认识的母亲和他所忘却的父亲。耶胡达看见,他的同族人面向西方祷告,祈求那个神秘而可怖的上帝耶和华保佑他们的祖先返回祖国。但是耶胡达从不祈祷,因为他住在大街上并且爱上了这个城市透明的灰尘,他就出生在这个城市——巴比伦。

2

然而,每当西风吹起,透明的尘埃就逐渐变黄并将眼睛刺痛。这时候耶胡达便从地上爬起来开始奔跑,直至风儿停歇。就像一匹脱缰的野马,耶胡达飞奔在笔直的街道上……街巷里躺着晒太阳的巴比伦人,他们吞吐着灰尘。耶胡达越过他们的身体,赶上一辆辆马车,他那犹太人特有的火红色头发在风中如狮鬃般飞扬。风儿从西方吹来,穿越沙漠,那儿有他不认识的母亲和已经忘却的父亲。从沙漠来的黄色的风将耶胡达托起又放下,仿佛围绕巴比伦城旋转的一颗沙砾。巴比伦城坐落在幼发拉底平原上,城中布满了平直的街道和平直的路口。平直得就像正午的日光,街道掉入河里,后者被两边高耸的河岸所裹挟;青铜的城门炸裂开来,门内的台阶一直延伸到河里。耶胡达如同被投石器所投掷的石头一般奔跑,穿过数不清的城门,最后一跃跳入激流中向对岸游去。河流挤满了船只,货钩撞击在犹太人身上,鸣笛也不止一次向他发出粗鲁的警告,然而耶胡达什么也听不见,什么也看不到。爬上岸之后,他来不及抖落长衫上闪烁的冰冷水滴,就顺着石阶继续向前奔跑,身后是追赶他的西风。

他既瘦弱又乏力,然而当风从沙漠吹来时,他就跑得比皇宫里的飞毛腿安卡拉人还要快,从日升到日落,从日落到日升。他奔跑着,经过右岸上的老皇宫,经过山顶上色彩鲜亮的新皇宫。他八次路过贝拉-马尔杜赫神庙,以及八个连成一串的塔楼。四次经过了巴比伦丘陵,那儿有一座神秘的四层花园,悬空于城市之上。守卫用笨重的长矛掷向他,弓箭手搭上粗粗的箭弦,就是为了看一看耶胡达是否会被箭追上。箭追上了他,但是耶胡达不知疲倦,就像那从沙漠吹来的黄色的风,继续沿着城市奔跑。

城市被伟大的尼利提贝尔城墙环绕着，城墙守望世界的四方，四个方向如此均等，就像用手掌丈量的一样。一百扇门镶嵌在墙上，每扇门旁都在吹奏巴克特利小号，以迎落日。城墙宽阔如街道，而在它上面原本就是大街。傍晚时分，耶胡达爬上了西边的城墙，顺着它的边缘奔跑，望向风儿吹来的方向，沙漠。当风儿停歇的时候，尘土重又变得白而透明，犹太人便躺在城墙上，望着西边，那里有一座神秘、美好而陌生的国度。

3

当风从沼泽吹来的时候，湿臭味儿就一并钻进了巴比伦城。这时人们就纷纷跑回家中，马儿也耷拉下脑袋，放慢了步伐。此时忧伤便在耶胡达的灵魂中漂浮起来。他于是站起身来，无精打采地过桥去到右岸，那儿，在一排低矮破旧的房屋里住着犹太人。他步履沉重，左摇右晃，活像刚从温柔乡中回来的少年郎。来到同族人住处，他满怀期待地倾听先知抑扬顿挫、激情四射的宣讲，内容是关于那个遥远而神奇的国度。然而耶胡达并不信任先知，他灵魂中的忧伤还在疯长。

只有一次，他听进去了先知的话：他的目光被一个站在稍远处的少年吸引了。少年的个子很高，有一张坚毅的面孔，黑色的头发如愤怒的火焰般在倔强的额头上燃烧，在平直的剑眉下一双充满野性的、深邃的、空灵的眼睛在灼灼发光。耶胡达认出了少年，却怎么也记不起来在哪儿见过他。在他的脑中有一个声音在用他不懂的语言说话。他看见了灰色、陌生、寒冷的天空，寒风在他的耳畔呼啸而过。

少年看着耶胡达，也认出了他。少年有些痛苦地绷紧前额，他的眼睛仍旧深邃：看见了灰色、陌生、寒冷的天空。耶胡达走到他面前问：

"你是谁，少年？"

少年答道：

"我是本雅明，不知道自己父亲的名字。你是谁，少年？"

耶胡达答曰：

"我是耶胡达，犹太人，不知道自己父亲的名字。"

本雅明于是说：

"我很孤单，耶胡达。我是巴比伦的外乡人。我的故乡在哪儿？"

耶胡达重复着：

"我的故乡在哪儿？"

两人都沉默了。他们时不时深吸一口气，灵魂中慢慢漂浮起不明就里的词汇。耶胡达忽然看见，就在少年的左臂上，肩膀的下面，三个三角图案在发光，很明显是伤疤的痕迹。他们两人不约而同地用不同的语言高喊起来。

本雅明喊道：

"我认识你！"

耶胡达喊道：

"我认识你！"

就这样，他们立了许久，困惑地望着对方。先知声如洪钟，宣告救赎将至，耶和华和波斯国王的库雷希战士们即将降临人间，届时犹太人将回到他们的应许之地。

4

本雅明首先记起的，是肩膀下面左臂上的一阵奇痒。肩膀下方的左臂上出现了一片针扎似的小孔，有三个白色的斑块痒得最为要命，活像是撒了盐的伤口。本雅明像只受伤了的伊庇鲁斯犬一样跌到地上，他先是用沙砾摩擦左臂，用指甲抠它，然后又用右手的手指抚平受创的皮肤，以滚烫的嘴唇亲吻那些斑块。疼痛丝毫没有减弱。只是当北风从沼泽地里吹来时，本雅明才能够站起来，用寒冷的空气填充胸腔，获得片刻安宁。

本雅明最先爱上的感觉，是一种灼热而无所不能的厌恶。在他还是个婴孩的时候，艾曼——一个能工巧匠捡到了他，并自称为他的父亲。儿时的本雅明很是可爱，艾曼十分喜欢他，将他视为己出。但本雅明并不喜欢艾曼，他逃出了那个家。他随后投奔了利未人阿马萨依,又离开了阿马萨依。他住过许许多多的房子,认过许许多多的父亲,每到一处,耶和华就将福祉降临在那户人家,保佑他的工作顺利,家族安康。然而,本雅明还是离开了。他有一个野兽般的灵魂——智慧、缄默,充满憎恶。他讨厌巴比伦——他出生的城市,也讨厌那个美丽的遥远国度,他的父亲正是从那儿来,而他的祖父和耶和华神就住在那儿——神秘而陌生。

5

岁月如流水般逝去,就像注入厄立特里亚海的幼发拉底河。一个个日子接踵而至,耶胡达长大了,他脸上的络腮胡也变得浓密起来。一同变大的还有他对雷玛特的爱恋,一个巴比伦姑娘,雕刻工人拉穆特的女儿。小时候雷玛特的皮肤黑黑的,长得也不好看,然而她有一双湛蓝的眼睛,那是来自北方的奴隶所特有的。耶胡达一贫如洗,饥寒交迫。他有着鸟儿的灵魂,也如同鸟儿一般活着——感性而明晰。但当他脸上的胡须和心中的爱恋一齐疯长起来时,他也只好走遍全城寻找工作,却始终未能如愿。

每一天耶胡达在见到本雅明时,都会因为恐惧和喜悦而战栗,他似乎看到了寒冷而灰暗的故乡天空,他那早已忘却的故乡。两位少年长久地注视彼此,然后分开。有一次本雅明走向耶胡达并对他说:

"耶胡达,你饿了。"

"我饿了。"耶胡达答道。

"跟我走。我知道有一艘无人掌舵的小船。"本雅明说。

"我们乘它去哪儿呢?"耶胡达问道。

"去乌尔。"

"就这么着。"耶胡达说。

6

从巴比伦到乌尔,他们沿河叫卖灌满希俄斯酒的皮囊、马耳他的布料、塞浦路斯的铜和卡尔西的青铜制品。曾几何时,货船里头又圆又深,紧紧地包钉着一层亚美尼亚柳的树皮,堆满了麦秆。耶胡达和本雅明用长长的桨拨开水流,推动货船向下游行驶。麦秆上堆放着货物，货物上站着一头驴。有好几次，当他们抵达乌尔时，就一并卖掉了货物、船只和麦秆，柳树皮则被扒下让驴驮着，然后从陆上回到巴比伦——皆因幼发拉底河水流太急，没有船能够赛得过它。

他们不止一两次顺着幼发拉底河从巴比伦到乌尔，也不止一两次沿陆路返回。他们的老主人阿维艾尔已经死了，现在他们必须自己购买货品和货船，再将它们卖掉。耶胡达已经穿坏了三件长袍，磨坏了许多矮鞋跟。姑娘们开始偷偷地打量他。有一次，当他们从乌尔离开时，在路上遇到了一群女子，耶胡达说："姑娘，我爱你。""好。"她说。于是他们双双躺倒在沙砾上。本雅明则站在远处，眺望西方。在西方有一望无际的田野，纵横交错的沟渠，还有无花果的园子，园子的后面是黄澄澄的沙漠，沙漠的后面是那陌生而美好的国度，本雅明的父亲便从那儿来，他父亲的父亲则住在那里。

耶胡达爱着本雅明，本雅明也爱着耶胡达。但这爱是沉默的。不止一两次他们在路途上彼此不发一言。然而有一天，当他们走进巴比伦的青铜城门时，扬起了从沙漠来的风。耶胡达的灵魂被西风所涤荡，摇曳起来了，他高声喊道："那儿难道不是我的故乡么？"他的手指向西方。"不！"本雅明厉声喝道，"不！"他再次高喊，"我恨你，残忍又恶毒的耶和华。我们的罪孽在你的脑中，而你的罪行在你的心中。"说完此番话本雅明就倒在了地上，他的身体抽搐成一团，白沫不断从口中溢出，还在一边叫喊："创造你的耶和华如是说，雅各！不要害怕，因为我是来救你的，你是我的。当你穿过大水时，我将与你同在，当你穿过河流时，河水不会将你淹没，因为我是耶和华，你的神，以色列的圣者！我从东方带来了你的子嗣，而在西方找到了你。我对北方说：给我，对南方说：不要留。如此，将我在远方的儿子和散落各地的女儿聚合至此。我是耶和华，你们的圣者，以色列的缔造者，你们的王。"

耶胡达看得出本雅明的身体已经被耶和华的灵魂占据了，于是伏地跪拜。然而，当他的目光越过沙漠，看到宏伟的城墙、贝拉－

马杜克庙宇的八层塔尖和巴比伦山上的空中花园，他便记起了那笔直的街道和白得透明的灰尘，于是喊道："我不相信！"

第二天，先知本雅明从地上爬起，用随身的小刀割掉了肩膀下方左臂上的那块皮肤。然而，当皮肤长好，伤口愈合时，那三个三角形的图案还在原处闪着白光。

7

如是我闻。耶和华欲在波斯古列王面前惩罚众人，便携他在身边，又卸下他的御用腰带，使他得以混进城门。他走在古列王前面，抚平了山川，毁掉了铜门，粉碎了铁质的门闩。

波斯古列王将水从幼发拉底河引入湖中，当塔斯塔尔星升起时，他顺着原本干涸的河道进入了巴比伦。那儿，他杀了巴比伦王和他的亲信。王室的金银财宝被古列王悉数带走，而妻妾则赏给了下属官兵们。

就在那个夜晚，当塔斯塔尔星升起时，耶胡达心中的爱情鸟在歌唱。因为雕刻家拉穆特在城墙上英勇战斗，而他的女儿，雷玛特从窗子里放下了一根粗绳，耶胡达顺着绳子爬了上去。就在那个伟大的夜里，他熟悉了雷玛特，雕刻家的女儿，也尝到了幸福的滋味。

早晨，波斯人伽毕斯告诉雷玛特，他杀了她的父亲，现在她是他的女奴了。

8

耶和华于是借先知本雅明之口说道："别害怕，我钟爱的雅各，你是我选中的。正因为如此，我才将甘露赐予口渴之人，溪流注入干涸之床，用我的精魂和仁爱浸润你的族人后裔，使他们得以在杂草中生长，就像柳树生长在水之源头一样。记住了，雅各和以色列，你们是我的奴仆。我轻易就能扫除你们的罪恶，如同驱散大雾和乌云。欢呼吧，九重天，皆因耶和华如是说；大地的深处也发出喜悦的叫喊；山川和森林，开始歌唱吧。耶和华如是说，你的救世主和孕育者。是我，耶和华，创造了你们，以一人之力开天辟地，不仅如此，还捣毁了说谎者的旗帜，揭穿了巫师的蒙昧，驳斥了卖弄聪明者的说辞，并指出他们的愚蠢。正是我对耶路撒冷说：将有人迁往你处；而对犹太城邦说：你们将被重建。也是我对深渊说：干涸吧；而称古列王为奴。"

犹太人群中一个叫耶胡达的喊道："我不信！"

先知本雅明答道："你将被诅咒！"

9

沿着阿依布尔沙布姆那些熙熙攘攘的街道，穿过利利尔－契加拉运河，越过指向西门的大桥，犹太人鱼贯而行。骡马的聒噪声，歌者的叫喊声，犹太竖琴和铙钹的嗡嗡声，所有这一切都在称颂耶和华与波斯古列王。马背上的持鞭者驱赶着人群，那是从伯利恒、尼陀法、亚斯玛威法、基列亚巴、查理玛等地蜂拥至此的四万两千六百人。他们都来到了那片土地，从那儿走出了他们的父辈，在那儿曾经住着他们的祖辈。由部落和氏族组成的队伍蜿蜒行进，队伍里有女人，有孩子，有牲口，有器皿。走在最前面的引路者是赛斯巴萨尔，约阿希姆的儿子。他们就这样离开了巴比伦。巴比伦城在幼发拉底河上舒展开笔直的街道和笔直的十字路口。如同正午阳光一样笔直的街道在飘飞，酷热得令人发昏的日头下面，巨大而安静的房子在闪闪发光。白而透明的尘埃漂浮起来，弥散在巴比伦城上方。

巴比伦城为尼利基－贝尔城墙所环绕，在大门旁边的西面城墙上躺着耶胡达。常常是刚走过去一拨孩子，紧跟着就是一队男人，他们不知晓自己父亲的名字。走在最前面的是先知本雅明，他高大挺拔，凝望着西方。耶胡达朝他喊道："本雅明！"本雅明答道："你将受诅咒！你会来到我面前，将衣裳扯开，烟灰撒在头顶并对我说：'带我走吧！'然而，你将为自己犯下的罪过付出代价，叛徒不会被豁免。接受诅咒吧！"

夜晚降临了。风从沼泽吹来，耶胡达起身去找波斯人伽毕斯，并对他说："将你的女奴雷玛特赐予我做妻子。"伽毕斯问："那作为回报，我能得到什么？"耶胡达说："我自己。"于是，他被剃掉了胡须，向着奥尔姆兹德行礼，成了波斯人的奴隶并娶女奴雷玛特为妻。

10

第四天，耶胡达走到大街上，躺下身来，就像小时候那样，吸入故乡白色而透明的尘埃。他深深地呼吸，急促而又欣悦。行人从他身上跨过，车轮在他身旁飞驰，头顶传来一阵阵清脆的鞭响。

然而，总有些时候，当日落西山，黄色的风从沙漠吹来时，耶胡达就被风儿扶起来了。巴比伦女人雷玛特就会问耶胡达："你去哪儿？"但他不回答。

风带着耶胡达来到西门口的大路上，这条路穿过卡尔克孜乌木和里拉一直通到耶路撒冷。天气酷热，耶胡达奔跑着，喘着粗气，仿佛一匹快马；他不知疲倦地跑着，仿佛一匹快马，一架机器，皇家的飞毛腿信使。大路上地面坚实，人声鼎沸。耶胡达奔跑着。他的身体血肉模糊，脑袋耷拉在肩膀上。耶胡达奔跑着。他的呼吸沉重，带着哨音，脚底板悄声无息地落在坚实的路面上，他没日没夜地跑。他的双眼被血水模糊了，身体布满了泡沫，灵魂疲惫不堪，然而西风还是一如既往地吹。耶胡达奔跑着。

第三天接近傍晚的时候他远远望见了犹太人群。他大声喊叫起来，把手伸向他们，他一遍遍地大叫着，一次次地把手伸向他们，然而遥不可及。于是他倒在地上，匍匐前进，如同蛇一样爬行。他的身体血肉模糊，灵魂也在流血。耶胡达在爬行。太阳落下去，又升起来，如此往复，远处扬起了尘埃，是犹太人正朝着故乡行进。耶胡达在爬行。在耶胡达身后有一条长长的血痕，风一如既往地从西面吹来。

他在第六天赶上了犹太人群。这群人的最后面走着那些不知自己父亲姓名的男人们，由先知本雅明引领。当他们在路边损毁的房屋边歇脚时，耶胡达爬了过去。

本雅明开口了："这就是那个背叛了自己的族人还剃掉胡须的人，杀了他，犹太民！"耶胡达说："我的兄弟！"本雅明却答道："你不是我的兄弟。"他的膝盖蜷曲着，血水顺着身体往下淌，他的双手满是鲜血，而在左侧的大臂上三个三角形的图案在闪闪发光。鲜血从他口中喷出，与鲜血一同喷涌而出的是他所不熟悉的语言，陌生而冰冷。奴隶抓住了本雅明的左臂，于是犹太民众看见了在上面闪闪发光的三个三角形图案。先知颤抖起来，开始用一种响亮的异乡语言叫喊，撕扯自己的手臂，并将它伸向军人扎卡伊，说："折断它！"军人扎卡伊砍掉了他锁骨以下的左臂，手臂掉落在地上。犹太民众看到手臂上的三个白斑，像极了溃烂的痕迹。

本雅明用右手拾起被砍掉的左臂并将它扔向耶胡达。耶胡达倒下了，犹太民众开始向他投掷石头。石头不紧不慢地堆积起来，伴随着响亮的撞击声变成一大块沉重的巨物。

门慢吞吞地、悄无声息地关上了，阴沉沉的黑暗一语不发地望向我，而我的眼底仍是金灿灿的一片——沙漠中昏昏沉沉的日光。

"维尼阿明！"我叫道，"带我走吧，维尼阿明！"

墙壁另一侧石头有节奏的撞击声似乎在告诉我：石头一块接着一块在累积。忽然，响起了一个悠长而有力的嗓音，好似弦乐："你将受诅咒！"

随之而来的是千百双脚的踩踏声。我紧贴着潮湿的墙壁，疯狂地用指甲抓挠墙面。我那伤痕累累鲜血满布的身体，正发出痛苦的哀号。脚步声渐渐消失在远处，随后是一片寂静。

"维尼阿明！"我喊叫着，"我的兄弟！你为什么抛下我？"

四周一片寂静。

几分钟过去了，也可能是几天，我不知道自己这样站了多久：一动不动，呆若木鸡，心如绞痛。我不知自己为什么忽然弓下身，沿着台阶向上爬去。甬道里又黏又闷，疲惫的双腿打着抖，膝盖不时撞在台阶上。突然，我绊倒了，就在那一刻，烛光闪烁，我看到在前面几节台阶上散落着我的长袍、本雅明的长袍和本雅明的左臂。血水从肩部缓缓地流淌下来，三个三角形的创口闪烁着胜利的光芒，那是睿智欧洲的永恒标志。

第三章

我走上大街。我最爱的老旧的皮夹克和老旧的长裤遮掩了破烂不堪的长袍和疲惫不堪的身体。完全没有痛感。衣服仿佛是一张巨大的膏药，粘在我的伤口上。只是眼前仍然跳动着金色的、炙热的阳光。

商店。展示柜上覆盖着玻璃。在玻璃上有一个矮矮的人，秃顶，窄额头，双眼潮湿而狡黠，肮脏而又卑鄙。这就是我。我认出了自己。现在我才明白：我身上那些古老而美好的特质——高高的额头和热情的双眸，都留在了那边，那条穿过卡尔克孜乌木和里拉一直通往耶路撒冷的大路上。归乡的犹太民众在这条路上跋涉，领头人是赛斯巴萨尔，约阿希姆的儿子，队伍的最后是独臂人本雅明。

圣彼得堡在涅瓦河上方舒展开笔直的街道和笔直的十字路口。那些奔流不息的，如同刺目的日光一般的街道以及巨大的、安详的房屋。在圣彼得堡城市的上方是灰色而寒冷的天空，熟悉，却又陌生。

第十一条公理

卡维林

§1."最仁慈的圣母!我是灰烬和尘土,但我还是要说一句话。"我这么说道。然而她对我别过了脸,因为我有罪。

上帝宽恕我吧!

暮色透过小房间的窗户向内窥视,我熄灭了蜡烛,鱼肚白的微光洒在我身上和神圣的书页上。愤怒中我说——"神圣的书籍,我到底和你有什么关系?"——像极了那个浪荡子,在一个不眠之夜的疯狂游戏中将身上最后的一点钱财消耗殆尽……

近日夜里,两次燃起对你的爱恋,最神圣的三位一体和最负盛名的圣母,两次熄灭了信仰的火焰,然后又燃起了,但随后还是熄灭了。用你的信仰照亮我吧,神圣的兄长。我的道路由你指引。

§2. 沿梯而上,我想,神圣的兄长用自身的信仰使我坚定内心的希望十分渺茫。然而,我还是越爬越高,直到停在他的——比我更高、更坚定——单间门口。

一位品行高洁的僧人打开了房门,他欣悦地点了点头,以迎接我早早的造访。

在我快要迈进神圣房间的门槛时,魔鬼和他的同伴放开了我的灵魂。在长久的谈话中我哭泣着诉说了自己的困惑。我们跪下祈祷:"以你慷慨的宽容救赎罪人们吧!如果有人在有求于你之后,由于没有得到想要之物而转身离去"。然后,是"不要摒弃你面前这个发疯的人"——

然而这时我看了一眼神圣的兄长。

恶魔。恶魔。恶魔。

我在愤怒中站起身,开始狂奔,身后传来修士惊慌的问话。

§3. 在香炉燃起的烟雾中,我的灵魂备受折磨。眼前出现了一个个黑圈。

为什么要写下这些诗节？难道是发现了这罪恶生命的意义？跪倒在烟雾里，愤怒地乞求宽恕，还是徒劳。在清白的面孔前，大着胆子将荆冠戴在头顶。

宽恕我，宽恕我，宽恕我，上帝啊！

不论怎样，我，一个僧人，如今已经清楚地明白，没有什么上帝，也无法确定该信仰什么。因为我不止一次地凝视过他的脸庞。一个留着楔形胡子的中年男子。他——不是上帝。

确认这一点比吐痰还要容易。确信一切事物都像吐痰一样容易。只需要盯着它专注地看上 10—15 分钟。一开始他的脸变得像修道院院长，然后就与恶魔别无二致。

真的？

真的。

§4. 门慢慢地打开了。斧头晃动着，敲击在墙上。我的心中再无疑惑。当圣像前的油灯再次点燃时（是油灯在发光么？还是悬于此世上方那盏长燃的赎罪明灯？），我划了三次十字。我这样断言："我的生活已经了然无望。一旦灭了宿敌，我就返回尘世，浪迹天涯。继续待在这里只会让自己完全彻底地腐坏。"

然后，拿起斧头，毁坏了圣像。我怎么会这么不明智，竟然认为这是上帝。看到的只是上了色的马口铁和木头碎片。想起来还有油灯没有敲碎。我捡起它，点燃之后盖上了自己的衣物，随后悄声离开了房间。在此我结束了记录，因为一个失去理智的、罪恶深重的、脱去人形的人是不值得记录的。阿门。

§1. 是的。方块国王嬉皮笑脸地闯入眼帘，不时地揉搓贝雷帽，发出尖锐的笑声。时间已经很晚了，大学生知道烛火马上就要熄灭。他苍白的手指颤抖着，额头上渗出了黏糊糊的冷汗。他的搭档装模作样地唱了起来："当啷，当啷啷，当啷，当啷"，随后才发现，庄家有了重影，已经六点了。

大家都心知肚明，大学生不仅输光了自己所有的财产，连带他昨天向老头赊的钱也一并输了。

在两次徒劳地揉搓扑克牌之后，他站起身。

然后他走了出去，小心地掩上门，很快他的大衣和帽子就落满了雪花，被风吹跑了。

§2. 再去找老头已经毫无意义了，因为毫无疑问他不会再借出一分钱。但最后他还是去了，太阳从教堂背后爬了上来，第一束光线直射下来，他眯起了眼睛。

一个脏兮兮的女人将门打开了。腿刚迈进去，就听见有什么东西在门外咯吱作响。回身正想看看是什么，就发现一个满头白发的胖子砸着没牙的嘴巴从前门钻了进来——"您有何贵干？"然后，"钱带来了么？"

走进漆黑的房间两人聊了许久。大学生哭了。然而，就在抽咽的当儿，他瞥了一眼老头的脸，吓了一跳。细细长长的鼻子凶猛地抽动着，固执地扬起小圆帽，两只小小的角正从里面钻出来，吱吱作响。一只脚明目张胆地搭在它纤细的同伴身上，脚上的蹄子敲击着凳子腿。双眼灼灼发光，几乎要冒出火来。长满鼻毛的鼻孔焦虑不安地煽动，发出呼呼的响声。

——古根汉米尔先生！

——古根汉米尔先生！

——在，在。我听从您的吩咐，大学生先生。

随后他逐渐缓和起来，咕咕哝哝地劝了大学生好久，让他要过一种清醒而平静的生活，然后给了他钱，并将他送到门口。出去的时候，他在门槛上绊了一下，——"游手好闲的寄生虫"——脏兮兮的女人嘟囔着。

§3. 房间里烟雾缭绕。反射着雾蒙蒙的灯光，崭新的学生制服正与自己的皇家排扣愉快地玩耍。

矮胖敦实的庄家先将牌扔在桌上，然后又用自己苍白的手指英勇地一张张摸起。红心Q夫人与她的J仆人们玩耍嬉闹，而A尖叫着，一边试图用刺耳的嗓音盖住嘈杂——"不—嘶，不—嘶，我的先生，这——不能这样—嘶"，一边不住地挠庄家的掌心。顺便说一句，大学生已经无所谓了。他把手上的牌窸窸窣窣地倒腾了好一阵之后，将所有的赌注都抛在了桌上，抽了一张牌，狐疑地看着庄家。老头坐在那儿，伸出了早已按捺不住的手臂……真是胡扯了。明明知道老头不在这儿，这不是老头，而是……这时他眯了眯眼。细长细长的鼻子凶狠地煽动，小圆帽被顶起，两只小小的角正从里面钻出来，吱吱作响。钻出来之后，小角在继续长大。

——桑·加里先生——他大叫道。

——古根汉米尔先生！见鬼了！

然而，庄家让他保持冷静，随后扔出了一张牌。扑克牌，不是扑克牌，而是恶魔之手的杰作——一张方块J。然后……然后怎么了？

§4. 门慢慢地打开了，发出轻微的吱呀声。走廊里小灯泡射出的黄光不时地抖动，一个有着又尖又大鼻头的剪影顺着地板爬行，然后在墙根处的角落里折成两段。剪影对着自己的主人啐了一口，随后便不见了踪影。它可是要清白的，不想和谋杀沾上一点关系。是的，是的，是的！

毫无疑问，关于谋杀的想法已经初步成形了。或许，他更关心牌桌上的输赢。是的，当然对牌局更关心。

顺便一提：门慢慢地打开了，终于，一双腿迈了进来，紧接着的是大学生摇摇晃晃的身体。随后，腿和身体发挥了优先的主动精神，找到了绳编地毯，地毯将它们引向休息室——即将发生谋杀的地方。

庄家桑·加里是被谋杀的对象。他躺在床上，高高地扬起棕红色的胡须，这个姿势一点儿也没变。

总而言之，当绳子爬到棕红色的胡须下方，喉咙彻底被勒死时，他打了一记响鼾，然后抬了抬手。然而，庄家桑·加里举手举得太晚，打鼾打得就更晚了。

§5. 风声呼啸，涅瓦河剧烈地翻涌，扬起浅灰色的波浪。毫无疑问涅瓦河会掀起浅灰色的巨浪，因为——是了，在吹风。镶有皇家鹰纹纽扣的黑大衣正是这么想的，他倾身而立，靠在涅瓦河畔的石栏上。

如果大衣能具有它的主人所固有的（这当然不大公平）一些能力，便也会毫无疑问地沉浸在这个不太复杂想法的全部深度里了。

但这位主人面色苍白，并且很不幸的，身材矮小。他完全没有想刚才的那个问题。不过，也许就是在想那个问题。最可肯定的是，他一动不动地长久立在那儿，苍白的脸上挂着一丝疯狂的微笑。这不，他转过身，继续沿着翻涌着的涅瓦河边向前走：直到他惊恐地听到一个在耳畔尖叫的声音——"你好，亲爱的同貌人！我在这个世界上找了你好久了"……

§6. 到这里，黑色的笔迹就中断了。这是在我已过世朋友的旧纸堆里找到的。接在后面的是不明就里的平行线草图，以及为了证明罗巴切夫斯基的几何学而完整推演的欧几里得第十一条公理。

我从来没有发现这位亡故的友人竟然抱有对精确科学的爱，或者多多少少明确表达过对此的追求。看来，这最后的手稿，应当归属于他一生中最后那段极端封闭的时光。

参考文献

Аверина Б. и Маликовой М. и Долинина А. （Сост.）*Набоков В. В.: pro et contra*. Санкт-петербург：РХГИ, 1997.

Александр Блок. *Собрание сочинений в восьми томах*, т. 6. Москва-Ленинград：Гасударственное издательство художественной литературы, 1962.

Балика Д. В. *Лаборатории поэта：（Ф. Сологуб, А. Белый, Е. Замятин）*. Белебей：Н. Я. Фридева, 1917.

Баюк Д. А. "Князь Вл. Ф. Одоевский в поисках природной музыкальной гармонии". *Наука и искусство*. Доктор филос. Наук А. Н. Павленко. （Отв. Ред.）Москва：Институт философии РАН, 2005.

Берберова Н. Н. Курсив мой. Автобиография. Москва：Согласие, 1996.

Белокурова С. П. *Словарь литературоведческих терминов*, 2007. （Электронная версия）

Белый А. Из "Дневник писателя." *Андрей Белый. Петербург. "Литературные памятники"*. Ленинград："Наука", 1981.

Белый А. *Собрание сочинений. Котик Летаев. Крещеный китаец. Записки чудака*. Москва："Республика", 1997.

Белый А. Символизм. Москва：Мусагет, 1910.

Бихтер А. （Ред.）*Полонская Е. Г. Избранное*. Ленинград：Издательство

«Художественная литература», 1965.

Богдановой О. В. и Любимовой М. Ю. (Сост.). *Замятин Е. И.: pro et contra, антология.* Санкт-петербург: НП «МОПО "Апостольский город-Невская перспектива"», 2014.

Бройтман С. Н. и Магомедова Д. М. и Приходько И. С. и Тамарченко Н. Д. (отв. Ред.) "Жанр и жанровая система в русской литературе конца XIX – начала XX века". *Поэтика русской литературы конца XIX – начала XX века. Динамика жанра. Общие проблемы. Проза.* Москва: ИМЛИ РАН, 2009.

Бузник В. В. *Русская советская проза двадцатых годов.* Ленинград: Издательство «Наука», 1975.

Волков И. Ф. "Романтизм как творческий метод." *Проблемы романтизма: Сборник статей.* Гуревич А. и Новик Е. (Редакторы) Москва: Искусство, 1970.

Воронский А. «Литературные силуэты: Евг. Замятин». *Красная новь*, 1922, № 6.

Воробьева А. В. Идея бытия как космоса в творчестве В. Ф. Одоевского (автореферат). Кандидат филологических наук. Москва, 2001.

Вячеслав Рыбаков. "Из истории советской научной фантастики". *Литературная матрица: Советская Атлантида.* Санкт-петербург: Лимбус-Пресс, 2013.

Давыдова Т. Т. «Новая русская проза 1920 – х гг. Е. И. Замятин, Л. Н. Лунц, В. А. Каверин, М. М. Зощенко». "*Russkaia slovesnost*", 2009, No. 6.

Даль В. И. *Пословицы русского народа.* Москва: Художественная литература, 1989.

Драгомирецкая Н. В. "Проза 1920—1930 годов: от эксперимента к классике. слово как предмет и герой." *Теоретико-литературные итоги XX века.* Борев Ю. Б. （гл. Ред. ）, Гей Н. К. , Овчаренко О. А. , Сковозников В. Д. и др. （ Редкол. ） Москва：Наука, 2003.

Горнфельд А. «Новое искусство и его идеология», *Литературные записки*, 1922, № 2.

Гречишкин С. С. «Царь Асыка в "Обезьяньей Великой и Вольной палате" Ремизова» *Studia Slavica Hung. XXVI*, 1980, № 1－2.

Жирмунский В. М. *Гете в русской литературе.* Ленинград：Наука, 1982.

Замятин Е. И. *Герберт Уэллс.* Санкт-петербург：Эпоха, 1922. Замятин Е. И. *Избранное. Евгений Замятин.* Москва：ОГИ, 2009.

Зенкин С. *Работы о теории：Статьи. Сергей Зенкин.* Москва：Новое литературное обозрение, 2012.

Муромский В. П. （Отв. Ред. ） Ин-т рус. Лит. （Пушкин. Дом）. *Из истории литературных объединений Петрограда－Ленинграда 1920—1930-х годов：Исследования и материалы.* Кн. 2－Санкт-Петербург：Наука, 2006.

Каверин В. А. Собрание сочинений：В 8-ми т. Т. 6. Перед зеркалом：Роман；Двухчасовая прогулка：Роман；В старом доме：Роман. Москва：Худож. лит, 1982.

Каверин В. А. "Рассказы и повести；Скандалист, или Вечера на Васильевском острове：Роман." *Собрание сочинений. В 8-ми т. Т.* 1. Москва：Худож. лит, 1980.

Каверин В. А. *Собрание сочинений. В 8-ми т.* Т. 7. Освещенные окна：Трилогия. Москва：Худож. лит, 1980.

Каверин В. А. "Верлиока：Сказочная повесть；Статьи；Очерки." *Собрание сочинений. В 8-ми т.* Т. 8. Москва：Худож. лит, 1983.

Каверин В. *Вечерний день. Письма. Встречи. Портреты.* Москва：

Советский писатель, 1982.

Козьменко М. В. "Бытие и время Алексея Ремизова". *Ремизов А. М. Повести и рассказы*. Чулков С. и Жильцова Н. (Редакторы). Москва: Художественная литература, 1990.

Козлова А. Г. "Русская литературная анималистика: история и современность" *Литература и жизнь: сборник трудов к 90 – летию со дня рождения и 60 – летию научно-педагогической деятельности доктора филологических наук, профессора М. Ф. Гетманца*. Харьков: ХНПУ имени Г. С. Сковороды, 2013.

Колобова О. Л. «Концепция художественного синтеза в русской литературе рубежа XIX – XX вв. » *Вестник. ВЭГУ*, 2013, № 2.

Коновалова Л. Ю. и Ткачева И. В. (Ред. и сост.). *Серапионовы братья: философско-эстетические и культурно-исторические аспекты: К 90 – летию образования литературной группой: Материалы международной научной конференции*. Саратов: Изд-во «Орнон», 2011.

Кодрянская Н. *Алексей Ремизов*. Париж: Издательство в книге не указано, 1959.

Лотман Ю. М. "Куклы в системе культуры." Лотман Ю. М. Избранные статьи в трех томах. Т. I. Статьи по семиотике и типологии культуры. Таллинн: Александра, 1992.

Литературная митрица. Учебник, написанный писателями: Сборник. В 2 т. Т. 2. Санкт-петербург: Лимбус Пресс, ООО «Издательство К. Тублина», 2010.

Левитан Л. и Цилевич Л. *Основы изучения сюжета*. Рига: Звайгзне, 1990.

Ленин В. И. *Полное собрание сочинений (5 – е изд). т. 35. Октябрь 1917 – март 1918*. Москва: Политиздат, 1974.

Леминг Е. "Послесловие". Лев Лунц. *Обезьяны идут! Собрание* произведении. Санкт-петербург：Инапресс，2003.

Лев Лунц. Вне закона. Пьесы. Рассказы. Статьи. Санкт-петербург：Композитор，1994.

Лев Лунц. «Почему мы Серапионовы братья». *Литературные записки*，1922，№ 3.

Лемминта Е. （вступ. ст. ，сост. ，коммент. ，аннот. указ. ）. *«Серапионовы братья» в зеркалах переписки*. Москва：Аграф，2004.

Лунц Л. "Обезьяны идут！". *Собрание произведений*. Санкт-петербург：Инапресс，2003.

Луков Вл. А. *Предромантизм*. Москва：Наука，2006.

Лукашенко Е. С. «ОСНОВНЫЕ ТЕНДЕНЦИИ РАЗВИТИЯ ЗНАЧЕНИЙ ЦВЕТОЛЕКСЕМ». *Вестник*，2010，№ 6.

Погодин М. П. и Ленц В. В. и Арнольд Ю. Салон В. Ф. Одоевского. *Литературные салоны и кружки：Первая половина XIX века*. Бродского Н. Л. （ред. ）. Москва：Аграф，2001.

Маймин Е. А. "Владимир Одоевский и его роман 'Русские ночи'" *Серия "Литературные памятники" В. Ф. Одоевский "Русские ночи"*. Москва：Наука，1975.

Маркович В. *ДЫХАНИЕ ФАНТАЗИИ. Русская фантастическая проза эпохи романтизма （1820—1840 гг. ）：Сб. произведений*. Ленинград：Изд-во Ленинград. ун-та，1991.

Максимов В. "Философия театра Николая Евреинова". *Евреинов Н. Н. Демон театральности*. Зубкова А. Ю. и Максимова В. И. （Сост. ，общ. Ред. И комм. ）Санкт-петербург：Летний сад，2002.

Маяковский В. В. Полн. собр. соч. ：в 13 т. Т. 1. Москва：Гос. изд-во худож. лит，1955.

Манн Ю. В. и Неупокоева И. Г. и Фохт У. Р. （Редакционная коллегия）.

К истории русского романтизма. Москва: Издательство «Наука», 1973.

Манн Ю. В. *Проза и драматургия второй половины 20 – х и 30 – х годов*: [*Русская литература XIX в.*]. История всемирной литературы: В 8 томах. Т. 6. АН СССР; Ин-т мировой лит. им. А. М. Горького. Москва: Наука, 1989.

Милашевский В. «Нелли»: Роман из современной жизни. *Волга. Саратов*, 1991, № 12.

Минералова И. Г. *Русская литература серебрянного века. Поэтика символизма*: учеб. пособие для студентов вузов, обучающихся по специальности 032900 – рус. яз. и лит. Москва: Наука, 2004.

Михайлов О. Н. (Ред.). *Евгений Замятин. Избранное*. Москва: Правда, 1989.

Набоков В. В. : pro et contra/Сост. Б. Аверина, М. Маликовой, А. Долинина; комментарии Е. Белодубровского, Г. Левинтона, М. Маликовой, В. Новикова; библиогр. М. Маликовой. СПб: РХГИ, 1997

Никитин Н. Н. "Вредные мысли". *Писатель об искусстве и о себе: сборник статьей № 1*. Москва-Ленинград: Круг, 1924.

Николаев Д. Д. *Русская проза 1920—1930 – х годов*: *авантюрная, фантастическая и историческая проза*. Михайлов О. Н. (отв. ред.). Ин – т мировой лит. им. А. М. Горького РАН. Москва: Наука, 2006.

Новикова О. Н. и Новиков Вл. И. В. *Каверин*: *Критический очерк*. Москва: Сов. писатель, 1986.

Обатнина Е. "В поисках «абсолютной реальности»". *Ремизов А. М. Весеннее порошье*. Обатниной Е. Р. (Сост., предисл. и коммент.) Москва. : Слово/SLOVO, 2008.

Одоевский В. Ф. *Пестрые сказки с красным словцом, собранные*

Иринеем Модестовичем Гомозейкою магистром философии и членом разных ученых обществ, изданные В. Безгласным. Санкт-петербург: Экспедиция Заготовления Государственным Бумаг, 1833.

Одоевский В. Ф. *Русские ночи*. Москва: Наука, 1975.

Одоевский В. Ф. *Пёстрые сказки; Сказки дедушки Иринея*. Москва: Худож. лит, 1993.

Одоевский В. Ф. *Психологические заметки. В кн.: Одоевский В. Ф. Русские ночи. (Серия «Литературные памятники»)*. Ленинград: Наука, 1975.

Оцуп Н. *Океан времени: Стихотворения. Дневник в стихах. Статьи и воспоминания*. Санкт-петербург: Дюссельдорф, 1993,

Полянский В. «Серапионовы братья». *Московский понедельник*, 1922, 28 августа. № 11.

"Пощечина общественному вкусу: В защиту Свободного Искусства: Стихи. Проза. Статьи." *Поэзия русского футуризма («Новая библиотека поэта»)*. Альфонсов В. Н. (сост., вступ. ст.). Санкт-петербург: Академический проект, 1999.

Рассел Б. *История западной философии*. Ростов-на-Дону: Феникс, 2002.

Резникова Н. "Огненная память". *Воспоминания о Алексее Ремизове*, Berkeley: Berkeley Slavic Specialties, 1980.

Ремизов А. М. "Взвихрённая Русь. Дневник 1917—1921 гг." *А. М. Ремизов. Собрание сочинений в десяти томах*. Т. 5. Москва: Русская книга, 2000—2003.

Ремизов А. М. Зга. Волшебные рассказы. Царевна Мымра. *А. М. Ремизов. Собрание сочинений в десяти томах*. Москва: Русская книга, 2000—2003.

Ремизов А. М. *Избранное*. Москва: Художественная литература,

1978.

Ремизов А. *Исследования и материалы*. Санкт-петербург: Дмитрий Буланин, 1994.

Ремизов А. М. Собрание сочинений. Т. 8. *Подстриженными глазами. Иверень*. Москва: Русская книга, 2000.

Русские повести XIX века (20 – х—30 – х годов). в двух томов. Т. 1. Москва: Гослитиздат, 1951.

Слонимский М. «Восемь лет "Серапионовых братьев"». *Жизнь искусства*, 1929, № 11.

Слобин Грета Н. *Проза Ремизова* 1900—1921. Санкт-петербург: Академический проект, 1997.

Серапионовы братья. Антология: Манифесты, декларации, статьи, избранная проза, воспоминания. Прокопова Т. Ф. (Сост., вступ. Ст., примеч.) Москва: Школа-пресс, 1998.

«Серапионовы Братья» в собраниях Пушкинского Дома: *Материалы. Исследования. Публикации*. Санкт-петербург: Издательство «Дмитрий Буланин», 1998.

Серапионовы братья: Альманах первый. Санкт-петербург: «АЛКОНОСТ» ПЕТЕРБУРГ, 1922.

"Сентиментализм." *Энциклопедический словарь юного литературоведа*. Москва: Педагогика, 1987.

Сергеевна А. А. *Орнаментальный стиль как теоретико-литературное понятие*. Аторореферат Самарский государственный университет, 2003.

Соловьев В. С. *Философия искусства и литературная критика*. Москва: Искусство, 1991.

«Современная проза глазами прозаиков. Материалы круглого стола». *Вопросы литературы*, 1996, № 1.

Степанов Н. Л. Романтический мир Гоголя. *К истории русского* романт изма. Москва：Наука，1973.

Сучков Б. *Исторические судьбы реализма：Размышления о творческом методе.* Москва：Советский писатель，1967.

Турьян М. А. *Русский «фантастический реализм». Статьи разных лет.* Санкт-петербург：ООО «Издательство "Росток"»，2013.

Толстая Т. «Интервью». *Литературная газета*，23 июля，1986.

Томашевский Ю. В. （Сост. и подгот. текста） *Воспоминая Михаила Зощенко.* Ленинград：Худож. лит.：Ленингр. отд-ние，1990.

Теория литературы. Том III. Роды и жанры（основные проблемы в историческом освещении）. Москва：ИМЛИ РАН，2003.

Троицкий В. Ю. "«Сказочные»，«ужасные» и «фантастические» рассказы, романы, повести." *История романтизма в русской литературе：Романтизм в русской литературе 20－30－х годов XIX в.（1825—1840）.* Шаталов С. Е. （ответ. Ред.） Москва：Наука，1979.

Троцкий Л. Д. *Литература и революция.* Москва：Издательство политической литературы，1991.

Тименчик Р. Д. «"Медный всадник" в литературном сознании начала 20 века». *Проблемы пушкиноведение.* Рига：ЛГУ им. П. Стучки，1983.

Тиме Г. А. *Россия и Герман：философский дискурс в русской литературе XIX－XX веков.* Санкт-петербург：Нестор-История，2011.

Тимина С. И. и Грякалова Н. Ю. и Лекманов О. А. и др. *Русская литература XX века：учебник для высших учебных заведений Российской Федерации.* Тиминой С. И. （под ред.） Учебно-методический комплекс по курсу «Русская литература XX－начало XXI в.». Санкт-Петербург：филологический факультет СПбГУ，2011.

Томашевский Ю. В. （Сост.） *Лицо и маска. Михаила Зощенко.*

Сборник. Москва: Олимп-ППП (Проза. Поэзия. Публицистика), 1994.

Тынянов Ю. Н. *Поэтика. История литературы. Кино.* Москва: Наука, 1977.

Федин К. А. "Письмо М. Горькому от 16 июля 1924 г". *Горький и советские писатели: Неизданная переписка/* АН СССР. Ин-т мировой лит. им. А. М. Горького. Зильберштейн И. С. и Тагер Е. Б. (Ред.) Москва: Изд-во АН СССР, 1963

Федин К. А. "Мелок на шубе" *Федин К. А. Собр. соч. Т. 9.* Москва: Худ. лит, 1985.

Федин К. *Горький среди нас. Картины литературной жизни.* Москва: Советский писатель, 1968.

Федякин С. "Литературное строительство Евгения Замятина." *Замятин Е. И. Избранное.* Москва: ОГИ, 2009.

Фрезинский Б. (глав. Ред.) *Судьбы Серапионов. Портреты и сюжеты.* Санкт-Петербург: Академический проект, 2003.

Флоренский П. *Имена.* Москва: ЭКСМО-Пресс; Харьков: Фолио, 1998.

Факина (Саратов) Т. П. "«Серапионовы братья»: с прописной или строчной буквы?" Коновалова Л. Ю. и Ткачева И. В. (Ред и состав) *Серапионовы братья: философско-эстетические и культурно-исторические аспекты. К 90 – летию образования литературной группы: Материалы междун. научн. конф. Госуд. Музей К. А. Федина.* Саратов: Изд-во «Орион», 2011.

Ханзен-Лёве Оге А. *Русский формализм: Методологическая реконструкция развития на основе принципа остранения.* Москва: Язык русской культуры, 2001.

Цетлин М. О. "Племя младое (О «Серапионовых братьях»)". *Современные записки.* Кн. XII. Культура и жизнь, 1922.

Янушкевич А. С. ""Пестрые сказки" В. Ф. Одоевского: становление философского нарратива в русской прозе." *Поэтика русской литературы в историко-культурном контексте*. Москва: Издательство «Наука», 2008.

Черняк М. А. *Актуальная словесность XXI века: Приглашение к диалогу: учеб. пособие*. Москва: ФЛИНТА: Наука, 2015.

Чубаров И. М. «Освобожденная вещь VS освещественное сознание. Взаимодействие понятий «остранение» (verfremdung) и «отчуждение» (entfremdung) в русском авангарде». *Коллективная чувственность: Теории и практики левого авангарда*. Москва: Издательский дом Высший школы экономики, 2014.

Чудакова М. «Дело поэта». *Вопросы литературы*, 1973, № 10.

Чуковский Н. *Литературные воспоминания*. Москва: Советский писатель, 1989.

Чуковский К. *Дневник 1901—1929*. Москва: Советский писатель, 1991.

Шаталов С. Е. (отв. Ред.) *История романтизма в русской литературе: Романтизм в русской литературе 20 – 30 – х годов XIX в. (1825—1840)*. Москва: Наука, 1979.

Шкловский В. *Повести о прозе*, Москва: Художественная литература, 1966.

Шкловский В. *О теории прозы*. Москва: Советский писатель, 1983.

Шкловский В. Б. "Ход коня." *Гамбургский счет: Статьи-воспоминания-эссе (1914—1933)* Москва: Издательство "Соль", 1923.

Шкловский В. *Сентиментальное путешествие*. Москва: Новости, 1990.

Шаргунов С. «Отрицание траура». *Новый Мир*, 2001, № 12.

Шагинян М. С. *Post Scriptum*. Шагинян М. С. *Собрание сочинений в 9 томах*. Том 2. Москва: Художественная литература, 1986.

Шмид. В. *Проза как поэзия. Пушкин, Достоевский, Чехов, авангард*. Санкт-петербург: ИНАПРЕСС, 1998.

Эйхенбаум Б. *О литературе*. Москва: Советский писатель, 1987.

Эйхенбаум Б. Указ. Соч. Ленинград: Художественная литература, 1969.

Эйхенбаум Б. *О прозе: Сборник статей*. Линград: Изд. «Художественная литература», 1969.

Piper D. G. B., "Formalism and the Serapion Brothers", *The Slavonic and East European Review*, 1969, Vol. 47, No. 108.

Gary L. Browning, "Russian Ornamental Prose", *The Slavic and East European Journal*, 1979, Vol. 23, No. 3.

Gleb Struve, "Soviet Russian Literature", *The Slavonic and East European Review*, 1938, Vol. 16, No. 48.

Jean-Paul Sartre, *Critiques litteraires (Situations I)*, Paris: Gallimard, 1975.

Matthias Schwartz, "The Debates about the Genre of Science Fiction from NEP to High Stalinism", *Slavic Review*, 2013, Vol. 72, No. 2.

Martha Weitzel Hickey, "Recovering the Author's Part: The Serapion Brothers in Petrograd", *Russian Review*, 1999, Vol. 58, No. 1.

［奥］恩斯特·克里斯、奥托·库尔茨：《关于艺术家形象的传说、神话和魔力：一次史学上的尝试》，邱建华、潘耀珠译，浙江美术学院出版社1990年版。

［俄］奥西普·曼德尔施塔姆：《曼德尔施塔姆随笔选》，黄灿然等译，花城出版社2010年版。

［俄］巴赫金：《巴赫金全集》第3卷，钱中文译，河北教育出版社1998年版。

［俄］别林斯基：《别林斯基选集》第1卷，满涛译，上海文艺出版社1963年版。

［俄］别林斯基：《别林斯基选集》第 5 卷，辛未艾译，上海译文出版社 2005 年版。

［俄］德·斯·米尔斯基：《俄国文学史》（上下卷），刘文飞译，人民出版社 2013 年版。

［俄］符·维·阿格诺索夫主编：《20 世纪俄罗斯文学》，凌建侯等译，中国人民大学出版社 2001 年版。

［俄］梅列日科夫斯基：《托尔斯泰与陀思妥耶夫斯基 卷一：生平与创作》，杨德友译，华夏出版社 2009 年版。

［俄］列夫·托尔斯泰：《战争与和平》，草婴译，北京联合出版公司 2014 年版。

［俄］伊萨克·巴别尔：《红色骑兵军》，戴骢译，人民文学出版社 2012 年版。

［德］歌德：《浮士德》，钱春绮译，上海译文出版社 2007 年版。

［法］托多罗夫：《巴赫金、对话理论及其他》，蒋子华、张萍译，百花文艺出版社 2001 年版。

［荷兰］约翰·赫伊津哈：《游戏的人》，多人译，中国美术学院出版社 1996 年版。

［加］达科·苏恩文：《科幻小说变形记：科幻小说的诗学和文学类型史》，丁素萍等译，安徽文艺出版社 2011 年版。

［美］马克·斯洛宁：《苏维埃俄罗斯文学》，浦立民、刘峰译，上海译文出版社 1983 年版。

［苏］高尔基：《俄国文学史》，缪朗山译，中国人民大学出版社 2007 年版。

［苏］格·尼·波斯彼洛夫：《文学原理》，王忠琪、徐京安、张秉真译，生活·读书·新知三联书店 1985 年版。

［英］查尔斯·狄更斯：《双城记》，孙法理译，译林出版社 1996 年版。

陈鹏翔、张静二编：《从影响研究到中国文学：施友忠教授九十寿庆论文集》，书林出版有限公司 1992 年版。

胡家峦：《历史的星空：英国文艺复兴时期诗歌与西方宇宙》，北京大学出版社 2001 年版。

李思孝：《从古典主义到现代主义：欧洲近代文艺思潮论》，首都师范大学出版社 1997 年版。

廖炳惠编著：《关键词 200：文学与批评研究的通用词汇编》，江苏教育出版社 2006 年版。

林精华编译：《西方视野中的白银时代》，东方出版社 2001 年版。

刘象愚等主编：《从现代主义到后现代主义》，高等教育出版社 2002 年版。

任子峰：《俄国小说史》，北京大学出版社 2010 年版。

汪介之：《俄罗斯现代文学史》，中国社会科学出版社 2013 年版。

魏庆征编：《古代希腊罗马神话》，北岳文艺出版社、山西人民出版社 1999 年版。

张建华等：《20 世纪俄罗斯文学：思潮与流派（理论篇）》，外语教学与研究出版社 2012 年版。

张捷编选：《十月革命前后苏联文学流派》（下编），上海译文出版社 1998 年版。

郑体武：《危机与复兴：白银时代俄国文学论稿》，四川文艺出版社 1996 年版。

郑体武主编：《俄罗斯文学史》（下册），上海外语教育出版社 2008 年版。

车成安：《论前苏联 20 年代文学中的"同路人"现象》，《吉林大学社会科学学报》1996 年第 4 期。

刘淼文、赵晓彬：《"谢拉皮翁兄弟"的文学继承性》，《俄罗斯文艺》2015 年第 3 期。

郑海凌：《卡维林及其小说创作》，《苏联文学》1990 年第 4 期。

索　　引

А

Абстракционист 抽象派画家　34

Авантюрный роман 冒险小说　8，47，122，155，163，171，204，213，218，219，224，236，238，240－242

Авторское лирическое отступление 抒情插笔　104，204－206，209

Агасфер 阿加斯菲尔　293

Айтматов Ч. Т. 艾特玛托夫　115

Алхимия 炼金术　54，58，136，179，181，184，187，189，190，193

Акмеизм 阿克梅派　28，136，137，146，147，195，209，233

Аксаков С. Т. 阿克萨科夫　131

Акушер 助产医生　14，80

Анти－просвещение 蒙昧　183

Антиутопия 反乌托邦　11，120，167

Антропоморфизм 拟人化　49，140，168，263，265

"Аргонавты" "金羊毛勇士"　71

Аристотель 亚里士多德　16

"Арзамасское общество" "阿尔扎马斯社团"　64，65

«Атлантида под водой» 《水下的亚特兰蒂斯》　113

Ахматова А. А. 阿赫玛托娃　29

Б

Бабель И. Э. 巴别尔　138，234

Балика Д. А. 巴利卡　82

Басурман 异教徒　72，84，85，169，184，188，193

«Бедная Лиза» 《苦命的丽莎》　205，207

Белинский В. Г. 别林斯基　52，53，58，61，105，191，220

Белый А. 别雷　77，86，95，96，153，154，163，224，234，236，237，240，274，278－281

Беньомин 本雅明　38，67，289－

291

Бессюжетность 去情节化 239，240，242，246

Бестужев А. А. 别斯图热夫 49，51

Бодлер Ш. П. 波德莱尔 49

Богданова А. 巴格丹诺夫 151，153

Большевик 布尔什维克 22，27，84，126，282，284

«Большая игра» 《大赌博》 5，42，63，164，179，211，213，217，222，284

Большой жанр 大型叙事体裁 9，115，237，297

«Бочка» 《大圆桶》 39，63，109，121，124，161，162，172，177，211，213，224

«Бригадир» 《准将》 166

Брат-Алхимик 炼金术士兄弟 5，12，38，161，291

Брат без прозвеща 没有名号的兄弟 284

Брюсов В. 勃留索夫 95，115，199

Булгаков М. А. 布尔加科夫 102，122，144，180，189，267

Бульварный роман 低俗小说 217

Будетлян 未来的人 82，83

Быт как литературный материал 作为文学材料的日常生活 64，92，94

Бытие через быт 透过日常生活看存在 35

В

«Вечера́ на ху́торе близ Дика́ньки» 《狄康卡近乡夜话》 102，296

«Взвихренная Русь» 《被风卷起的罗斯》 73

Визуализация 视觉化 17

Витиеватая проза 装饰性散文 234

Внетрилитературный синтез 文学内部综合 247

Воронский А. 沃隆斯基 7，88，89，152，300

Восточная группа 东方派 161，163，243

«Всезнающий» повествователь 全知全能的叙述者 215，297

Высокая литература 高雅文学 295

Г

Гамункулюс 瓶中矮人 183

Героичечкие поэмы 英雄长诗 105

Гёте И. В. 歌德 184－189，216

«Гиблое место» 《死地》 301

Гиппус З. Н. 吉皮乌斯 5

Гоголь Н. В. 果戈理 51，69，81，82，102，107，114，139，158，164－166，168，173，176，202，

208，223，234，243，244，268，278，296

Голем 黏土人　174，178，182，183，212

Гофман Э. Т. А. 霍夫曼　8，10，40，41，54，57，62，65，66，68，73，139，150，154，155，160，161，163，165，166，179，191，224，236，286

Говманианец 霍夫曼人　41

Гродецкий С. 戈罗杰茨基　137

Груздев И. А. 格鲁兹德夫　32，36，39，78，130，150，242，281，286，299，300

Горький М. 高尔基　4，13，22，24，35，38，40－42，44，47，50，78，84，90－92，94，114，119，150，154，162，196，209，210，223，235，241，245，272，287，296

Гуманизм 人文主义　83

Гумилёв Л. Н. 古米廖夫　87

Д

Данте Алигьери 但丁　56，57，93，198，200，201，293

«Два капитана» 《船长与大尉》　2，195

Двойная детерминированность фактов 事物的两重确定性　110

Двойник 同貌人　15，77，281

«Двойной портрет» 《双重画像》　2

Двуальность мира 两重世界　110

Дедектив 侦探小说　17，122，217，225，240，241

Декадентство 颓废主义　9，54，67

Декоративный метод 装饰性方法　233

«Детские сказы» 《儿童故事》　61

Динамичность 运动性　24

Дискуссионный способ 多人辩论场景　104

«Дневник писателя» 《作家日记》　279

Документальность 真实性　78，106，177，213，302

Дом литераторов 文学之家　4，195

Достоверность рассказчика 叙述者"可靠性"　103

Достоевский Ф. М. 陀思妥耶夫斯基　17，33，58，59，82，114，116，134，143，202，214，238，243，244，297

«Дэзи» 《黛西》　18，44，91，129，140－142，148，255，257，259，281

Е

Единство во множественности 复合中的一体性 260

Евтушенко А. А. 叶夫图申科 115

Есенин С. А. 叶赛宁 141

Ефремов И. А. 叶夫列莫夫 115

Ж

Жанровая трансформация 体裁转型 15, 20, 28, 163

Жданов А. А. 日丹诺夫 144

Женский роман 女性小说 17

Живопись словом 词语作画 259

З

Завуалированная приема 模糊叙事 103

Зайцев Б. К. 扎伊采夫 96, 154

Закат Европы 西方没落 55

Замятин Е. И. 扎米亚京 8, 11, 13, 14, 18, 19, 31, 33, 35, 36, 41–44, 50, 52, 72, 79–88, 92–99, 101, 111, 119, 121, 128, 129, 145, 148, 149, 153, 156–158, 160, 195, 201, 234, 236, 237, 240, 247, 277

Западная группа 西方派 161, 163, 202, 243

Западничество 西欧派 52, 55

Звериная тема 野兽主题 129–131

И

Всеволод Иванов 符谢沃罗德·伊万诺夫 14, 33, 36, 44, 50, 90, 91, 121, 125, 129, 130, 132, 148, 154, 234–236, 243, 266, 276, 281, 283

«Идиот» 《白痴》 134

Идеализм 理想主义 83, 103

«Игоша» 《伊戈莎》 60, 61

Иегуда 耶胡达 289–292, 294

Изобразительное искусство 造型艺术 202

Иконописец 圣像画家 236

«Иприт» 《芥子气》 130

Имажинизм 意象派 22, 28, 233

Имплицитный автор 隐含作者 298, 300

Историко-генетическое исследование 历史成因研究 20

История через быт 透过日常生活看历史 34

К

Каббала 喀巴拉教派 58

Каверин В. А. 卡维林 2–10, 12–15, 18, 19, 22, 23, 30–48, 55, 56, 62, 63, 65, 75–78,

90，91，93，94，109，114，118，119，121，124，125，129，145－150，154，155，157－166，168，169，172，173，175－186，188，189，192－196，199－204，206－216，218，219，222－224，229，236，240，241，243，245，255，276，281，284，285，287，288，291，294

Карамзин Н. М. 卡拉姆津 54，137，205

Катаев В. П. 卡塔耶夫 3，138

Кириллов В. 吉利洛夫 50

Классицизм 古典主义 51，104，105

Коган П. Д. 科甘 298，299

«Конецхазы»《匪巢末日》 5，19，38，77，124，157，158，179，180，203，209，210，212－215，217，219－227，229，284，287，288

Консерваторы 保守派 154，160

Конструктивный метод 建构性方法 85

Концептуально－конструктивное значение 概念性的构成意义 248

«Косморама»《敞景画》 58，59

Коллаж 拼贴画 15，258，260

«Красавица с острова Люлю»《从溜溜岛上来的美人》 113

«Красная новь»《红色处女地》 152，300

Кубизм 立体未来主义 196，259

«Кукол в системе культуры»《文化语境中的人偶》 167

Культ чувства 感觉崇拜 205

Куприн А. И. 库普林 35，96，154，256

«Кюхля»《丘赫利亚》 203

Л

ЛЕФ（Левый фронт искусств）左翼艺术阵线 21

Лежнев А. З. 列日涅夫 213

«Лицо и маска»《人脸与面具》 281，300

«Литература и революция»《文学与革命》 23

«Литературные дневники»《文学日记》 275

Литературный жанр 文学体裁 15－17，24，28，29，96，104，240，241，256，257

«Литературные записи»《文学札记》 275

Лобачевский Н. И. 罗巴切夫斯基 197，198，200

Лотман Ю. М. 洛特曼 167，168

ЛЦК（Литературный центр конструктивистов）构成主义文学中心 21

Лунц Л. 隆茨 3，4，8，9，11，14，15，19，23，32，33，35 - 39，41 - 49，55 - 57，61，62，65，72，73，75，77，78，89 - 94，113，121，123，124，129，130，142，145，148 - 150，155 - 157，163，196，199，218，219，232，236，240 - 244，272，273，276，278，279，281，282，286，287，288，290 - 293，295，298，299

M

Максимальная конструктивность 最大化的结构表现力 242

Малый жанр 短小体裁 115，116，124，196

Мандельштам О. Э. 曼德尔施塔姆 5，67，93，123，147，194，238，239

Массовая литература 大众文学 17，49，217

Маркович В. 马尔科维奇 167

Материализация 物质化 267，268

Маяковский В. В. 马雅可夫斯基 29，96，116，117，127，128，138，277

«Метаморфо́зы или Золотой осёл»《金驴记》 125

Метатекст 元文本 181

Мистицизм 神秘主义 54，55，189，280

Мифологическое мышление 神话思维 13，64，76，263

Модернизм 现代主义 9，15 - 18，25，34，35，62，93，125，146，199，200，216，232，233

Мэри Шелли 玛丽·雪莱 129

H

«На луне»《在月球上》 115

Наименование 命名 65 - 69

Народность 人民性 53

Натурализм 自然主义 23，34，94，131，148，202，210

«Наука инстинкта»《有关本能的科学》 182

Научная фантастика 科幻小说 54，99，109，112，114，115，117，119，120，126，180

Нигилизм 虚无主义 50，89

Никитин Н. Н. 尼基京 4，14，18，33，36，41 - 45，50，78，90，91，93，118，129，130，140，148 - 150，154，158，234 - 236，255，256，261，263，281，286，291

«Новая проза»《新散文》 7，

233，274

«Новая русская проза»《俄罗斯新散文》 94，236

Новелла 短篇小说 5，11，28，47，60，76，101，105－107，116，124，125，145，149，179，203，205，210，219，220，284

Новикова О. Н. 诺维科娃 2，3

Новиков Вл. 诺维科夫 9，86，155，157，203，210

НЭП（Новая экономическая политика）新经济政策 21，115，210，276，282

Новокрестьянские поэты 新农民诗人 22，28

О

Обезьянья Великая и Вольная Палата 猿猴议会 13，63－66，68，69，70，71

«Обезьяны идут!»《猿猴来了!》 130，142

«Одиннадцатая аксиома»《第十一条公理》 4，18，37，161，195－197，200，202，210，255，294

Одоевский В. Ф. 奥陀耶夫斯基 51－56，58，59，61－63，102，107，114，155，162，165－169，171－178，180－193，296

«О литературной эволюции»《关于文学进程》 30

«Опавшие листья»《落叶》 278

"Орден всемирного ребячества" "全世界天才儿童骑士团" 71

Орнаментальная проза 装饰散文 31－33，209，211，232－234，236，237，239，240，242，243，245，246，263，289

«Освещенные окна»《明亮的窗户》 2，197

Оскар Уайльд 奥斯卡·王尔德 173

«Открытая книга»《一本打开的书》 2

Открытость 开放性 24，25

Отстранение 异化 56，120，128

Оттепельные и застойные годы "解冻"和"停滞"时期 6

Оцуп Н. А. 奥楚普 87

Очерк 速写 28，101

П

Перевал 山隘 21，152

«Перед восходом солнца»《日出之前》 130，135

Передность 过渡性 26，28，146，211，231，232

Период военного коммунизма 战时共产主义时期 22

«Пестрые сказки»《五颜六色的故事》 52，102，166，169，175，178，185，188，296

«Песьи души»《狗魂》 91，129，140

Петербургский миф 彼得堡神话 66，69

Пигмалион 皮格马利翁 173

Пинкертоновщина 平克顿 122，218

Питербургский миф 彼得堡神话 66，69

Повествование от первого лица 第一人称叙事 103，299

«Повесть Белкина»《别尔金小说集》 295，296

Позитивизм 实证主义 12，79，189

Полонская Е. Г. 波隆斯卡娅 4，29，36，90，276，286

Попутчик 同路人 11，19，22 – 25，159

Потусторонный мир 彼岸世界 83，97，106

Поэтизация 诗歌化 17，32，96

Поэтический орнаментализм 诗歌装饰风格 239

«Преступление и наказание»《罪与罚》 58

Принцип геометризации 几何学原理 14，195，196，199

Принцип тематического контраста 主题对照原则 239

Проблема личности и массы 个人与集体的关系问题 23

Пролетарские писатели 无产阶级作家 24，301

Пролеткульт 无产阶级文化协会 21，22，50

Просветительство 启蒙主义 54，103，167

Пространство сюжетное 文本地理空间 203

«Пруд»《池塘》 75

«Психологическая заметка»《病理学札记》 59

Псхологический реализм 心理现实主义 179，297

Психологическая проза 心理小说 180，198

«Пурпурный палимпсест»《紫色羊皮卷》 161，162，172，203，211，213，284，285

Пушкин А. С. 普希金 12，20，32，54，57，64，65，104，180，181，184，187，214，269，285，295，296

Пушкинский дом 普希金之家 9，276

Р

Раввин 拉比 183，292

РАПП（Росси́йская ассоциа́ция пролета́рских писа́телей）拉普 21，151，152

«Рассказы Назара Ильича господина Синебрюхова»《蓝肚皮先生纳扎尔·伊里奇的故事》 295

Реализация метафоры 隐喻的现实化 128

Реализм 现实主义 5，9，10，11，16－18，24，25，33－35，62，74，86，88，92，93，95，97－102，106，107，112－115，119，128，129，131，142，145，146，148，149，154，159，169，179，180，202，208，209，211，229，234，236，242，243，260，296，297

«Ревизор»《钦差大臣》 164，211，213，223，224，284

«Революция и фронт»《革命与前线》 280

Ремизов А. М. 列米佐夫 13，14，31，42，50，63－73，75，76，86，94，96，154，155，160，234，240，278，279，281

«Реторта» 曲颈甑 171，175，187，188，192

Речевой сплав 言语的合金 194

«Родина»《祖国》 15，46，124，236，281，287，288

Рождение трагедии из духа познания 认知精神孕育的悲剧 159

Розанов В. В. 洛扎诺夫 181，278，281，282，299

Роман воспитания 成长小说 204，284

Романтизм 浪漫主义 8，25，36，40，49－51，53－56，74，78，88，96，98，101，102，105－110，113，114，122，126，139－142，159，163，168－171，173，175，176，179，180，187，190，206，208，209，211，213，214，216，232，235，260，261，277，285，290，293，296

Ростопчина Е. П. 58

«Рудин»《罗亭》 298

«Русские ночи»《俄罗斯之夜》 52，53，59，165，179，189－192

С

«Светлана»《斯维特兰娜》 103

Северянин И. 谢维里亚宁 29，96

Серапионовы братья 谢拉皮翁兄弟 3，4，7，10，13－15，18－

21, 23, 25, 28, 31 – 33, 37 – 43, 45, 49, 50, 52, 56, 57, 61, 63, 65 – 67, 72, 73, 75, 76 – 82, 85 – 89, 91 – 94, 117, 119, 121, 124, 125, 129, 130, 132, 142, 145, 147, 148, 150, 154, 158, 160, 161, 163, 165, 180, 202, 206, 211, 216, 218, 235 – 237, 239, 245, 255, 272 – 274, 276, 279, 281 – 288, 291

Серафимович А. С. 绥拉菲莫维奇 138

«Семь пар нечистых» 《七对不干净的人》 3

Символизм 象征主义 28, 29, 32, 64, 67, 77 – 79, 83, 92, 95 – 98, 110, 136, 146, 147, 168, 176, 208, 209, 279, 293

«Синий зверюшка» 《蓝色小兽》 91, 121, 125, 129, 132, 266, 281

«Скандалист, иливечеранавасильевскомострове» 《争执者，或瓦西里岛之夜》 9, 164, 203, 287

Словянофильство 斯拉夫派 52 – 55, 160

Слонимский М. Л. 斯洛尼姆斯基 4, 14, 18, 33, 36, 50, 68, 69, 79, 89 – 91, 145, 148 – 150, 156, 163, 209, 236, 246, 248, 254, 276, 283, 286, 291

"Содружество одиноких" "孤独者联盟" 71

Соловьев В. С. 索洛维约夫 96, 110, 111

Сологуб Ф. 索洛古勃 86, 96, 154

«Сон смешного человека» 《一个荒唐人的梦》 114, 116, 143

Соцреализм 社会主义现实主义 24, 34, 101, 119, 145

Социально – критическая фантастика 社会批评幻想 101

Способность смещения 混合能力 62

Сравнительно – историческое исследование 历史对比研究 20

Среднний и малый жанры 中小型体裁 1, 9, 16, 28, 99 – 103, 149, 179, 180, 241

Стерн Лоренс 斯特恩 3, 160, 279

Стивенсон Роберт Льюис 斯蒂文森 8, 40, 48, 155, 160, 161, 218, 286

Столяр 细木匠 121, 125, 157, 161, 162, 172, 174, 177, 192, 194, 211 – 213, 222, 224

Студия переводчиков 翻译工作室 22

Сюжет 情节　2，6，14，20，30，32，33，39，40，45－47，56，66，69，77，78，86，87，93－65，99，102，106，107，109，111－115，118，121，123－125，132，136，145，149，155，158－161，163，169－172，175－177，180，196－198，202－206，208，209，212，213，215，217－221，223－226，232，234，236－246，249，255，259，265，266，268，272，279，281，288，292－294，296，297，301

Сюжетная проза 情节小说　8，46，47，123，211，219，224，232，233，236，237，239－246

Т

Театр кукол/марионеток 木偶剧　23，176－178

Театрализация жизни 生活戏剧化　71，73

Тема «живого мертвеца» "活死人"的主题　178

Течение антирелигиозное 反宗教的潮流　92

Тихонов Н. С. 吉洪诺夫　4，7，24，29，36，90，223，276，285

Толстая Т. Н. 托尔斯塔娅　1

Толстой А. Н. 阿·托尔斯泰　24，86，101，102，110

Толстой Л. Н. 列夫·托尔斯泰　33，50，62，106，116，132，138，144，202，214，218，221，226，238，242，244，254，256，269，297

«Третья фабрика» 《第三工厂》　78

Тургенев И. С. 屠格涅夫　50，187，216，218，238，297，298

Тынянов Ю. Н. 特尼扬诺夫　8，29，30，39，40，43，77，107，130，131，149，155，160，177，199，203，212，241，255－257

У

Уголовный роман 犯罪小说　217，219，220，225，226

«Уездное» 《外省小城》　81

«Упырь» 《吸血鬼》　110

Успенский Г. И. 乌斯宾斯基　61

Утопия 乌托邦　70，72，108，114，115，119－121，126－128，176，264

Уэллс, Герберт Джордж 威尔斯　86，109，111

Ф

Фабула 本事　45，76，124

Фантастика 幻想作品　6，99，100，

108，119，120，176，184，211，212，223，236

«Фауст»《浮士德》 52，53，76，77，184 - 189，191，192，216

Фигульная поэзия 图形诗歌 199，202

Философская фантастика 哲理幻想 101

Философский камень 哲学之石 77，212

Федин К. А. 费定 3，4，14，24，33，36 - 41，43，50，55，56，65，67，78，90，91，118，119，129，140，145，148，150，152，163，223，234 - 236，243，256，272，281，283，284，291

Флоренский П. 弗洛连斯基 67，69

Формализм 形式主义 8 - 10，12，17，56，57，106，150，154，158，160，163 - 165，199，245，280，299

«Франкенштейн»《弗兰肯斯坦》 129

Фрэнсис Бэкон 培根 120

Футуризм 未来主义 28，50，83，85，95，147，196，259，261，277

Х

Ханзен - Лёве Оге А. 奥格·阿·

汉森 203

Ходасевич В. Ф. 霍达谢维奇 12，79

«Ход коня»《马步》 237

Хомяков А. С. 霍米亚科夫 55

Хтонические существа 地下生物 182

Художественный синтез 艺术综合 18，95 - 97，185

Ц

Центростремительность 向心性 16，26，211

Цетлин М. О. 采特林 63，91，160，223，239

Циолковский К. Э. 齐奥尔科夫斯基 115

Ч

Чехов А. П. 契诃夫 35，50，116，117，154，162，236，256

Чистый рационализм 纯理性主义 12

Чуковский Н. 楚科夫斯基 38，88，218

Ш

Шагинян М. 莎吉娘 3，44，148，154，160，275，300

Шварц Е. 施瓦尔茨 39，162

Шишко А. В. 西什科　102

Шкловский В. Б. 什克洛夫斯基　4，8，10，11，33，36，37，38，40，43，69，78，82，87，88，94，97，130，155，158，160，196，199，202，206，216，224，237 – 239，241，242，245，246，278 – 281

Шопенгауэр А. 叔本华　95

Э

Эдгар Аллан По 爱伦·坡　8，154，163，224，236，254，293

Эйхенбаум Б. М. 艾亨鲍姆　30，74，155，196，284

Энтропия 熵　85，98，156

Эпопея 史诗　28，100，101，124，168，217，219，251，256，257，260，261，264

Эренбург И. Г. 爱伦堡　7，8，73，233，274

Этнографическое описание 风俗描写　238，239，241，242

Я

«Ябоюсь»《我害怕》　277

«4338 год. Петербургские письма»《4338 年。圣彼得堡书札》　52 – 54，114，176

后　　记

　　每当一件人们认为重要的事情即将完满结束时，总会心怀感激地回溯其开端和动意，似乎唯其如此，过去分出的那条时间岔道才能与眼下这条相重合，完整而确凿的因果之链也就此形成。然而，在我回望过去，费力地想要为本书寻找一个合适的动因时，却惊讶地发现，来路已然消失在涅瓦河上一片氤氲的雾气之中。

　　那是2015年冬天的圣彼得堡，我从藏珍馆出来，冒着凛冽的寒风走上了宫殿桥。桥下涅瓦河的浮冰缓慢地移动，在刺目的日光下变幻各种形状，似乎想要重现几千万年前板块漂移的轨迹。然而，这番奇景对于当时的我来说却无甚吸引力。作为一个每日匆匆往返于国立图书馆和瓦西里岛居民区的留学生，我在那一刻所能想到的，仅仅是愈发紧迫的论文时限和令人焦心的工作前景。面对博士学位论文的选题迟迟不能确定，国内外研究趋势和方法的差异以及与国外导师沟通的诸多问题，我生平头一次渴望提早翻阅命运之书，或者哪怕听见从未来世界传来的同貌人的召唤也好——就像卡维林的《第十一条公理》中所写的那样，虽然"谢拉皮翁兄弟"这一名词对于那时的我而言还只是一个神秘而充满诱惑力的符号。

　　第一次听到"谢拉皮翁兄弟"这个名词是在郑体武教授的课上。郑教授是我在硕士和博士阶段的导师，在他的课堂上，我们总是能感受到最大限度的自由，思想不仅插上了翅膀，还长出了腿脚——可以在心仪之地驻足停留；与此同时，一股看不见的暖流充盈在目光与言语的交流之间，似乎随时准备着在我们遭遇困顿时给予安抚并从旁推动。在讲到俄国散文在 20 世纪 20 年代之后的复兴时，郑教授以他高屋建瓴的视角为我们搭建了一个独特的观景空间，在那里不但能够看到诗和散文在特定年代里的交锋与融合，就连艺术家们之间一些鲜为人知却至关重要的联系也都清晰可见。正是在这一奇妙的空间里，我对这个具有"过渡性质"的团体"谢拉皮翁兄弟"产生了浓厚的兴趣。然而，从硕士期间的诗歌研究转向散文研究对于当时的我来说是个难题，导师得知后，首先从心理方面打消了我的顾虑，随后又将国外研究这一领域的专家切尔尼亚克教授推荐给了我，建议博士期间去她所在的圣彼得堡国立赫尔岑师范大学进修。于是，我便申请了"国家建设高水平大学公派研究生项目"的留学基金资助，终于有幸站在 2015 年的涅瓦河畔。

可以说，本书的写作于我而言不啻一次夺取金羊毛的冒险之旅。在这一路上，我同我的伙伴们相互鼓励，完成了许多之前看来不可能完成的任务，也见到了不少出人意料的奇景——那些埋藏在史料之下盘根错节的源流关系总是令人惊叹。和希腊故事中的主人公一样，在面对巨大的毒龙和庄稼战士时我免不了也会心生悔意，甚至对这一艰苦卓绝的研究工作之初衷产生怀疑。正是因为如此，我才更要感谢那些陪伴我、支持我度过每一个险关的人们，没有他们我便无法安然无恙地度过这次冒险并且享受其中的动人之处了。

感谢我的恩师郑体武教授，非常荣幸从硕士阶段就接受郑老师悉心的指导。是他渊博的学识引领我避过每一处险滩，而他的宽容与信任则在困顿之时给予了我重新扬帆的勇气。郑老师在本书写作过程中提出的宝贵意见不仅让我在当时受益匪浅，更重要的是，极大拓展了我的学术视野，并指引了未来前进的方向。

感谢我的国外导师玛丽亚·切尔尼亚克（Черняк. М. А.），是她带领我走近圣彼得堡的"艺术之家"并与一个世纪之前的"谢拉皮翁兄弟"结识，也是她使我了解各种艺术形式之间相互作用所产生的奇妙效果——有时甚至比文字本身更加令人印象深刻。

感谢朱宪生、谢天振、汪介之老先生，以及董晓和马卫红教授，他们在本书写作过程中提出的中肯而富有洞见的意见令我受益良多；尤其要感谢的是我们文学研究院已退休的虞建华教授，他以自身丰富的申报和结项经验，在国家社科基金的申请过程中给予了我很多指导。

感谢那些与我并肩作战的同窗好友，是你们的才华与定力在最不可思议之处给我启发和鼓舞。

同样要感谢的是我的父母和家人，在我因进入写作瓶颈期而牢骚满腹时，是你们一如往常地包容了我，令我体会到"家"这个字的真正内涵。

最后，还要感谢中国社会科学出版社的慈明亮编辑和他的同事们，他们细致高效的工作不仅促成了这本书的顺利出版，也令我加深了对学术专著严谨性的认识。

严谨、坚持、好奇、乐观便是我在这次旅程结束时收获的金羊毛，它象征着一笔宝贵的财富，伴随我进入下一段新的冒险之旅。